Sie möchten über Neuerscheinungen und Veranstaltungen von Andreas Winkelmann informiert werden?
Dann folgen Sie dem Autor:
www.andreaswinkelmann.com
www.facebook.com/andreas.winkelmann.schriftsteller
www.instagram.com/winkelmann.andreas.autor
oder www.tiktok.com/@andreas.winkelmann.autor.

ANDREAS WINKELMANN

HAST DU ZEIT?

THRILLER

ROWOHLT TASCHENBUCH VERLAG

Originalausgabe
Veröffentlicht im Rowohlt Taschenbuch Verlag, Hamburg, Juli 2024

Zitate aus: «Lucius Annäus Seneca des Philosophen Werke», Band 12, Briefe 1,
übersetzt von August Pauly, Stuttgart: Metzler, 1832;
William Ernest Henley, «Invictus», mit Dank an
https://de.wikipedia.org/wiki/Invictus_(Gedicht) (Creative Commons 4.0)

Covergestaltung zero-media.net, München
Coverabbildung FinePic®, München
Satz aus der Kepler bei Dörlemann Satz, Lemförde
Druck und Bindung CPI books GmbH, Leck
ISBN 978-3-499-01330-0

Erst wenn wir begreifen,
dass es kein weiterer Tag ist, sondern ein Tag weniger,
beginnen wir, die wichtigen Dinge zu schätzen.

Autor unbekannt

PROLOG

Hinter der Zeit

Ich liebe meine Wand.
Sie ist wunderschön.
Wie sich das Licht darin bricht und der Raum von einem grünen Schimmer beherrscht wird, der zu oszillieren scheint. So als hätte er Herzschlag und Puls. Und das hat er ja auch, in gewisser Weise.
Ich liebe meine Wand. Alles an ihr habe ich selbst erschaffen. Das rohe Walnussholz habe ich mühevoll in tagelanger Arbeit geschliffen, weil ich mir behandeltes Holz nicht leisten kann. Danach habe ich es so lange geölt, bis ich mit der Maserung zufrieden war. Und es ist nicht leicht, mich zufriedenzustellen. Ich habe einen sehr hohen Anspruch an mich selbst. Niemand kann den erfüllen, nur ich, das macht mich zu einem einsamen, aber glücklichen Menschen.
Ich liebe meine Wand. Sie bietet ausreichend Platz für die nächsten, na ja, ich würde meinen, zehn Jahre. Das kommt darauf an, wie fleißig ich bin. Ich habe aber schon

gemerkt, dass es schwierig werden wird. Denn es gibt zu viele von ihnen. Überall, jeden Tag, laufen sie mir über den Weg.
Meine Liste wird länger und länger.
Ich kann mir einen, zwei, vier oder sechs im Monat holen und in meine Wand einfügen und würde sie doch nicht abarbeiten können. Aber das spielt keine Rolle, denn die Zeit ist auf meiner Seite, und endlich hole ich mir zurück, was mir gehört.

KAPITEL 1

1.

Januar 2020. Nachmittag. 17:45 Uhr.

«Tut mir leid. Ich habe keine Zeit.»

Mit dem Handy am Ohr stieß Maren Liefers die Hintertür des Bestattungsinstituts auf. Sie nannten sie die Tür der Toten, weil durch sie die Leichen ins Gebäude gebracht wurden.

«Und selbst wenn ich sie hätte, könnte ich Ihnen nicht weiterhelfen. So etwas unterliegt bei uns absoluter Diskretion.»

«Das verstehe ich», sagte die Anruferin. «Aber ich muss einfach wissen ...»

«Hören Sie», unterbrach Maren Liefers sie, «hier wartet eine Leiche auf mich. Ich muss Schluss machen.»

«Können Leichen wirklich warten?», fragte die Anruferin.

«Wie bitte?»

«Wenn jemand Zeit hat, dann die Toten, oder nicht?»

«Wollen Sie mich verarschen?»

«Das liegt mir fern, aber ich muss ...»

Maren Liefers beendete das Telefonat abrupt.

Die Frau ging ihr auf die Nerven. Bereits zum dritten Mal bedrängte sie sie, ihr bei der Suche nach einer verstorbenen Verwandten zu helfen. Maren hatte ihr gesagt, dass so etwas nicht am Telefon möglich war und sie sich an die entsprechenden Ämter wenden sollte.

Sie atmete seufzend aus, um diesen Druck auf ihrem Brustkorb loszuwerden. In letzter Zeit hatte sie häufig das Gefühl, nicht richtig durchatmen zu können, und das machte ihr Angst. Mit fünfundvierzig war sie in einem gefährdeten Alter, ein Herzinfarkt nicht ausgeschlossen, vor allem bei dem Stress, dem sie ausgesetzt war. Zudem achtete sie seit Längerem nicht mehr auf ihr Gewicht und aß zu viele Süßigkeiten.

Heute liefen vier Mahnfristen ab, und sie wusste nicht, wovon sie die Rechnungen bezahlen sollte. Zwar stimmte der alte Spruch «Gestorben wird immer», aber in schlechten Zeiten müsste es wohl heißen «immer billiger». Auch bei den Beerdigungskosten wurde gespart. Kaum jemand leistete sich noch die teuren Särge, von denen sie zu viele im Lager hatte.

Maren öffnete beide Flügel der Tür und hakte sie am Boden ein. Dann trat sie ein paar Schritte vom Gebäude weg.

Die Sonne war vor einer Stunde untergegangen, Dunkelheit lag auf den Feldern, hinter denen der Waldrand eine schwarze, undurchdringliche Wand bildete. Wehmütig betrachtete sie das flache Gebäude mit dem beleuchteten Schriftzug über dem Eingang. *Bestattungen Liefers.* Ein alteingesessener Betrieb, von ihrem Vater gegründet, der Tischler gewesen war und noch selbst Särge angefertigt hatte. Seit fünfzehn Jahren lagen die Geschicke des Betriebs in ihren Händen. Wie lange wohl noch?, fragte sie sich.

Ein Geräusch riss Maren aus ihren Gedanken.

Es klang wie ein brechender Ast irgendwo in dem kleinen Waldstück, das zwischen diesem und dem Nachbargrundstück lag. Sie lauschte, doch das Geräusch wiederholte sich nicht. Wahrscheinlich nur ein Reh, von denen gab es hier mehr als genug. Eine Gänsehaut bekam Maren dennoch, und ihr wurde bewusst, wie einsam es hier draußen war. Bis in den Ort fuhr man fünf Minuten mit dem Wagen. Früher hatte es nebenan eine Kneipe gegeben, doch die war längst pleite.

Plötzlich durchschnitt Scheinwerferlicht die Dunkelheit.

Das war ihr neuer Mitarbeiter Jörn, eine Aushilfskraft. Er brachte die Leiche, von der sie zu der Anruferin gesagt hatte, sie würde bereits warten. Eine kleine Lüge, um die Frau loszuwerden.

Viel zu schnell fuhr Jörn die sündhaft teure, schwarze Limousine vor das Gebäude. Maren hatte ihn mehrfach gebeten, langsam zu fahren, weil sie fand, dass sich das für einen Leichenwagen so gehörte, aber er schien sich nicht daran halten zu wollen. Früher hätte sie ihn gleich gefeuert, heute musste sie froh sein, überhaupt jemanden zu haben. Geschickt setzte Jörn den Wagen rückwärts vor die geöffnete Tür und stieg aus.

«Du sollst langsam fahren», erinnerte Maren ihn.

«Vielleicht will ich auch irgendwann Feierabend machen», erwiderte Jörn genervt.

«Wie bitte?» Maren konnte nicht glauben, was sie da hörte. Jörn hatte erst vor vier Wochen bei ihr angefangen und anfangs einen guten Eindruck gemacht, doch der hatte nicht lange angehalten. Jörn wurde zunehmend renitent und unhöflich.

«Wenn ich Heiko nicht am Bahnhof abgesetzt hätte, hätte ich schon Schluss», motzte er. In der Dunkelheit erschienen seine kleinen Augen noch kälter als sonst. Wie zwei Onyx-Steine, an denen alle Gefühle abprallten.

«Und Heiko wollte eigentlich heute freihaben, weil seine Frau Geburtstag hat, ist aber trotzdem gekommen, damit du die Leiche nicht allein holen musst. Da ist es ja wohl nur kollegial, ihn am Bahnhof abzusetzen.»

Maren sprach mit scharfer Stimme, um Jörn klarzumachen, dass er sich unfair verhielt.

«Ich habe auch keine Zeit. Aber mich fragt ja keiner», brummte Jörn in seinen Vollbart, den Maren nicht mochte, weil er so viel von seinem Gesicht verdeckte.

Schwungvoll öffnete er die Kofferraumtüren.

«Ich habe dir von Anfang an gesagt, dass du flexibel sein musst», erinnerte Maren ihn.

«Jaja», erwiderte Jörn und zog unsanft die Überführungsliege heraus.

In dem grauen Spezialsack mit Reißverschluss befand sich ein dreiundneunzig Jahre alter Mann aus dem Ort, den seine Enkelin am Nachmittag tot im Lesesessel gefunden hatte. Der Arzt hatte einen Herzinfarkt diagnostiziert. Ein friedlicher Tod am Ende eines langen Lebens. Maren musste an ihr eigenes Herz denken, das schon jetzt Probleme bereitete.

«Park noch den Wagen, danach komme ich allein zurecht», sagte Maren und unterdrückte ein Seufzen.

Wortlos kam Jörn der Anweisung nach. Er stellte den Bestattungswagen in der Garage ab und brachte ihr die Schlüssel.

«Schönen Abend noch», sagte er mit einem merkwürdigen Ton in der Stimme.

«Dir auch», antwortete Maren und hatte Mühe, ihren Ärger unter Kontrolle zu halten. Sie brauchte Jörn und durfte ihn nicht vergrätzen.

Maren trat ans Kopfende der Überführungsliege und

schob sie ins Gebäude. Als die Räder über eine Unebenheit rollten, schien es so, als würde sich in dem Leichensack etwas bewegen. Das kannte Maren schon, aber heute setzte es ihr zu. Ihr Nervenkostüm war gerade nicht das beste. Daher beschloss sie, sich erst morgen um den alten Mann zu kümmern, vorerst kam er in den Kühlraum. Der war leer. Leider, wie Maren fand. Ein paar Aufträge mehr wären wünschenswert – und nötig. Bevor sie die Kühlung betrat, überprüfte sie die Notöffnung. Jenen Griff an der Innenseite, der verhindern sollte, dass man sich selbst einsperrte – und der in dem höchst unwahrscheinlichen Fall eines fälschlich für tot Befundenen dem Wiederauferstandenen einen Ausgang sicherte. Das war noch nie vorgekommen, aber vor Jahren hatte Maren sich einmal eingesperrt, weil der Mechanismus versagt hatte. Grauenhaft war das gewesen, einfach nur grauenhaft, vor allem, weil die Kühlung damals voll gewesen war.

Nachdem der alte Herr untergebracht war, drückte Marens Blase – wie immer, wenn ihr kalt war.

Zwischen den rund ein Dutzend ausgestellten Särgen eilte sie durch die Halle zur Toilette.

Als sie auf der Schüssel saß, hörte sie ein Geräusch. Es klang wie das Schaben von Ledersohlen auf dem Parkett in der Ausstellungshalle.

«Jörn? Bist du das? Hast du etwas vergessen?»

Sie bekam keine Antwort, hielt den Atem an und lauschte.

Hatte sie sich getäuscht?

Offiziell war ab siebzehn Uhr geschlossen, über ihr Handy war Maren aber jederzeit erreichbar. Menschen starben schließlich nicht nur zu den Öffnungszeiten, und sie konnte es sich nicht leisten, sich irgendeinen Toten durch die Lappen gehen zu lassen. Es war unter anderem diese ständige

Erreichbarkeit, die sie so stresste. Das Handy war zu einem Feind geworden, der ihr als Freund und Helfer getarnt Schlaf, Zeit und Lebensqualität raubte.

«Hallo?», rief Maren. «Ist da jemand?»

Plötzlich ging das Licht im Toilettenraum aus. Da es hier kein Fenster gab, nur eine Lüftungsanlage, war es sofort dunkel. Maren wagte kaum zu atmen und fühlte sich verletzlich in ihrer Position mit heruntergelassener Hose auf der Toilette. Sie traute sich aber nicht, sich zu bewegen, blieb still sitzen, lauschte.

Wieder leise Schrittgeräusche – und sie kamen näher. Auf die kleine Kabine zu, in der sie hockte. Die Wände, noch von ihrem Vater gebaut, bestanden aus leichtem Pressholz und taugten nicht als Schutz, dennoch wollte Maren glauben, hier drinnen sicher zu sein.

Die Schritte verharrten vor der Tür zur Toilette.

Dann pochte es dreimal an der Kabinentür. Langsam, vorsichtig, so als hätte die Person davor alle Zeit der Welt.

Maren presste sich eine Hand vor den Mund, um einen Schrei zurückzuhalten. Das war dumm, denn wer immer vor der Tür stand, wusste ja, dass sie hier drinnen war.

«Hast du Zeit?», fragte eine leise, weiche Stimme. Eine Stimme, die ihr vage bekannt vorkam, aber der Mann sprach flüsternd, sie war sich nicht sicher.

«Wer ist da?», rief Maren. Ihre Stimme klang panisch.

Eine Antwort bekam sie nicht.

«Ich habe mein Handy hier ... ich rufe die Polizei, die ist in fünf Minuten hier.»

Das war gelogen, denn die nächste Dienststelle war eine halbe Stunde Autofahrt entfernt. So war das eben auf dem Land.

Plötzlich ein harter Schlag gegen die Tür. Die ganze Kabine erzitterte, und Maren schrie auf. Das Handy entglitt ihr, sie sprang von der Toilette, und als sie ihre Hose hochzog, erschütterte ein weiterer Schlag die Kabine. In der Nähe der Verriegelung barst das Holz. Maren zog sich an die hintere Wand zurück und kletterte auf die Schüssel. Sie wusste, sie war nicht beweglich genug, um über die Kabinenwand zu klettern, wollte es in ihrer Panik aber dennoch versuchen. Zwischen Wand und Decke gab es eine dreißig Zentimeter hohe Lücke.

Der dritte Schlag zerstörte die Verriegelung, und die nach außen öffnende Tür wurde aufgezogen. Panisch zog Maren sich an der Wand hoch, wuchtete sich mit dem Bauch auf die obere Kante und strampelte mit den Beinen, kam aber nicht weit.

Jemand packte ihre Unterschenkel. Maren schrie, kämpfte dagegen an, wurde aber von der Wand heruntergezogen. Sie verlor den Halt, schlug mit dem Oberkörper auf die Toilettenschüssel und spürte Rippen brechen. An den Beinen wurde sie aus der engen Kabine bis in den Ausstellungsraum für die Särge gezogen. Dort ließ der Angreifer sie los. Da Maren auf dem Bauch lag, konnte sie ihren Peiniger, der hinter ihr stand, nicht sehen, ohne ihren Hals zu verdrehen. Der höllische Schmerz in ihrem Oberkörper ließ das aber nicht zu. Er lähmte sie und raubte ihr den Atem. Einen Augenblick später spürte sie einen Einstich im Gesäß.

Für einen Moment konnte sie ihre Gegenwehr noch aufrechterhalten, dann wurde ihr schwarz vor Augen.

«Hast du Zeit?», fragte die Stimme abermals.

2.

Vier Jahre später
März 2024. Morgen. 05:07 Uhr.

Constanze Goldmann warf einen gehetzten Blick auf ihre Armbanduhr.

«Ich muss los, aber ... ich traue mich kaum noch, da rauszugehen. Ich habe Angst, richtige Angst, verstehst du?»

Sie saßen auf den abgewetzten Holzbänken im Umkleidebereich des Krankenhauses. Um sie herum Spinde aus grün lackiertem Schichtholz, langweilige graue Fliesen an den Wänden und auf dem Fußboden.

Conny war Krankenschwester im Nachtdienst der Chirurgie. Davor war sie bereits Pflegerin für Wachkomapatienten und Arzthelferin gewesen, alles Berufe, die ihr einiges abverlangt hatten. Sie war immer tough gewesen, hatte sich nie die Butter vom Brot nehmen oder den Lebensmut rauben lassen. Sie war groß und kräftig und konnte zupacken. Nun aber wirkte sie eingeschüchtert und kleiner als sonst, ihr Rücken nicht mehr gerade, ihr Blick nicht länger fest, das Strahlen in ihren Augen nur noch ein Glimmen.

Michelle Burghardt machte sich Sorgen um ihre Freundin und Kollegin. Die Veränderungen waren nicht über Nacht eingetreten. Sie hatten sich im Laufe der letzten Wochen eingestellt, anfangs schleichend und kaum wahrnehmbar, dann aber schnell immer vehementer. Die Angst war eine Gegnerin, die unfair kämpfte und kaum einen Kampf verlor. Sie lauerte, beobachtete, befühlte, war ausdauernd und wartete auf einen Moment der Schwäche. Wenn die Menschen müde wurden zum Beispiel – so wie Conny jetzt am Ende ihrer

Nachtschicht. Die Anspannung, der Stress, der Schlafmangel nisteten in den Augenhöhlen der Achtundzwanzigjährigen und verschatteten die Lachfalten. Sie lachten gern miteinander, aber auch das war weniger geworden.

«Hast du schon mit deinem Vater sprechen können?», fragte Conny, erhob sich und öffnete das Schloss an ihrem Spind.

«Hab ich», sagte Michelle Burghardt seufzend. «Und war überrascht, dass er so ablehnend reagierte. Ehrlich, ich dachte, der freut sich, gebraucht zu werden. Ist aber nicht so.»

«Also macht er es nicht», sagte Conny enttäuscht und zog den apfelgrünen Schlupfkasack aus, den sie hier alle während der Arbeit trugen. Dabei streifte sie das Haarband ab und ihr dunkles Haar fiel auf ihre nackten Schultern.

«Doch. Ich bin sicher, er macht es», sagte Michelle. «Er war nicht begeistert, als ich ihn gefragt habe, aber ich denke, ich muss ihn nur noch ein bisschen bearbeiten. Glaub mir, ich schaff das. Gleich morgen rede ich noch einmal mit ihm. Versprochen!»

Michelle war nicht so zuversichtlich, wie sie vorgab, aber es tat ihr weh, ihre Freundin so verzweifelt zu sehen. Sie wollte sie ein wenig aufmuntern.

Das kaltweiße Licht der LED-Röhren in der Decke fiel auf Connys nackte Haut und ihr Gesicht und ließ sie blasser wirken, als sie war. Abermals schaute Conny auf ihre Armbanduhr, und Michelle sah ihr an, was sie dachte. Sie hätte die Zeit hier in der Sicherheit des Umkleideraums gern angehalten, aber die Minuten verrannen gnadenlos. Wie sie es immer taten, ganz gleich, was Menschen sich wünschten.

«Ist denn irgendwas … vorgefallen?», fragte Michelle, während sie aus ihren Alltagsklamotten schlüpfte und sie in ihren Spind hängte.

Conny strich sich das Haar zurück und band es erneut zu einem Pferdeschwanz.

«Gestern Abend, da ...», sie schüttelte den Kopf. «Du weißt doch, meine Terrassentür geht zum Bach raus ...»

Michelle nickte. Sie kannte Connys Wohnung von einigen Besuchen.

«Ich mache immer den Vorhang zu, sobald es dunkel wird, und gestern ... da war jemand, unten am Bach, zwischen den Büschen. Stand einfach nur da und starrte zu mir herauf. Ich hätte ihn gar nicht gesehen, wenn das Mondlicht nicht so hell gewesen wäre. Sein Gesicht hat es reflektiert.»

«Scheiße», flüsterte Michelle. Eine Gänsehaut lief ihr über den Körper. «Und dann?»

«Nichts. Ich bin vom Vorhang weg, um das Telefon zu holen, und als ich wieder zurückkam, war er fort.»

«Vielleicht ist er nur ein kleiner mieser Feigling, der sich gar nicht traut, dir etwas anzutun.»

«Aber das tut er doch schon! Weil diese Angst unerträglich ist. Weil ich nicht mehr richtig schlafen kann. Manchmal wünsche ich mir, er würde endlich zuschlagen, mich angreifen, mich ... was auch immer, Hauptsache, diese Ungewissheit endet und ...»

Conny brach ab, atmete tief ein und schloss die Augen. Als sie sie wieder öffnete, waren sie feucht. Es fiel ihr sichtlich schwer, die Tränen zurückzudrängen.

Michelle ging zu ihr, nahm sie in die Arme und drückte sie.

Doch sie hatten leider keine Zeit, sich lange in den Armen zu liegen, denn Michelles Schicht begann gleich. Sie kam, Conny ging, das war häufig so.

«Hast du es noch einmal bei der Polizei versucht? Die müssen doch irgendwas tun. Diese Liste mit Patienten zum Beispiel, die du erstellt hast, da waren doch welche dabei, die dich erfolglos angebaggert haben oder dir blöd gekommen sind ... warum arbeiten sie die nicht ab!»

Conny schüttelte den Kopf. «Das bringt nichts. Die sagen mir sowieso wieder, dass sie nichts tun können, solange keine Straftat vorliegt. Schon gar nicht, wenn sie nicht wissen, gegen wen sie vorgehen sollen.»

Sie zog einen warmen gelben Rollkragenpulli an, während Michelle ihre Arbeitshose anzog.

«Weißt du, was ich mir von diesem überheblichen Polizisten anhören musste?»

«Was denn?»

«Geister verfolgen wir nicht. Und dann hat er mich angesehen, als hätte ich den Verstand verloren.»

«Arschloch!», stieß Michelle aus, obwohl sie den Polizisten ein wenig verstehen konnte. Conny hatte nichts vorzuweisen außer dem Gefühl, verfolgt und beobachtet zu werden.

«Glaubst du mir eigentlich?», fragte Conny unvermittelt, und es klang, als hätte sie sich die Antwort darauf schon selbst gegeben. Ein weiterer Mensch, der an ihrem Verstand zweifelte, ihr insgeheim eine Therapie anriet, sie früher oder später meiden würde, weil niemand so etwas allzu lange aushielt. Nicht nur Glück wuchs, wenn man es teilte, Angst ebenfalls. Michelle spürte, wie auch sie ihre Umgebung anders wahrnahm, nach Männern Ausschau hielt, die sie eventuell beobachteten.

Michelle nahm die Hand ihrer Freundin. Sie war kalt, außerdem rau von den Desinfektionsmitteln.

«Ich glaube dir. Sonst hätte ich nicht vorgeschlagen, meinen Vater um Hilfe zu bitten. Es ist echt schwierig zwischen ihm und mir, und es hat mich ganz schön Überwindung gekostet, ihn anzurufen. Ehrlich, er ist der seltsamste Mensch, den ich kenne.»

Michelle hörte selbst, wie angefasst sie klang. Sie war es aber nicht wegen des unausgesprochenen Vorwurfs ihrer Freundin, sondern weil es doch normal sein sollte für eine Tochter, den eigenen Vater um Hilfe zu bitten. Eigentlich sollte man sich dazu nicht überwinden müssen.

«Tut mir leid, das war nicht so gemeint», sagte Conny. «Ich würde nur gern mal wieder eine Nacht durchschlafen, ohne von jedem kleinsten Laut geweckt zu werden.»

«Schon gut, mach dir keine Gedanken. Ich verspreche dir, mein Vater wird dir helfen. Ich werde ihn davon überzeugen.»

«Ich bin dir wirklich dankbar ... egal, ob es klappt oder nicht.»

«Das klappt schon.»

Conny stieg in ihre weißen Sneaker und stand mit einem Ruck von der Holzbank auf.

«Dein Dienst fängt gleich an, und ich muss los, sonst verpasse ich die Bahn.»

Michelle begleitete ihre Freundin bis zum Personaleingang und stieß die schwere Metalltür auf. Draußen war es noch dunkel, zudem lag Nebel über dem Land. Er dämpfte das Licht der Straßenlaternen und die Geräusche der langsam erwachenden Stadt. Es war eine unheimliche, bedrückende Stimmung, in die niemand gern einen Fuß setzte – nicht einmal ohne die Ängste, die Conny gerade ausstand.

Sie umarmten sich. «Du schaffst das», flüsterte Michelle ihrer Freundin zu. «Schick mir eine WhatsApp, sobald du zu

Hause bist, okay? Du weißt ja, höre ich nach vierzig Minuten nichts von dir, setze ich Himmel und Hölle in Bewegung.»

Conny versprach es ihr und trat hinaus in den frühen Morgen. Schon nach wenigen Metern verschwand sie im Nebel.

Michelle fühlte sich furchtbar dabei, ihre Freundin mit all der Angst im Gepäck allein dort hinausgehen zu lassen. Mühsam kämpfte sie den Drang nieder, ihr hinterherzulaufen, denn sie hatte keine Zeit mehr.

Ihre Schicht begann.

In diesem Moment war sie so allein, wie ein Mensch nur sein konnte.

3.

Morgen. 05:38 Uhr.

Frühmorgens zwischen fünf und sechs trafen die ersten Berufspendler an dem kleinen Bahnhof der Kreisstadt ein. Die meisten schotteten sich mit Kopfhörern von ihrer Umwelt ab, einige starrten zusätzlich aufs Handy.

Constanze Goldmann aber hatte für ihr Handy keinen Blick übrig. Sie beobachtete ihre Umgebung, suchte nach Personen, von denen eventuell eine Bedrohung ausging. Dabei war das Quatsch. *Er* zeigte sich nicht. *Er* war der Schemen, der im Nebel dort entlanghuschte, wo die Sicht endete und das Ungewisse begann.

Conny fror. Klar, es war kühl jetzt Anfang März, aber nicht wirklich kalt, und sie trug einen warmen Parka. Als der Regionalzug einfuhr, brachte er einen zusätzlichen Schwall kalter Luft mit unter das stählerne Überdach. Rasch stieg Conny in den Waggon gleich hinter der Lok – so wie immer. Zwar gab es keine Verbindungstür zwischen Lok und Waggon, aber es fühlte sich besser an, nicht allzu weit von der Person entfernt zu sein, die den Zug steuerte.

Rationalität war der Hoffnung immer unterlegen. Fast ein Naturgesetz.

Mit ihr stieg rund ein Dutzend Pendler in den Waggon. Es gab genug freie Plätze, die Menschen verschwanden zwischen den Sitzen, jeder und jede für sich. Die Augen schließen, ein wenig Schlaf nachholen bis zum Zielort.

Conny setzte sich auf den freien Platz direkt an der Tür. Dort störten keine Rückenlehnen den Blick, sie konnte sehen, wer oder was auf sie zukam, und obwohl auch sie müde war, schloss sie die Augen nicht, sondern blieb wachsam. Es war anstrengend, ständig auf der Hut sein zu müssen, diese Anspannung veränderte ihren Körper. Machte die Muskeln in Rücken und Nacken hart, was zu Kopfschmerzen führte. Umklammerte den Magen, was in Bauchschmerzen resultierte. Und am allerschlimmsten: Es veränderte die Gedanken. Seitdem das alles angefangen hatte, war Conny nicht mehr dieselbe.

Sie konnte nicht einmal genau sagen, wann es begonnen hatte. Mal ein ungutes Gefühl hier, mal ein Zusammenzucken dort, wer kannte das nicht, gerade, wenn man wegen des Jobs auch abends und nachts unterwegs sein musste. Aber dabei war es nicht geblieben. Jemand verfolgte sie, und das schon seit einigen Wochen. Conny brauchte nicht die Bestätigung ihrer Sinnesorgane wie Augen und Ohren, um das zu wissen. Sie spürte *ihn*. Ihr kam es so vor, als spionierte er ihren Tages-

und Lebensablauf aus. Als wollte er den perfekten Moment herausdestillieren, um zuschlagen zu können.

Aber wer war er? Und warum gab er sich nicht zu erkennen? Was wollte er von ihr? Die Polizisten, mit denen sie vor ein paar Tagen noch gesprochen hatte, tippten auf einen heimlichen Verehrer oder jemanden, den sie hatte abblitzen lassen. Dieser Liste, von der Michelle gesprochen hatte, wollten sie aber nicht nachgehen. Ehemalige Patienten, die vielleicht beleidigt waren, weil Conny nicht mit ihnen geflirtet hatte, nein, das erschien den Beamten dann doch etwas zu dünn.

Natürlich hatte sie an Mats gedacht, dessen Einladung zu einem Date sie abgewiesen hatte. Aber das lag anderthalb Jahre zurück, da hatte sie noch in der Betreuung von Wachkomapatienten gearbeitet. Mats hatte sich offenbar in sie verliebt, und obwohl er ein sympathischer Mann war, hatte sie Nein gesagt. Sich mit Patienten oder deren Angehörigen einzulassen war nicht gut. Sie hatte der Polizei von Matthias Kaminski erzählt, wusste aber nicht, ob die ihn aufgesucht hatte, und glaubte auch letztlich nicht, dass er dahintersteckte.

Der Zug hielt an der ersten Haltestelle.

Ein Dutzend weitere Fahrgäste stieg ein.

Jemand ließ sich in die Sitzbank auf der anderen Gangseite fallen, nur eine Armeslänge von Conny entfernt. Sie warf ihm einen Blick zu.

War er es? Die Kapuze des Hoodies verhinderte, dass sie sein Gesicht sehen konnte.

Wenn jede Person ein potenzieller Feind war, fühlte man sich gänzlich verlassen, und wer glaubte, der Tod sei schlimm, kannte dieses Gefühl nicht.

Zehn Minuten später stürzte Conny überhastet aus dem

Waggon, und erst als der Zug weiterfuhr, konnte sie wieder frei atmen. Dies war nicht der Bahnhof des Ortes, in dem sie lebte. Sie war eine Station früher ausgestiegen, weil sie am Abend auch hier eingestiegen war. Normalerweise ging sie zu Fuß von ihrer Wohnung zum Bahnhof. Hierher war sie extra fünfzehn Minuten mit dem Auto gefahren, weil sie gelesen hatte, man solle keine Routinen offenbaren, wenn man einen Stalker am Hacken hatte.

Krank, das war einfach nur krank.

Conny lief los Richtung Parkplatz.

Da der Zug gerade eben abgefahren war, war der Bahnhof leer. Wasser tropfte von den Zweigen der Bäume, die ihre Äste in den Nebel streckten. Krähen, die Conny nicht sehen konnte, krächzten sich über ihren Kopf hinweg lautstark an. Sie konnte ihren kleinen grünen Wagen dort vorn auf dem Parkplatz schon sehen. Er stand zwischen einigen anderen, die erst kurz zuvor eingeparkt hatten und deshalb nicht komplett von winzigen Wassertropfen überzogen waren.

Ihrer schon, er stand ja bereits die ganze Nacht lang dort.

Aber was war das für eine Stelle an der Scheibe der Fahrertür?

Als Conny am Auto war, wusste sie es.

Jemand hatte einen kreisrunden Bereich auf der Scheibe frei gewischt, um in den Wagen schauen zu können.

Und das musste gerade eben passiert sein.

Ihr Herz begann zu rasen, hektisch schaute sie sich nach allen Seiten um, doch da war niemand. Sie wischte die Wassertropfen von der hinteren Scheibe, um einen Blick auf den Rücksitz zu werfen. Versteckte sich jemand dort? Es sah nicht danach aus, aber es war zu dunkel, um es ausschließen zu können.

Conny trat einen Schritt zurück.

Was sollte sie tun?

Die Polizei anrufen?

Nein, das konnte sie nicht bringen, nachdem sie die kleine Dienststelle ihres Wohnorts schon viel zu oft genervt und sich am Ende diesen Satz mit dem Geist eingehandelt hatte.

Den Bus oder ein Taxi nehmen?

Für einen Moment erschien ihr das vernünftig. Doch dann fand sich irgendwo in ihren Synapsen eine rationale Verbindung, und Conny fragte sich, zu was sie sich noch treiben lassen wollte. Würde sie sich bald zu Hause verstecken, nicht mehr zur Arbeit gehen, keine Freundinnen mehr treffen, sich aus dem Leben verabschieden? Wo sollte das enden? War es nicht genau das, was ihr Stalker beabsichtigte?

In diesem Augenblick beschloss Conny, das Spiel nicht mehr mitzuspielen. Schluss jetzt. Es reichte. Sie wollte die Kontrolle über ihr Leben zurück, konnte so nicht weitermachen. Also entriegelte sie den Wagen, schaute zuerst in den Fond, setzte sich dann hinters Steuer und fuhr los.

Und sah im Rückspiegel gerade noch, wie eine große Gestalt in dunkler Jacke aus der alten Bushaltestelle aus Waschbetonplatten trat und ihr hinterherschaute.

4.

Morgen. 06:17 Uhr.

In der hohlen Hand zündete er sich eine Zigarette an und ließ seinen Blick über den Vorplatz des kleinen Bahnhofs gleiten. Beobachtete ihn jemand? Er hatte sich alle Mühe gegeben, wie ein normaler Berufspendler zu wirken, und er würde dieses Bild vervollständigen, wenn er in den Bus stieg, der in wenigen Minuten hier eintreffen und ihn in dem Dorf ausspucken würde, wo die junge Frau lebte, der er eben noch beim Einsteigen in ihren kleinen grünen Wagen zugeschaut hatte.

Der Qualm der ersten Zigarette des Tages blieb in seiner Luftröhre hängen, er räusperte sich lautstark und spuckte einen Batzen Schleim in das farblose Gras neben der Bushaltestelle. Dort lag bereits Hundekot, gekringelt wie ein Kunstwerk, aber wegen der Feuchtigkeit in Auflösung begriffen. Hundehalter sahen alles zu jeder Zeit, niemand war sicher vor denen, die allermeisten Leichenfunde in irgendwelchen Wäldern gingen aufs Konto von Menschen, die ihre Hunde zum Kacken ausführten.

Sei's drum.

Hier war keiner zu sehen.

Ihm fiel auf, dass die alte analoge Uhr am Bahnsteig ausgefallen war. Schwarze Zeiger auf weißem Grund, die sich entschieden hatten, das Ende der Zeit auf 15:22 Uhr festzusetzen. Warum nicht? War genauso gut wie jede andere Uhrzeit. Er musste daran denken, dass seine eigene innere Uhr schon vor mehr als dreißig Jahren stehen geblieben war.

Von der anderen Seite näherten sich zwei Autos, bogen auf die schmale Zufahrt zum Parkplatz ab und schreckten ihn auf. Vielleicht hätte er noch ein paar Sekunden gehabt, um sich ungesehen zu verstecken, aber warum? Er wartete auf den Bus. Daran war nichts Verdächtiges.

Scheißwetter, dachte er. Ein Wetter, das zum Töten einlud.

In skandinavischen Krimis töteten die Mörder immer bei solchem Wetter. Die wussten schon, warum.

Als der Bus kam, suchte er sich drinnen einen Fensterplatz und starrte stur durch das schmutzige Glas hinaus.

Er spürte Trauer in sich, die keinen bestimmten Bezugspunkt hatte. Sie war allgegenwärtig, ein Weltschmerz epischen Ausmaßes. Die weisesten und klügsten Menschen litten daran, denn wie er hatten auch sie die eigene Machtlosigkeit erkannt und sich eingestanden, ein Niemand zu sein. Vielleicht fühlte er sich deshalb so einsam.

Der Bus hielt im nächsten Dorf, wo er als Einziger ausstieg. Er rammte die Hände in die Taschen seiner gefütterten Jacke und machte sich mit langen Schritten auf den Weg. Die Adresse kannte er.

Er war überrascht, als ihr kleines grünes Auto ihn überholte, während er mit gesenktem Kopf und runden Schultern den Gehsteig entlangmarschierte. Eigentlich hätte sie einige Minuten früher eintreffen müssen. Womit hatte sie die Zeit verbracht?

Sie parkte am Straßenrand vor dem zweigeschossigen Haus, das sein wahres Alter hinter einem weißen Dämmmantel versteckte. Hier bewohnte sie die rechte Seite des Erdgeschosses. Nach hinten hinaus hatte sie einen kleinen Garten mit Terrasse, nichts Besonderes, aber hübsch. Nach allem, was er durch die Fenster gesehen hatte, war auch ihre Wohnung so eingerichtet. Hübsch.

Er war fünfzig Meter entfernt, als sie ausstieg. Sie schaute sich um, sah ihn kommen, zögerte kurz, schien zu überlegen, ob sie wieder einsteigen und den Wagen verriegeln sollte. Sie entschied sich dagegen, nahm den kleinen Rucksack vom Rücksitz sowie eine Brötchentüte, womit geklärt war, warum sie länger gebraucht hatte. Sie schlug die Autotür zu und ging zum Haus hinüber, wobei sie sich immer wieder nach ihm umsah.

Wie einfach es wäre, sie jetzt zu überwältigen. Sie in ihre Wohnung zu drängen und ihr anzutun, wovor sie sich so fürchtete. Sicherheit gab es nicht, für niemanden. Es lebte sich entspannter, wenn man akzeptierte, dass der Tod nichts weiter war als ein Minussymbol. Subtraktion von der Stunde der Geburt an. Das Leben verging. Jede Sekunde, jede Stunde, jeden Tag. Und was verging, das starb. Die Menschen verschoben den Tod aufs Ende, weit nach hinten, wo sie ihn nicht sehen mussten, dabei tickte er an ihren Handgelenken, in ihren Handys, in ihren Genen. Immerzu. Immer lauter, je länger es dauerte.

War besser, es zu akzeptieren.

Er hatte das schon vor langer Zeit getan.

Ohne der Frau einen Blick zuzuwerfen, ging er an ihr vorüber. Eilig verschwand sie im Haus. An der nächsten Straßenecke bog er rechts ab, dann noch einmal rechts und lief den Trampelpfad an dem schmalen Bach entlang, der hinter den Grundstücken floss.

Von dort konnte er unbemerkt in ihre Wohnung schauen. Er schlug sich in den ungepflegten Grünstreifen aus Bäumen und Büschen, die noch kahl waren, streifte das Wasser von den Ästen und hockte sich schließlich hinter einen alten vermodernden Baumstumpf, der ihm Sichtschutz bot.

Im Inneren des Hauses ging das Wohnzimmerlicht an. Die Frau trat an die Terrassentür, schaute kurz hinaus, zog dann aber mit einem Ruck den Vorhang zu. Das war nur vernünftig und konsequent, schützte aber vor nichts und niemandem, auch wenn die Leute das gern glaubten.

Ein paar Minuten hielt er es mit seinem schmerzenden rechten Knie in der Hocke aus, dann musste er seinen Beobachtungsposten aufgeben. Er zog sich aus dem Grünstreifen zurück, holte die Schachtel Zigaretten hervor und wollte sich mit klammen, kalten Fingern eine anzünden, als er die Gestalt bemerkte, die ihm in den Weg trat.

«Polizei, was machen Sie hier?»

5.

Morgen. 07:30 Uhr.

«Kennen Sie den Mann?»

Conny Goldmann stand neben einem jungen Beamten auf der Seite der Guten des Polizeispiegels. Auf der Seite der Bösen saß ein älterer Mann, der sich zu langweilen schien. Er pulte Schmutz unter seinen Fingernägeln hervor, betrachtete ihn und schnippte den Krümel zu Boden.

Conny schüttelte den Kopf. Sie hatte den Mann nie zuvor gesehen, aber es war ohne Frage der, der in eine dunkle Jacke gekleidet am Bahnhof aus der Bushaltestelle getreten war, ihr nachgeschaut hatte und wenig später vor ihrem Wohnhaus aufgetaucht war. Noch aus dem Auto heraus hatte Conny die Polizei angerufen, und tatsächlich hatte der junge Beamte, der jetzt neben ihr stand, ihr Aufmerksamkeit geschenkt und sofort reagiert. Was wahrscheinlich daran lag, dass er neu war auf der Wache. Er hatte sich ihr als Polizeikommissar Holger Werth vorgestellt.

«Wie heißt er?», fragte Conny. «Wo wohnt er?»

«Sorry, das darf ich Ihnen nicht sagen. Es steht ja nicht fest, dass er ... also ... er streitet alles ab, behauptet, er habe dort nur pinkeln wollen, verstehen Sie?»

Conny verstand sehr wohl. Der Täter wurde besser geschützt als das Opfer. Dieser Mann wusste, wo sie lebte, arbeitete, mit wem sie ihre Zeit verbrachte, welche Interessen sie hatte. Nichts von alledem durfte sie über ihn wissen. Conny betrachtete ihn und fragte sich, ob das wirklich der Mann war, der ihr das Leben zur Hölle machte. Ein vollkommen Fremder, noch dazu nicht mehr der Jüngste. Was sollte ihn dazu getrieben haben? Conny war sich absolut sicher, ihn noch nie gesehen zu haben. Auch nicht im Krankenhaus. Ein Gesicht wie dieses hätte sie sich gemerkt. Es war hart und hager, die Nase schmal und lang, zudem sah er aus wie ein Obdachloser mit dem langen Haar und Bart.

«Werden Sie ihn gehen lassen?»

Holger Werth schob die Finger ineinander.

«Sobald wir ihn vernommen haben», antwortete er. «Es liegt ja nichts gegen ihn vor, außer, dass er nach eigenen Angaben in die Büsche gepinkelt hat. Aber keine Angst. Wenn er wirklich der Mann ist, von dem Sie sich verfolgt fühlen, wird er es von heute an nicht mehr versuchen. Er bekommt eine Gefährderansprache.»

«Was ist das?»

«Wir erklären ihm, dass wir die Gefahrenlage erkannt haben, informieren ihn über die geltende Rechtslage und die Maßnahmen unsererseits.»

«Das wird ihn sicher mächtig beeindrucken», sagte Conny sarkastisch. «Und werden Sie ihn danach beobachten?»

Conny sah dem jungen Beamten in die Augen, in die sich ein wenig Verzweiflung schlich.

«Tut mir leid ...», begann er und zuckte mit den Schultern. «Dafür haben wir einfach nicht das Personal.»

Conny presste die Lippen zusammen und nickte. Was sollte sie auch sagen? Hier einen Aufstand zu machen änderte nichts an der Personalsituation der Polizei. Sie kannte das schon aus dem Krankenhaus, wo es nicht anders war. Dennoch war sie erleichtert. Auch wenn der Mann alles abstritt, wollte sie daran glauben, dass ihre Tortur heute ein Ende fand. Er war der Richtige, daran gab es nichts zu zweifeln. Was immer ihn antrieb, er war entdeckt und würde sich bestimmt nicht trauen, sein Tun fortzusetzen.

«Am besten gehen Sie jetzt nach Hause und ruhen sich aus», sagte der Beamte. «Wir behalten den Mann noch eine Weile hier und nehmen ihn mal so richtig ran.»

Er wollte Conny Mut machen, sie aufbauen, ballte sogar die Hand zur Faust bei seinen letzten Worten. Conny fand ihn süß, auch wenn ihr klar war, dass er übertrieb und nichts dergleichen tun würde. Immerhin musste er sich als Polizist an Recht und Gesetz halten.

Sie betrachtete den Mann auf der anderen Seite der Scheibe ein letztes Mal, und in diesem Moment hob er den Kopf und ihre Blicke begegneten sich.

Er kann mich sehen, trotz des Einwegspiegels, dachte Conny, auch wenn das unmöglich war.

Ihr lief ein kalter Schauer den Rücken hinab, und sie wusste, sie würde andere Hilfe als die der Polizei benötigen, wenn sie diesen Mann loswerden wolle.

Sie wandte sich ab, weil sie diesen Blick nicht länger ertrug.

6.

Morgen. 07:50 Uhr.

«Ihr Name ist Lars Erik Grotheer?», sagte der junge Polizist, der seinen Personalausweis in der Hand hielt und dennoch die dämliche Frage nach seinem Namen stellte. «Geboren am 05.12.62 in Liebenau?»

Der Blick des Beamten, auf dessen Uniform der Name Holger Werth stand, wechselte zwischen dem Ausweis und Grotheer hin und her. Er verglich das Foto mit dem Gesicht, das er vor sich sah, und Grotheer konnte den Zweifel nachvollziehen. Seitdem das Foto entstanden war, hatte er sich stark verändert. Sein Haar war grau geworden und länger, dazu der Bart, den zu stutzen er sich nur selten aufraffte.

«War das eine Frage? Wenn ja, war sie überflüssig. Sie können ja offensichtlich lesen.»

«Immer schön höflich bleiben, Herr Grotheer. Oder möchten Sie es unbedingt auf die harte Tour?»

«War das jetzt eine Frage oder eine Drohung?»

«Ich dachte, wir führen ein vernünftiges Gespräch», sagte der Beamte und sah Grotheer mit einem Blick an, der wohl Autorität suggerieren sollte. Doch dafür fehlten ihm Alter und Erfahrung.

«Na, dann fangen wir doch damit an. Warum halten Sie mich hier fest? Bin ich verhaftet? Wenn ja, warum?»

«Warum haben Sie das Haus beobachtet?»

«Ich habe gar nichts beobachtet, ich habe gepinkelt. Ist das verboten?

«Natürlich ist das verboten. Nach Paragraf 118 Ordnungswidrigkeitengesetz. Das Bußgeld liegt zwischen 35 und 5000 Euro. Noch Fragen?»

«Ich habe mich extra in die Büsche verdrückt.»

«Spielt keine Rolle, ist trotzdem verboten. Und jetzt hören wir auf mit dem Blödsinn ...» Holger Werth seufzte und ließ sich auf den Stuhl gegenüber sinken. Sie befanden sich in einem kleinen Vernehmungszimmer, das immerhin mit einem Einwegspiegel ausgestattet war und auch ansonsten modern wirkte. Offenbar war vor nicht allzu langer Zeit Geld in diese kleine Provinzdienststelle geflossen.

«Was machen Sie beruflich, Herr Grotheer?»

«Ich bin in Frührente.»

«Und davor?»

«War ich Polizeibeamter.»

Der junge Mann hob die Augenbrauen.

«Sie sind Polizist?»

«Nein. Ich war Polizist.»

«Einmal ein Bulle, immer ein Bulle, oder nicht?»

«Das mag für ein Rindvieh stimmen, nicht aber für mich. Keine Ahnung, wie das bei Ihnen ist.»

Grotheer bemerkte, dass der junge Mann die versteckte Beleidigung nicht verstand, es wäre ihm aber auch egal gewesen, wenn doch. Die Zeiten, in denen er sich um Höflichkeiten geschert hatte, waren lange vorbei. Wenn man nicht zurückbekam, was man verteilte, stellte man das Verteilen irgendwann ein, so einfach war das. Die, die das nicht verstanden, saßen in den Wartezimmern der Therapeuten oder in der Psychiatrie.

«Und wo?», fragte Holger Werth.

«Wo was?»

«Polizist. Wo waren Sie Polizist?»

«Sagen Sie, haben Sie mich nicht längst überprüft? Ihr habt doch einen PC hier, oder nicht?»

«Ich warte noch auf meinen Vorgesetzten und wollte bis dahin mit Ihnen reden.»

«Bundestag.»

«Wie bitte?»

«Bundestag», wiederholte Grotheer.

«Ich verstehe nicht ...»

«Ich war beim kleinsten Polizeibezirk Deutschlands, der Bundestagspolizei», klärte Grotheer den Mann auf.

«Aha», machte der und wusste offensichtlich nicht, was er davon halten oder dazu fragen sollte. Also fragte er das Nächstliegende.

«Und was wollen Sie von Frau Goldmann?»

«Sie entführen, töten und auf meinem weitläufigen Grundstück verscharren.»

Der Mund von Holger Werth blieb wortlos offen.

Grotheer schüttelte den Kopf und beugte sich vor.

«Was glauben Sie denn, was jemand, den Sie für einen Stalker halten, auf diese Frage antwortet? Die Wahrheit in der Form, wie ich es eben getan habe?» Grotheer ließ sich zurücksinken. «Ich habe Frau Goldmann verfolgt und beobachtet, um herauszufinden, ob sie verfolgt und beobachtet wird.»

«Haben Sie getrunken?», fragte Werth. Er musste den Whisky in Grotheers Atem gerochen haben. Den hatte er getrunken, kurz bevor er zu seiner nächtlichen Aktion aufgebrochen war. Zur Beruhigung. Aber das ging den Mann gar nichts an.

«Hören Sie», begann Grotheer, «ich gebe Ihnen die Handynummer meiner Tochter, rufen Sie sie an, sie wird Ihnen erklären und bestätigen, was ich eben gesagt habe.»

Holger Werth schüttelte den Kopf. «Erklären Sie es mir. Gern die lange Version.»

Grotheer seufzte. «Kann ich einen Kaffee bekommen?»

«Nein. Wer so unhöflich ist wie Sie, bekommt von mir keinen Kaffee.»

Innerlich musste Grotheer lächeln. Der junge Mann stieg in seiner Achtung. Als er selbst so jung gewesen war, hatte ihm diese Chuzpe noch gefehlt. Vor ihm saß einer mit Leidenschaft für seinen Beruf, die noch nicht von den Realitäten zurechtgestutzt worden war. Holger Werth sah gut aus. Jung, straff, trainiert, motiviert, mit wachen Augen und einem offenen Gesicht. Er war das genaue Gegenteil von Grotheer, erinnerte ihn aber an sich selbst, als er in den Polizeidienst eingetreten war. Das war vor der Katastrophe gewesen, die alles verändert hatte.

«Also gut», begann er. «Sie wissen sicher, dass Frau Goldmann sich seit einer Weile verfolgt fühlt, sie hat das meines Wissens mehrfach hier angezeigt.»

«Davon weiß ich nichts. Heute ist mein erster Tag hier.»

«Das erklärt einiges.»

«Was meinen Sie?»

«Zum Beispiel, dass Sie so schnell vor Ort waren und mich aufgestöbert haben. Ihre Kollegen hätten auf den Anruf von Frau Goldmann kaum reagiert.»

«Das halte ich für ausgeschlossen.»

«Wie auch immer ... Frau Goldmann hat eine gute Freundin und Arbeitskollegin. Meine Tochter Michelle. Und weil Frau Goldmann sich von der Polizei im Stich gelassen fühlt, bat meine Tochter mich, ob ich nicht ein Auge auf Frau Goldmann haben und herausfinden könne, wer sie verfolgt. Damit habe ich heute begonnen.»

«Klingt ja richtig glaubwürdig.»

«Wie schon gesagt, meine Tochter wird Ihnen den Sachverhalt bestätigen.»

«Frau Goldmann sagte aber gerade noch, dass sie Sie nicht kennt.»

«Wir sind uns nie begegnet, insofern stimmt das.»

Holger Werth musste nachdenken, dann bat er um Michelles Handynummer. Grotheer schrieb ihm Namen und Nummer auf einen Notizblock. Er hatte die Nummer im Kopf, obwohl er sie so gut wie nie benutzte.

«Burghardt?», fragte Werth.

«Michelle ist die uneheliche Tochter aus einer kurzen Beziehung.»

«Und? Haben Sie etwas herausgefunden?», fragte Werth.

Grotheer schüttelte den Kopf. «Wie gesagt, ich habe Frau Goldmann heute zum ersten Mal beobachtet, aufgefallen ist mir aber nichts. Vielleicht täuscht sie sich, wer weiß.»

«Warum haben Sie vorher nicht mit ihr geredet und sie gewarnt, dass Sie in der Nähe sind? Wäre das nicht besser gewesen?»

«Ich wollte herausfinden, wie sie reagiert. Und Sie hat mich ja auch sofort bemerkt. Insofern scheint sie wirklich auf der Hut zu sein.»

«Sie dachten, sie täuscht diese Sache vor?»

Grotheer zuckte mit den Schultern. «Ehrlich gesagt, ja.»

«Okay …» Werth seufzte, schlug sich auf die Schenkel und stand auf. «Dann rufe ich Ihre Tochter jetzt an. Es ist fast acht. Sie wird aufgestanden sein, oder?»

«Sie hat gerade Schicht im Krankenhaus. Ist vielleicht doch besser, ich übernehme das mit meinem Handy und übergebe das Gespräch an Sie.»

Werth nickte, verließ den Raum, kehrte mit Grotheers Handy zurück und reichte es ihm. Zu einem Anruf kam es aber nicht. Plötzlich entstand auf dem Gang Tumult. Laute Stimmen, jemand lief hektisch vorbei, eine Polizistin streckte den Kopf zur Tür herein.

«Ein Überfall!», rief sie aufgeregt. «Jemand wurde verletzt! Wir brauchen alle Einheiten vor Ort!»

7.

Morgen. 08:10 Uhr.

Das Licht war nach wie vor grau, und daran würde sich heute auch nichts mehr ändern, aber Conny Goldmann hatte trotzdem den Eindruck, ihr Leben wäre heller geworden. Von einer Stunde auf die andere. So als hätte das Schicksal einen Vorhang zurückgezogen. Sie konnte noch nicht so recht glauben, dass es vorbei sein sollte.

Vom Polizeipräsidium aus machte sie sich zu Fuß auf den Weg zurück nach Hause. Man hatte angeboten, sie zu fahren, so wie auf dem Hinweg, aber Conny hatte dankend abgelehnt. Gab es einen besseren Moment als diesen, mit geradem Rücken zurück in ihr altes Leben zu gehen?

Ihr Stalker saß bei der Polizei, im Moment konnte er ihr nichts antun. Vielleicht würde er es später noch mal versuchen, aber dann, so nahm Conny es sich vor, während sie kräftig ausschritt, würde sie ihm mutig entgegentreten, sich nichts mehr gefallen lassen. Sie kannte ihn nun, und vor diesem mitleiderregenden alten Mann hatte sie keine Angst.

Sie wusste nicht, was sie ihm getan hatte, wie er auf sie aufmerksam geworden war, und das waren Fragen, die sie ihm gern gestellt hätte. Ohne Antworten kein Verstehen, ohne Verstehen kein Abschließen. Das war schade, aber nicht zu ändern. Sie glaubte nicht, dass sie eine Chance bekommen würde, mit dem alten Mann zu sprechen. Vielleicht war es auch besser so.

Weil ihre Gefühle sie beinahe zum Platzen brachten und unbedingt hinausmussten, rief Conny ihre Freundin Michelle auf dem Handy an. Sie nahm jedoch nicht ab. Das war nicht weiter verwunderlich, schließlich hatte sie Dienst, und zu dieser Zeit war auf der Station immer viel zu tun. Conny sprach ihr eine Nachricht auf die Mailbox.

«Hey! Du wirst nicht glauben, was passiert ist. Die Polizei hat den Typen geschnappt, als er hinter meinem Haus herumlungerte. Ich komme gerade von der Dienststelle. Ein alter Mann, mindestens sechzig, sieht aus wie ein Obdachloser, so mit ungepflegtem Haar und Bart. Oh Gott, ich bin so froh, dass das endlich vorbei ist. Ruf mich zurück, sobald du kannst. Hab dich lieb!»

Conny steckte das Handy weg und sah sich um. In den vergangenen Wochen und Monaten hatte sie ihre Umgebung anders wahrgenommen, hatte sich angewöhnt, die Menschen kritischer zu betrachten, und überall Gefahren vermutet. Das legte man nicht von einem Moment auf den anderen ab, und sie erwischte sich dabei, wie sie in die Autos hineinstarrte, die an ihr vorbeifuhren.

Hör auf damit, sagte sie sich im Stillen.

Conny straffte die Schultern und spürte ihr Selbstbewusstsein zurückkehren. Die Sonne, soeben aufgegangen, fand ein winziges Loch in der grauen Wolkendecke, und ein warmer

Lichtstrahl fiel ihr ins Gesicht. Conny lächelte und nahm es als Zeichen dafür, dass sie diese hässliche Episode ihres Lebens nun hinter sich lassen konnte.

Nach fünfzehn Minuten Fußmarsch erreichte Conny ihr Zuhause. Die anderen Bewohner des Hauses waren alle längst auf der Arbeit. Wieder einmal hatte einer von ihnen vergessen, die Haustür abzuschließen. Egal. Ab jetzt musste sie sich darüber nicht mehr aufregen.

Conny betrat den Hausflur. Links von ihr befand sich die Treppe in die erste Etage. Sie schloss ihre Wohnungstür auf. Durch die Terrassentür fiel Licht in den schmalen Flur. Sie bemerkte einen Schatten, eine Bewegung, wusste im ersten Moment nicht, ob vor oder hinter ihr, und bevor sie reagieren konnte, bekam sie einen heftigen Stoß in den Rücken, der sie geradewegs in ihre Wohnung katapultierte. Conny stürzte der Länge nach auf den Bauch und hörte hinter sich die Tür zuschlagen. Noch bevor sie aufschreien konnte, wurde sie von einem Körper zu Boden gepresst, der sich auf ihren Rücken fallen ließ.

Conny wollte um sich schlagen, konnte es aber nicht.

Ein Unterarm drückte auf ihren Nacken, die kleinste Bewegung schien auszureichen, ihre Wirbel zu brechen.

Es ist immer das Überraschungsmoment, das über Leben und Tod entscheidet.

Dieser eine Satz ihres Trainers für Selbstverteidigung schoss Conny durch den Kopf. Als ihr klar geworden war, dass die Polizei ihr nicht helfen würde, hatte sie mit dem Training begonnen. Zweimal die Woche, jeweils eine Stunde. Statt in Panik zu verfallen, nahm Conny alle Spannung aus ihrem Körper, erschlaffte unter dem Angreifer und irritierte ihn damit.

Er nahm den Arm von ihrem Nacken, griff nach ihrem Kinn, wollte wohl überprüfen, ob sie noch bei Bewusstsein war.

Conny bekam Spielraum. Plötzlich bockte sie auf wie ein wild gewordenes Pferd. Wieder und wieder. Und sie schaffte es, den Angreifer abzuwerfen. Er krachte seitlich gegen das Regal, in dem sie ihre Schuhe abstellte, die Schuhe purzelten heraus. Conny hätte fliehen können, aber wieder dachte sie an die einzige Regel, die ihr Trainer aufgestellt hatte. Überraschen, überraschen, überraschen. Also griff sie nach einem roten Pumps, der direkt vor ihr gelandet war, und nutzte den hohen schmalen Absatz als Waffe.

Wild und unkontrolliert schlug sie auf den Kopf des Angreifers ein, bis nach wenigen Schlägen der Absatz abbrach.

Weil der Mann sich schützend zusammengerollt hatte, sah Conny ihre Chance gekommen.

Sie krabbelte zur Wohnungstür, zog sich daran hoch, riss sie auf, stürzte hinaus und rief laut um Hilfe.

8.

Morgen. 08:30 Uhr.

Stille.

Die Uhr an der Wand tickte, der Zeiger schob sich mit einem Klacken vorwärts. Dort machte sich der Verlauf der Zeit bemerkbar, für Grotheer aber blieb sie stehen. Plötzlich saß er allein im Verhörraum, den Blick auf die Tür gerichtet, die sperrangelweit offen stand. Von einer Minute auf die andere hatte sich die Situation komplett verändert.

Sein Atem ging flach, sein Herz schlug ruhig, dennoch hatte er das Gefühl, demnächst von Aufregung überrollt zu werden. Die Ruhe vor dem Sturm. Am härtesten kam es immer dann, wenn man nicht damit rechnete. So wie damals, als eine Sekunde darüber entschieden hatte, wie er sein Leben leben würde – oder besser, wie er es verschwenden würde.

Da er nicht ewig verharren konnte, erhob er sich von dem Stuhl, auf dem er gesessen hatte, und folgte dem Beamten, der ihn vernommen hatte. Holger Werth hatte ihn mit den Worten zurückgelassen, man werde sich bei ihm melden. Nachdem in der kleinen Landdienststelle wegen eines Notrufs Hektik ausgebrochen war, achtete auch sonst niemand mehr auf Lars Erik Grotheer. Der Gang war leer. Vorn saß eine Beamtin in Zivil am Schreibtisch und telefonierte. Ein kurzer Blick, mehr war Grotheer ihr nicht wert, also drückte er die Tür auf und trat in den feuchten Morgen hinaus.

Auf dem Bürgersteig vor der Dienststelle sah er die beiden verfügbaren Streifenwagen unter Blaulicht davonrasen – in Richtung der Wohnung von Constanze Goldmann.

Grotheer rang mit sich.

Rechts oder links, das war die Frage. Die Richtung entschied darüber, ob Schluss sein würde mit seinem ruhigen Leben, ob er sich Probleme zu eigen machte, die nicht seine waren. Er musste sich entscheiden. Aber hatte er das nicht längst?

Vor wichtigen Entscheidungen, so meint man, wägt man im Kopf alle Argumente gegeneinander ab, um zu einem Entschluss zu kommen. Aber war das wirklich so? Grotheer empfand nur gedankliche Leere, die darauf wartete, gefüllt zu werden. Vielleicht war er zu sehr Bauchmensch und beherrschte dieses sachliche Taktieren einfach nicht.

Das Ringen dauerte fünf Sekunden.

Dann folgte Grotheer seinem Bauchgefühl und den Streifenwagen.

Er hatte lange Beine, schritt kräftig aus, beobachtet von Menschen, die wegen der ungewöhnlichen Polizeiaktivität aus den Fenstern schauten oder in ihre akkurat gepflegten Vorgärten liefen.

«Was ist denn passiert?», rief eine ältere Dame Grotheer zu. Er ignorierte sie. Er wusste es ja selbst nicht, und was er ahnte, wollte sein Kopf noch nicht wahrhaben. Natürlich gab es Zufälle im Leben, jeden Tag, jede Minute, das Leben war eben Chaos und keine Chronik, nichts war längst entschieden oder stand geschrieben, aber hier und jetzt glaubte Grotheer nicht an einen Zufall.

Zehn Minuten später bekam er den Beweis.

Vor dem Haus, in dem Constanze Goldmann lebte, parkten die beiden Streifenwagen quer auf der Straße und sperrten sie in beide Richtungen ab. Eine Beamtin telefonierte in der geöffneten Tür, während die anderen Kollegen damit beschäftigt waren, den Tatort zu sichern. Aus der Entfernung näherte sich ein weiteres Fahrzeug mit Sirene, wahrscheinlich der Rettungswagen.

Grotheer schlug sich in einem weiten Bogen seitwärts durch die Gärten der Nachbarhäuser am ersten Streifenwagen vorbei und dann an der Giebelseite des Vierfamilienhauses zurück Richtung Straße. Die Beamten bemerkten ihn zunächst nicht.

Er sah Holger Werth auf den Knien hocken. Vor ihm lag der ausgestreckte Körper von Constanze Goldmann, keine vier Meter von der Haustür entfernt. So, wie sie dalag, war sie wohl auf dem Weg vom Haus zur Straße gewesen. Auf der Flucht? Hatte ihr Verfolger in der Wohnung auf sie gewartet? Wenn ja, war sie nicht weit gekommen. Der rechte Arm war Richtung Straße ausgestreckt, eine verzweifelt anmutende Position, so als hätte sie in ihren letzten Sekunden nach Rettung gegriffen. Einer ihrer weißen Sneaker fehlte. Die weiße Socke war schmutzig.

Der Menge an Blut nach zu urteilen, war die junge Frau tot.

Ihr Oberkörper schwamm in ihrem Blut, es floss vom Gehweg über die Kante in die Rabatten. Holger Werth presste seine großen Hände auf eine Wunde am Hals der jungen Frau, versuchte verzweifelt, die Blutung zu stoppen, und Grotheer konnte das verstehen, auch wenn es längst zu spät war.

Zu viel Blut außerhalb des Körpers.

Ihm drehte sich der Magen um, aber da er nichts gegessen hatte, bestand nicht die Gefahr, dass er sich übergab. Ihm drehte sich aber auch der Kopf, und die Gefahr, nicht mehr Herr seiner Gedanken zu sein, bestand sehr wohl.

Keine zehn Meter entfernt lag die junge Frau verblutend auf dem Gehweg, für die er heute Nacht aufgestanden war. Die beste Freundin seiner Tochter, die ihn in ihrer Angst vor einem unbekannten Verfolger um Hilfe gebeten hatte. Die sich Hoffnung gemacht hatte, dass ein alter Mann, der seine Dienstzeit bei der Bundestagspolizei verbracht und dort nie einen Mord, nie eine körperliche Auseinandersetzung miterlebt hatte, der über keinerlei Ermittlungskompetenzen verfügte, ihr helfen könnte.

Konnte er nicht.

Schlimmer noch: Er hatte durch sein Handeln die Katastrophe erst herbeigeführt.

Holger Werth schrie: «Wo bleibt der verdammte Rettungswagen!», sah sich dabei um und entdeckte Grotheer an der Hausecke. Ihre Blicke trafen sich. Werth standen Tränen in den Augen, aber Grotheer bildete sich ein, darin auch einen Vorwurf zu erkennen.

Was hast du getan!

KAPITEL 2

10 Tage später

1.

April 2024. Nachmittag. 15:32 Uhr.

«Darf ich dich anfassen? Meine Mama sagt, das bringt Glück, und Glück kann doch jeder brauchen, oder?»

«Da hast du recht. Natürlich darfst du mich anfassen.»

Zögerlich kam der kleine Blondschopf näher. Felicitas Möller, die mit ihren eins achtzig recht groß war, ging in die Hocke. Das Mädchen legte ihr die kleine speckige Hand an den Oberarm und begann, an dem schwarzen Koller, das zwar öl- und rußbeständig, aber noch sauber war, sanft zu reiben. Dabei machte die Kleine große Augen, und ihr Mund stand offen. Sie trug eine ausgewaschene Jeanslatzhose, die an den Oberschenkeln schmutzig war, ihr Haar war zu zwei kurzen Pippi-Langstrumpf-Zöpfen geflochten.

Felicitas fand die Kleine, die höchstens fünf Jahre alt war, total süß, und wie häufig in solchen Situationen schoss ihr der Gedanke an eigene Kinder durch den Kopf. An eine Schwangerschaft. Sie war lesbisch, aber das war ja kein Hinderungsgrund, und es sah alles danach aus, dass ihre Partnerin Lilly es von Herzen gern ihr überlassen würde, ein Kind auszutragen.

«Und jetzt habe ich Glück?», fragte die Kleine mit leiser Stimme.

«Du, deine ganze Familie und euer Haus», antwortete Felicitas.

«Ich glaube, das reicht jetzt, Mila», sagte ihre Mutter, die ein paar Meter entfernt stand. Eine hochgewachsene, schlanke Frau mit harten Gesichtszügen und kurz geschnittenem Haar, die auf den ersten Blick keine Ähnlichkeit mit Mila hatte. «Sonst schafft die Frau Möller ihre Arbeit nicht mehr.»

«Ach, das ist kein Problem. Glück ist immer wichtiger als Arbeit», sagte Felicitas und ließ die kleine Mila noch einen Moment ihren Oberarm streicheln, bevor sie sie sich aus der Hocke erhob.

«Nimmst du Geld dafür?», fragte Mila.

«Für meine Arbeit?»

«Nein, für dein Glück.»

Felicitas schüttelte den Kopf. «Glück kostet niemals Geld. Wenn doch, ist es keines.»

Als Schornsteinfegerin war Felicitas es gewohnt, dass die Menschen sie gern anfassen wollten. Diese alte Tradition starb nicht aus. Sie beruhte darauf, dass die Kaminkehrer die Menschen vor Schornsteinbränden und damit vor dem Tod retteten. Nicht nur Kinder, auch Erwachsene hielten gern an dieser Tradition fest. Leider auch einige Männer, die dabei Grenzen überschritten, aber Felicitas war mutig genug, sie ihnen aufzuzeigen. In einer beruflichen Männerdomäne lernte eine Frau zwangsläufig, sich durchzusetzen.

Die kleine Mila begleitete sie auf den Dachboden des älteren Hauses und beobachtete fasziniert, wie Felicitas den Kaminbesen zuerst in den oberen und dann in den unteren

Bereich des Abzugs einführte, um den Ruß zu entfernen. Ein wenig davon fiel in die Klappe der Zugangsöffnung. Felicitas fasste mit dem Zeigefinger des Handschuhs hinein und drehte sich zu Mila um.

«Und hiermit wirst du automatisch zu einer Superheldin», sagte sie und tippte der Kleinen einmal gegen die Stirn, wo sie einen schwarzen Fleck hinterließ. Das kleine Mädchen verdrehte die Augen, als könnte es den Fleck dadurch sehen.

«Und wie heiße ich?»

«Natürlich Rußmila, die Tapfere.»

Rußmila lief hinunter zu ihrer Mutter und berichtete, sie sei jetzt eine Superheldin.

Felicitas lächelte in sich hinein, während sie ihre Arbeit beendete. Wenn doch nur alle Kunden so toll wären. Aber gerade hier auf dem Land gab es Typen, die hassten Schornsteinfeger geradezu. Häufig dann, wenn sie einen Ofen oder Abzug sperren musste. Felicitas war schon mehrfach deswegen aus Häusern geflogen.

Nach diesem fegte sie noch den Abzug des großen Kamins im Wohnzimmer, verabschiedete sich von der Familie und lud ihr Werkzeug in den kleinen weißen Transporter mit der Aufschrift *Möller, Schornsteinfeger und Energieberater.*

Das alte Familienunternehmen gehörte noch ihrem Vater, aber wenn der in fünf Jahren in Rente ging, würde Felicitas es übernehmen.

Sie stieg in den Wagen, in dem es immer ein wenig nach Ruß roch, ein Geruch, den sie liebte und mit dem sie Erinnerungen an ihren Großvater verband, der den Betrieb aufgebaut hatte. Rußige Haut sei ehrliche Haut, hatte er immer gesagt.

Felicitas warf einen Blick auf die Uhr. Sie hatte noch einen

Termin, dann war Feierabend für heute. Bei den Meiers lag die Feuerstättenschau an, die Fahrt dorthin würde zwanzig Minuten dauern. Hier draußen auf dem Land waren die Wege eben weit. Dafür gab es keine Parkplatzprobleme, und man durfte durch grüne Natur fahren. Zunächst ging es durch die verzweigten Wege der Streusiedlung zurück zur Landstraße, dann in Richtung eines kleinen Waldes, hinter dem die nächste Siedlung lag. Die leicht hügelige Gegend war bezaubernd mit dem frisch ausschießenden Grün an den Büschen und Bäumen. Darüber spannte sich ein von leichten Schleierwolken verwischter hellblauer Himmel.

Plötzlich war Felicitas danach, Lilly anzurufen.

Sie wählte die Nummer, es klingelte zweimal, dann hörte sie Lillys Stimme über die Freisprecheinrichtung. Lilly klang ein wenig hektisch, das war häufig so bei ihr. Sie hatte oft das Gefühl, die Zeit liefe ihr davon, was vielleicht ein Grund für ihre Berufswahl war und warum sie ihr Unternehmen *Zeitfang* genannt hatte.

«Ich musste gerade an uns denken», sagte Felicitas.

«Gab es einen besonderen Grund?»

«Ein fünfjähriges blondes Mädchen mit hinreißender Stupsnase, das sich seine Portion Glück bei mir abgeholt hat.»

«Du hast sie doch hoffentlich entführt und in deinen Wagen gesteckt», rief Lilly.

«Warte noch ein Weilchen, ich bin sicher, wir bekommen das auch auf anderem Wege hin.»

«Hey, ich bin zweiunddreißig, ich habe keine Zeit, um zu warten», sagte Lilly.

«Geduld ist aber die Brücke zum Glück», entgegnete Felicitas, die wusste, wie sehr Lilly diesen Sinnspruch hasste.

«*Vaffanculo!*», sagte Lilly. Dieses italienische Schimpfwort benutzte sie häufig. «Dreh sofort um und hol dir die Kleine.»

Sie lachten zusammen und unterhielten sich ein paar Minuten. Felicitas erfuhr, dass Lilly gerade mit der Vorbesprechung zu einer Hochzeit fertig und auf dem Weg nach Hause war.

«Falls ein Paket angekommen ist, nicht ohne mich öffnen!»

«Wieso falls? Es kommt doch jeden Tag ein Paket an.»

«So schlimm ist es nun auch wieder nicht.»

«Oh doch. Du wirst uns noch ruinieren. Ich könnte aber schon mit dem Kochen anfangen», schlug Lilly vor.

«Unbedingt, ich habe einen Mords… Hey, du Idiot, was stimmt denn nicht mit dir!»

Ein dunkler Kombi hatte Felicitas in einem unübersichtlichen Waldstück rasant überholt und war knapp vor ihr eingeschert. Jetzt leuchteten die Bremslichter auf, und auch Felicitas musste kräftig in die Eisen steigen.

«Was ist denn los?», fragte Lilly.

«Ach, so ein lebensmüder Spinner spielt Rennfahrer. Warte mal kurz …»

Felicitas beobachtete, wie die Tür aufgestoßen wurde und der Fahrer aus dem Wagen stieg. Winkend kam er auf sie zu. Er machte einen verwirrten Eindruck. Seine Bewegungen wirkten eckig, so als würde er fremdgesteuert. Er nahm die Hand nicht wieder runter, winkte andauernd.

«Der kommt rüber», sagte Felicitas.

«Fahr weg!», rief Lilly über die Lautsprecher, und plötzlich klang ihre Stimme ängstlich.

«Nein, kein Problem, ich kenn den … glaube ich.»

Der Mann kam an ihre Seitenscheibe. Felicitas ließ sie herunter, um mit ihm sprechen zu können, aussteigen wollte sie vorerst nicht.

«Hast du Zeit?», fragte der Mann.

«Im Moment leider nicht. Was gibt es denn?»

Er packte nach dem Griff und riss die Autotür auf. Felicitas wurde davon vollkommen überrascht und schaffte es nicht mehr, die Verriegelungstaste zu drücken. Im nächsten Moment spürte sie seine Hand wie eine Stahlklammer in ihrem Nacken. Mit einer heftigen Bewegung schlug er ihre Stirn aufs Lenkrad. Den Augenblick der Benommenheit nutzte er, um den Gurt zu lösen und sie aus dem Sitz zu zerren. Felicitas schrie auf, und nachdem sie auf dem Asphalt gelandet war, hörte sie Lillys Stimme, die nach ihr rief.

Panisch. Angsterfüllt.

Felicitas wollte sich aufrichten, vor dem Mann fliehen, doch er schlug ihr mit der Faust ins Gesicht. Blut schoss ihr aus der Nase, ihr wurde schwarz vor Augen, sie taumelte. Ein weiterer Schlag, diesmal an die rechte Schläfe, schickte sie erneut zu Boden. Felicitas blieb bei Bewusstsein, hatte aber keine Kontrolle mehr über ihren Körper. Sie spürte, wie der Mann sie bei den Füßen packte und zu seinem Wagen zerrte, der nur fünf Meter vor ihrem zum Stehen gekommen war. Dort ließ er sie los und öffnete die Kofferraumklappe des Kombis.

Felicitas bekam das alles mit, aber ihr Körper war wie ein Filter, der den Informationen die Dringlichkeit nahm. In ihren Ohren hallte noch Lillys Stimme. Dazwischen mischte sich die kleine Mila, die fragte, ob Glück Geld kostete, und sie glaubte, die kleine Hand an ihrem Oberarm zu spüren.

Sie hatte einen schmutzigen Beruf, und sie war eine

Glücksbringerin. Sie war verliebt und träumte von eigenen Kindern. Sie liebte es, das Haus einzurichten und Dinge einfach deswegen zu kaufen, weil sie schön waren. Nirgendwo war eine Lücke für das, was gerade passierte. So etwas gab es nicht in ihrer Welt, in der über der Couch ein vanillefarbenes Brettchen mit der Aufschrift «hyggelig» hing und die Wolldecken Fransen hatten, an denen sie bei einem gruseligen Film herumkaute.

Irgendwo im Hintergrund ihrer Gedanken ahnte Felicitas, dass sie etwas unternehmen musste, aber das hatte noch Zeit, war nicht so wichtig. Und so tat sie auch nichts, als der Mann sie unter den Achseln packte und auf die Ladekante des Wagens wuchtete. Er ließ ihren Oberkörper in den Wagen fallen und schob ihre Beine nach.

Nur Sekunden später spürte sie einen Einstich am Oberschenkel, und das Letzte, was sie hörte, war Lillys Stimme, die durch die Lautsprecher ihres Schornsteinfegerwagens nach ihr rief.

2.

Nachmittag. 16:28 Uhr.

Auf der Heckfläche des kleinen weißen Transporters befand sich das lächelnde Gesicht einer Schornsteinfegerin mit einem Zylinder auf dem Kopf und Rußflecken auf den Wangen. Ein hübsches, rundes Gesicht, mit vollen Lippen, großen dunklen Augen und einer bezaubernden Stupsnase. Der Spalt zwischen den beiden Türen teilte dieses Gesicht in zwei Hälften, die Nase verschwand darin, aber Lilly dachte sie sich hinzu.

Wo Möller kehrt, heizt sich's unbeschwert.

Das Gesicht gehörte Felicitas, den Spruch darunter hatte sich ihr Vater ausgedacht. Felicitas fand ihn albern, und sobald ihr Vater in Rente war, würde er verschwinden.

Doch jetzt war Felicitas verschwunden.

Lilly Costanzo lief zwanzig Meter hinter dem verwaisten Kleintransporter in kurzen, schnellen Schritten auf und ab, die Arme vor dem Bauch verschränkt, in dem sich ein Stechen und Ziehen immer stärker ausbreitete.

Vier weitere Fahrzeuge parkten mittlerweile in dem kleinen Waldstück auf der Straße, die komplett gesperrt war. Zwei Streifenwagen, ein ziviler Polizeiwagen und ein Kombi der Spurensicherung. Die uniformierten Beamten kümmerten sich um die Absicherung des Tatorts, die weiß eingehüllten Spurentechniker um mögliche Spuren. Niemand kümmerte sich um Lilly Costanzo. Vorhin, nachdem sie eingetroffen war, hatte sich ein Mann Ende fünfzig als Kommissar vorgestellt und sie zu dem Anruf befragt.

Lilly hatte ihm geschildert, was sie als Zuhörerin mitbekommen hatte. Dass ihre Lebensgefährtin, die Schornsteinfegermeisterin Felicitas Möller, während ihres Anrufs von einem Wagen überholt und geschnitten und dann von dem Fahrer angegriffen worden war.

«Und Sie sind sich sicher, dass Frau Möller von einem Mann gesprochen hat?», hatte der Kommissar gefragt.

Lilly war sich sicher.

«Aber sie hat weder Kennzeichen noch Farbe des Wagens erwähnt?»

Nein, hatte sie nicht, und Lilly war nicht geistesgegenwärtig genug gewesen, danach zu fragen. Aber wer rechnete denn auch mit so etwas? Dinge wie diese spielten sich für Menschen wie Lilly in Fernsehkrimis ab, nicht in ihrer eigenen Realität.

Wie schnell sich beides vermischen konnte, musste sie nun erleben.

Der Kommissar mit den hellwachen grauen Augen, dessen Namen Lilly in der Aufregung vergessen hatte, hatte nach einem Streit, nach Feinden, nach irgendwelchen ungewöhnlichen Vorkommnissen gefragt, doch Lilly hatte zu alldem nichts sagen können. Es gab keinen offensichtlichen Grund, warum jemand Felicitas angreifen und entführen sollte.

Dennoch war sie entführt worden. Daran gab es keinen Zweifel. Der Schornsteinfegerwagen war verwaist, der Wagen fort, von dem Felicitas geschnitten worden war. Auf dem Asphalt glänzte ein Blutfleck, frisch, noch nicht geronnen. Nicht so groß, dass man gleich das Schlimmste annehmen musste, aber er bewies, jemand war verletzt worden. Die Spurentechniker hatten den Fleck markiert und eine Probe genommen.

Lilly war zeitgleich mit den beiden Streifenwagen eingetroffen, hatte sie sogar hierhergeführt. Felicitas und sie hatten Ortungsapps auf ihren Handys, daher hatte sie gewusst, wo genau Felicitas' Wagen stand. Die Fahrt war eine furchtbare Tortur gewesen. Kilometerweit hatte die Hoffnung jedem Angriff standgehalten, um dann doch einzubrechen, als sie den Schornsteinfegerwagen mit Felicitas' Gesicht darauf verlassen auf der Straße entdeckt hatte.

Lillys Beine begannen zu zittern. Sie ließ sich auf die Motorhaube ihres Wagens sacken.

Von vorn kam der Kommissar auf sie zu. Er hielt ein Handy ans Ohr gepresst und sprach mit jemandem, beendete das Gespräch aber, als er Lilly erreichte.

«Sie sehen nicht gut aus», sagte er. «Brauchen Sie irgendwas? Wasser? Einen Schokoriegel? Ich esse immer Snickers, wenn mein Kreislauf nicht mitspielt.»

Lilly schüttelte den Kopf.

«Ich brauche Felicitas, keinen Zucker», antwortete sie. «Wo ist sie? Tun Sie doch etwas!»

«Kommen Sie, setzen wir uns einen Moment dort drüben hin.»

Der Kommissar, schlank und zwei Köpfe größer als Lilly, deutete mit Kinn auf einen gefällten Baumstamm, der am Straßenrand lag. Lilly wollte nicht sitzen, ließ sich aber hinüberführen und auf die raue Borke der Eiche drücken. Über ihnen, in den Kronen, aus deren Ästen sich die ersten Blätter des Jahres schoben, zwitscherte aufgeregt ein Vogelschwarm. Unter anderen Umständen hätte Lilly es als schönen Singsang empfunden, doch jetzt klang es irgendwie bedrohlich. So als hätten die Vögel Kenntnis von etwas Furchtbarem.

«Ich will ehrlich sein zu Ihnen», begann der Kommissar. «Das sieht alles nicht gut aus. Frau Möller wurde wohl aus ihrem Fahrzeug heraus entführt. Leider gibt es bisher keine Spuren, die uns weiterbringen. Um herauszufinden, wer das warum getan hat, werden wir Frau Möllers Background ganz genau unter die Lupe nehmen müssen. So eine Tat geschieht nur selten zufällig. Meistens gibt es einen persönlichen Bezug zwischen Täter und Opfer. Ist Ihnen in der Zwischenzeit etwas eingefallen?»

Lilly starrte vor sich hin. Sie wollte sich konzentrieren, spürte aber, wie ihre Gedanken sich an dem Gesicht mit der verschwundenen Stupsnase auf dem Heck des Transporters festbissen.

Schließlich stieß sie die Worte «Der Mann» aus.

«Wie bitte?»

«Der Mann. Felicitas hat am Telefon gesagt, dass sie glaubt, ihn zu kennen.»

«Warum haben Sie das vorhin nicht schon gesagt?»

«Weil ich ... ich bin ziemlich durcheinander.»

«Aber Ihre Partnerin hat keinen Namen erwähnt?»

Lilly schüttelte den Kopf.

«Vielleicht eine Beschreibung des Mannes?»

«Nein, auch nicht. Das ging alles so schnell ...»

«Haben Sie in der Zwischenzeit über die Fragen nachgedacht, die ich Ihnen vorhin gestellt habe? Gibt oder gab es Streit mit jemandem? Das ist wichtig, denn die Zeit spielt hier eine große Rolle. Je schneller wir Frau Möller finden, desto besser. Denken Sie ruhig weit in die Vergangenheit zurück.»

«Nein, da war nichts. Ich wüsste davon. Wir sprechen über solche Dinge.»

«Darf ich fragen, wie lange Sie und Frau Möller bereits ein Paar sind?»

«Seit dreieinhalb Jahren.»

«Wie haben Sie sich kennengelernt?»

«Über einen Kalender.»

«Einen Kalender?»

Lilly nickte. Sie hatte diese Geschichte immer gern erzählt und sich schon vorgestellt, wie sie sie eines fernen Tages ihren Kindern und Enkeln erzählen würde. Jetzt wollte sie am liebsten nicht darüber sprechen.

«Ich bin selbstständige Fotografin», begann sie dennoch. «Vor knapp vier Jahren bekam ich von der Schornsteinfegerinnung den Auftrag, die Fotos für den neuen Schornsteinfegerinnen-Jahreskalender zu produzieren. Felicitas war eine der zwölf Frauen, die dafür zur Verfügung standen. Wir haben uns beim Shooting ineinander verliebt. Das Foto auf dem Heck des Wagens habe ich auch geschossen.»

So nüchtern hatte Lilly diese Geschichte noch nie erzählt. All die wunderbaren Emotionen, die damit verbunden waren, fehlten ihr heute. Dabei wusste sie noch genau, warum sie sich in Felicitas verliebt hatte. Diese wunderschöne Frau in dem groben schwarzen Dress mit dem Zylinder auf dem Kopf, den sie damals noch nicht hätte tragen dürfen, da sie keine Meisterin gewesen war. Ihre überwältigende Ausstrahlung, die Positivität, ihre innere Ruhe, die ein positiver Gegenpol zu Lillys nervöser Art war.

«Wie ungewöhnlich», sagte der Kommissar.

In diesem Moment kam ein blauer BMW herangerast.

Die uniformierten Beamten stoppten ihn an der Absperrung. Ein großer, übergewichtiger Mann mit hochrotem Kopf schoss heraus.

«Das ist Felicitas' Vater», sagte Lilly und sprang auf.

«Lassen Sie den Mann durch!», rief der Kommissar den Kollegen zu.

Lilly fiel ihrem zukünftigen Schwiegervater in die Arme und ließ sich an seinen voluminösen Körper pressen. Sie war klein, eins siebenundfünfzig, wog kaum fünfzig Kilo und kam sich wie ein kleines Mädchen vor, das beschützt werden musste. Dabei hatte sie doch immer Wert darauf gelegt, von nichts und niemandem beschützt werden zu müssen, auf sich selbst aufpassen zu können. Sie mochte Bernd Möller, er war ein aufrechter Typ, der sich nicht verstellte. Er hatte damals seine Überraschung nicht verborgen, als Felicitas mit einer Partnerin angekommen war. Er hatte sich nicht einfach damit abgefunden, sondern durch Gespräche mit ihnen einen Zugang zu dem Thema gefunden.

«Was ist hier passiert?», fuhr er den Kommissar an.

«Ihre Tochter wird vermisst», antwortete der.

Lilly löste sich aus seiner Umarmung.

«Sie hat mich angerufen ... da war ein Mann ... er hat sie mit seinem Wagen geschnitten.»

«Karamanc!», entfuhr es Bernd Möller wie aus der Pistole geschossen.

«Wer oder was ist Karamanc?», fragte der Kommissar.

3.

Zeitlos

Sie erwachte mit dem widerlich bitteren Geschmack und Geruch von Öl auf der Zunge und in der Nase. Beißend und betäubend zugleich, löste beides zusammen einen Würgereflex bei ihr aus. Felicitas Möller erbrach warme Flüssigkeit, ein scharfes Brennen lief durch ihren Hals.

Keuchend hockte sie da, wartete ab, bis ihr Körper sich ein wenig beruhigt hatte, dann hob sie den Kopf, schaute sich um. Doch es gab nichts, was sie hätte anschauen können. Im ersten Moment glaubte sie, in das Herz eines schwarzen Lochs zu blicken, dorthin, wo schiere Masse alles Licht verschluckte und nichts je entkommen konnte. Dann mischte sich die Angst hinzu, im Nichts erwacht zu sein und damit tot.

Aber würde sie sich erbrechen, wenn sie tot wäre? Und warum sollte es im Jenseits nach Öl schmecken und riechen?

Weil es keinerlei Bezugspunkt für die Augen gab, irrte ihr Blick immer hektischer in der Dunkelheit umher auf der Suche nach irgendetwas. Sie fand nichts. Nichts, woran sie ihre Angst hätte festmachen können, und das war unendlich viel schlimmer als etwas Konkretes.

Felicitas ließ sich auf den Hintern sinken und weinte. Noch auf den Augen waren ihre Tränen warm, am Kinn angekommen bereits kalt, bevor sie im Kragen ihres schwarzen Kollers versickerten – jenes Kollers, das vor nicht allzu langer Zeit noch Glück gebracht hatte.

Erst als sie sich ein wenig beruhigte, spürte sie kaltes Metall an den Handflächen. Sie tastete es ab, empfand es nicht als glatt, sondern offenporig, vielleicht von Rost angefressen. Sobald sie mit den Fingerkuppen über die Handinnenfläche rieb, spürte sie eine feine, sandige Schicht, die daran haften blieb.

«Hilfe!», schrie Felicitas lauthals in die Finsternis.

Nur ein einziges Mal, denn was dann passierte, schockierte sie zutiefst und verschlug ihr beinahe die Sprache und den Verstand.

Ihr Wort multiplizierte sich, zuerst langsam, dann immer schneller, zuerst laut, dann immer leiser, ein anhaltender Schrei nach Hilfe, der nicht enden zu wollen schien, und dessen Schallwellen die Hautbarriere durchbrachen, in ihren Körper eindrangen und jede Zelle eroberten. Felicitas Möller wurde zu ihrem Schrei. Sie presste sich die Hände auf die Ohren, um sich davor zu schützen.

Irgendwann spürte sie, wie die Schallwellen nachließen, und sie nahm die Hände von den Ohren. Vorsichtig zuerst, dann mutiger, als sie erkannte, dass es aufgehört hatte. Die darauffolgende Stille war einerseits Segen, andererseits unerträgliche Bedrohung. Eine Stille, die durchbrochen werden musste, um sich der eigenen Lebendigkeit zu versichern, aber Felicitas schwieg. Einen weiteren Schrei wollte sie nicht riskieren.

Minutenlang hockte sie flach atmend da und wartete. Was würde passieren? Irgendwas musste doch passieren?

Sie erinnerte sich an die kleine Mila, der sie Glück gebracht hatte. Sie erinnerte sich an ihre davon ausgelösten Gefühle und die Gedanken an eigene Kinder und an das Telefonat mit Lilly, in dem sie scherzhaft über das Thema gesprochen hatten. So näherten sie sich ernsten Themen immer, über Humor, so lange, bis eine Schwelle erreicht war und sie beide spürten, dass es ernst wurde. Das war ein unbekümmerter, leichter Weg, der ihnen beiden guttat.

Und dann plötzlich dieser dunkle Kombi mit den schmutzigen Scheiben, der Mann, der ausgestiegen war. Felicitas wusste, sie kannte ihn irgendwoher, konnte ihn aber nicht einordnen. Ein Kunde vielleicht, aber genauso gut konnte er ihr irgendwo anders begegnet sein. Vor ihrem inneren Auge löste sich sein Gesicht bereits wieder auf und machte einer hässlichen Fratze Platz, die sie nicht sehen wollte.

Warum hatte er sie geschlagen? Warum entführt? Was wollte er von ihr?

Der Name Felicitas bedeutete Glück, und in ihrem Beruf war sie eine Überbringerin von Glück, aber Felicitas war weder dumm noch naiv, sie wusste, dass das Leben gefährlich sein konnte. Und sie wusste, dass es selten gut ausging, wenn eine Frau entführt wurde.

Allein die Ahnung, was ihr bevorstehen könnte, löste entsetzliche Angst bei ihr aus. Nach wie vor konnte Felicitas nichts sehen, aber sie bildete sich ein zu spüren, dass um sie herum eine Hülle von gewaltigem Ausmaß war, aus der ihr Schrei nicht hatte entkommen können.

Felicitas betastete erneut den Boden. Keine Frage, er bestand aus rostendem Metall. Sie ballte die Hand zur Faust und traute sich, mit den Fingerknöcheln dagegen zu klopfen. Zuerst zaghaft, dann stärker. Ein Geräusch vermochte sie nicht zu erzeugen, aber es fühlte sich definitiv nach Metall an. Nach sehr dickem Metall.

Und dann hörte sie etwas.

Ein Geräusch, das nicht von ihr stammte.

Zunächst ein leises Schaben, weit über ihr, gefolgt von einem Klicken, so als rastete ein Mechanismus ein. Im Bruchteil einer Sekunde stach eine Lichtlanze in die perfekte Dunkelheit, ein schmaler Spot, der genau auf Felicitas gerichtet war. Sie war geblendet, sah noch weniger als zuvor und konnte es nicht verhindern aufzuschreien.

Auch dieser Schrei hallte in der metallenen Hülle wider und wider, nur nicht so infernalisch wie zuvor. Als er verklungen war, hörte sie die Worte.

«Alles ist fremdes Eigentum, nur die Zeit ist unser. Dieses so flüchtige, so leicht verlierbare Gut ist der einzige Besitz, in den uns die Natur gesetzt hat, und doch verdrängt uns daraus, wer da will.»

Wer da will, hallte lange nach, und dann war Schluss.

Kein weiteres Wort mehr.

Stille.

Die Zeit verging nicht, und wenn sie nicht verging, wurde jeder Gedanke, jedes Gefühl zu einem ewig andauernden Martyrium.

Felicitas suchte und fand Hoffnung in ihren Gedanken.

Über das Mikrofon der Freisprecheinrichtung hatte ihre Freundin mitbekommen, was geschehen war. Lilly hatte sicher längst die Polizei informiert, man war auf der Suche nach ihr, und es würde nicht mehr lange dauern, bis sie befreit werden würde.

Lilly würde sicher alles daransetzen.

Sie war eine Kämpferin, auch wenn man es ihr auf den ersten Blick nicht ansah. Setzte Lilly sich etwas in den Kopf, verfolgte sie ihr Ziel mit Beharrlichkeit und Konsequenz. Sie hatte sich von ganz unten hochgearbeitet, und das, obwohl sie bei ihrer Lebensgeschichte genauso gut auf der Straße hätte landen können. Ihr sizilianischer Vater war ein Verbrecher gewesen, der sich irgendwann aus dem Staub gemacht hatte. Dann der frühe Tod ihrer Mutter, so etwas war nicht leicht zu verarbeiten.

Aber Lilly hatte es geschafft.

Sie würde es auch schaffen, sie zu retten.

4.

Abend. 21:13 Uhr.

Es war bereits dunkel, als Lilly Costanzo zu Hause ankam, und es goss in Strömen.

Zu Hause, das war ein kleines Häuschen am Stadtrand, weiß verputzt, mit blauen Holzfenstern, die ehemalige Doppelgarage zu einem Fotostudio umgebaut. Daran ihr Firmenschild *Zeitfang – Fotografie.*

Felicitas und sie hatten das Haus gemietet, es war eigentlich zu teuer, aber sie hatten sich verliebt und mit der Aussicht, dass Felicitas den Betrieb ihres Vaters übernehmen würde, trotzdem zugeschlagen. Es lag am Ende einer Sackgasse, das Grundstück war groß und grenzte an Felder und Wiesen. Die kleine Kreisstadt endete hier.

Es war Lillys erstes richtiges Zuhause, seit sie mit achtzehn aus dem Jugendheim ausgezogen war. Die Stationen dazwischen waren einfach nur Wohnungen gewesen, ohne dieses Gefühl, angekommen zu sein. Ihre Mutter war gestorben, als sie zwölf war, und da es keine weiteren Verwandten gab und ihr Vater unauffindbar war, war sie in verschiedenen Heimen aufgewachsen. Vom Tod ihrer Mutter an war sie mehr oder weniger auf der Flucht gewesen. Mobbing, Diebstahl und Gewalt waren in diesen Heimen nicht ungewöhnlich gewesen, ständig hatte sie auf der Hut sein müssen, gerade weil sie schon immer die Kleinste gewesen war.

Doch das war Vergangenheit. Dieses Haus war Zukunft. Hier wollten sie eine Familie gründen.

Jetzt stand es verlassen in Dunkelheit und Regen, und die große Buche, die Felicitas als Schutzbaum bezeichnete, schien sich vor Gram tiefer über das Dach zu beugen als sonst. Kein Schornsteinfegerwagen auf dem Stellplatz. Kein Gesicht auf den Heckklappen, das Lilly schon begrüßte, bevor sie das Haus betrat. Kein Licht im Inneren, und als Lilly die Haustür aufschloss, auch keine klassische Musik, die Felicitas so mochte.

Dafür Stille. Tief und unerträglich. Noch in der offenen Tür fragte sie sich, ob sie den Vorschlag von Felicitas' Vater nicht doch hätte annehmen sollen. Seine Frau Marianne und er, die für sie ein Elternersatz waren, hatten ihr angeboten, bei ihnen zu übernachten. Allerdings war das Gästezimmer

Felicitas' ehemaliges Jugendzimmer. Lilly hatte schon darin geschlafen, damals, als sie sich kennengelernt hatten, aber heute konnte sie es sich nicht vorstellen. Außerdem war sie immer noch völlig durcheinander und musste ihre Gedanken ordnen. Zu allem Überfluss hatte sie morgen um zehn Uhr ein Fotoshooting, das sie nicht absagen wollte – und auch nicht konnte, denn sie brauchte die Einnahmen.

Also betrat sie das Haus und machte Licht in jedem Zimmer. Dabei erwartete sie wider besseres Wissen, auf Felicitas zu treffen. Sie war nicht da, aber sie war zu spüren. Ihre Aura, ihr Geruch, jeder Raum war angefüllt davon.

Schließlich landete sie in der Küche, die vom Wohnbereich nur durch einen Tresen mit vier Barhockern getrennt war. Die Hocker waren alt und abgestoßen, aber sie hatten Geschichte. Felicitas hatte sie dem Wirt einer Kneipe abgekauft, als dieser seinen Laden schließen musste. Fast ihre gesamte Einrichtung bestand aus Möbeln, die sie auf diese Art oder über eBay erstanden hatten. Das Haus atmete die Geschichten anderer Menschen. Irgendwann hätte es auch ihre Geschichte geatmet, doch plötzlich sah es so aus, als würde das nie passieren.

Jetzt kamen die Tränen. Lange zurückgehalten, brachen sie sich Bahn wie das Wasser eines Stausees, das nicht sein wollte, wo es sein sollte. Es schüttelte Lillys Körper, die Kraft entwich, sie konnte sich nicht auf den Beinen halten, sank mit dem Rücken an der Wand hinab, blieb mit angewinkelten Beinen hocken und weinte.

Die Welt reduzierte sich auf ihren Schmerz, nichts anderes spielte mehr eine Rolle. Lilly war schon immer sehr empathisch gewesen. Was in den Heimen ein Nachteil gewesen war, hatte sich in ihrem Beruf als Fotografin als Vorteil erwiesen. Heutzutage war dank der Handykameras jeder ein Fotograf, aber nur die wenigsten verstanden etwas von Gefühlen und Stimmungen in Bildern. Nur die wenigsten begriffen, dass man für einen Moment die Zeit anhalten musste, und dass das nur gelingen konnte, wenn man sich selbst vergaß. Das tat sie jetzt. Ihr Schmerz war Felicitas' Schmerz. Sie malte sich aus, wie Felicitas irgendwo in der Dunkelheit gefangen gehalten wurde und unerträgliche Ängste ausstand. Sie spürte diese Ängste in sich selbst, so wie sie es auch tat, wenn sie einen Film schaute oder ein Buch las.

Lilly stand vom Boden auf und wischte sich die Tränen ab.

Sie durfte nicht in Selbstmitleid verfallen. Und sie durfte es nicht hinnehmen, dass ihre große Liebe verschwunden war. Aus ihrem Wagen entführt. Einfach so, ohne Grund. Zumindest konnte Lilly sich keinen Grund vorstellen.

Bernd Möller hatte sofort Ali Karamanc auf dem Zettel gehabt. War da etwas dran? Karamanc war Felicitas' Freund gewesen, bevor sie für sich erkannt hatte, dass sie lesbisch war. Die beiden hatten zwar eine längere Beziehung gehabt, aber nie zusammengelebt, und nach allem, was Felicitas über ihn erzählt hatte, war er ein Hitzkopf, der schnell mal die Kontrolle über sich verlor, und er hatte es nie verstanden, warum Felicitas sich für eine Frau von ihm getrennt hatte.

Die Polizei würde sich um Karamanc kümmern, aber um was konnte sich Lilly kümmern?

Fahren Sie nach Hause, ruhen Sie sich aus, überlassen Sie das uns: Das waren die Ratschläge des Kommissars gewesen. Aber wie konnte sie sich daran halten? Das ging doch nicht. Sie würde verrückt werden, wenn sie nichts tat. Sie musste handeln, kämpfen, so wie früher in den Heimen.

Lilly nahm ihr Handy.

Wenn es etwas gab, womit sie sofort helfen konnte, dann das Handy. Oder besser, die Welt, die sich darin verbarg. Lilly war schon immer gut darin gewesen, Marketing für sich, ihren Beruf und ihr Geschäft zu machen. Deshalb konnte sie es sich leisten, so weit ab vom Schuss zu wohnen und musste keinen teuren Laden in der Fußgängerzone unterhalten. Neunzig Prozent der Kunden fanden online zu ihr. Die Onlinewelt war eine Welt der Bilder, und wer, wenn nicht eine Fotografin, konnte diese Welt beherrschen?

Diese Fertigkeit musste sie sich zunutze machen.

Da sie sowieso nicht würde schlafen können, suchte Lilly aus ihrem Handyspeicher drei richtig tolle Bilder von Felicitas heraus und bearbeitete sie noch ein wenig. Sie öffnete zuerst Facebook, dann Instagram und sah nach, ob es dort Seiten gab, die sich mit verschwundenen oder vermissten Personen beschäftigten.

Die gab es. Und nicht wenige.

Es war erstaunlich und erschreckend zugleich, wie viele Menschen offenbar spurlos verschwanden. Und hinter jedem dieser Menschen standen Angehörige, die sich sorgten, verzweifelt waren, nach jedem Strohhalm griffen.

Lilly machte sich nicht die Mühe, danach zu forschen, ob diese Seiten erfolgreich waren oder nicht. Ob über diesen Weg je ein Mensch wiedergefunden worden war. Sie wollte, nein, sie musste etwas tun, und dies war das Einzige, was ihr im Moment möglich war.

Also nutzte sie ihre geschäftlichen Seiten bei Facebook und Insta, um dort Fotos von Felicitas zu posten. Schöne Fotos waren das, ein bisschen aufreizend vielleicht, auf jeden Fall aber Fotos, bei denen man hinschaute. Dabei scheute sie davor zurück, jenes Foto vom Schornsteinfegerinnen-Jahreskalender zu nehmen, weil sie es als ihr persönliches Glücksfoto betrachtete. Aber sie hatte ja eine große Auswahl. Eines zeigte Felicitas im bunten Sommerkleid mit einem strahlenden Lächeln, eines in warmer Winterjacke, es war entstanden, als sie beide über den Jahreswechsel einen Kurzurlaub in Österreich gemacht hatten. Auf dem dritten Foto trug sie ein schulterfreies Oberteil mit tiefem Ausschnitt. Solche Fotos mit viel nackter Haut bekamen in den sozialen Netzwerken die meisten Klicks und Herzchen, warum sie also nicht einsetzen, wenn es mal um etwas wirklich Wichtiges ging?

Sie stolperte über ein Foto von ihnen beiden. Es zeigte sie bei den Renovierungsarbeiten am Haus, sie hielten Pinsel in den Händen, mit denen sie sich zuvor gegenseitig mit weißer Wandfarbe angemalt hatten.

Unterschiedlicher konnten zwei Menschen kaum sein.

Felicitas groß, eins achtzig, mit heller Haut und brünettem Haar. Sie selbst klein, zierlich, mit dunkler Haut und schwarzem Haar, das sie kurz trug, beides verriet ihre sizilianischen Wurzeln.

Sie musste sich von diesem Bild voller Lebensfreude und Liebe losreißen, um den Text für die Vermisstenanzeige zu formulieren.

Ihr war klar, dass die Polizei es nicht gutheißen würde, wenn sie den genauen Hergang beschrieb, wie Felicitas verschwunden war. Also beließ sie es bei Tag und Zeit und dem ungefähren Ort. Sie stellte Fragen. Ob jemand Felicitas danach noch gesehen hatte. Oder davor. Oder mit jemandem zusammen. Dann bat sie darum, nach ihr Ausschau zu halten und jede noch so kleine Information an ihre Mailadresse zu schicken oder gleich hier in den sozialen Netzwerken per Nachricht.

Danach postete sie Text und Bilder auf bereits vorhanden Facebook-Seiten für Vermisste und trat mehreren Gruppen bei, die sich mit dem Thema beschäftigten.

Das alles dauerte zwei Stunden.

Und als alles fertig war, saß Lilly da, starrte auf ihr Handy und wartete auf eine erste Reaktion.

Es kam keine. Nicht nach fünf Minuten.

Nicht nach zehn Minuten. Nicht nach einer halben Stunde. Felicitas war eine von vielen verschwundenen jungen Frauen, niemand schien sich für sie zu interessieren.

5.

Nächster Tag. Morgen. 07:45 Uhr.

«Wenn du keine Fahrkarte hast, nehme ich dich nicht mit.»

Das zehnjährige Mädchen starrte ihn aus großen blauen Augen an, seine Unterlippe zitterte leicht. Gleich würde es losheulen, aber davon würde er sich nicht beeindrucken lassen. Wäre ja noch schöner, wenn Tränen eine Fahrkarte ersetzen könnten.

«Aber die liegt zu Hause, und ich muss doch in die Schule.»

«Tja, dein Problem, nicht meines.»

«Bitte! Ich zeig Sie Ihnen morgen.»

«Dann kannst du morgen mitfahren, aber nicht heute.»

«Wir schreiben Mathe heute, wenn ich da fehle, bekomme ich richtig Ärger.»

«Wenn ich dich ohne Fahrkarte mitnehme, bekomme ich richtig Ärger.»

Nun wusste das Mädchen nicht länger, was es sagen sollte. Sein Mund stand offen, es rang um Worte und Fassung. Außerdem hatte es Angst, und es war genau diese Angst, an der er sich labte. Sie war seine Freude, die Energie, die er anzapfen konnte. Angst war eines der stärksten Gefühle des Menschen; unkontrollierbar, eigensinnig, essenziell. Wie dumm es doch war, darauf zu verzichten.

Von hinten in der Reihe der Wartenden an der Bushaltestelle schob sich einer der wenigen Erwachsenen nach vorn, die morgens auf dieser Linie mitfuhren. Sicher hatte er den Mann in Arbeitskleidung schon häufig gesehen, aber der Typ war zu belanglos, um ihn sich zu merken. Bis jetzt.

«Geht es irgendwann mal weiter? Ich muss zur Arbeit und kann hier nicht meine Zeit verschwenden. Lassen Sie das Kind um Himmels willen mitfahren.»

«Siehst du, du hältst den Bus auf. Zeig mir deine Karte oder steig aus. Aber dalli!», fuhr er das Mädchen heftig an.

Jetzt begann es zu weinen. Dicke Krokodilstränen rannen seine Pausbacken hinab. Das hatte er schon zu oft gesehen, als dass es ihn noch beeindrucken könnte. Vielleicht würde er noch Mitleid empfinden, wenn er nicht wüsste, wie ihn die Kinder nannten, wenn sie hinten im Bus miteinander tuschelten und glaubten, er würde nichts mitbekommen. Aber er bekam alles mit.

Giftzwerg nannten sie ihn. Nicht nur die Jungs, auch die Mädchen. Giftzwerg, weil er für einen Mann nicht besonders groß war, und weil er sich nicht alles gefallen ließ und die Regeln durchsetzte.

«Jetzt steig endlich aus!», fuhr er das Mädchen erneut an.

Es zuckte zusammen, machte kehrt und verließ fluchtartig den Bus.

Der Mann in Arbeitskleidung kam herein. Er roch nach Schweiß. Wahrscheinlich hatte er seine Arbeitskleidung lange nicht mehr gewaschen.

«Wie kann man nur so herzlos sein», sagte er und zeigte sein Jahresticket. Leider war damit alles in Ordnung, sonst hätte es ihm gefallen, den Typen auch vor die Tür zu setzen. Das hier war sein Schiff, hier war er der Kapitän.

«Es gibt Regeln, und die gelten für jeden.»

«Und es gibt Menschen, die diese Regeln so auslegen könnten, wie sie es für richtig halten.»

Der Mann wartete keine Antwort ab. Er ging in den Bus und suchte sich einen Platz.

Vom Fahrersitz aus beobachtete er ihn über den großen Innenspiegel und prägte sich das Gesicht ein. Geriet jemand in seinen Fokus, hatte er ein gutes Gedächtnis für Gesichter, vergaß nur selten eines, und nie vergaß er Menschen, die ihn genervt hatten.

Vier Schulkinder stiegen noch ein. Er prüfte ihre Fahrausweise gewissenhaft. Oft genug versuchten sie, ihn mit Bibliotheks- oder irgendwelchen anderen Ausweisen zu verarschen. Dachten, sie wären klüger als er.

Schließlich schloss er die hydraulische Tür, setzte den Blinker und fädelte sich mit seinem Linienbus 347 in den morgendlichen Berufsverkehr ein. Auf dem Weg zum zentralen Omnibusbahnhof klapperte er noch drei weitere Haltestellen ab. Probleme gab es an keiner. Was er ein wenig bedauerte. Denn war er erst einmal in Fahrt, brauchte er diese Blitzableiter, an denen er seinen Frust ablassen konnte. Ihn aufzustauen war nicht gesund und hatte schon das eine oder andere Mal in die Katastrophe geführt.

Am Bahnhof leerte sich der Bus. Die nächste Fahrt begann

in zehn Minuten, er hatte also eine kurze Pause. Stille Minuten ohne das Geplapper oder Gelächter der Fahrgäste. Er stand vom Fahrersitz auf und machte seinen Kontrollgang. Immer wieder kam es vor, dass sie seinen Bus misshandelten. Oft genug hatte er den Schriftzug *Giftzwerg* irgendwo gefunden, hastig mit einem wasserfesten Edding hingeschmiert. Solche Dinge brachten ihn in Rage, und sollte er je jemanden dabei erwischen, würde er keine Gnade walten lassen.

Zwischen den hinteren Sitzreihen, wo stets die Schüler saßen, fand er Schokoladenpapier. Er sammelte es ein und bemerkte einen Fleck auf dem Sitzpolster, der gestern noch nicht da gewesen war. Diese verdammten Gören! Wenn es nach ihm ginge, würden die alle zu Fuß gehen, ganz egal, wie weit.

Er mochte keine Menschen, aber Schulkinder hasste er sogar.

Nach seinem Kontrollgang nahm er auf dem Fahrersitz Platz und wartete. Vier Minuten noch, bis die nächste Tour begann. Er hätte die Tür öffnen und die ersten Fahrgäste hereinlassen können, dagegen gab es keine Regel, doch er tat es nicht. Stattdessen behielt er die digitale Borduhr im Auge. Sie war sein Taktgeber, sein Chef, die alles bestimmende Macht seines Arbeitsalltags. Wann er aß, trank, auf die Toilette ging, Pause machte, nachdachte, eine Zigarette rauchte: Darüber entschied die Uhr, nicht er selbst.

Einerseits war er der Zeit ausgeliefert, andererseits mochte er es, in ihrem Takt zu leben, denn das bot Sicherheit und Struktur.

Zudem war er in diesem Bus so etwas wie der Herrscher der Zeit, indem er sich äußerst genau an den Fahrplan hielt.

Deshalb öffnete er die Tür erst um Punkt 08:22 Uhr.

Und dabei war es ihm vollkommen egal, dass es regnete und die wartenden Menschen nass wurden.

6.

Vormittag. 09:31 Uhr.

Die Nacht war grausam gewesen.

Durchzogen von kurzen Phasen, in denen Lilly in unruhigen Schlaf gefallen war, darin ein immer wiederkehrender Traum, in dem Felicitas durch einen Wald rannte. Sie trug ihre Schornsteinfegerkleidung, aber keinen Zylinder, und ihr langes brünettes Haar wehte hinter ihrem Kopf. Als sie sich umdrehte, fehlte ihre Nase, und dort, wo sie hätte sein müssen, klaffte ein blutrotes Loch.

Die allermeiste Zeit hatte Lilly aber wach gelegen. Die leere Betthälfte neben ihr hatte sie geängstigt, sie hatte kaum den Kopf drehen und hinsehen können, weil sie fürchtete, dort das Gesicht aus ihrem Traum zu finden. Immer wieder hatte sie online nachgeschaut. Einige hatten ihre Posts mit «Gefällt mir» markiert oder mit Kommentaren wie «Viel Glück» oder «Niemals aufgeben» versehen, aber Hinweise, was mit Felicitas passiert sein könnte, gab es nicht.

Zum ersten Mal hatte Lilly sich vor den Geräuschen gefürchtet, die das alte Haus machte. Das Schaben der Dachpfannen, die den Temperaturunterschied zwischen Tag und Nacht ausglichen. Das Knacken alter Balken. Die Äste der Buche, die an der Dachrinne kratzten. Sie kannte diese

Geräusche, doch in dieser Intensität hatte sie sie zuvor nie wahrgenommen.

Jetzt war sie wie gerädert, konnte sich kaum konzentrieren. Sie hätte den Kundentermin absagen sollen, doch dann wären ihr die Einnahmen entgangen. Eine Stunde war dafür eingeplant, die würde sie schon irgendwie überstehen.

Lilly stieg unter die Dusche und duschte so heiß wie möglich, am Ende dann aber kalt. Der Temperaturwechsel brachte den Verstand auf Hochtouren. Nachdem sie den Spiegel abgewischt hatte, betrachtete sie sich. Ihre braunen Augen wirkten müde, und die kleinen Fältchen, die vor ein oder zwei Jahren aufgetaucht waren, schienen nun vertieft. Das kurze schwarze Haar, im Pixie-Cut geschnitten, hatte sie nicht waschen müssen, und sie brachte es mit ein paar Handgriffen und etwas Styling-Gel in Form.

Noch aus dem Bad hörte sie draußen ein Auto vorfahren.

Das musste ihr Kunde sein.

Lilly ging nach unten, schlüpfte in ihre Lieblingssneaker und trat vor die Haustür. Aus einem imposanten Land Rover stieg ein Mann. Er trug einen grauen Anzug, ein weißes Hemd und eine blau-grau gemusterte Krawatte. Sein Haar war modisch geschnitten, seine schwarzen Schuhe auf Hochglanz poliert. Er stellte sich als Dennis Diem vor. Dieser Name stand auch in Lillys Kalender. Die Anfrage war online eingegangen.

Lilly führte den Mann in ihr Fotoatelier in der umgebauten Doppelgarage. Nachdem sie die schwere, einbruchssichere Tür geöffnet hatte, machte sie Licht. Ein Fenster gab es nicht, und die Wände waren in schwarzer Farbe gestrichen. Scheinwerfer, Reflektoren und Lichtformer standen herum, und vor der linken Wand hingen Hintergründe in verschiedenen Farben, die je nach Bedarf heruntergezogen werden konnten.

«Worum geht es denn?», fragte sie.

Herr Diem erklärte, dass er sich gerade mit einem kleinen Unternehmen für Zeitarbeit selbstständig machte. Für seinen Onlineauftritt sowie für Flyer und andere Unterlagen benötigte er professionelle Porträt- und Ganzkörperfotos.

Insgeheim war Lilly froh darüber, dass er keine ausgefalleneren Wünsche hatte. Für solche Fotos musste sie sich nicht einmal besonders konzentrieren, kannte die Kamera- und Lichteinstellungen auswendig. Das war Alltagsgeschäft.

Aber während sie dem Mann Anweisungen gab, wie er posieren sollte, spürte Lilly, dass sie nicht bei der Sache war. Sie war nicht empathisch, fotografierte einfach nur, fing die Zeit nicht ein, machte einfach nur ihren Job und hoffte, dass der Kunde es den Bildern später nicht ansehen würde.

Da sie auch weniger redete als sonst, war die Session schon um Viertel vor elf beendet. Ohne dass Lilly auf die Rechnung zu sprechen kam, zog Herr Diem ein Geldbündel aus der Hosentasche, das von einer goldenen Spange zusammengehalten wurde. Alles an dem Mann war übertrieben darauf ausgelegt, zu zeigen, dass er Geld hatte. Wahrscheinlich hatte er aber keines, denn sonst hätte er eine Fotografin zu sich kommen lassen und nicht den Weg zu Lilly auf sich genommen.

«Was bin ich schuldig?»

«Ich schicke Ihnen eine Rechnung.»

«Ach was, das geht doch auch so.» Er begann, Geldscheine abzuzählen.

«Tut mir leid, auf Barzahlung bin ich nicht vorbereitet.»

«Was macht es denn?»

«Das kommt darauf an, wie viele der Bilder Sie später haben wollen. Ich schicke sie Ihnen per Mail zu, Sie entscheiden ganz entspannt zu Hause und bestellen dann.»

Herr Diem war ein wenig konsterniert, steckte sein angeberisches Geldbündel schließlich aber doch wieder ein.

Lilly begleitete den Mann hinaus und wollte sich von ihm verabschieden, als ein weiterer Wagen vor dem Haus parkte.

Der Kommissar von gestern, dessen Namen Lilly vergessen hatte, stieg aus. Dieser Besuch war nicht angekündigt. Zwar hatte der Beamte gesagt, dass er sich bei ihr melden würde, doch so schnell hatte Lilly nicht damit gerechnet. War etwas passiert? Hatte die Polizei Felicitas schon gefunden? Oder war gar bei den Möllers eine Lösegeldforderung eingegangen? Auch darüber hatte Lilly in der zurückliegenden Nacht nachgedacht. Die Möllers waren nicht reich, aber eine niedrige sechsstellige Summe würden sie für ihre Tochter sicher zusammenbringen.

In der Aufregung vergaß sie, sich von ihrem Kunden zu verabschieden. Er stieg in seinen Angeberwagen und wendete umständlich auf dem Vorplatz.

Mit ernstem Gesicht trat der Kommissar auf Lilly zu.

«Haben Sie einen Moment Zeit, Frau Costanzo?»

«Ist etwas passiert? Haben Sie Felicitas gefunden?»

Kopfschütteln. «Nein, haben wir nicht. Aber ich habe ein paar Fragen.»

Obwohl es keine gute Nachricht war, dass Felicitas immer noch verschwunden war, fiel Lilly ein Stein vom Herzen. Einen Moment lang hatte sie mit dem Schlimmsten gerechnet. Das Schlimmste war auch das beherrschende Thema der zurückliegenden Nacht gewesen. Lilly hatte darum gekämpft, ihre Gedanken davon abzulenken, aber welche Gedanken ließen sich nachts schon kontrollieren. Sie taten, was sie wollten, und immer wollten sie schockieren.

Lilly bat den Kommissar ins Fotostudio.

«Hier arbeiten Sie also?»

«Oft. Aber nicht immer. Ich habe auch viele Außentermine.»

«Läuft das Geschäft gut?»

«Es geht. Das Handy mit seiner kurzlebigen Fotografie hat viel kaputt gemacht.»

«Verstehe. Können wir uns setzen?»

Lilly versuchte, dem Blick des Mannes eine Information zu entnehmen. Warum sollte sie sich setzen? Würde das, was er zu sagen hatte, sie umwerfen? Doch das Gesicht des Kommissars blieb unverbindlich. Wahrscheinlich war diese Mimik für solche Zwecke einstudiert. Ihr kam der Verdacht, er könnte ihre Posts auf Social Media entdeckt haben. Aber das war nicht verboten und konnte doch nur helfen.

Lilly führte den Kommissar zu der Sitzgruppe, die dazu diente, sich mit den Kundinnen und Kunden zu besprechen. Eine Couch und zwei Sessel aus billigem Kunstleder, dazwischen ein Glastisch mit mehreren digitalen Fotorahmen darauf, auf die sie ihre besten Arbeiten hochgeladen hatte.

«Ich hatte Sie gestern gebeten, sich intensiv Gedanken darüber zu machen, ob es einen Grund für den Angriff auf Frau Möller geben könnte. Ist Ihnen etwas eingefallen?»

Lilly schüttelte den Kopf.

«Nein, nichts. Aber was ist mit Ali Karamanc?»

«Den habe ich noch gestern Abend aufgesucht. Der junge Mann hat für den Zeitraum, in dem Frau Möller verschwand, ein Alibi.»

«Und das ist sicher?»

Der Kommissar zuckte mit den Schultern. «Die Mutter von Herrn Karamanc sagt, er sei bei ihr gewesen, und zwar bis weit in den Abend hinein.»

«Und Sie glauben das?»

«Ich nehme es zur Kenntnis. Was wissen Sie über Herrn Karamanc?»

«Nicht viel mehr als das, was Felicitas' Vater Ihnen gestern schon gesagt hat. Sein Temperament geht schnell mal mit ihm durch, und er hat es wohl bis heute nicht verarbeitet, dass Felicitas ihn meinetwegen verlassen hat.»

«Hat er sie beide je bedroht?»

Lilly schüttelte den Kopf. «Nein. Aber ich weiß, dass Felicitas damals, als sie sich von ihm trennte, Angst vor seiner Reaktion hatte.»

«Und wie war die Reaktion?»

«Er hat herumgeschrien. Kraftausdrücke verwendet ... und eine Kaffeetasse gegen die Wand geschmissen.»

«Also durchaus aggressiv?»

«Ja, kann man sagen. Glauben Sie, er hat etwas mit Felicitas' Verschwinden zu tun?»

«Ich kann es nicht ausschließen, und solange ich das nicht kann, forsche ich nach.»

Der Kommissar machte eine bedeutungsvolle Pause.

«Da ist noch etwas anderes, über das ich mit Ihnen sprechen möchte.»

«Über was?»

«Herr Karamanc hat mich darauf aufmerksam gemacht. Es betrifft einen Mann namens Carsten Lindt.»

Es verschlug Lilly den Atem, diesen Namen zu hören, und löste sofort ein Gefühl aus, das sie seit Jahren nicht mehr gespürt hatte: die Lähmung ihrer Seele. Augenblicklich erstarrten ihre Emotionen, was zu innerer Kälte führte. Sie wusste, das war eine Schutzfunktion ihres Körpers, ein Schild gegen das Trauma, aber sie hatte nicht erwartet, es jemals wieder spüren zu müssen.

«Er war ihr Chef und Ausbilder zur Fotografin, nicht wahr?», fasste der Kommissar nach.

Lilly nickte nur. Es fiel ihr schwer zu sprechen.

«Frau Costanzo ... ich kann mir vorstellen, wie schwer es für Sie sein muss, aber wir sollten darüber reden.»

Lilly fand ihre Sprache wieder. «Warum? Das ist lange her und hat nichts mit Felicitas zu tun. Lassen Sie besser Karamanc überwachen. Warum hat er Ihnen wohl von dieser Sache erzählt? Dieses miese Schwein will von sich selbst ablenken!»

Bei den letzten Worten überschlug sich Lillys Stimme fast. Sie bohrte ihre Nägel in den Daumenballen und spürte dem Schmerz nach, um sicherzugehen, dass sie noch da war.

«Frau Costanzo ... Sie haben damals genau richtig gehandelt. Ich würde mir wünschen, alle jungen Frauen, denen so etwas zustößt, würden derart mutig handeln. Aber Ihnen muss doch auch klar sein, dass die Möglichkeit besteht, dass Lindt sich an Ihnen rächen will.»

«Das ist zwölf Jahre her, ich war damals zwanzig. Warum sollte er sich jetzt noch an mir rächen wollen? Und warum dann der Umweg über Felicitas?»

«Das ist kein Umweg. Das ist maximale Grausamkeit. Wenn man jemandem richtig wehtun will, fügt man den Menschen, die diese Person liebt, Schmerzen zu. Nicht der Person selbst. Möchten Sie mir erzählen, was passiert ist? Damit ich mir ein Bild von Lindt machen kann?»

Lilly schüttelte den Kopf. Sie wollte nicht darüber sprechen, konnte aber nicht verhindern, dass Bilder und Gefühle auftauchten, die sie sorgsam weggesperrt hatte. Das Gesicht von Lindt, als er sie in die Ecke gedrängt und angefasst hatte. Sie sah es vor sich wie eine detaillierte Fotografie. Von Gier und Lust verzerrt, die Pupillen geweitet, als stünde er unter Drogen. Von jetzt auf gleich war er ein vollkommen anderer Mensch geworden. Nein, kein Mensch, ein wildes Tier. Dabei hatte sie ihm das gar nicht zugetraut.

«Aber es trifft zu, dass Sie Carsten Lindt wegen eines sexuellen Übergriffs angezeigt haben. Ein Übergriff, der auch bewiesen wurde, weil Sie so klug waren, im Fotostudio von Herrn Lindt eine Kamera mitlaufen zu lassen. Er wurde verurteilt, hat seine Strafe abgesessen, ist aber seit fünf Jahren auf freiem Fuß.»

Lilly starrte den Kommissar an. «Und wo ist er?»

«Das wissen wir nicht. Eine Meldeadresse gibt es, aber die Kollegen vor Ort haben ihn dort heute nicht angetroffen. Die Adresse ist allerdings mehr als fünfhundert Kilometer von hier entfernt.»

Lilly schüttelte den Kopf und schloss die Augen.

«Das darf nicht sein.»

«Frau Costanzo, ich muss Sie das fragen. Haben Sie mit Frau Möller über diese Sache gesprochen, und wusste sie, wie Carsten Lindt aussieht?»

«Nein ... nein, Felicitas wusste davon nichts.»

«Sie hätte ihn gestern also nicht erkennen und Ihnen seinen Namen nennen können?»

Lilly schüttelte den Kopf. Diesen Dämonen ihrer Vergangenheit hatte sie nicht erlauben wollen, sich in die wunderschöne Zukunft mit Felicitas einzumischen. Man musste irgendwann mit solchen Sachen abschließen, damit sie einen nicht ewig verfolgten, das hatte der Therapeut ihr damals geraten. Nicht vergessen, das ging ohnehin nicht, aber abschließen. Und das hatte sie getan.

«Hat Herr Lindt Kontakt zu Ihnen aufgenommen?»

Lilly schüttelte den Kopf, hielt dann aber inne. Der Kommissar bemerkte sofort, dass etwas nicht stimmte.

«Sie müssen mir wirklich alles erzählen. Zu diesem Zeitpunkt wissen wir nicht, was wichtig oder unwichtig ist.»

«Vor vier Jahren», begann Lilly nachdenklich. «Da gab es eine Zeit, so zwei, drei Wochen, da hatte ich dauernd das Gefühl, beobachtet und verfolgt zu werden.»

«Haben Sie das der Polizei gemeldet?»

«Nein, warum auch? Ich habe ja niemanden gesehen, aber das Gefühl war sehr stark.»

«Sie haben Herrn Lindt aber nicht gesehen?»

Lilly schüttelte den Kopf.

«Ich dachte damals, dass ich mir durch meinen Beruf und meine Aktivitäten auf Social Media einen Stalker eingefangen habe.»

«Ist denn irgendetwas Konkretes vorgefallen?»

«Nein ... wie gesagt, es war nur dieses Gefühl, beobachtet zu werden. Glauben Sie, dass es Carsten Lindt gewesen sein könnte?»

Der Kommissar zuckte mit den Schultern.

«Das weiß ich nicht, aber ich weiß, dass Männer wie Carsten Lindt nicht ungefährlich sind.»

7.

Hinter der Zeit

Ich liebe meine Wand.
Sie ist wunderschön.
Stundenlang kann ich sie betrachten, mit den Fingerspitzen das warme Holz berühren, die Kunstwerke in die Hand nehmen, die ich selbst erschaffen habe …
Warum gehorcht mir meine Hand nicht?
Was passiert hier? Ich scheine nicht mehr Herr meines Körpers zu sein. Meine Hand macht, was sie will, und plötzlich kann ich auch die Wand nicht mehr sehen. Statt des warmen braunen Holzes sehe ich gelbe Pastellfarbe, furchtbar, ganz furchtbar. Ich hasse dieses Halbherzige. Und warum schwebt meine Hand vor meinem Gesicht hin und her? Wie schwer es plötzlich ist, mich zu konzentrieren. Es scheint mir, als müsste ich jede einzelne Synapse in meinem Kopf dazu zwingen, ihre Arbeit zu erledigen. Jetzt gebt die Informationen schon weiter, ihr habt kein Recht, sie zurückzuhalten. Sie gehören mir.
Jemand hat meine Hand ergriffen. Jemand, den ich nicht sehen kann. Dieser Jemand streichelt die empfindliche Stelle zwischen Daumen und Zeigefinger. Wieder und wieder und wieder. Diese Berührung löst eine tiefe

Erinnerung in mir aus, denn es gab eine Zeit, da war ich derjenige, der auf diese Art gestreichelt hat. Stundenlang. Tagsüber, nachts, immer wieder. Ich weiß noch nicht, ob ich die Berührung mag, denn eigentlich ist sie viel zu intim, nichts, was unter Fremden stattfindet.

Wer tut das mit mir?

Und warum?

Dann höre ich die Stimme. Diese sanfte, warme, weibliche Stimme. Sie klingt vertraut, und erneut wird etwas in mir ausgelöst. In Kombination mit der Berührung meiner Haut zwischen Daumen und Zeigefinger scheint in meinem Inneren ein Damm zu brechen. Solange ich denken kann, habe ich alles in mich hineingefressen, riesige Lager an Emotionen erschaffen, auf die niemand Zugriff hat, auch ich nicht. Die Wände dieser Lager sind dick und fest, Türen gibt es nicht. Diese Mühe hätte ich mir sparen können, hätte ich gewusst, dass eine einzige Berührung, gepaart mit dieser Stimme, das sorgsam austarierte Konstrukt meines Unterbewusstseins zum Einsturz bringt.

Und das Verrückte daran ist: Ich wehre mich nicht.

Ich will es. Es fühlt sich gut an.

Ich will dieser Person, die ich nicht kenne, vertrauen, mich ihr anvertrauen.

Weil sie mich an die Hannah erinnert.

8.

Zeitlos

Felicitas Möller wusste nicht, wie lange sie bereits hier gefangen gehalten wurde. Sie hatte die Fähigkeit verloren, die Zeit zu messen oder einzuschätzen, denn in diesem Verlies gab es keinerlei Hilfsmittel dafür. Keine Uhr, kein Tageslicht, einzig ihre Ausscheidungen ließen eine vage Vermutung zu. Einmal hatte sie Stuhlgang gehabt, aber da sie weder zu essen noch zu trinken bekam, konnte sie sich auch darauf nicht verlassen. Ebenso wenig auf ihren Schlafrhythmus, denn sie war immer wieder mal kurz eingeschlafen und wusste nicht einmal mehr, wie oft.

Es war erschreckend, wie schnell der Mensch von der Zeit abgekoppelt werden konnte.

Als Felicitas dringend gemusst hatte, hatte sie ihre Angst vor dieser absoluten Finsternis überwunden. Vorsichtig hatte sie sich in eine Richtung vorangetastet und war erstaunt gewesen, dass es immer weiter und weiter ging, so als gäbe es überhaupt kein Ende. So stellte sie sich das Nichts vor. Eine endlose Dunkelheit, die sich in jede Richtung, in jede Dimension ausbreitete, immer um ein My schneller als sie selbst. Irgendwann, nach mehr als fünfzig kleinen Schritten, die sie mitgezählt hatte, war sie dann doch an ein Ende gestoßen. Mit den Händen hatte sie eine von ihr fortgewölbte Wand ertastet, die wie der Boden aus rostigem Metall bestand. Dort hatte sie sich erleichtert und war voller Ekel sofort in die entgegengesetzte Richtung zurückgeflüchtet.

Seitdem wartete sie. Versuchte zu verstehen, was das alles sollte.

Dieses Gefasel von der Zeit, das sie nicht verstand. Hätte ihr Entführer doch wenigstens eine klare Botschaft, eine Forderung an sie. Dann wüsste sie, was sie erwartete, warum sie hier war, warum das alles passierte.

Weil sie keine Nahrung bekam, war ihr Körper mittlerweile leer, verbraucht, ausgewrungen. Keine Kraft mehr darin, sodass sie nicht einmal mehr pinkeln musste. Ihr Mund war entsetzlich trocken, beim Schlucken schmerzte es in der Kehle, und vorhin war sie aufgeschreckt, weil ihre Muskeln unkontrolliert gezuckt hatten. Ihr war schwindelig gewesen, und ihre Haut hatte gekribbelt, als liefe eine Armee von Ameisen darüber. Sie war nur noch eine leere Hülle, zu keiner Leistung mehr fähig, mehr tot als lebendig. Wenn sie schlief, träumte sie entsetzliche Dinge, die sie sofort nach dem Erwachen vergaß.

Wenn sie nicht schlief, waberten ihre Gedanken durch dichten Nebel, sie konnte sie nicht fassen, nicht zusammenhalten, nicht verhindern, dass sie Struktur und Zielrichtung verloren. Bilder und Gefühle ihres Lebens vermischten sich mit bizarren Ängsten.

In den guten Momenten dachte Felicitas an Lilly.

Dann war sie von Liebe erfüllt, Tränen liefen ihr über die Wangen, die nichts mit Angst zu tun hatten. Innerhalb kurzer Zeit war Lilly zum Mittelpunkt ihrer Welt geworden, an dem sie das Jetzt und die Zukunft ausrichtete. Sie fühlte sich verstanden und so angenommen, wie sie war, und was ihr fehlte, ergänzte Lilly und umgekehrt. Lilly hatte einen unruhigen Geist, war rastlos, brauchte ständig neue Aufgaben und Projekte und sprach oft davon, das Gefühl zu haben, ihr liefe die Zeit davon. Sie selbst war anders. Ruhiger, besonnener.

Sie sah Lillys Gesicht vor sich. Dieses schmale, zarte Gesicht mit den braunen Augen und dem kurzen schwarzen Haar. Im nächsten Moment zerfloss es, um etwas anderem, unsagbar Bösem Platz zu machen. Felicitas wollte Lilly festhalten, aber ihre Kraft reichte nicht.

Plötzlich ein Geräusch.

Laut und hallend.

Begleitet von starkem Lichteinfall. So stark, dass sie ihre an die vollkommene Dunkelheit gewöhnten Augen sofort schließen musste. Schritte dröhnten in der metallenen Hülle, brachten den Boden zum Vibrieren. Kamen auf sie zu. Felicitas spürte Panik, wollte die Augen aufreißen, doch das Licht war zu stark, sie konnte nichts sehen. Zum Schreien oder Fliehen fehlte ihr die Kraft, sie musste das Unabwendbare geschehen lassen.

Jemand war bei ihr, griff ihr vorsichtig unter die Arme und hob sie sanft an, um sie rückwärts aus dem Nichts zu ziehen. Dabei war der Kopf der Person dicht an ihrem, sie spürte den Atem, hörte die Worte, die er ihr zuflüsterte.

«Ich habe etwas für dich vorbereitet.»

Das klang schön, wie eine Einladung, und Felicitas sah keinen Grund, sich dagegen zu sträuben. Das grelle Licht durchdrang ihre Lider und schmerzte auf ihren Augen, keine Chance, sie auch nur einen Millimeter zu öffnen. Aber Felicitas spürte, dass sich die Umgebung änderte. Die Luft war plötzlich besser; kühler, reiner, versetzt mit einem angenehmen Duft, nicht dem ihrer verwesenden Exkremente. Das war schön, sie freute sich darüber.

Ihr Entführer legte sie flach auf dem Rücken ab.

«Mach dir keine Sorgen.»

Dann setzte sich der Gegenstand, auf dem er sie abgelegt hatte, in Bewegung. Langsam und rüttelnd. Felicitas verstand, dass sie auf einem Karren aus Holz lag. Über ihr änderten sich die Lichtverhältnisse, mal wurde es dunkler, dann wieder heller. Nach einer Weile glaubte Felicitas, die Augen nun öffnen zu können, tat es, verstand aber nicht, was sie sah. In ihrem Kopf herrschte ein heilloses Durcheinander.

«Lilly ...», sagte sie leise. «Ich möchte zu Lilly.»

«Das ist leider nicht möglich.»

«Bitte.»

«Ihr werdet euch wiedersehen, irgendwann, aber jetzt haben wir etwas anderes zu tun.»

Der Karren hielt. Felicitas drehte den Kopf auf die Seite. Sie sah eine Hand, die eine Spritze hielt und ein paar Tropfen der transparenten Flüssigkeit in die Luft spritzte. Dann stach er ihr die Nadel in den Oberschenkel, ohne dass sie Schmerzen spürte. Er machte das wirklich gut.

Nur wenige Minuten später hatte sie keine Kontrolle mehr über ihren Körper. Sie spürte nicht einmal mehr die Schwäche und Leere darin. Irgendwie schien er gar nicht mehr zu ihr zu gehören.

Der Karren, auf dem sie lag, setzte sich wieder in Bewegung. Felicitas hörte, wie sich metallische Scharniere schwergängig öffneten, dann ein Zischen und Fauchen wie von einem wilden Tier.

9.

Abend. 21:00 Uhr.

«Ich breche dem Kerl jeden einzelnen Knochen im Leib.»

Bernd Möller schrie nicht. Er sprach mit unterdrückter Stimme, presste die Wörter zwischen schmalen Lippen hervor. Der Druck dahinter war immens, und die gesenkte Stimme ließ den großen, schweren Mann umso gefährlicher wirken. Lilly wünschte sich, er würde schreien.

«Bernd ... nicht ...»

Seine Frau Marianne wollte noch mehr sagen, doch ihr fehlten Worte und Kraft. Sie war in den vergangenen vierundzwanzig Stunden in sich zusammengefallen. Kopfschüttelnd saß sie da, grau und klein, in ihrer Verzweiflung gefangen.

Lilly hatte immer den Eindruck gehabt, nichts könnte dieser patenten, pragmatischen, zuversichtlichen Frau etwas anhaben. Das war nun vorbei. Ein Verbrechen war in ihr Leben geplatzt, und sie hatte dem nichts entgegenzusetzen.

«Ich habe es immer gewusst», fuhr Bernd fort. Dabei bewegte er sich in dem kleinen Büro des Schornsteinfegerbetriebs hin und her wie ein Tiger im Käfig. Er trug eine schlecht sitzende Jeans mit fleckigen Oberschenkeln, dazu ein blau kariertes Hemd, die Ärmel hochgekrempelt, ein weißes Shirt darunter. Seine Hände öffneten und schlossen sich krampfhaft, ließen die kräftigen Muskeln an den behaarten Unterarmen spielen. In diesem Moment glaubte Lilly, dass Felicitas' Vater zu einem Mord fähig wäre.

«Diesem Karamanc kann man nicht trauen. Der war nie gut für Feli ... und jetzt ... jetzt ...»

Wuchtig schlug Bernd Möller mit der Handkante auf einen Stapel Unterlagen, der sich auf der Fensterbank türmte. Er blickte hinaus auf den Hof, so als erwartete er, seine Tochter dort zu sehen.

«Wieso verhaften die ihn nicht?»

Marianne und Lilly zuckten ob des Schlages erschrocken zusammen, und Marianne brach in stille Tränen aus.

«Der Kommissar hat gesagt, er hat ein Alibi», versuchte Lilly, Bernd zu beruhigen.

«Und du glaubst das?»

Bernd drehte sich vom Fenster weg und sah sie aus roten Augen an. An seiner Stirn pulsierte eine Ader.

Lilly hatte den ganzen Tag lang darüber nachgedacht, ob sie Felicitas' Eltern von dem Verdacht des Kommissars berichten sollte. Mit Felicitas hatte sie nie über Carsten Lindt gesprochen, folglich wussten die beiden nichts von dieser Sache, es sei denn, der Qualm der Gerüchteküche war damals bis zu ihnen gedrungen. Bernd hatte als Schornsteinfeger einen großen Bezirk, kam viel herum, sprach mit vielen Leuten. Das glaubte Lilly aber nicht, denn sonst wäre Felicitas von sich aus darauf zu sprechen gekommen. Die Medien hatten nichts davon mitbekommen, und solche Prozesse wurden aus Opferschutzgründen unter Ausschluss der Öffentlichkeit abgehalten. Woher Ali Karamanc davon wusste, konnte Lilly sich nicht erklären.

Dies war der richtige Moment, sich zu offenbaren. Den Möllers davon zu erzählen, dass es möglicherweise einen anderen Verdächtigen gab. Jemanden aus Lillys Vergangenheit – und damit wäre sie verantwortlich für Felicitas' Entführung.

Sie blickte in Bernd Möllers wütende Augen, an denen

eine Nacht voller Tränen und Sorgen wie Sandpapier geschliffen hatte. Ihr Mut brach zusammen. Sie konnte es ihm nicht sagen.

«Ich weiß nicht, was ich glauben soll», beantwortete sie Bernds Frage ausweichend.

«Aber ich weiß es. Schon damals wusste ich, dass der nichts für unsere Tochter ist. So ein geschniegelter Typ, der sich die Hände nicht schmutzig machen will und daherredet, als könnte er die Welt erklären. Ist mir scheißegal, was die Polizei meint, ich nehme mir den Kerl vor!»

«Tu das bitte nicht», sagte Lilly. Sie stand auf, ging zu ihm und legte ihm eine Hand auf die Schulter. «Du hilfst Felicitas nicht, wenn du deswegen im Gefängnis landest.»

«Ich? Ich lande im Gefängnis? Die sollen sich besser um den Typen kümmern, der ... der ...»

Bernd konnte es nicht aussprechen. Er wollte und konnte es sich nicht einmal vorstellen, was seiner Tochter zugestoßen sein mochte. Lilly weigerte sich ebenfalls hartnäckig, kämpfte gegen ihre Fantasie, die immer wieder versuchte, ihr grausige Bilder unterzujubeln.

Unter Lillys sanfter Hand brach Bernds Wut in sich zusammen. Er ließ sich auf einen verschlissenen Drehstuhl, den Chefsessel, fallen und atmete aus, als wollte er nie wieder einatmen.

«Aber wir müssen doch etwas tun!», sagte er schließlich.

«Ich habe schon angefangen», schoss es aus Lilly hervor, und sie zückte ihr Handy. Ihr Gewissen quetschte ihren Magen zusammen, weil sie es nicht schaffte, von Carsten Lindt zu berichten, also suchte sie nach einem Ausweg, nach etwas Positivem, das sie den Möllers erzählen konnte.

«Schaut, hier, ich habe gestern Abend bei Instagram und

Facebook zwei Seiten eingerichtet. Damit die Crowd uns beim Suchen hilft.»

«Die Crowd ...?», wiederholte Bernd schwach und warf einen Blick aufs Display. «Instagram?»

Lilly wusste, er hielt nicht viel von Social Media.

«Ja, weil wir damit jede Menge Menschen erreichen. Mehr als die Polizei. Jeder muss Felicitas' Foto vor Augen haben, überall. Wir müssen Aufmerksamkeit erregen, so viel wie möglich. Und wir müssen Flyer drucken und die überall aufhängen und herumzeigen. Und wenn es nur dazu dient, die Polizei so richtig unter Druck zu setzen, damit die nicht einfach nur Dienst nach Vorschrift macht.»

Lilly redete schnell, ihre Stimme überschlug sich fast. Zum einen wollte sie sich damit von ihrer Verpflichtung ablenken, den Möllers von Carsten Lindt zu erzählen. Andererseits tat es aber auch gut, zu planen und zu handeln. Etwas zu tun, um Felicitas wiederzubekommen.

Bernd wirkte trotzdem nicht begeistert. Er nickte, aber sein Blick war jetzt leer.

«Und was machen wir wegen Karamanc?», fragte er leise.

Es brach Lilly das Herz, ihn so zu sehen. Der große, starke Bernd Möller, der sich in seinem Leben jeder Aufgabe gestellt hatte, zerbrach vor ihren Augen.

«Ich lasse mir auch für ihn etwas einfallen. Versprochen.»

Als sie die Möllers eine halbe Stunde später verließ, fühlte sich Lilly furchtbar. Kein Wort zu Carsten Lindt war ihr über die Lippen gekommen. Das war feige, einfach nur feige.

Die Fahrt zurück zu ihrem Haus dauerte eine halbe Stunde.

Ihr Kopf drohte zu zerbersten, als sie den Wagen in den Carport fuhr. Als sie ausstieg und die automatische Beleuchtung anging, bemerkte sie, dass der Deckel des Holzkastens, in dem die Lieferdienste die Pakete ablegten, einen Spaltbreit offen stand, und sie erinnerte sich daran, dass Felicitas bei ihrem letzten Gespräch eine Lieferung angekündigt hatte.

Stocksteif stand sie vor dem Kasten.

Traute sich nicht.

Weil sie wusste, dass Felicitas etwas Schönes bestellt hatte. Das tat sie immer. Aber etwas Schönes konnte unter diesen Umständen ins Gegenteil umschlagen.

Lilly hob den Deckel an.

Zwei kleine Pakete lagen in dem Kasten.

Sie nahm sie heraus. Das eine war leicht, das andere schwerer. Das leichte Paket war an Costanzo-Möller adressiert, wie Felicitas es immer machte, so als wären sie schon verheiratet. Allein das versetzte Lilly einen Stich. Das andere Paket war nur an Felicitas Möller adressiert, warum auch immer.

Lilly nahm beide mit ins Haus.

Felicitas liebte es, online einzukaufen, es verging kaum eine Woche ohne eine Lieferung. Sie war auch diejenige, die sich hauptsächlich um die Dekoration des Hauses kümmerte. Immer wieder fand sie irgendwo ein besonderes Teil, das sie zwar eigentlich nicht brauchten, das aber dennoch seinen Platz im Costanzo-Möller-Universum fand.

Lilly nahm ein kleines Messer aus der Besteckschublade und öffnete das erste Paket. Es enthielt einen Satz Streusiebe aus Edelstahl, mit denen man Kakao auf den Milchschaum des Kaffees streuen konnte. Eines in Herzform, eines als Smiley, ein Ausrufezeichen, ein Stern, eine Sonne, den Schriftzug *Love*. Sie hatten sich vor einem Monat einen neuen

Kaffeevollautomaten gegönnt, der wunderbaren Milchkaffee brühte, aber diese Streusiebe, im Grunde völlig überflüssig, machten ihn erst perfekt.

Lilly versuchte, den Schmerz wegzulächeln, als sie sie auspackte. Wie so oft hatte Felicitas nicht erzählt, was sie bestellte. Jetzt war Lilly gespannt auf das zweite Paket und öffnete auch das. Auf dem Karton war ein Aufkleber, der zu sorgsamem Umgang damit riet, da sich Glas im Inneren befand.

Lilly packte ihn mit größter Vorsicht aus.

Der Gegenstand darin war wunderschön, und laut beiliegendem Schriftstück in einer kleinen Manufaktur in Deutschland handgemacht. Eine dreißig Zentimeter hohe Sanduhr aus türkisfarbenem Glas, oben und unten jeweils ein Deckel aus Olivenholz. Einer der Deckel war abnehmbar, sodass man die Sanduhr selbst befüllen konnte.

Das Licht der Küchenstrahler erschuf wunderschöne Lichtreflexe in dem Glas. In genau solche nutzlosen Gegenstände konnte Felicitas sich schockverlieben, und immer fand sie einen Grund, warum sie in ihrem Leben eine Rolle spielen sollten.

Lilly stellte sich vor, wie es gewesen wäre, wenn sie das Paket zusammen ausgepackt hätten, wahrscheinlich nach dem Essen, mit einem Glas Rotwein in der Hand.

Felicitas hätte ihr dann erklärt, was sie sich dabei gedacht hatte. Zum Beispiel, dass Lillys Beruf ja viel mit Zeit zu tun hatte. Jedes Bild fror die Zeit ein, hielt einen Menschen in genau diesem Moment fest, ließ ihn zeitlos werden, unvergänglich. Das stimmte, deshalb hatte Lilly den Firmennamen *Zeitfang* gewählt, auch wenn sich diese Argumentation nicht unbedingt auf eine Sanduhr übertragen ließ.

Lilly verliebte sich ebenfalls in den Gegenstand, aber aus anderen Gründen.

Sie streichelte über das Glas und fragte sich, ob diese Sanduhr für alle Zeiten ein Ersatz für Felicitas sein würde.

KAPITEL 3

1.

8 Tage später
April 2024. Mittag. 13:30 Uhr.

Dies war sein ganz persönlicher Gang nach Canossa, und Lars Erik Grotheer fiel jeder einzelne Schritt schwer. Es führte aber kein Weg daran vorbei, er wusste das. Also nahm er an der Beerdigung von Constanze Goldmann teil. Eingeladen war er nicht, folglich würde er sich im Hintergrund halten.

Der Parkplatz des Friedhofes war bereits voll. Grotheer stellte seinen alten Kombi vor dem Supermarkt in der Nähe ab, ging hinein und kaufte etwas Süßes. In letzter Zeit passierte es ihm öfter, dass er sich unterzuckert fühlte. Dann wurde er unkonzentriert, nervös, und ihm war schwindelig. Vielleicht sollte er mal zum Arzt.

Vielleicht aber auch nicht.

Er bezahlte die Cola und das Twix mit dem Zwanzig-Euro-Schein, den er in der Hosentasche hatte. Grotheer hasste dicke Portemonnaies, deshalb trug er sein Bargeld stets lose mit sich herum.

Kauend und trinkend ging er die letzten zweihundert Meter zu Fuß. Dabei hielt er sein Gesicht in die Aprilsonne. Heute wärmte sie, aber die Wärme blieb an der Oberfläche, erreichte sein Inneres nicht. Dabei hätte er sie dort dringend gebraucht.

Dieses verfluchte Bild!

Er wurde es nicht los. Es verfolgte ihn Tag und Nacht. Constanze Goldmann, die Krankenschwester, wie sie auf dem Gehweg lag, einen Arm nach vorn ausgestreckt, so als hätte sie in ihrer letzten Sekunde verzweifelt nach Halt und Sicherheit gegriffen. Die weiße Socke, schmutzig an der Sohle. Und dann all das Blut um sie herum, diese gewaltige Menge, die doch nicht aus einem einzigen Körper stammen konnte.

Grotheer riss die Augen auf, trank den letzten Schluck Cola und ging weiter. Innehalten war nicht möglich. Weil seine Gedanken sich dann sofort in der Vergangenheit suhlten. Innehalten war Gegenwart, doch wer sich in der Vergangenheit suhlte oder die Zukunft plante, lief Gefahr, die Gegenwart zu verpassen. Grotheer wusste darum, konnte es aber verflixt noch mal nicht ändern.

Dabei versuchte er es, und das schon seit dreißig Jahren. Er gab sich Mühe, sich an den kleinen Dingen zu erfreuen – an den ersten Blüten nach dem Winter, an einem Glas Rotwein zu einem guten Buch, über frei verfügbare Zeit, oder auch nur darüber, einem Arschloch die Meinung zu blasen.

Aber der Tod der Krankenschwester hatte seiner Freude an den kleinen Dingen den Garaus gemacht. Weil er sich eine Mitschuld daran gab. Schließlich war er es gewesen, der die Polizei in einem entscheidenden Moment abgelenkt und den Täter vielleicht sogar motiviert hatte, zuzuschlagen. Niemand konnte sagen, ob es so war, aber womöglich hatte der Täter seine Felle davonschwimmen sehen, als Grotheer auf der Bildfläche erschien. Letzte Chance sozusagen, bevor Constanze Goldmann unerreichbar geworden wäre.

Darüber hinaus verdächtigte die Polizei ihn, irgendwie beteiligt zu sein. Beweise gab es keine, auch keine Anklage, aber Verdächtigungen. Ob sie gegen ihn ermittelten, wusste Grotheer nicht. Und selbst wenn sie längst eingesehen hatten, dass er zufällig in diesen Mordfall hineingeraten war, hielten sie ihn wohl dennoch für einen schrägen Typen, der durch Dummheit und Widerborstigkeit die junge Frau in Gefahr gebracht hatte.

Sei's drum, das konnte er nicht ändern.

Eine Frage quälte Grotheer viel mehr: Was, wenn er sich nicht erst auf dem Präsidium erklärt hätte, sondern schon in dem Moment, da der Polizist ihn in den Büschen erwischt hatte? Da war er bockig gewesen wie ein kleiner Junge, hatte sich geweigert, Auskunft zu geben, sodass der Polizist gezwungen gewesen war, ihn mit aufs Revier zu nehmen.

Diese Frage blieb ungeklärt.

Und auch eine weitere: Er wusste nicht, wie Michelle dazu stand. Seit der Tat hatte er es vermieden, mit ihr zu sprechen, aber Grotheer wusste, er konnte so nicht weitermachen. Denn er wiederholte hier ein Muster, das sein ganzes Leben geprägt hatte. Sich zurückziehen, abwarten, schweigen, aussitzen. Seine Wortkargheit hatte ihm immer schon im Wege gestanden, im Job, in Beziehungen, überall. Längst hatte er sich damit abgefunden, warum also als Frührentner noch etwas daran ändern. Doch diese Sache änderte alles.

Er erreichte den Friedhof, auf dem die Krankenschwester heute beerdigt wurde. Seine wunderschöne Michelle mit ihrem naturblonden, schulterlangen Haar sah er schon von Weitem. Die Locken hatte sie von ihm geerbt, als junger Mann hatte er auch welche gehabt. Sie war eine erwachsene

Frau, von der er so gut wie nichts wusste, an deren Leben er nicht teilgenommen hatte. Das war nicht allein seine Schuld, aber auch. Hauptsächlich sogar. Weil er sich nach der Sache damals in sein Schneckenhaus zurückgezogen hatte.

Vom Parkplatz aus beobachtete er, wie Michelle Menschen umarmte, die Grotheer nicht kannte. Das machte ihm noch einmal deutlich, wie wenig er von ihr wusste. Streng genommen gar nichts. Kein Lieblingsessen, keine bevorzugte Musik, nichts von ihren Kinderkrankheiten oder etwaigen Allergien. Wie sehr er seine Lebenszeit verschwendet hatte, zeigte sich hier überdeutlich. Er war ein Vater ohne Wissen, und seinerseits für Michelle ein Mensch ohne Eigenschaften – außer der einen: Feigheit.

Als sie in seine Richtung sah, verschwand Grotheer rasch hinter einem Wagen. Es war noch zu früh, er wollte sich ihr erst nähern, wenn die Zeremonie zu Ende war und die Menschen sich zerstreuten.

Deshalb ging er nicht mit in die Kapelle. Was hätte er dort auch zu suchen? Er hatte die junge Frau nicht gekannt, empfand keine Trauer über ihren Tod, nur Entsetzen. Und Angst. An dem Tag, an dem sie gestorben war, war der Mörder in Grotheers Nähe gewesen, hatte ihn garantiert beobachtet, wusste vielleicht sogar von Michelle. Dieser Gedanke war unerträglich.

Während sich drinnen die Trauergäste von Constanze Goldmann verabschiedeten, pilgerte Grotheer unter großen alten Bäumen über den schattigen Friedhof. Unter anderen Umständen hätte er die Ruhe genossen, sich an dieser Kleinigkeit erfreut, heute war sein Gemüt aber zu düster.

Grotheer erschrak, als ihm plötzlich jemand entgegentrat.

Ein großer Mann in dunkler Kleidung, mit Schuhen, die für eine Bergwanderung geeignet schienen. Sein Blick war finster.

«Polizei», sagte er forsch. «Darf ich um Ihren Ausweis bitten.»

Er bat aber nicht, er befahl. Grotheer hätte sich denken können, dass die Beerdigung überwacht wurde, schließlich war der Täter nicht gefasst, und es gab ja diese Theorie, dass Mörder gern zu den Beerdigungen ihrer Opfer gingen. Insofern passte er selbst wieder super ins Verdächtigenbild der Polizei.

«Habe ich nicht dabei», sagte Grotheer, was stimmte.

Der Beamte trug einen ordentlich gestutzten Vollbart und eine verspiegelte Sonnenbrille. Versteckt wohl auch eine Dienstwaffe. Der Typ musterte ihn. Es war offensichtlich, dass er Grotheer kannte. Warum sonst hatte er ihn so gezielt angesprochen?

«Was machen Sie hier?»

«Meinen Respekt erweisen.»

«Halten Sie das für klug?»

«Halten Sie sich für klug?»

«Wie bitte?»

Grotheer wollte weitermachen, sich an dem Mann abarbeiten, seinen Frust und seine Wut an ihm schärfen, aber er ließ es bleiben. Auf diese Art würde er der Krankenschwester sicher keinen Respekt zollen.

«Das ist nicht verboten, oder?», fragte er.

«Ich muss Sie bitten, den Friedhof zu verlassen», verlangte der Beamte.

«Warum denn das?»

«Sie sind hier nicht erwünscht.»

«Und wer sagt das?»

«Gehen Sie bitte, Herr Grotheer. Wir wollen doch Aufhebens vermeiden an diesem Tag, oder?»

Die Drohung, dass er mit Gewalt nachhelfen würde, sollte Grotheer sich weigern, war alles andere als gut versteckt. Und wieder musste Grotheer seinen inneren Monk fesseln, um nicht ausfallend zu werden. Wortlos wandte er sich ab und verließ den Friedhof auf dem Weg, den er gekommen war. Nachdem er die Pforte hinter sich geschlossen hatte, suchte er sich eine Stelle auf dem Parkplatz, von der aus er einen guten Blick auf die Tür der Kapelle hatte. Sollten sie versuchen, ihn auch von hier zu verscheuchen, würde er seine Zurückhaltung aufgeben.

Sie würden schon sehen. Er konnte auch anders.

Eine Friedhofsgärtnerin kam mit einer Schubkarre vorbei. Sie trug grüne Arbeitskleidung und eine grüne Wollmütze, unter der kurzes blondes Haar herauslugte. Misstrauisch beäugte sie Grotheer.

«Kann ich helfen?», fragte sie und blieb mit der Schubkarre vor ihm stehen.

Sie roch nach Gras und Erde und macht den Eindruck, als könnte sie ihn mühelos falten, in die Karre stecken und irgendwo entsorgen. Ein von harter Arbeit geformter Körper, was man bei Grotheer nicht behaupten konnte.

«Alles in Ordnung. Ich warte auf jemanden», antwortete er.

Sie stellte die Karre ab, und Grotheer seufzte innerlich. Noch jemand, der ihm auf die Nerven gehen wollte. An manchen Tagen riss es einfach nicht ab.

Sie klaubte eine Zigarettenschachtel aus der Brusttasche ihrer Arbeitslatzhose und bot ihm eine an. Da er sich selbst eine angezündet hätte, wäre sie nicht vorbeigekommen, nahm er dankend an. Sie gab erst sich, dann ihm Feuer und stellte einen Fuß auf die Strebe der Schubkarre. In der Mulde klebte feuchtes Gras.

Mit dem Kinn deutete sie zur Kapelle hinüber.

«Hier ist überall Polizei auf dem Friedhof», sagte sie. «Ich darf nicht weiterarbeiten. Man hat mich weggeschickt. Wissen Sie, was los ist?»

Grotheer schüttelte den Kopf. «Mich hat man auch weggeschickt. Keine Ahnung, wieso», log er.

«Sind bestimmt wichtige Persönlichkeiten unter den Trauergästen. Politiker oder Reiche oder so. Kennt man ja.»

«Kann schon sein, ich weiß es nicht.»

«Ich habe gehört, die Tote war nicht einmal dreißig. Traurig so etwas.»

Grotheer nickte. Sein Hals war trocken und eng.

«Hab meine Schwester früh verloren», sagte die Friedhofsgärtnerin. «Solche Tage wie dieser machen mich fertig.»

Sie schwiegen einen Moment, dann ging ein Ruck durch ihren Körper.

«Wie auch immer, ich muss trotzdem weitermachen, das Gras wächst gerade wie verrückt», sagte sie nach einem weiteren Zug von der Zigarette. «Schönen Tag noch.»

Sie packte die Griffe der Schubkarre und zog weiter. Grotheer war erleichtert, ein längeres Gespräch war ihm erspart geblieben. Small Talk war nie sein Ding gewesen.

Nach einer Weile öffneten sich die Flügeltüren an der Giebelseite der Kapelle, und die Trauergesellschaft kam heraus. Grotheer drückte die Kippe in den Sand und suchte sich einen Platz, von dem aus er gute Sicht hatte.

Die Trauernden folgten dem schlichten braunen Sarg bis

ans offene Grab, der Pastor sagte ein paar Worte, die Grotheer nicht hören konnte, dann ließen die Träger den Sarg in die Grube hinab, und die Menschen entfernten sich nach und nach. Beileidsbekundungen am Grab waren offenbar nicht erwünscht. Grotheer beobachtete, mit welch übertriebener Vorsicht sich die Menschen bewegten. So als bestünde die Gefahr, die Toten durch Fußgetrappel zu wecken. Wäre es nicht schön, wenn sie gegenüber den Lebenden genauso rücksichtsvoll wären?

Michelle stand noch bei einer Gruppe Menschen und unterhielt sich. Dann verabschiedete sie sich mit Umarmungen und verließ den Friedhof. Grotheer musste sich beeilen, sie an der anderen Pforte abzupassen.

Sie entdeckte ihn, zögerte kurz, kam dann aber doch auf ihn zu.

«Was machst du hier?», fuhr sie ihn an.

2.

Mittag. 14:00 Uhr.

An diesem Tag fühlte sich die Kamera in ihren Händen wie eine Waffe an. Das Gefühl war neu für Lilly Costanzo, und sie mochte es nicht. Bisher hatte sie ihre Kamera nur eingesetzt, um Menschen, schöne Dinge und besondere Momente festzuhalten. Hochzeiten, Geburtstage, Feiern, private Erinnerungsfotos oder aber die unerschöpflichen Motive, die die Natur ihr bot.

Jetzt wollte sie das Böse fotografieren.

Und das bewegte sich durch die Stadt wie ein Panther auf der Jagd.

Ali Karamanc. Mittelgroß, trainiert, auffällig braune Haut, schwarzes, straff nach hinten geknotetes Haar. Bis auf weiße Sneaker trug er nur schwarze Kleidung. Schwarz wie ein Schornsteinfeger.

Das konnte natürlich eine persönliche Vorliebe sein, oder aber er wollte damit ein Zeichen setzen für diejenigen Menschen, die es als Zeichen verstehen würden. Schaut her, ich habe die Schornsteinfegerin entführt, und ich laufe frei herum, weil ich so viel klüger bin als ihr alle.

Felicitas hatte ihr erzählt, dass er voller Ordnungs- und Sauberkeitszwänge steckte. Bei gemeinsamen Frühstücken hatte nur er die Brötchen schneiden dürfen, weil Felicitas die Krümel zu sehr durch die Gegend springen ließ. Er hatte auch ihren TikTok- und Insta-Kanal gestalkt und ihr verboten, sich dort freizügig zu zeigen. Dass die beiden nie zusammengezogen waren, hatte auch an ihm gelegen. Er wollte eine kühle, leere, moderne, immer aufgeräumte Wohnung, mit der er angeben konnte. Felicitas liebte den Boho-Style. Das alles hatte sie ihm aber nicht vorgeworfen, und so war ihre sexuelle Orientierung für ihn der einzige Grund für die Trennung.

Für jemanden wie Ali Karamanc musste es die maximale Demütigung sein. Ein junger Mann, ein Macho, wahrscheinlich ein Narzisst, gedemütigt, weil seine Freundin lieber mit einer Frau schlief und lebte als mit ihm. Seitdem sie sich von ihm getrennt hatte, hatte Felicitas nichts von ihm gehört, aber was bedeutete das schon. Vielleicht hatte Karamanc Felicitas beobachtet und sie zusammen irgendwo gesehen. In der Stadt, beim Eisessen, vielleicht hatten sie sich geküsst, und die Wut war erneut aufgeflackert in ihm.

Lilly hatte den Möllers versprochen, sich etwas einfallen zu lassen. Nur war ihr nichts anderes eingefallen, als Ali Karamanc mit ihrer Kamera zu verfolgen.

Warum hatte er der Polizei den Tipp mit Carsten Lindt gegeben? Dafür konnte es nur einen Grund geben: Er wollte von sich ablenken. Und musste man nicht den Blick, oder besser, ein Objektiv auf jemanden richten, der von sich ablenken wollte? Deshalb folgte sie Karamanc durch die Stadt, nachdem sie vor seinem Haus auf ihn gewartet hatte. Seine Adresse kannte sie von Felicitas, er lebte noch in der Wohnung in der Albrecht-Dürer-Straße.

Was dabei herauskam, spielte erst einmal keine Rolle. Lilly würde nicht zu Hause sitzen, sich mit dem neuen Sieb Kakaoherzchen auf den Milchschaum zaubern, die Sanduhr anstarren und darauf warten, dass die Polizei, ein Zufall oder das Universum ihr Felicitas zurückbrachte. Es brachte auch nichts, Tag für Tag Dutzende Male bei Social Media nachzuschauen, denn dort tat sich überhaupt nichts. Niemand schien Felicitas gesehen zu haben, niemand hatte einen Tipp oder interessierte sich für sie.

Karamanc kam gerade vom Friseur, vor dem Lilly in sicherer Entfernung auf ihn gewartet hatte. *Coiffeur Kuralenko* stand auf dem Leuchtschild über dem Eingang. Von dort aus folgte Lilly ihm durch die Innenstadt und beobachtete, wie er vor einigen Schaufenstern stehen blieb, um seinen frisch gestutzten Bart zu begutachten. Wenn er ging, bewegte er sich lässig, stets eine Hand in der Tasche und einen coolen Schwung im Oberkörper. Nichts an ihm war Zufall, alles gewollt und gestylt. Der Körper, die Kleidung, die Frisur, der Bart, die Sneaker, der schmale Spalt nackter Haut an den Fesseln zwischen Hose und Schuhen. Eine wandelnde Zurschaustellung seines Egos.

Als er wieder vor einem Schaufenster stehen blieb, nahm Lilly ihre spiegellose Vollformatkamera hoch und schoss ein paar Bilder.

Nicht zum ersten Mal spürte sie dabei, dass so eine Kamera auch Macht bedeutete. Was sie festhielt, konnte einen Menschen zerstören. Ihr ehemaliger Chef, Carsten Lindt, hatte das zu spüren bekommen.

Plötzlich drehte sich Karamanc in ihre Richtung. Sie nahm die Kamera schnell herunter und drückte sich in einen Hauseingang. Als sie sich wieder hervortraute, war Karamanc nicht mehr allein. Ein anderer Mann, kaum älter als dreißig, stand bei ihm. Sie unterhielten sich, lachten, dann steckte Karamanc dem Mann etwas zu, und Lilly gelang es, davon ein Foto zu schießen.

Ein flacher Umschlag.

Geld?

Bezahlte er gerade den Mann, der Felicitas entführt hatte?

Der Mann öffnete den Umschlag und zog etwas daraus hervor. Auf die Entfernung sah es nach einem Foto aus, aber Lilly konnte nicht erkennen, wen oder was es zeigte. Sie machte ein Bild davon und hoffte, es später vergrößern zu können.

Lilly schoss Hitze in den Kopf, gleichzeitig spürte sie, wie sich ihr Magen zusammenzog. Die Aufregung nahm zu. Sie war nicht auf dem Holzweg. Irgendwas trieben die beiden Männer.

Nach wenigen Minuten trennten sie sich voneinander, und Lilly musste sich entscheiden, wem sie folgen wollte. Sie entschied sich für Karamanc. In der nächsten halben Stunde beobachtete und fotografierte sie ihn dabei, wie er beim Italiener einen Espresso trank, sich die Uhrenauslage eines

Juweliers anschaute und mehrfach sehr auffällig Frauen auf den Arsch schaute.

Immer mehr fühlte Lilly sich wie eine Ermittlerin, wurde sicherer, war aber maximal angespannt.

Nach und nach entfernten sie sich aus der Innenstadt. Dann war Karamanc plötzlich verschwunden. Er musste unvermittelt abgebogen sein. Lilly begann zu laufen, stoppte an der nächsten Seitenstraße, blickte vorsichtig ums Eck, sah ihn nicht, lief weiter, wiederholte die Prozedur und fand ihn in der dritten Seitenstraße wieder. Dort trat er von einem Hauseingang zurück, und es sah so aus, als hätte er gerade etwas in den Briefschlitz geworfen.

Er ging in die entgegengesetzte Richtung davon. Lilly folgte ihm, schoss ein Bild von dem Reihenhaus mit der Nummer 24, verlor ihn dabei wieder aus den Augen, erhöhte das Tempo, rechnete damit, ihn in der nächsten Querstraße zu finden, doch da war er nicht.

Lilly sah sich in alle Richtungen um. Es war ruhig hier, keine Menschen unterwegs, an den Straßenrändern parkten Autos, zwischen denen man sich verstecken konnte. Von der Durchgangsstraße wehte Verkehrslärm herüber. Plötzlich kam Lilly sich vor wie auf dem Präsentierteller. Sie ging rasch weiter in Richtung der Garagen, die sich dutzendfach aneinanderreihten.

Sollte sie Ali Karamanc verloren haben, würde sie einfach vor seiner Wohnung auf ihn warten. Sie hatte genug Zeit, um an ihm dranzubleiben. Nein, das stimmte nicht, eigentlich hatte sie keine Zeit. Oder besser, Felicitas hatte keine Zeit. Wer konnte schon sagen, was sie in diesen Minuten durchlitt?

Die Bewegung aus einer der Garagen heraus, deren Tor offen stand, bemerkte Lilly zu spät.

Sie wurde gepackt, mit einem heftigen Ruck in die Garage gerissen und landete unsanft auf dem Betonboden. Instinktiv schützte sie ihre teure Kamera. Die Metalltür schlug zu, und plötzlich war es stockdunkel.

Es gab eine Nachtsichtfunktion an der Kamera. Lilly wusste blind, wie man sie einschaltete, und als sie durch den Sucher schaute, sah sie Karamanc als geisterhafte grüne Gestalt vor sich aufragen, das Gesicht zu einer grinsenden Fratze verzerrt.

«Sieh an, die kleine sizilianische Kampflesbe?», sagte er und schlug auf den Lichtschalter neben sich an der Wand.

Gerade noch rechtzeitig nahm sie die Kamera herunter, bevor das Licht aufflammte.

«Gib mal her», sagte er und machte fordernde Bewegungen mit den Fingern.

«*Vaffanculo!*», fuhr Lilly ihn an. «Dafür kommst du in den Knast.»

«Warum spionierst du mir nach und fotografierst mich?»

«Keine Ahnung, wovon du sprichst.»

Lilly presste sich die Kamera an den Bauch. Auf keinen Fall würde sie sie kampflos hergeben.

«Du kommst hier erst wieder raus, wenn ich die Bilder gesehen habe.»

Lilly schrie um Hilfe, so laut sie konnte. Dies war eine Fertiggarage, ihre Schreie sollten draußen zu hören sein.

Karamanc beugte sich über sie und packte ihre Arme, um an die Kamera zu kommen, doch Lilly ließ nicht locker.

«Gib die verdammte Kamera her!», schnauzte Karamanc sie an, schaffte es aber nicht, sie ihr wegzunehmen. Er bekam mit der rechten Hand den Gurt zu fassen, und sie zerrten aus zwei Richtungen an der Nikon. Karamanc geriet ins Straucheln, stürzte auf Lilly, und sie bekam sein Knie mit Wucht gegen das linke Auge.

Das war schmerzhaft; sie schrie auf und ließ die Kamera los.

Karamanc zog sich einen Schritt zurück. «Selber schuld, du hättest sie mir einfach geben sollen.»

Er ging die Aufnahmen durch. Die Bewegungen seiner Daumen verrieten Lilly, dass er sie gleichzeitig löschte.

«Hör auf», stöhnte Lilly kaum hörbar.

Doch er machte weiter, bis er alle Bilder gelöscht hatte, auf denen er zu sehen war. Dann ging er in die Knie und sah Lilly an.

«Ich will wissen, warum du heimlich Fotos von mir machst.»

«*Vaffanculo*», feuerte Lilly erneut ihr Lieblingsschimpfwort ab, das sie von ihrem Vater aufgeschnappt hatte. «Wo ist Felicitas?»

«Was? Woher soll ich das wissen?»

Lilly war zu benommen, um entscheiden zu können, ob er ihr etwas vorspielte oder nicht. Aber sie war immer noch überzeugt, dass er etwas mit der Entführung zu tun hatte.

«Ich schwöre dir, ich finde sie, und dann gehst du in den Knast.»

«Sag mal, hast du sie noch alle? Die Bullen waren längst bei mir. Ich habe nichts mit der Sache zu tun.»

«Aber du musstest denen unbedingt von Carsten Lindt erzählen. Um von dir abzulenken, oder was?»

Ali Karamanc starrte sie an. Sein Mund stand leicht offen, während er versuchte, die Information zu verarbeiten.

«Und darum verfolgst du mich? Weil du glaubst, ich hätte Feli entführt? Du hast sie doch nicht alle!»

Er drückte ihr die Kamera in den Bauch.

«Lass mich bloß in Ruhe mit dem Scheiß. Und rück mir nicht noch mal auf die Pelle.»

Karamanc erhob sich und öffnete das Garagentor. Er blickte sich nach rechts und links um, dann verschwand er.

Lilly blieb auf dem staubigen Boden liegen, in den Händen ihre Kamera. Erst als sie sicher war, dass er wirklich fort war, kämpfte sie sich mühsam auf die Beine, blieb zitternd an eine Werkbank gelehnt stehen und untersuchte die Kamera auf Beschädigungen. Sie schien intakt zu sein. Wenigstens das. Zwar hatte sie noch eine andere Kamera, die war aber älter und machte weniger gute Bilder.

Lilly war nach Heulen zumute, aber sie heulte nicht.

Dadurch würde sie Felicitas nicht zurückbekommen.

Also stieß sie sich von der Werkbank ab und taumelte aus der Garage ins Sonnenlicht. Verwirrt wusste sie zunächst nicht, in welche Richtung sie gehen sollte, sie lief einfach drauflos, Hauptsache, weg von hier.

Für heute hatte sie genug eingesteckt.

3.

Mittag. 14:17 Uhr.

«Ich möchte mit dir reden», sagte Grotheer.

«Reden?», wiederholte Michelle vorwurfsvoll. «Du hattest mehr als vierzehn Tage Zeit, mit mir zu reden ... ach nein, warte, es waren mehr als zwanzig Jahre, die wir nicht geredet haben. Und ausgerechnet heute kommst du?

Vorwürfe. Immer wieder Vorwürfe. Aber es stimmte. Nach dem Mord an ihrer Arbeitskollegin hatte Michelle mehrfach angerufen, und er war nicht rangegangen. Er hatte nicht gewusst, was er sagen sollte. Schlimmer noch, er hatte Angst gehabt, das Falsche zu sagen. Denn wenn er ein Talent hatte, dann dazu.

«Bitte ... können wir irgendwo hingehen?», bat er. «Vielleicht in ein Café?»

Die anderen Trauergäste zogen vorbei und warfen ihnen merkwürdige Blicke zu. Grotheer hatte das Gefühl, alle würden ihn kennen. *Ist das nicht der Mann, den die Polizei festgenommen hat, weil er bei Constanze herumgeschnüffelt hat? Ist das nicht der, den man anfangs für verdächtig gehalten hat? Irgendwas wird schon dran sein, ist doch immer so.*

Wieder zögerte Michelle, und dieses Zögern enttäuschte ihn. Schließlich war sie es, die ihn gebeten hatte zu helfen, die ihn bedrängt hatte, obwohl er nicht wollte.

«Lass uns einen Spaziergang machen», sagte sie und ging voran.

Der Friedhof grenzte an ein Waldstück. Michelle lief auf einen der Wege zu, die hineinführten, und sie wurde erst langsamer, als sie zwischen die Bäume eintauchten. Der Geruch von feuchter Erde und verrottendem Laub war intensiv.

«Warum hast du nicht gesagt, dass du Conny bewachen willst?», fuhr sie Grotheer an, ohne ihn anzuschauen.

So vieles an ihr erinnerte ihn an ihre Mutter. Die Stimme, die Art, wie sie sich bewegte und gestikulierte. Lange hatte die Beziehung nicht gehalten. Fünf Jahre. Es war nicht ihre Schuld gewesen, auch wenn er das damals anders gesehen hatte. Ein Projektil war schuld gewesen. Und er selbst. Hätte er das damals schon gewusst, wäre er dieser jungen Frau ein

Vater gewesen, wie er es hätte sein sollen. Aber die Menschen lernten langsam, besonders, wenn sie Verantwortung für ihr Tun übernehmen sollten.

«Weil ich es für besser hielt, mir erst einmal ein Bild von der Lage zu machen.»

«Ein Bild von der Lage machen?»

Jetzt blieb Michelle stehen und sah ihn an aus ihren blauen Augen an. Sie war kleiner als er, vielleicht eins fünfundsiebzig, musste zu ihm hinaufschauen, und ihr Blick war voller Wut, Trauer und Verzweiflung. Vielleicht war es doch keine gute Idee gewesen, sie am Tag der Beerdigung aufzusuchen.

«Die Lage ist, dass Conny ermordet wurde! Und du warst dabei. Kannst du mir das bitte erklären?»

Grotheer sah weg und schüttelte den Kopf.

«Ich war nicht dabei. Ich wurde auf dem Polizeirevier vernommen, als es geschah. Und nein, ich kann es nicht erklären. Deshalb bin ich heute hier. Um Antworten zu finden.»

Michelle schüttelte den Kopf, ihre Unterlippe zitterte.

«Ich verstehe das nicht. Ich hatte dich gebeten, Conny zu helfen, du wolltest nicht, dann machst du es doch, ohne etwas zu sagen, und jetzt ist sie tot. Das ist die Antwort, verstehst du? Sie ist tot.»

Mühsam hielt Michelle ihre Tränen zurück, und es brach Grotheer das Herz, sie so zu sehen. Warum war er hergekommen? Er machte alles nur noch schlimmer. Es sei denn, er sagte endlich mal die Wahrheit und stand zu dem, was in ihm vorging. Das war jetzt der richtige Zeitpunkt, einen besseren würde er nicht mehr bekommen. Mehr noch: Es war seine einzige Chance.

«Ich habe es gemacht in der Hoffnung, dass wir wieder Kontakt zueinander haben würden.»

Eigennutz war die Wahrheit. Er hatte seine Chance gesehen, etwas gutzumachen. Um Conny Goldmann war es ihm nicht gegangen.

«Und warum hast du es mir vorher nicht gesagt?»

Grotheer zuckte mit den Schultern. «Es war eine spontane Entscheidung.»

Und das stimmte. Bei Michelles Anruf war er ablehnend gewesen, denn sie hatte ihn mit ihrer Bitte kalt erwischt. Erst später, nachdem er Zeit gehabt hatte, darüber nachzudenken, war ihm klar geworden, welche Chance sich ihm damit eröffnete.

«Es tut mir sehr leid, was deiner Freundin zugestoßen ist. Ich wünschte, ich hätte es verhindern können», schob Grotheer nach.

Michelle verlor den Kampf gegen ihre Tränen. Sie weinte. Still, leise, auf eine starke und stolze Art. Wie ihre Mutter damals. Tränen wie Bollwerke, die nicht auf Trost aus waren.

Grotheer spürte den Wunsch, sie in die Arme zu nehmen, traute sich aber nicht.

«Hast du ... sie gesehen?», fragte Michelle mit brüchiger Stimme.

«Als es passierte, saß ich im Vernehmungszimmer der Polizei. Aber ich habe sie gesehen, deine Freundin ... vorher am Bahnhof, als sie in ihren Wagen stieg ... und auch danach. Sie lag vor dem Haus, wollte wohl fliehen ...»

Michelles Gesicht zerfloss binnen Sekunden. Kein Stolz mehr, keine Stärke. Nur noch Verzweiflung. Grotheer mochte es nicht, Menschen zu berühren, mochte selbst nicht berührt werden, aber in diesem Moment sprang er über seinen Schatten. Er nahm seine Tochter in die Arme und hielt sie fest. Das letzte Mal hatte er das getan, als sie ein Baby gewesen war.

«Hat sie leiden müssen?», fragte sie und löste sich von ihm. Drei, vier Sekunden, länger hatte der Kontakt nicht gedauert, doch für Grotheer war es eine Ewigkeit gewesen.

Er schüttelte den Kopf und log: «Nein, es ging wohl alles sehr schnell.»

Dabei ging es eben nicht schnell, wenn einem die zwei großen Halsarterien durchtrennt wurden. Nicht schnell genug. Es blieb Zeit für Angst, aber nicht für Abschied. Das war grausam. Nichts davon musste Michelle wissen. Grotheer war sich sicher, dass die Polizei keine näheren Angaben zu der Todesursache gemacht hatte. Sonst hätte Michelle als Krankenschwester sicher nur zu genau gewusst, wie es ihrer Freundin ergangen war.

Sie putzte sich die Nase.

«Sollen wir uns setzen?», fragte Grotheer und deutete auf eine Bank.

«Nein, ich muss mich bewegen. Sonst dreh ich durch.»

Sie gingen weiter. Sonnenlicht fiel durch die Kronen der Bäume, das Spiel von Licht und Schatten war wunderschön. Das Spiel von Leben und Tod nicht, fand Grotheer. Wer immer sich das ausgedacht hatte, konnte nicht bei Sinnen gewesen sein.

«Sie hatte große Angst an dem Morgen», sagte Michelle. «Ich hätte sie nicht allein gehen lassen dürfen und ...»

«Tu das nicht», unterbrach Grotheer sie. «Such keine Schuld bei dir. Du hättest das nicht verhindern können.»

Tja, da sprach ein Dummer kluge Worte. Seit es passiert war, gab Grotheer sich eine Teilschuld und fragte sich, ob er es hätte verhindern können. Was, wenn er sich geschickter angestellt hätte, wenn er besser ausgebildet gewesen wäre in diesen Dingen? Er war zeit seines Berufslebens Polizist im

Bundestag gewesen, hatte Leibesvisitationen gemacht, Platzverweise erteilt, Schlösser kontrolliert und versucht, freundlich zu den Parlamentariern zu sein. Das Aufregendste waren eine unerlaubte Demo und ein Bombenalarm gewesen. Er hatte nicht eine einzige Observation durchgeführt. Hätte er den Täter entdeckt, wenn er ein besserer Polizist gewesen wäre? Denn eines war klar: Der Täter hatte ihn beobachtet, daraus Schlüsse gezogen und gehandelt.

«Wer tut so etwas Furchtbares?», fragte Michelle.

«Ich weiß es nicht. Und die Polizei auch nicht. Irgendein Verrückter, ein Stalker, eine Zufallsbekanntschaft. Wenn es jemand war, den Conny gekannt hat, dann hätte die Polizei ihn längst festgenommen. Solche Beziehungstaten sind meist schnell aufgeklärt.»

Michelle blieb abermals stehen, drehte sich zu ihm, sah ihn an, und Grotheer hatte das überwältigende Gefühl, in sich selbst hineinzuschauen.

«Also läuft der Mörder frei herum», sagte sie. «Conny liegt in der Erde, und er läuft frei herum. Und er hat dich gesehen, als du bei Conny warst. Was, wenn er jetzt dich oder mich beobachtet? Muss ich jetzt genauso Angst haben, wie Conny sie hatte?»

«Nein, musst du nicht. Ich weiß noch nicht, was, aber ich werde etwas unternehmen. Das verspreche ich dir. Hast du denn einen Verdacht, wer dahinterstecken könnte?»

Michelle schüttelte den Kopf.

«Nein, aber als ich mich eben von den Trauergästen verabschiedet habe, war darunter eine ehemalige Arbeitskollegin von Conny. Die beiden haben zusammen in einer Hausarztpraxis gearbeitet, und sie erzählte mir, dass sie nicht glauben könne, dass das ein Zufall sei.»

«Das was ein Zufall sei?»

«Eine Mitarbeiterin dieser Praxis ist vor vier Jahren spurlos verschwunden. Bis heute fehlt jede Spur von ihr.»

«Na ja, vier Jahre ... Ich glaube kaum, dass das etwas mit dem zu tun hat, was deiner Freundin zugestoßen ist. Menschen verschwinden dauernd, oft sogar aus eigenem Antrieb.»

«Trotzdem finde ich das merkwürdig», beharrte Michelle.

4.

Nachmittag. 16:09 Uhr.

Timo Krüger hatte schon mittags die Schnauze gestrichen voll. Egal, was er ab jetzt tat, wie sehr er sich auch anstrengte, der Zeitplan war im Arsch, genauso wie sein Feierabend. Ein Unfall mit Stau, in dem er eine halbe Stunde verbracht hatte, dann zwei von diesen ätzenden Kunden, die wegen einer kleinen Delle im Karton diesen vor seinen Augen öffnen und den Inhalt kontrollieren wollten. Bei einem war der innere Karton beschädigt, sodass Timo die Lieferung gleich wieder mitnehmen musste.

Irgendwann einmal war Auslieferungsfahrer sein Traumjob gewesen. Den ganzen Tag auf Achse, mehr oder weniger sein eigener Herr, immer etwas Neues sehen und erleben. Das war vor Corona gewesen, und vor den Millionen von Bestellungen, die Tag für Tag in Deutschland verteilt wurden. Vor dem Verkehrsinfarkt, vor den gestressten und oft schlecht gelaunten Leuten, die jede Minute Verspätung übel nahmen.

Timo lenkte seinen Lieferwagen, den er nach dem rotnasigen Rentier liebevoll Rudolph nannte, in einen Feldweg, stellte den Motor ab, stieg aus und streckte sich. Da der Tag jetzt sowieso im Eimer war, konnte er sich auch eine kleine zusätzliche Pause gönnen. Musste er sogar, weil er musste. Nur einmal war es bisher so weit gekommen, dass er während der Fahrt in eine leere Flasche gepinkelt hatte, um Zeit zu sparen. Das war ein richtiger Tiefpunkt gewesen, an dem er sich bis auf die Knochen gedemütigt gefühlt hatte, und er hatte sich geschworen, es niemals wieder zu tun. Von Kollegen wusste er, dass es bei ihnen ganz alltäglich war. Im Laufe eines Tages sparten sie dadurch zehn Minuten ein.

Zehn Minuten!

Was für eine kranke Welt war das eigentlich?

Timo Krüger trat an die Büsche, die die Felder voneinander trennten, und erleichterte sich. Er würde etwas ändern müssen, das wusste er. Niemand hielt diesen Stress lange aus. Immer wieder war er seiner Freundin Milena gegenüber unfair, schnauzte sie an, obwohl sie doch nichts dafür konnte. Manchmal hatte er abends, wenn er zur Ruhe kam, ein Pfeifen im rechten Ohr, und wenn er die Info aus dem Internet richtig verstanden hatte, war das ein Warnsignal. Mach mal halblang, warnte ihn sein Körper, oder ich leg dich bald flach.

Hinter sich hörte er Motorengeräusche. Auf der Landstraße näherte sich ein Wagen. Timo kümmerte es nicht, er stand gut verborgen hinter seinem Lieferwagen und pinkelte in Ruhe zu Ende. Doch der Wagen bog ebenfalls in den Feldweg ab und kam hinter Rudolph zum Stehen. Timo warf einen Blick über die Schulter und sah einen dunklen Kombi.

«Gottverdammt, hat man denn nirgendwo seine Ruhe!», fluchte er, zog den Reißverschluss hoch und drehte sich um.

Der Wagen stand einfach nur da. Durch die Lichtspiegelung auf der Windschutzscheibe war es Timo unmöglich zu sehen, wer hinter dem Lenkrad saß.

Die Szene war unheimlich. Der Wagen wirkte bedrohlich, und Timo entschied sich, schnell einzusteigen. Allerdings konnte er nirgendwo hin, und so blieb er neben dem Lieferwagen stehen. Der Kombi blockierte den Rückweg zur Landstraße, und in die andere Richtung verlor sich der Feldweg zwischen Ackerflächen. Das Risiko war zu groß, dort irgendwo stecken zu bleiben.

Die Fahrertür ging auf. Nicht einfach so, nein, sie wurde mit Kraft aufgestoßen, federte zurück und bekam erneut von innen einen Schlag.

Timo verengte die Augen zu Schlitzen, um gegen die Sonne etwas sehen zu können. Zunächst tat sich nichts. Die Person im Wagen schien es nicht besonders eilig zu haben. Timo blieb stehen, stemmte die Hände in die Hüften und beobachtete. So etwas war ihm noch nie passiert, und er hatte keine Ahnung, was er tun sollte.

Was dann geschah, überraschte Timo.

Ein Oberkörper kippte aus dem Wagen, blieb aber im Gurt hängen. Kraft- und leblos hingen Arme und Kopf heraus, offenbar hatte der Fahrer das Bewusstsein verloren.

«Shit!», stieß Timo aus und rannte auf den Wagen zu.

Jemand brauchte seine Hilfe, da dachte er nicht lange nach.

Er umrundete die offen stehende Wagentür, blickte auf Hinterkopf und Rücken des Fahrers und zögerte, weil er nicht wusste, wie und ob er ihn anfassen sollte.

«Alles in Ordnung?»

Die Frage war natürlich dumm, denn es war ja offensichtlich, dass nicht alles in Ordnung war.

Die zusammengesunkene Gestalt zuckte und gab einen merkwürdigen Laut von sich. Timo war hin- und hergerissen. Sollte er zuerst den Rettungswagen rufen oder den Fahrer aus dem Wagen holen? Ihn in die stabile Seitenlage bringen, oder, wenn nötig, wiederbeleben?

Timo war ein Mann der Tat, immer schon gewesen. Also beugte er sich in den Wagen, löste das Gurtschloss, packte den Fahrer unter den Achseln und zog ihn vorsichtig heraus. Er hatte vor, ihn auf dem Rücken abzulegen, um sich zunächst einen Überblick zu verschaffen, doch dazu kam es nicht mehr.

Timo spürte einen Stich im linken Oberschenkel. Er ließ den Körper fallen, torkelte zurück, konnte sich nicht länger auf den Beinen halten und fiel auf den Hintern. Seine Zähne schlugen zusammen, er biss sich auf die Zunge und schmeckte Blut.

Ein Tritt gegen den Brustkorb warf ihn nach hinten um.

Mach was, dachte Timo. Du kannst dich doch nicht so überrumpeln lassen.

Das war einfacher gedacht als getan, denn in seinem Körper breitete sich eine merkwürdige Kraftlosigkeit aus, die er nicht von sich kannte.

Der Schatten des Angreifers fiel auf ihn. Timo stöhnte, versuchte, sich auf die Seite zu rollen, doch ein Fuß wurde auf seinen Hals gestellt und hinderte ihn daran. Der Druck auf den Kehlkopf löste Panik in Timo aus, die Panik mobilisierte zusätzliche Kräfte, und es gelang ihm, das Bein des Angreifers zu packen und daran zu ziehen. Damit brachte er den Fremden zwar aus dem Gleichgewicht, doch der ließ sich mit den Knien auf Timos Oberkörper sinken.

«Hast du Zeit?», fragte der Angreifer.

Timo konnte nicht mehr sprechen, ihm schwanden die

Sinne. Er kapierte nicht einmal den Sinn der Worte, bekam aber mit, dass der Angreifer nun wiederum ihn unter den Achseln packte und zu seinem Wagen schleifte. Dort wuchtete er ihn in den Kofferraum.

Als die Kofferraumklappe zufiel, schloss er die Augen.

5.

Einen Tag später. Vormittag. 10:30 Uhr.

«Wissen Sie eigentlich, wie lange ich schon im Wartezimmer sitze und Löcher in die Luft starre? Glauben Sie, ich bekomme meine Zeit geschenkt?»

Der etwa vierzigjährige Mann trug gepflegte Businesskleidung, dazu auf Hochglanz polierte braune Schuhe, sein Scheitel war perfekt, der Kinnbart noch perfekter, obwohl es das ja gar nicht gab.

Die junge Arzthelferin hinter dem Tresen aus Naturholz hielt seinem Blick nicht stand, schaute lieber auf den Monitor vor sich. Sie war jung, eine Auszubildende wohl, und ließ sich von dem Gebaren des Mannes einschüchtern.

«Einen Moment, ich schaue kurz ...»

«Nein, Sie müssen nicht kurz schauen. Mein Termin war vor einer Dreiviertelstunde. Entweder hat Frau Doktor jetzt sofort Zeit für mich, oder Sie sehen mich hier nie wieder. Ist ja unfassbar, wie schlecht organisiert Sie hier sind. Würde ich meinen Betrieb so führen, wäre ich längst pleite. Ich berechne vierhundert Euro für eine Arbeitsstunde, damit wissen Sie jetzt, wie viel Sie mir bereits schulden.»

Der Mann redete sich in Rage, seine Ohren liefen dunkelrot an, der Übergang zum Herzinfarkt oder Schlaganfall schien nicht weit entfernt.

«Es gibt doch genug Ärzte», sagte Grotheer, der seitlich hinter dem Mann stand, die Hände in den Taschen seiner Jacke vergraben. Er trug seine alten Lieblingssportschuhe, deren Sohlen an den Hacken abgelaufen waren und an denen der Schmutz von Jahren klebte. Derart glänzende Schuhe wie die des Mannes hatte er zuletzt bei den Abgeordneten im Bundestag gesehen. So etwas war ihm suspekt.

«Wie bitte?», fuhr der Mann ihn an.

Grotheer trat einen Schritt auf ihn zu. Er überragte ihn um Haupteslänge.

«Oder sind Sie dort schon überall rausgeflogen wegen Ihrer Unfreundlichkeit? Dann wird's langsam eng für Sie, und ich an Ihrer Stelle wäre etwas bescheidener.»

«Sagen Sie mal, was geht Sie das eigentlich an?»

Grotheer zuckte mit den Schultern. «Stellen Sie sich nur vor, Sie bekommen Krebs. So richtig fiesen Krebs, der Ihnen ein Loch in den Darm frisst oder so. Dann keinen Arzt zu haben, weil man sich vorher überall so aufgespielt hat ... das wird dann echt scheiße.»

Grotheer griente, weil er das Wortspiel mit Darmkrebs und scheiße irgendwie gelungen fand.

Der Business-Typ wusste für einen Moment nicht, was er sagen sollte. Seine Ohren schienen platzen zu wollen.

«Das muss ich mir nicht anhören», polterte er, nahm seinen teuren Designermantel vom Haken und verließ die Praxis. Laut schlug die alte Holztür des historischen Gebäudes hinter ihm zu und zitterte ein wenig nach.

Die Arzthelferin und Grotheer schauten sich an. Sie erlaubte sich ein kleines, dankbares Lächeln. Grotheer lächelte zurück und trat näher an den Tresen, um sein Anliegen vorzutragen. Er sagte, er habe zwar keinen Termin, würde aber gern abklären, ob er ein Risiko für Diabetes habe. Etwas anderes fiel ihm nicht ein, und die Frage musste ja ohnehin irgendwann beantwortet werden.

In der letzten Nacht war Grotheer schweißgebadet und zitternd aufgewacht, und hatte sich gefragt, ob das mit seinem Insulinspiegel zusammenhängen könnte. Allerdings hatte er zuvor im Traum gesehen, wie ein gesichtsloser Täter einer jungen Frau den Hals aufschnitt. Diese junge Frau war Michelle gewesen. Während sie gestorben war, hatte sie einen Arm nach ihm ausgestreckt und immer wieder «Papa» gerufen, so lange, bis alles Blut aus ihrem Körper gelaufen war. Möglich, dass er deshalb gezittert hatte.

Plötzlich wurde das Gesicht der Arzthelferin ernst, und im gleichen Moment spürte Grotheer jemanden hinter sich. Er drehte sich um.

Es war die Ärztin, wegen der er hier war. Frau Doktor Hilgermann. Klein, dunkle Kurzhaarfrisur, runde Brille zu rundem Gesicht.

«Haben Sie gerade meinen Patienten vergrault?», fragte sie mit versteinertem Gesicht.

«Nicht doch. Ich fühlte mich nur verpflichtet, ihn auf die Nebenwirkungen seines Auftretens hinzuweisen. Fand er wohl nicht so gut.»

Doktor Hilgermann fixierte Grotheer, und er meinte, den winzigen Ansatz eines schelmischen Lächelns in ihren Augenwinkeln zu erkennen. Ein Lächeln, das sie sich vor ihrer Mitarbeiterin aber nicht erlauben wollte.

«Nein, wohl nicht», sagte sie. «Und wer sind Sie?»

«Grotheer. Und ich habe nicht mal einen Termin.»

«Aber Sie glauben, Diabetes zu haben.»

«Möglich. Mir geht es um ein Vorgespräch. Vorbeugend sozusagen.»

«Tja, dann füllen Sie doch die Lücke, die Sie gerade gerissen haben.»

Sie trat beiseite und machte eine einladende Handbewegung in Richtung der offen stehenden Tür zu ihrem Behandlungszimmer.

Grotheer nickte dankend und ging voran. So einfach hatte er sich das nicht vorgestellt.

«Setzen Sie sich bitte, Herr Grotheer», sagte Dr. Hilgermann, schloss die Tür und sank hinter ihrem Schreibtisch in einen Drehstuhl. Grotheer ließ sich auf den Besucherstuhl fallen.

«Es tut mir leid, falls ich Ihnen Unannehmlichkeiten bereitet haben sollte.»

Sie winkte ab. «Kein großer Verlust, wenn ich ehrlich bin. Und es ist ja nicht so, dass ich keine neuen Patienten bekäme.»

«Gutes Stichwort. Ich bin wegen eines großen Verlustes hier», sagte Grotheer.

Zwischen ihren Augen entstand eine Falte.

«Nicht weil Sie glauben, Diabetes zu haben?»

«Auch, aber das ist nicht vordringlich.»

Grotheer erzählte von Constanze Goldmann und von seiner Tochter und ihrer Bitte, die alles ausgelöst hatte. Die Falte zwischen den Brauen der Ärztin wurde tiefer, ihre Augen trauriger. Zwischendurch nahm sie die Brille ab und legte sie beiseite.

«Und auf der Beerdigung von Frau Goldmann erfuhr ich,

dass eine ehemalige Kollegin vor vier Jahren verschwunden ist. Ihre Mitarbeiterin Nadine Seeliger. Ist sie wieder aufgetaucht?»

Dr. Hilgermann seufzte tief und schwer.

«Nein», antwortete sie auf Grotheers Frage. «Frau Seeliger ist meines Wissens nicht wieder aufgetaucht. Niemand weiß, wo sie geblieben ist, was passiert ist. Aber warum kommen Sie zu mir, statt mit den Angehörigen zu sprechen?»

«Nun ja, eingedenk der Tatsache, dass Frau Seeliger hier gearbeitet hat ...»

Er ließ den Satz unvollendet.

«Ich verstehe», sagte die Ärztin. «Falls es sich bei Frau Seeliger um ein Verbrechen handelt, wären es mit dem Mord an Frau Goldmann zwei im Umfeld meiner Praxis. Ich wundere mich, dass die Polizei nicht längst hier war.»

«Ich auch. Allerdings war ich mal Polizist.»

«Und wo?»

«Bei der Bundestagspolizei.»

«Bundestagspolizei? Wie spannend. Ich wusste nicht einmal, dass es eine gibt.»

«Gibt es, es ist der kleinste Polizeibezirk Deutschlands, und nein, spannend ist das nicht. Eher langweilig. Wache schieben und Kontrollgänge. Mit Ermittlungen hatte ich nie etwas zu tun, dafür kann ich perfekt Personenkontrollen durchführen.»

«Ich verstehe, was Sie antreibt, Herr Grotheer, und ich will Ihnen gern helfen, wüsste aber nicht, wie.»

«Na ja, ich hatte mir erhofft, dass Sie eine Verbindung zwischen Frau Goldmann und Frau Seeliger kennen. Jemand, der es auf beide abgesehen haben könnte. Ein Patient vielleicht.»

Die Ärztin schüttelte den Kopf. «Nachdem Frau Seeliger damals verschwand, hat die Polizei mich und meine Mitarbeiterinnen befragt, aber ich konnte schon damals nichts dazu sagen. Es gab keinen Vorfall, der es gerechtfertigt hätte, einen Menschen zu entführen ... oder gar zu töten.»

«Ich muss an den Mann von eben denken», sagte Grotheer und rieb sich das Kinn. «Der hat sich schon ziemlich aufgeregt.»

«Ach was, solche Diskussionen haben wir hier jeden Tag. Das ist Alltag. Und dieser Mann ist zwar ein wenig cholerisch, aber harmlos.»

«Warum hat Frau Goldmann die Praxis verlassen?»

«Das Übliche. Sie war jung, aufgeschlossen, wissbegierig, wollte sich ausprobieren, hatte Interesse an Chirurgie und Psychologie. Also ist sie an die Klinik gegangen und hat dort eine zweite Ausbildung begonnen. Ich bin sicher, sie hätte es bis zur Ärztin gebracht. Es ist nicht zu fassen, was ihr zugestoßen ist. Ich mochte sie sehr, habe ihr sogar angeboten, mich an der Uni für sie starkzumachen, wenn sie ihren Abschluss nachmacht. Aber sie hat sich für eine Ausbildung entschieden.»

«Und Frau Seeliger?»

«Was ist mit Frau Seeliger?»

«Wollte sie auch weg?»

«Nein, Nadine war zufrieden hier. Sie war ein ganz anderer Typ, eher verschlossen, nicht euphorisch, nicht auf Veränderungen aus, ein bisschen träge. Ich denke, sie wäre hiergeblieben.»

«Haben Sie an Suizid gedacht?»

«Die Polizei hat mich das auch gefragt, und ich kann meine Antwort nur wiederholen: Sie war nicht der Typ dafür.

Und glauben Sie mir, als Ärztin entwickelt man einen Blick dafür.»

«Tatsächlich? Wie ist es mit mir?»

«Bei Ihnen wäre ich mir nicht so sicher. Sie wirken wie jemand, der einsam ist. Einsamkeit ist nie gut.»

«Glauben Sie mir, in meinem Fall ist es die Therapie. Ich bin gern allein.»

«Ich bin von Zeit zu Zeit auch gern allein. Aber Alleinsein und Einsamkeit sind zwei verschiedene Paar Schuhe.»

«Kann sein, aber ich bin auch gar nicht allein. Jemand ist an meiner Seite ...»

6.

Vormittag. 11:00 Uhr.

«Können Sie ihn nicht wenigstens in Untersuchungshaft nehmen?»

Der Kommissar mit den hellwachen grauen Augen, der Spöring hieß, schüttelte seufzend den Kopf.

«Nein, das können wir nicht. Aus dem einfachen Grund, weil gegen Herrn Karamanc vorerst kein Verdacht besteht. Ich habe es Ihnen schon gesagt: Er hat für den Zeitraum, in dem Frau Möller entführt wurde, ein Alibi.»

«Dann ist es erfunden!», fuhr Lilly dazwischen.

«Das lässt sich nicht überprüfen. Setzen Sie sich bitte.»

«Ich will nicht sitzen!», sagte Lilly energisch. Seit sie im Präsidium angekommen war, lief sie im Büro des Kommissars auf und ab. «Ich will etwas tun!»

Der Kommissar deutete auf Lillys Gesicht.

«Ja, und das kommt dabei heraus.»

Ihr linkes Auge war fast zugeschwollen, die Farbexplosion des Gewebes drum herum erstaunlich. Und es tat weh. Nicht nur im Gesicht, sondern auch in der Seele. Lilly war in den Heimen, in denen sie aufgewachsen war, hin und wieder in körperliche Auseinandersetzungen verwickelt gewesen, das war also nicht neu für sie. Und auch wenn Karamanc sie unabsichtlich mit dem Knie getroffen hatte, das Gefühl der Demütigung war stark. So wie damals, als sie, immer die Kleinste, oft hatte einstecken müssen.

«Frau Costanzo, ich muss Sie bitten, damit aufzuhören. Es ist nicht Ihre Aufgabe, nach Frau Möller zu suchen. Das ist Aufgabe der Polizei.»

«Aber ich habe doch Anzeige gegen Ali Karamanc erstattet, wegen Körperverletzung. Hat das denn keine Folgen?», überging Lilly die Ermahnung.

«Er sagt, er habe nichts damit zu tun. Es gibt keine Zeugen. Und damit steht Ihre Aussage gegen seine. Wenn Sie bei der Anzeige bleiben, wird es zu einer Verhandlung kommen, dort wird die Schuld festgestellt und bestraft, nicht hier bei der Polizei. Ich glaube Ihnen ja, dass Sie Ihre Verletzungen von Herrn Karamanc haben, aber daran sind Sie nicht ganz unschuldig. Sie können ihm nicht einfach hinterherlaufen, ihn fotografieren und beschuldigen. Der Mann hat einen explosiven Charakter. Was, dachten Sie, würde passieren?»

«Das ist mir egal, solange überhaupt etwas passiert. Felicitas ist seit zwei Wochen verschwunden, und ich höre nichts von Ihnen. Wissen Sie eigentlich, wie es mir geht? Können Sie sich vorstellen, dass ich kaum noch schlafe, mir Tag und

Nacht den Kopf zerbreche. Ich will Felicitas zurück. Können Sie das nicht verstehen?»

«Doch, sogar sehr gut. Und dennoch muss ich mich wiederholen: Es ist nicht Ihre Aufgabe. Wir tun, was wir können, aber solche Ermittlungen brauchen Zeit ...»

«Zeit!», echote Lilly. «Zeit? Ist die Zeit nicht längst überschritten, in der Sie Felicitas eine Überlebenschance eingeräumt haben? Wie können Sie da von Zeit sprechen?»

Spöring sagte nichts. Und sein Schweigen war Antwort genug. Die Polizei ging davon aus, dass Felicitas tot war, deshalb eilten die Ermittlungen nicht.

«Sie ist nicht tot», flüsterte Lilly.

«Das hoffe ich inständig», sagte Spöring. «Und wir suchen weiter, das kann ich Ihnen versprechen. Aber Sie müssen aufhören, sich selbst in Gefahr zu bringen. Schauen Sie doch nur, wozu das geführt hat. Sie können von Glück sagen, nicht ernsthaft verletzt worden zu sein.»

«Aber was kann ich denn tun?»

«Im Moment ... nichts. Ich weiß, das ist hart, aber eine andere Antwort habe ich nicht.»

Keine Tränen, sagte Lilly sich im Stillen. Sie spürte ihren Hals eng werden und wusste, was das bedeutete, aber vor dem Beamten würde sie nicht heulen.

«Gibt es denn überhaupt keine Hinweise?», versuchte sie es noch einmal.

Fast hätte sie dem Kommissar von den Social-Media-Seiten erzählt, auf denen sich bis auf ein paar dumme oder wenig hilfreiche Kommentare nichts getan hatte, ließ es aber bleiben. Spöring hielt sie sowieso schon für naiv, vielleicht sogar für dumm.

«Wir gehen unterschiedlichen Hinweisen nach. Unter

anderem suchen wir immer noch nach Carsten Lindt. Er ist aber unauffindbar. Sollten Sie ihn also sehen oder von ihm hören, setzen Sie sich umgehend mit mir in Verbindung. Haben Sie mich verstanden, Frau Costanzo?»

Lilly nickte.

«Gut. Dann gehen Sie jetzt bitte nach Hause. Wir melden uns bei der Familie von Frau Möller, sobald wir etwas wissen.»

«*Vaffanculo*», nuschelte Lilly in sich hinein. Ja, natürlich, bei der Familie. Nicht bei ihr. Weil Felicitas und sie ja nur Freundinnen waren. Nicht verheiratet, nicht anerkannt vor dem Gesetz. In der Warteliste der Besorgten stand sie weit hinten.

«Wie bitte?», fragte der Kommissar.

«Nichts.»

Mit einem Ruck stand er auf. «Ich begleite Sie hinaus.»

Lilly war sauer und enttäuscht, verstand aber, dass sie hier nicht weiterkam. Was immer die Polizei tat, welchen Spuren sie folgte, Lilly würde es nicht erfahren.

Sie ließ sich von Spöring auf den Gang hinausbegleiten, folgte ihm Richtung Ausgang und fühlte sich dabei auf allen Feldern geschlagen. Keine Infos, keine weiteren Ermittlungen gegen Karamanc, nichts. Und dass Carsten Lindt nicht auffindbar war, konnte viele Gründe haben. Natürlich würde Lilly nicht auf Spöring hören und die Hände in den Schoß legen, aber wo sollte sie suchen, wenn es keinen Anhaltspunkt gab?

Sie kamen an einigen Bürotüren vorbei. Manche standen offen, andere waren geschlossen. Als sie an einem komplett verglasten Büro vorbeikamen, blieb Lilly abrupt stehen. Das Büro war leer, Schreibtische und Stühle darin übereinandergestapelt. Dazwischen lagerten Kartons. Offenbar wurde das Büro seit geraumer Zeit nicht mehr genutzt.

Wie fremdgesteuert griff Lilly nach der Klinke und drückte die Tür auf.

«Moment mal, was ...», protestierte Spöring hinter ihr, aber Lilly ging mit einem schnellen Schritt in den Raum.

Drinnen war es kühl und roch nach Staub. Sie trat auf die Wand zwischen den beiden Fenstern zu. Auf der einen Fensterbank stand ein Blumentopf mit einer vertrockneten braunen Pflanze.

Zwischen den Fenstern hing der Kalender. Ihr Kalender. Der Kalender der Schornsteinfegerinnung, für den sie die Fotos geschossen hatte. Zwölf Schornsteinfegerinnen in Arbeitskleidung, eine davon war Felicitas. Keines der Fotos war in irgendeiner Form anstößig oder freizügig, bei einem der Mädchen waren die nackten Schultern zu sehen, das war es aber auch schon. Felicitas war der September, und dieser Monat war aufgeblättert.

Jemand packte Lilly am Arm.

«Sie können nicht einfach hier ...»

«Der Kalender», sagte Lilly mit tonloser Stimme, obwohl sie aufgeregt war.

«Wie bitte?»

«Warum hängt der Kalender hier?»

«Keine Ahnung», sagte Spöring. «Das ist seit ein paar Jahren ein Lagerraum. Vorher saßen hier zwei Kollegen, wahrscheinlich haben die den Kalender zurückgelassen.»

«Was, wenn der Kalender daran schuld ist?», sagte Lilly, ohne den Blick von Felicitas zu nehmen. Sie nahm Spöring zwar wahr, sprach aber eigentlich mit sich selbst. «Was, wenn die anderen auch in Gefahr sind?»

7.

Mittag. 11:30 Uhr.

Jemand wartete geduldig in dem alten blauen Ford Mondeo Kombi, den Grotheer sich bei seinem Renteneintritt gekauft hatte.

Jemand war acht Jahre alt, um die Nase herum grau, brauchte ein bisschen, um aufzustehen, und mochte es, die Tage dösend zu verbringen.

Jemand war ein Mischling aus dem Tierschutz, der die Hälfte seines Lebens im Zwinger und die andere Hälfte in verschiedenen Familien verbracht hatte, bevor sie einander vorgestellt worden waren.

«Ich habe da vielleicht jemand für Sie», hatte die ukrainische Mitarbeiterin des Tierschutzhofes zu Grotheer gesagt, und so war der Name hängen geblieben. Zuvor war Jemand in sechs verschiedenen Familien gewesen, hatte in jeder einen neuen Namen bekommen, insofern war es ihm mittlerweile wohl egal, wie man ihn nannte.

Auf Jemand hörte er genauso wie auf Niemand. Letzteres gefiel Grotheer aber nicht. Es erinnerte ihn zu sehr an sich selbst.

Er klopfte an die halb geöffnete Seitenscheibe des Ford, bevor er die hinteren Türen öffnete. Jemand mochte nicht gern überrascht werden, aus dem Alter war er heraus. Er brauchte seine Zeit, um sich situativ umzustellen. Grotheer konnte das gut nachempfinden, da es ihm genauso ging. Er öffnete die Türen, und Licht fiel in den Wagen.

Die Ladefläche gehörte allein Jemand. Darin lagen eine Hundematratze und einige Decken, die ziemlich müffelten, außerdem ein Wasser- und ein Futternapf. Ins Dach hatte Grotheer eine Haube gebastelt, damit immer genug frische Luft in den Wagen kam. Dennoch roch es streng darin, denn Jemand hatte oft mit Blähungen zu kämpfen.

«Na, alter Freund, alles klar bei dir?»

Jemand begrüßte ihn freudig, aber nicht übertrieben, sondern auf seine gewohnt entspannte Art. Grotheer streichelte ihm den Hals und die Flanken und dachte, wie gut sie doch zueinander passten. Ohne es zu wissen, hatten sie sich gesucht und gefunden, waren zuvor beide etwas verloren durchs Leben getaumelt, doch am Ende wurde eben alles gut.

Grotheer goss Wasser aus einer Flasche in den Trinknapf, setzte sich auf die Ladekante, sah dem Hund beim Schlabbern zu und rauchte eine Zigarette.

In Gedanken war er woanders.

Grotheer wusste, wenn am Ende wirklich alles gut werden sollte, musste er diese Sache klären. Er war nicht bereit dafür. Er besaß die nötigen Kompetenzen nicht. Aber er war hineingeraten, hatte seinen Teil dazu beigetragen, dass es eskalierte, und wenn seine Tochter nicht in Angst leben sollte, hatte er verdammt noch mal diese Aufgabe zu übernehmen.

Denn so unrecht hatte Michelle gar nicht.

Was, wenn der Täter sie angreifen würde?

Darüber hinaus bot sich ihm hier eine Chance, endlich eine Beziehung zu seiner Tochter aufzubauen, ein Teil ihres Lebens zu werden. Denn wenn er ehrlich zu sich war, konnte das Ende nicht gut werden, wenn die Fäden nicht zusammenliefen. So war es in jedem guten Buch.

Die Entscheidung war also gefallen. Er würde sich ein wenig kümmern und schauen, wohin das führte. Ein Erfolg war zwar unwahrscheinlich, aber versuchen musste er es.

Das Gespräch mit der Ärztin war gar nicht schlecht gelaufen. Am Ende hatte er sogar noch die Adresse der Eltern bekommen – Doktor Hilgermann hatte ihm aber das Versprechen abgenommen, darüber zu schweigen.

Schweigen konnte Grotheer. Besser als die meisten.

Nachdem Jemand genug geschlabbert hatte, machten die beiden einen kleinen Ausflug in den Stadtpark. Auch beim Spazierengehen passten sie gut zueinander. Egal ob zwei oder vier Beine, die Geschwindigkeit war identisch. Jemand hatte die Angewohnheit, sich zum Kacken in die Büsche zu verdrücken, was wirklich angenehm war. So musste Grotheer nichts aufsammeln.

Nach einer kleinen Runde ging es zurück zum Wagen. Der Tag war noch jung, er sollte den Schwung nutzen und versuchen, gleich jetzt das nächste Gespräch zu führen.

Als er losfuhr, spürte Grotheer so etwas wie Aufregung, und er musste daran denken, wie er als junger Mann davon geträumt hatte, Mitglied eines Spezialeinsatzkommandos zu werden. Er war auf gutem Weg gewesen, sich seinen Traum zu erfüllen, als ein Albtraum daraus geworden war. Auf grausame Art hatte das Schicksal eine Entscheidung für ihn getroffen, ob richtig oder falsch, wer konnte das schon sagen, aber sie hatte dazu geführt, dass er am Ende bei der Bundestagspolizei gelandet war. Ein spezielles Kommando, wenn auch etwas anders als gedacht.

Ihm fielen seine alten Visitenkarten ein, die er sich in einem Anflug von Stolz und Hochmut vor Jahren hatte drucken lassen. Die lagen zu Hause in einer Schublade. Grotheer nahm den kleinen Umweg in Kauf, sie zu holen.

Polizeiobermeister Lars Erik Grotheer stand darauf. Dazu eine Handynummer, die er noch hatte. Es konnte vielleicht nützlich sein, sie bei sich zu tragen. Zwar war das kein offizielles Dokument, aber Eindruck schinden und sich legitimieren konnte er damit. Dabei log er nicht einmal. Beamter war man schließlich auf Lebenszeit.

Mit den Karten in der Innentasche seiner Jacke und Jemand auf der Ladefläche des Kombis machte er sich auf den Weg zu der Adresse, die er von der Ärztin hatte. Die Fahrt dauerte eine gute Stunde und führte zu einem landwirtschaftlichen Anwesen außerhalb eines verschlafenen Ortes. Eine von Birken gesäumte Allee führte auf den Hof zu. Schon aus der Entfernung waren die großen offenen Stallungen zu erkennen, in denen Hunderte Kühe standen.

Ein Milchviehhof.

Hof Seeliger.

Grotheer parkte ein Stück vom Wohnhaus entfernt neben einen Traktor, streichelte Jemand über den Kopf und stieg dann aus. Der eigentümliche Geruch nach Kühen und Silage überlagerte alles. Von den Ställen her klang das Muhen der Kühe herüber, irgendwo lief ein lautes elektrisches Gerät. Ansonsten war es erstaunlich ruhig auf dem großen Gehöft.

Na klar. Mittagszeit. Wahrscheinlich saß die Familie gerade zusammen.

Noch bevor Grotheer die Haustür erreichte, wurde sie geöffnet. Eine junge Frau, vielleicht Ende zwanzig, öffnete in Socken, Jeans und Karohemd über der Hose.

«Der Hofverkauf ist über Mittag geschlossen», sagte sie freundlich.

«Entschuldigen Sie die Störung», begann Grotheer. «Ich bin nicht hier, um etwas zu kaufen. Ich habe ein paar Fragen.»

Ihr Gesicht verdüsterte sich etwas.

«Fragen? Wozu?»

«Zum Verschwinden von Nadine Seeliger.»

Die junge Frau erstarrte, bevor sie wortlos verschwand. Eine halbe Minute später tauchte ein Mann in der Tür auf. Groß, kräftig, ebenfalls in Arbeitskleidung, das Gesicht hart und abweisend. Mit den Händen in den Taschen trat er auf Grotheer zu.

«Wer sind Sie?», fragte er geradeheraus und unternahm nicht einmal den Versuch, freundlich zu sein. «Presse?»

«Nein, Polizei», sagte Grotheer. «Allerdings privat unterwegs. Die beste Freundin meiner Tochter wurde brutal getötet, meine Tochter lebt seitdem in Angst, und diese Freundin war eine ehemalige Arbeitskollegin von Nadine Seeliger. Sind Sie der Vater von Nadine?»

Der Mann nickte. Die Falte zwischen seinen dunklen Augen war tief wie der Marianengraben. Die Situation stand auf der Kippe.

«Dann verstehen Sie als Vater vielleicht, dass ich versuche herauszufinden, was passiert ist und ob es einen Zusammenhang gibt.»

Der Mann dachte nach, schließlich entspannten sich seine Schultern etwas.

«Und Sie sind Polizist?»

«Nun ja, ich war es. Jetzt bin ich in Pension.»

«Wie heißt die Frau, die getötet wurde?»

«Constanze Goldmann.»

«Ja, den Namen kenne ich, den hat Nadine mal erwähnt.»

«Die beiden haben zusammen bei Dr. Hilgermann gearbeitet», fügte Grotheer an.

«Kommen Sie rein, wir reden drinnen», sagte der Mann und trat beiseite.

«Ich hoffe, ich störe nicht beim Essen.»

«Doch, tun Sie, aber was soll's.»

Er führte Grotheer in eine große, karg eingerichtete Küche mit hoher Decke. An einem langen Tisch saßen vier Personen. Die junge Frau, die zuerst an der Tür gewesen war, zwei junge Männer, eineiige Zwillinge, eine Frau mit kurzem Haar im Alter des Mannes. Alle sahen ihn an. Mit Blicken, in denen die Furcht zu erkennen war vor dem, was er zu sagen hatte.

Der Mann übernahm es, Grotheer und sein Anliegen vorzustellen.

«Das ist meine Familie», sagte er danach. «Meine Frau Doro, meine Kinder Mirella, Thorben und Thies. Nadine ist die Jüngste.»

Grotheer grüßte mit einem Nicken. Er fühlte sich unwohl. Wie ein Eindringling in die geschützte Welt der Familie Seeliger, der das Böse zurückbrachte. Viel Zeit war vergangen, seitdem ihre Tochter Nadine verschwunden war, und trotz allem war sicher der Alltag zurückgekehrt in ihr Leben. Grotheer machte das nun zunichte. Er bereute seine Entscheidung, hergekommen zu sein.

Man bot ihm einen Platz an, und er setzte sich. Es war der einzige freie Stuhl am Tisch, und Grotheer ahnte, dass es früher Nadines Stuhl gewesen sein musste.

Diese Blicke. Um Gottes willen, diese Blicke.

Sie erwarteten Erlösung, und er brachte Aufruhr. Das war nicht seine Aufgabe, nicht seine Sache, nicht seine Angelegenheit, hier hatte er nichts verloren. Grotheer kämpfte gegen den Drang an aufzuspringen, zu flüchten, zu Jemand in den Wagen, Gas zu geben und sich wieder in sein Leben zu verkriechen. Zeit zu verschwenden, so wie immer.

Stattdessen erzählte er, was passiert war, ließ die Details aber weg. Schweigend erfuhr die Familie Seeliger vom gewaltsamen Tod der ehemaligen Arbeitskollegin ihrer verschwundenen Tochter und Schwester, und in ihren Augen sah er, wie die Zeit für sie in diesem Moment rückwärtslief.

«Ich weiß leider nichts von den Umständen, unter denen Nadine verschwand, oder was der Stand bei den Ermittlungen ist. Wenn Sie nicht mit mir darüber sprechen möchten, ist das in Ordnung, aber ich dachte mir, ich will es wenigstens versuchen.»

Die letzten Sätze sprach Grotheer viel zu schnell. So wie Menschen es taten, wenn sie sich ihrer Sache nicht sicher waren oder glaubten, man würde ihnen nicht länger zuhören.

«Also ermitteln Sie sozusagen privat?», fragte Doro Seeliger.

«Aus privaten Gründen, ja.»

«Wissen Sie, wie viele Menschen jeden Tag in Deutschland verschwinden?»

Grotheer schüttelte den Kopf. Er hatte tatsächlich keine Ahnung.

«Jeden Tag werden 200 bis 300 neue Fälle erfasst. Und die Polizei sucht nicht nach erwachsenen Menschen, wenn keine Gefahr für Leib und Leben vorliegt. Erwachsene können sich aufhalten, wo sie wollen, sie müssen sich auch nicht bei Verwandten abmelden. Und wenn die Verwandten oder die Eltern sagen, es muss ein Verbrechen geschehen sein, glaubt die Polizei denen nicht. Sie glauben es einfach nicht! Fragen lieber, ob es Streit gegeben hat oder so. Ob das eigene Kind nicht vielleicht doch abgehauen ist.»

Grotheer spürte die Wut, die in Doro Seeliger loderte. Kalt bis eben, jetzt wieder heiß.

Ihr Mann legte ihr einen Arm auf die Hand, versuchte, sie zu beruhigen, doch sie schüttelte den Kopf.

«Niemand interessiert sich für unser Kind. Niemand. Nadine ist fort, seit mehr als vier Jahren. Keine Nachricht, nichts. Aber niemand hilft uns ...»

Wenn sie noch Tränen gehabt hätte, hätte sie sicherlich geweint, so aber blieben ihre Augen trocken. Und rot. Und sie starrte Grotheer damit an, als könnte er etwas dafür.

Grotheer wusste nicht, was er sagen sollte. Aber irgendwas musste er sagen. Es lag an ihm, die drückende Stille zu durchbrechen.

«Ich kann es ja mal versuchen», sagte er. «Wer weiß, vielleicht finde ich etwas, das Ihnen weiterhilft.»

Das war vage und unverbindlich, zu mehr wollte Grotheer sich aber nicht hinreißen lassen.

«Schaden kann es ja nicht», sagte Mirella. Als Einzige schien sie sich einigermaßen im Griff zu haben. Die Söhne, beide groß und kräftig und gut aussehend, saßen einfach nur da und starrten Grotheer an.

«Nein, kann es nicht», bestätigte Doro Seeliger nach einer kleinen Pause. «Und wir sind dankbar für jeden Strohhalm, an den wir uns klammern können. Können Sie sich vorstellen, was für ein Loch dadurch in unser Leben gerissen wurde?»

«Nein», gab Grotheer ehrlich zu. Die Löcher in seinem Leben waren anderer Natur.

«Manchmal stehe ich im Kuhstall, mit der Mistgabel in der Hand, und dann sind zehn Minuten vergangen, von denen ich nichts weiß, an die ich keine Erinnerung habe. Ein Loch, verstehen Sie? Und sie reihen sich aneinander, diese Löcher. An schlechten Tagen zu Stunden ... Die Zeit steht dann still, ist ohne Leben ... Manchmal glaube ich, den Verstand zu verlieren.»

Ihr Mann streichelte liebevoll ihre Hand.

«Sag so etwas nicht», flüsterte er.

«Irgendwann wird es besser», sagte Grotheer.

«Woher wollen Sie das wissen?», fragte Doro Seeliger mit matter Stimme.

«Ich weiß es, weil es mir jahrelang ähnlich ging, aber aus anderen Gründen. Ich stürze immer noch in diese Löcher, aber nur noch selten. Und sie sind nicht mehr so tief.»

Die Frau blickte ihm in die Augen, und sie schien darin etwas zu sehen, das sie davon abhielt, nach den Gründen für seine Zeitlöcher zu fragen. Der Blickkontakt dauerte unangenehm lang, aber Grotheer hielt ihm stand.

Schließlich nickte die Frau.

«Wie können wir helfen?», fragte sie.

«Das weiß ich ehrlich gesagt nicht. Vielleicht, indem Sie mir alles erzählen, was Sie von dem Tag wissen, an dem Ihre Tochter verschwand. Wenn ich dann noch ihr Zimmer sehen könnte ...»

Grotheer hob die Schultern und ließ sie wieder sacken. Er hatte keine Ahnung, was das mit dem Zimmer sollte, aber in Fernsehermittlungen wollten die Beamten immer die Zimmer der Opfer sehen.

«Ihr Zimmer ist in Kartons verpackt», sagte Doro Seeliger.

«Ach so», stieß Grotheer aus. Das passte nicht zu dem Bild, das er sich von dieser Familie gemacht hatte.

Doro schüttelte den Kopf.

«Nicht, was Sie denken», sagte sie. «Nadine war damals gerade ausgezogen. Ihre erste eigene Wohnung in der Stadt, näher an der Praxis, bei ihrem Freund. Sie wollte nicht wie wir alle auf dem Hof arbeiten, das war nicht so ihr Ding. Also zog sie zu Hannes.»

«Hannes und weiter?»

«Hannes Lamprecht. Er lebt immer noch dort, die Wohnung gehört ihm.»

«Darf ich mit ihm reden?»

«Warum nicht? Ich denke nicht, dass er etwas dagegen hat.»

«Ich weiß nicht so recht», wandte Mirella ein. «Er hat ganz schön gelitten und ist gerade wieder auf die Beine gekommen.»

«Wenn Sie mir eine Telefonnummer geben, frage ich einfach», sagte Grotheer.

Er bekam die Nummer.

«Und wie war das, als Ihre Tochter verschwand?»

Grotheer hatte die Frage kaum gestellt, da schabten Stuhlbeine über den Fliesenboden. Einer der Jungs stand auf, nahm seinen Teller und stellte ihn neben der Spüle ab.

«Ich muss in den Stall», sagte er und schob ein genuscheltes «Das tu ich mir nicht an» hinterher.

Der andere Sohn folgte ihm auf dem Fuße und verließ die Küche, ohne ein Wort zu sagen. Mirella und Doro blickten ihnen hinterher, der Vater stand ebenfalls auf.

«Ich rede mit ihnen», sagte er und folgte seinen Söhnen.

Danach wurde es für einen Moment still in der Küche, und Grotheer glaubte schon, dass man ihn nun bitten würde zu gehen. Was hatte er sich auch eingebildet, einfach so hier hereinzuplatzen und Fragen zu stellen? Es stand ihm nicht zu, das Leid der Familie wieder aufzubrechen.

«Tut mir leid», sagte Doro Seeliger schließlich. «Thorben und Thies ... wir kommen alle nicht gut damit zurecht, aber die beiden ...», Doro schüttelte den Kopf. «Ich würde dem, der uns Nadine genommen hat, gern ins Gesicht sagen, was er dieser Familie damit angetan hat … und immer noch antut.»

«Soll ich besser gehen?», fragte Grotheer.

«Nein, jetzt können wir auch weiterreden. Es hilft, darüber zu reden, das habe ich verstanden, aber Thorben und Thies wollen nichts davon hören.»

«Sie wollen auch sonst von nichts mehr hören», schob Mirella hinterher. «Als ob ihr Leben so lange in der Warteschleife hängt, bis Nadine wieder da ist. Aber das geht doch nicht. Die Zeit bleibt nicht stehen, für niemanden.»

Grotheer erkannte, dass er nicht einmal im Ansatz geahnt hatte, was dieses Gespräch mit sich bringen würde. Er schämte sich dafür, sich im Vorfeld nicht mehr Gedanken gemacht zu haben. Jetzt war es zu spät, der Schaden angerichtet. Er hatte die Vergangenheit ins Jetzt gezerrt, und wieder einmal zeigte sich, wie wenig das menschliche Leben mit linear ablaufender Zeit zu tun hatte.

«Es war ein Wochenende», erinnerte sich Doro Seeliger. «Und Nadine hatte sich für einen Besuch mit Übernachtung angekündigt. Sie kam immer noch gern zurück auf den Hof, außerdem war ihr Freund Hannes an dem Wochenende ab Freitag auf einem Seminar.»

«Sie war also hier, als sie verschwand?»

«Nein, eben nicht. Freitag, am späten Abend, schickte sie eine Nachricht, dass ihre Chefin sie angerufen und gebeten habe, am Wochenende einzuspringen. Die Praxis hatte Notdienst, und eine Kollegin war ausgefallen. So etwas war immer mal wieder vorgekommen, wir hatten also keinen Grund zur Sorge.»

Grotheer wunderte sich ein wenig, dass ihm das Frau Doktor Hilgermann nicht schon erzählt hatte.

«Sie kam also nie hier an?», fragte er.

«Nein. Aber Notdienst hatte sie auch nicht. Die Polizei hat später festgestellt, dass die Nachricht wohl von ihrer Wohnung oder aus der näheren Umgebung verschickt worden war. Von ihrem Handy. Deshalb glaubte die Polizei auch nicht an eine Entführung. Man ging davon aus, dass Nadine freiwillig verschwand, weil sie es wollte. Aber das stimmt einfach nicht. Sie war nicht der Mensch dafür und hatte auch keinen Grund fortzulaufen.»

«Hat sie ihr Handy später noch einmal benutzt?»

«Nein. Nie mehr. Das Handy wurde abgeschaltet, und das war's. Diese Nachricht war das letzte Lebenszeichen meines Kindes.»

8.

Nachmittag. 15:22 Uhr.

Manchmal glaubte der Mann, den sie Giftzwerg nannten, beobachtet zu werden.

Die Menschen starrten ihn an, und in ihren Blicken lag Verachtung. Und dann wusste er, was sie über ihn dachten. Er konnte es spüren. Schaut euch diesen kleinen Wicht an, wie er sich aufspielt, wie er jemand sein will, nach Bedeutung lechzt. Das war schon so gewesen, als er noch ein Kind war. Er erinnerte sich genau an seine Schulzeit, an die vielen Demütigungen, an die Pausen, in denen er auf dem Schulhof wie eine Kugel im Flipperautomaten von einer Gruppe zu anderen prallte, ohne in ihre Reihen aufgenommen zu werden.

Sein Hass auf die Menschen war nichts weiter als eine Reflexion. Sie bekamen zurück, was sie ausgesandt hatten. Mehr Gerechtigkeit konnte es auf dieser Welt nicht geben.

Nachdem er seine Schicht beendet und den Bus abgestellt hatte, lief er zu Fuß durch die Stadt. Die braune Ledertasche, in der er Brotbox und Thermoskanne aufbewahrte, schlug dabei gegen seinen Oberschenkel. Sie gab den Takt vor, solange es die Borduhr nicht konnte.

Schritt, Schlag, Schritt, Schlag, Schritt, Schlag.

Darauf konnte er sich konzentrieren und von den Menschen um sich herum ablenken.

Schließlich erreichte er sein Elternhaus. Diesen überaus hässlichen Backsteinbau mit den viel zu kleinen Fenstern, der nie renoviert worden war, seitdem sein Großvater ihn vor hundert Jahren erbaut hatte. Über den drei Stufen, die zur Haustür führten, lag eine Rampe aus Edelstahl, bezahlt von der Krankenkasse. Weil die Treppe zu schmal war, deckte die Rampe die Stufen komplett ab, sodass er über das Metall laufen musste, ob er wollte oder nicht.

Oben vor der Tür stand der Rollator, auch von der Krankenkasse bezahlt.

Bevor er aufschloss, sah er noch einmal über die Schulter zurück. Von irgendwoher kamen Blicke, das spürte er, sehen konnte er jedoch niemanden. Aber er wusste, sie standen hinter den Gardinen, die Nachbarn, zerrissen sich die Mäuler, lästerten und verbreiteten Gerüchte. Zu keinem von denen hatte er Kontakt, das wäre Zeitverschwendung gewesen.

Rasch betrat er den Hausflur, schloss ab und legte die Kette vor. Drinnen war es dunkel. Den üblichen muffigen Geruch nahm er kaum noch wahr.

«Mutter. Ich bin zurück.»

Das Haus hatte zwei Etagen. Vierzig Quadratmeter unten und oben. Die Treppe war steil und schmal und führte in sein Reich. Für Mutter war sie ein unüberwindbares Hindernis. Er zog seine schwarzen Lederschuhe aus, steckte Schuhspanner hinein und schob sie ins Schuhregal. Dann hängte er seine Jacke an den freien Haken. In Filzpantoffeln trat er seiner Mutter gegenüber.

Sie saß im Sessel, wie immer. Breit, unbeweglich, ein Gesicht voller Güte, allen Schmerzen zum Trotz. Ihr rechtes Augenlid hing seit dem Schlaganfall herunter, ebenso der Mundwinkel, aus dem manchmal Speichel tropfte.

«Mein Junge, wie schön! Wie war dein Tag?»

Zur Begrüßung küsste er sie auf die Stirn, sie legte dabei ihre alten, rauen Hände an seine Wangen. Eine Berührung, die er seit frühester Kindheit genoss und die er vermissen würde, sollte Mutter eines Tages sterben.

Gott bewahre ihn davor.

«Mein Tag war in Ordnung. Ich hatte ein bisschen Ärger mit einem Fahrgast und hätte beinahe die Polizei gerufen.»

«O nein. Das tut mir leid. Die Menschen werden aber auch immer aggressiver. Bist du ruhig geblieben?»

«Vollkommen. Dadurch hat sich die Situation dann auch entspannt. Leider war der Verkehr heute eine einzige Katastrophe. Auf der Autobahn gab es einen Unfall mit Vollsperrung, alle mussten durch die Stadt fahren. Ich hatte den ganzen Tag Verspätung.»

Er musste seiner Mutter nicht sagen, wie sehr er Verspätungen hasste, sie wusste es. Es war ihrer beider Erbe seines längst verstorbenen Vaters, dem Pünktlichkeit über alles gegangen war. Ihr Tagesrhythmus war davon geprägt gewesen. Morgens, mittags, abends. Die Mahlzeiten waren gesetzte

Termine, Abweichungen hatte er nicht toleriert. Alle waren froh gewesen, als der Krebs den alten Tyrannen niedergemetzelt hatte. Außer Mutter vielleicht, die ihn ja irgendwie auch geliebt haben musste.

«Dann hast du bestimmt Hunger, nicht wahr? Ich habe alles vorbereitet und im Backofen warm gehalten. Lass uns essen.»

Er half seiner Mutter beim Aufstehen und reichte ihr die Krücke, die sie im Haus benutzte. Das dreibeinige Ding war groß und unhandlich, aber auch sehr stabil.

Der Tisch in der kleinen Küche war gedeckt. Es roch gut nach Kartoffeln und Fleisch. Für sie beide zu kochen ließ Mutter sich nicht nehmen, es war ihr Tagwerk, die Beschäftigung, die sie aufrecht hielt und sich wertvoll fühlen ließ. Sie wollte die Backofentür öffnen, doch er kam ihr zuvor.

«Kommt nicht infrage. Setz dich bitte, ich tische auf. Du hast schließlich schon gekocht.»

Sie lächelte dankbar und ließ sich schwer auf ihren Stuhl fallen, der mit mehreren Kissen gepolstert war. Beinahe täglich wurde sie dicker, dagegen konnte sie nichts tun, egal wie wenig sie aß. Es lag an den vielen Medikamenten, die sie seit dem Schlaganfall nehmen musste. Ihr Leben war eine Qual, und trotzdem war ihre Seele freundlich und liebevoll geblieben.

Es gab Kartoffeln, Rotkohl und Frikadellen, sein Lieblingsgericht. Mutter war eine wunderbare Köchin, auch warm gehalten schmeckte das Essen fantastisch. Ein Leben ohne sie konnte und wollte er sich nicht vorstellen, obwohl es eines Tages natürlich passieren würde.

Manchmal dachte er darüber nach, mit ihr zu gehen.

Sie redeten nicht viel beim Essen. Danach half er ihr zurück ins Wohnzimmer, erledigte den Abwasch und ging hinauf in sein Reich. Dort wartete er einige Stunden ab, bis sie ihm ein «Gute Nacht» zurief.

Als er sicher sein konnte, dass sie tief und fest schlief, zog er sich noch einmal an und verließ das Haus.

Es gab Dinge in seinem Leben, von denen Mutter nichts wissen durfte. Die Nachbarn auch nicht. Niemand. Diese Dinge musste er nachts erledigen, im Schutze der Dunkelheit.

9.

Nachmittag. 17:15 Uhr.

Hannes Lamprecht lebte in einem fünfstöckigen Gebäude, Teilstück eines Mietblocks, der sich ohne Unterbrechung dem gesamten Straßenzug entlangzog. Fünfzigerjahre-Bau, im Erdgeschoss eine Zahnarztpraxis, daneben ein Geschäft für Sicherheitstechnik. Im Grunde wohl ein Schlüsselladen, der auch Videokameras anbot.

Auf der vierspurigen Straße davor rauschte höllischer Stadtverkehr, der niemals abzureißen schien. Einen Parkplatz gab es nicht, und so fuhr Grotheer mit seinem alten Ford viermal um den Block, bis ein Platz frei wurde. Er quetschte sich mühsam hinein. Rückwärts einzuparken war nie seine Stärke gewesen.

Jemand bekam einen seiner geliebten Kauknochen, Wasser und Streicheleinheiten und blieb zufrieden im Wagen zurück.

Grotheer musste zehn Minuten laufen, dann stand er vor

dem Gebäude, in dem Hannes Lamprecht lebte. Er verglich die Hausnummern und war zunächst verwirrt, verstand dann aber, dass Lamprecht der Inhaber des Ladens für Sicherheitstechnik war. Angemeldet war Grotheer nicht. Er hatte sich gegen einen Anruf entschieden. Telefonieren hatte er schon immer gehasst.

Grotheer betrat den Laden. Der war nicht groß, vielleicht achtzig Quadratmeter, und vollgestopft mit den unterschiedlichsten elektronischen Dingen, von denen Grotheer keine Ahnung hatte. Es gab aber auch Briefkästen mit Funkklingeln, digital steuerbare Lampen und Steckdosen, Zeitschaltuhren sowie moderne Uhren, welche die Zeit als Leuchtziffern an die Wand projizierten. Hinter der Ladentheke lächelte ihn eine junge Frau an. Kurzes Haar, Brille, blaue Latzhose über weißem Shirt, freundliche Ausstrahlung, wie geboren für den Kundenservice.

«Wie kann ich Ihnen helfen?»

«Mein Name ist Grotheer. Ich würde gern mit Hannes Lamprecht sprechen.»

«Hannes ist in der Werkstatt beschäftigt. Kann ich vielleicht weiterhelfen?»

Grotheer holte eine seiner alten Visitenkarten hervor und legte sie auf die Glasfläche des Tresens. Ihm war immer noch unwohl bei dieser Hochstapelei, aber es verkürzte die Erklärungen immens.

«Es geht um Nadine Seeliger», fügte er an. «Es gibt neue Erkenntnisse, zu denen ich ein paar Fragen habe.»

Das freundliche Verkaufsgesicht verdüsterte sich. «Einen Moment bitte», sagte sie und verschwand durch eine einbruchssichere Tür in den hinteren Bereich des Ladens. Einen Augenblick später war sie wieder da.

«Kommen Sie bitte mit durch», sagte sie und führte Grotheer in die Werkstatt.

Ein Mann saß dort vor einem Bildschirm. Drum herum standen Gerätschaften, die darauf schließen ließen, dass der Begriff Werkstatt trotzdem nicht unangebracht war. Werkzeuge wie Bohrer und Lötkolben, dazu Kabel, Drähte, Platinen und andere elektronische Komponenten.

Hannes Lamprecht sicherte eine Datei und erhob sich. Er war groß und dünn, trug eine Brille, sein volles braunes Haar schien lange nicht geschnitten worden zu sein, auf modisches Aussehen legte er wohl keinen Wert. Das machte ihn Grotheer sympathisch. Nicht so Lamprechts Gesicht, das verschlossen und ernst blieb.

«Kann ich Ihren Dienstausweis sehen?», fragte er.

Grotheer verneinte und erklärte sich. Lamprecht hörte schweigend zu.

«Kommen Sie mit», sagte er schließlich und stieg aus der Werkstatt heraus eine Treppe hinauf, die direkt in seine Wohnung im ersten Stock führte. Und die sah vollkommen anders aus. Nichts Modernes, nichts Digitales, keine Uhren, keine Sicherheitstechnik.

«Ich kann Ihnen nichts sagen», erklärte Lamprecht dabei. «Alles, was ich weiß, weiß auch die Polizei. Und es hat ja offensichtlich nicht gereicht, um Nadine zu finden.»

Sie gelangten in eine unaufgeräumte Küche.

«Kaffee?», fragte Lamprecht.

Grotheer nahm dankend an. Lamprecht bereitete eine French Press vor, und Grotheer wünschte sich, er hätte abgelehnt. Er mochte diese Plörre mit Kaffeesatz am Grund nicht. Sei's drum.

Lamprecht hantierte, und Grotheer fragte sich, wie er beginnen sollte. Er lernte gerade, wie schwierig es sein konnte, Menschen Informationen zu entlocken, von denen sie selbst nichts wussten. Die hohe Kunst der Vernehmung. Das hatte etwas mit Manipulation auf einer Ebene zu tun, die die Menschen nicht bemerkten, und das war Grotheer immer zuwider gewesen. Er wollte nicht manipuliert werden. Und was du nicht willst, dass man dir tu', das füg auch keinem anderen zu.

«Und diese ehemalige Arbeitskollegin wurde getötet», sagte Lamprecht schließlich von sich aus. «Was soll das mit Nadines Verschwinden zu tun haben?»

«Weiß ich nicht. Ich glaube nur nicht, dass es ein Zufall ist.»

«Klar, verstehe ich, aber wie kann ich dabei helfen?»

Lamprecht lehnte sich an die Arbeitsplatte, bot auch ihm keinen Stuhl an. Er schien eine Weile stehen zu wollen. Grotheer fühlte sich fehl am Platze, steckte die Hände in die Taschen seiner Jacke und versuchte, die Situation zu kontrollieren, damit sie es nicht mit ihm tat.

«Sagen Sie, hat Nadine sich damals verfolgt gefühlt?»

Lamprecht schürzte die Lippen und schüttelte den Kopf.

«Nee, nicht, dass ich wüsste. Sie wohnte ja gerade mal vier Wochen bei mir, aber das hätte ich mitbekommen.»

«Wie war das mit ihrem Verschwinden?»

«Eine ganz blöde Geschichte. Ich habe es erst zwei Tage später bemerkt. Nadine wollte übers Wochenende zu ihren Eltern auf den Hof, weil ich auf einer Weiterbildung im Saarland war. Wir haben Freitagnachmittag zuletzt telefoniert, am Sonntag erfuhr ich dann von den Seeligers, dass Nadine gar nicht auf dem Hof war. Niemand weiß, wann sie wo verschwand. Ihr Wagen stand jedenfalls immer noch zwei Straßen weiter. Es war, als hätte sie sich in Luft aufgelöst. Unfassbar.»

«Wissen Sie von der Nachricht, die Nadine am Freitagabend an ihre Familie geschickt hat?»

«Ja, davon hat mir die Polizei erzählt. Das ist merkwürdig, nicht wahr? Ihre Praxis hatte gar keinen Notdienst an dem Wochenende. Warum sollte sie so eine Nachricht verschicken?»

«Das frage ich mich auch.»

«Die Polizei meint, Nadine habe sich Zeit verschafft, um sich aus dem Staub machen zu können, aber das ist vollkommener Quatsch.»

«Sie wissen aber, was das bedeutet?»

Lamprecht sah ihn eindringlich an.

«Klar weiß ich, was das bedeutet. Ich habe nächtelang an nichts anderes gedacht. Wenn Nadine die Nachricht nicht selbst geschrieben hat, dann war es die Person, die für ihr Verschwinden verantwortlich ist. Und sie hat sie in der Nähe dieser Wohnung geschrieben. Das heißt, er muss Nadine zuvor schon beobachtet haben. Er wusste, dass sie bei mir eingezogen war, dass sie in einer Arztpraxis arbeitete, und er wusste von dem Hof ihrer Eltern und dass sie übers Wochenende dorthin wollte. Wahrscheinlich wusste er auch, dass ich für ein Seminar im Saarland war.»

Lamprecht schenkte Kaffee ein.

Sie tranken ihn schwarz. Grotheer schielte nach Krümeln und entdeckte welche. Er fragte sich, ob die Polizei Lamprecht damals als Täter in Betracht gezogen und sein Alibi überprüft hatte. Wahrscheinlich schon.

«Ist alles safe hier seitdem, auch wenn man es nicht sieht», sagte Lamprecht und deutete mit dem Kinn zum Fenster.

«Fenster, Türen, Kameras und modernste Schlösser. Hier kommt keiner ungesehen rein oder raus. Ich wünschte nur, ich hätte das vorher gemacht. Aber Sie wissen ja, der Schuster hat oft die schlechtesten Schuhe.»

«Haben Sie Angst?», fragte Grotheer.

Hannes Lamprecht wiegte den Kopf. «Mal ja, mal nein. Und ich will einfach sicher sein, dass mir so etwas nicht noch einmal passiert. Auch wegen Franzi. Sie haben sie im Laden kennengelernt. Wir sind zusammen, sie wohnt bei mir.»

«Verstehe», erwiderte Grotheer und fragte sich, ob es nicht auch gesünder war, einen Menschen loszulassen, der vor vier Jahren verschwunden war. Wie lange musste man warten? Wer bestimmte das? Eine Mutter wartete und hoffte für immer, das war klar, aber ein Freund, der erst kurz mit der Frau zusammen war? Dem konnte man keine Vorwürfe machen, wenn er sein Leben neu justierte.

«Irgendwo da draußen läuft ein Verrückter rum, der Menschen entführt», sagte Lamprecht. «Einfach so, grundlos, und dann verschwinden die für immer. Und der scheint mich zu kennen.»

«Menschen? Haben Sie denn Grund zu der Annahme, dass die Person, die Nadine entführt hat, für weitere Taten verantwortlich ist?»

Lamprecht warf Grotheer einen merkwürdigen Blick zu.

«Gehen Sie hin und wieder online?»

«Selten.»

«Sollten Sie tun. Ich habe mich damals, als die Polizei nichts tun konnte, mehreren Gruppen angeschlossen. Facebook, Telegram, WhatsApp. Alle beschäftigen sich mit verschwundenen Personen. Das hört nie auf. Und da gibt es einige, bei denen die Umstände ähnlich sind. Keine Vorzeichen, keine Spuren, nichts. Also ja, ich gehe davon aus, dass der Typ weitere Menschen hat verschwinden lassen.»

«Kann ich diesen Gruppen einfach so beitreten?»

«Das sollten Sie sogar. Wahrscheinlich finden Sie dort mehr Informationen als irgendwo sonst. Warten Sie, ich schicke Ihnen die Links.» Er holte sein Handy hervor.

«Links? Ich weiß nicht genau ...»

«Ach so, okay, dann schreib ich es Ihnen auf.»

Das tat er und reichte Grotheer den Notizzettel.

«Ich hoffe wirklich, Sie erreichen etwas. Bei der Polizei ist die Ermittlung eingeschlafen, und ich selbst ... anfangs habe ich auch gesucht, wie ein Irrer, aber irgendwann musste ich damit abschließen. Man wird sonst verrückt.»

«Ich verstehe. Aber kann man das überhaupt? Abschließen, wenn man keine Antworten hat?»

Hannes Lamprechts Blick weitete sich. Er schien etwas zu sehen, das nicht in dieser Wohnung war.

«Ich zeige Ihnen mal was», sagte er schließlich und ging voran ins Wohnzimmer, das von einem übergroßen Flatscreen beherrscht wurde.

«Vor einem Jahr holten die Seeligers Nadines Sachen ab. Ging nicht anders, wegen Franzi. Ich habe nur das hier für mich behalten.»

Er trat auf die beiden Fenster zu, die zu der viel befahrenen Straße hinausgingen. Auf den breiten Simsen standen einige Dekoartikel, einen davon nahm Lamprecht in die Hand.

«Franzi weiß das nicht, aber das hier gehört eigentlich Nadine. Sie hat es kurz vor ihrem Verschwinden bestellt, und ich habe es behalten. Anfangs dachte ich, damit ich sie nicht vergesse, aber das kann ich sowieso nicht. Wenn ich das Ding jetzt anschaue, ermahnt es mich, vorsichtig zu sein. Die Welt mit anderen Augen zu sehen. Diese ganze Sicherheitstechnik in dieser Wohnung, irgendwie geht das alles auf diese Ermahnung zurück. Deshalb behalte ich sie auch.»

«Das ist ein schönes Stück», sagte Grotheer.

«Ja, finde ich auch. Nadine hatte einen guten Geschmack. Ich habe sie nie gefüllt. Das erschien mir irgendwie ... unpassend.»

Eine leere Sanduhr als Erinnerung an einen Menschen erschien Grotheer ebenso unpassend, aber das behielt er für sich.

10.

Abend. 20:30 Uhr.

Es stank nach Scheiße.

Das fiel Timo Krüger zuerst auf.

Danach bemerkte er den schlechten Geschmack in seinem Mund und die vor Schmerzen pochende Zunge. Er versuchte, sich zu bewegen, doch in seinen Muskeln steckte eine merkwürdige Taubheit. Timo, der regelmäßig im Fitnessstudio trainierte, schaffte es dennoch, sich auf alle viere hochzudrücken. Er spuckte aus, um den Geschmack im Mund loszuwerden, doch der war hartnäckig. Als er seine Zunge bewegte, nahm der Schmerz noch zu.

Um ihn herum herrschte tiefe Dunkelheit. Und Stille.

Timo wusste sofort, was passiert war. Der Mann in dem Wagen hatte so getan, als ginge es ihm schlecht, dann war er heimtückisch über Timo hergefallen, hatte ihn betäubt und in seinen Kofferraum gesteckt. Dort endete Timos Erinnerung.

Er war einem Entführer in die Hände gefallen. Der Grund dafür war Timo schleierhaft. Geld hatte er keines, und seines Wissens auch keine Feinde. Jedenfalls keine, die zu so etwas fähig wären oder überhaupt einen Anlass dazu hätten. War er zum Opfer geworden, weil er zufällig auf diesem Feldweg gehalten hatte, oder gab es einen Grund dafür, den er nur nicht kannte?

Timo wartete, bis sein Kreislauf sich stabilisiert hatte, dann richtete er sich in die Hocke auf und rief: «Hallo?»

Das Wort wurde durch ein Echo multipliziert, bis es nach einer gefühlten Ewigkeit endlich verhallte.

Eine Antwort bekam Timo nicht. Jedenfalls nicht im eigentlichen Sinne. Dafür ertönte ein metallenes Geräusch, und über ihm in der Dunkelheit öffnete sich eine Klappe, durch die Licht in einem scharf gebündelten Strahl hereinfiel. Es war wie in einem dieser Hollywood-Alienfilme, in denen so ein Lichtstrahl die Menschen nach oben ins Raumschiff sog. Das passierte aber nicht. Stattdessen rief jemand etwas zu Timo hinunter.

«Alles ist fremdes Eigentum, nur die Zeit ist unser. Dieses so flüchtige, so leicht verlierbare Gut ist der einzige Besitz, in den uns die Natur gesetzt hat, und doch verdrängt uns daraus, wer da will.»

«Halt die Fresse und lass mich sofort hier raus, sonst verlierst du noch was ganz anderes!», rief Timo zurück.

Seine große Klappe hatte ihm zeit seines Lebens nichts als Ärger eingebracht, aber er konnte nicht anders. So war er nun einmal.

Seine Worte hallten noch wider, da wurde die Klappe

dort oben schon wieder verschlossen. Die Dunkelheit verschluckte das Licht.

«Ey!», brüllte Timo. «Ich will hier raus! Sofort!»

Der Hall war unerträglich. Es schien eine Ewigkeit zu dauern, bis seine Worte sich auflösten. In dieser Zeit kämpfte Timo sich auf die Beine, auf denen er zunächst recht wackelig stand. Er streckte die Arme über den Kopf, weil er glaubte, er könne die Klappe erreichen, doch da irrte er sich. Unsicher machte er ein paar Schritte in die Dunkelheit hinein und streckte dabei die Hände nach vorn, um nicht irgendwo anzustoßen.

Vier Schritte weit war er gekommen, als erneut ein metallenes Geräusch erklang. Diesmal öffnete sich keine Klappe, sondern eine Tür. Aber es fiel kein Lichtstrahl in die Dunkelheit. Vielmehr zeichnete sich die geöffnete Tür durch leicht hellere Umrisse ab. Ein graues Rechteck in all dem Schwarz.

Timo verharrte.

Er rechnete damit, dass sein Entführer erscheinen würde, doch das passierte nicht. Nichts passierte. Minutenlang stand Timo da, seine Beine begannen zu zittern, und er spürte eine lähmende Angst seinen Rücken hinaufkriechen.

Das durfte er nicht zulassen.

Er trat einen Schritt vor. Leise und vorsichtig. Dann noch einen und noch einen, bis das graue Rechteck nur eine Armlänge entfernt war. Hier verharrte er erneut und lauschte. Wenn er sich nicht täuschte, führte die Tür nach draußen. Er glaubte, leise Windgeräusche zu hören, zudem strömte frische Luft herein.

Was sollte das?

Durfte er gehen, oder war das eine Verarsche? So wie am Feldweg, als er geglaubt hatte, helfen zu müssen.

Timo wusste, er würde es nur herausfinden, wenn er durch das Rechteck trat. Also nahm er all seinen Mut zusammen, ballte die Hände zu Fäusten, überwand den letzten Meter und trat in die Nacht hinaus. Die kühle, reine Luft war eine Offenbarung. Timo versuchte, in dem schemenhaften Licht etwas zu erkennen. Er drehte sich um und sah, worin er gefangen gehalten worden war.

«Scheiße, das ist doch nicht zu fassen», sagte er leise.

Keinen Meter entfernt entdeckte er einen Wagen mit vier Gummirädern, wie man ihn in Supermärkten oder Baumärkten nutzte, um Waren zu transportieren. Hinten hatte er einen Griff, zudem war die Transportfläche erhöht und durch eine Holzplatte verlängert worden.

«Hast du Zeit?»

Die Stimme kam von irgendwoher.

Timo drehte sich auf den Hacken, suchte den Sprecher in der Dunkelheit, konnte ihn aber nicht finden.

Lauf, dachte Timo. *Lauf, so schnell du kannst.*

Die Angst wurde zu groß, Timo spurtete los, so schnell es seine geschwächten Beine erlaubten, aufs Geratewohl in irgendeine Richtung, prallte bald gegen eine Wand und wechselte die Richtung wie eine Kugel in einem Flipperautomaten. Egal wohin, nur nicht wieder zurück zu diesem metallenen Ding, in dem er gefangen gehalten worden war.

«Wenn du 1440 Euro hast, und es kommt jemand und nimmt dir 1000 Euro weg, was tust du?»

Die Stimme schien aus allen Richtungen gleichzeitig zu kommen, zudem klang sie merkwürdig blechern, so wie alte Lautsprecher klingen würden.

Timo riss den Kopf hin und her auf der Suche nach dem Sprecher, konnte ihn aber nicht entdecken.

«Würdest du nicht versuchen, dir dein Geld zurückzuholen?»

Timo sah sich hektisch in alle Richtungen um. Wo war der Typ? Er konnte ihn nicht sehen.

«Du holst sie dir zurück. Jeder würde sie sich zurückholen. *Ich* hole sie mir zurück. Von dir!»

Was sollte dieses Gefasel von Geld? Timo hatte noch nie in seinem Leben jemandem Geld gestohlen. Und auch sonst nichts, denn er hasste es, wenn Menschen einander beklauten. Es war so schwierig, sich ein bisschen materiellen Wohlstand zu erarbeiten, man musste jeden Tag alles dafür geben, und dann gab es die, die den einfachsten Weg suchten und stahlen. So etwas machte ihn fuchsteufelswild.

Oder meinte der Mann, dass Timo ihm ein Paket gestohlen hatte? Er wusste, wie die Menschen über jemanden wie ihn sprachen. All diejenigen, die sich tagtäglich online Dinge bestellten, die Lieferung kaum erwarten konnten und ihren Unmut an den Fahrern ausließen, wenn das Paket nicht pünktlich kam. Schlimmer noch, wenn er es irgendwo ablegte, wo sie es sich selbst holen mussten oder es verschwinden konnte.

Klar gab es Anfeindungen, Beschimpfungen, sogar wüste Drohungen. Aber ein nicht geliefertes Paket war doch kein Grund, den Auslieferungsfahrer zu entführen. So krank war die Welt dann doch nicht.

Oder?

«Komm her!», brüllte Timo. «Komm doch her, damit ich dir den Schädel einschlagen kann!»

Doch es kam niemand, und die Panik breitete sich unaufhaltsam in Timos Körper aus. Er musste einen Fluchtweg finden, aber würde sein Entführer ihn frei herumlaufen lassen, wenn es einen gäbe? Nein, das hier war ein Katz- und Mausspiel, in dem die Katze die Regeln aufstellte und er als Maus nur der Unterhaltung diente.

Aber nicht mit ihm.

Wer auch immer dieses Spiel mit ihm trieb, würde sich noch wundern. Er hatte sich den Falschen ausgesucht.

Timo lief in die entgegengesetzte Richtung. Wenn er sich nicht täuschte, hoben sich dort Hügel vor dem dunklen Nachthimmel ab.

Er musste von diesem Ding weg, in dem er eingesperrt gewesen war, und auch von dem Gebäude, in dem sich wahrscheinlich der Entführer versteckte.

Ein Geräusch rechts von ihm ließ Timo erstarren.

Bewegte sich dort jemand?

Noch bevor er es herausfinden konnte, bekam er von links mit einem harten Gegenstand einen Schlag gegen den Kopf und sackte bewusstlos zu Boden.

11.

Abend. 23:04 Uhr.

Dunkelheit hatte sich über die Stadt gelegt. Nur an den Hauptverkehrsadern leuchteten die Straßenlaternen, aber nicht hier, in dieser schmalen Einbahnstraße, in der Ali Karamanc wohnte.

«Was tun wir, wenn er kommt?», fragte Lilly Costanzo. Sie saß auf dem Beifahrersitz eines Schornsteinfegerwagens und hielt ihre Kamera auf dem Schoß, bereit, alles zu fotografieren, was relevant sein könnte. Körperlich hatte sie gegen Typen wie Ali Karamanc keine Chance, aber sie konnte fotografische Beweise sammeln, gegen ihn oder wen auch immer. Deshalb nahm sie ihre Kamera jetzt überallhin mit.

Neben ihr hockte groß und bullig Felicitas' Vater, Bernd Möller. Er trug eine schlecht sitzende Jeans, ein schwarzes T-Shirt, eine dunkelblaue Jacke und eine schwarze Baseballkappe, deren Schirm sein Gesicht verschattete. So hatte Lilly ihn noch nie gesehen. Er hatte sich verkleidet, um nicht erkannt zu werden.

«Ich breche ihm jeden Finger einzeln, bis er mir sagt, wo Felicitas ist», stieß Bernd Möller mit dumpfer Stimme aus.

«Und wenn er doch nichts damit zu tun hat?», gab Lilly zu bedenken.

«Dann hat er es trotzdem verdient, für das, was er dir angetan hat. Du hättest niemals allein losziehen dürfen. Hättest mich mitnehmen müssen.»

«Ich will aber nicht, dass du deswegen im Gefängnis landest. Damit ist Felicitas auch nicht geholfen.»

In ihrer Verzweiflung hatte Lilly sich an Felicitas' Vater gewandt und ihm erzählt, was passiert war. Als er ihr blaues Auge gesehen und sich die Geschichte dazu angehört hatte, war er ausgeflippt und hatte herumgebrüllt. So hatte Lilly diesen friedfertigen großen Mann noch nie erlebt. Aber ein Wunder war es nicht. Er litt genauso wie sie unter Felicitas' Verschwinden und konnte es nicht ertragen, nichts tun zu können, um sie wiederzubekommen. Jemand wie Bernd Möller brauchte eine Aufgabe, da waren sie beide sich sehr ähnlich. Allerdings fragte Lilly sich zunehmend, ob es richtig gewesen war, ihn einzuweihen. In seiner Verzweiflung und Wut schien er in der Lage zu sein, Ali Karamanc etwas anzutun.

«Zweifelst du immer noch?», fragte Bernd und sah sie in der Dunkelheit des Wagens an. «Dass er dich verprügelt hat, ist doch wohl Beweis genug.»

«Na ja, wirklich verprügelt hat er mich ja nicht ...»

«Nimmst du ihn jetzt in Schutz, oder was?»

«Nein, aber ich bin mir nicht mehr so sicher», sagte Lilly wahrheitsgemäß.

«Warum nicht?»

«Wegen des Kalenders.»

«Welcher Kalender?»

«Der Kalender der Schornsteinfegerinnung. Auf dem auch Felicitas zu sehen ist.»

Lilly erzählte ihm von der Begebenheit im Polizeipräsidium und ihrem Verdacht.

«Vielleicht ist der Täter durch den Kalender auf Felicitas aufmerksam geworden.»

Bernd Möller schüttelte den Kopf.

«Kann ich mir nicht vorstellen. Da sind schließlich noch elf andere Frauen drauf. Warum sollte der Täter es ausgerechnet auf Feli abgesehen haben? Nein, das war dieser Karamanc. Ich habe dem Kerl schon damals nicht getraut und nicht verstanden, wie Feli sich mit so einem Typen einlassen konnte. Und wenn die Polizei ihn sich nicht holt, dann tue ich das jetzt.

«Lass uns besser ...»

«Da kommt jemand», unterbrach Bernd sie und zeigte nach vorn.

Er hatte recht. Eine schwarz gekleidete Gestalt kam die dunkle Straße hinunter. Die Körpergröße passte. Lilly schaltete ihre Kamera ein.

«Das ist er, oder?», fragte Bernd und packte den Türgriff.

«Ich weiß nicht genau ...»

«Aber ich!»

Er stieß die Tür auf und schwang seine hundert Kilo aus dem Wagen. Die Federn des alten Caddys quietschten.

Lilly beeilte sich, ihm zu folgen. Sie musste dafür sorgen, dass die Sache nicht eskalierte – auch wenn sie sich wünschte, dass Ali Karamanc eine Quittung für sein aggressives Verhalten bekam. Ihr Gesicht tat immer noch weh, wo sein Knie sie getroffen hatte.

Bernd stürmte nicht wie wild auf den jungen Türken los, er verbarg sich zunächst zwischen den am Straßenrand parkenden Autos. Dort stieß Lilly zu ihm. Schulter an Schulter gingen sie in die Hocke und beobachteten durch die Heckscheibe, wie Karamanc in seiner betont lässigen Art auf sie zukam.

«Bitte ... überstürz nichts», flüsterte Lilly.

«Ich will Feli zurück.»

Dann war Karamanc auch schon zu nahe, um weitere Worte zu verlieren.

Bernd wartete noch, bis er in der Lücke zwischen den Autos auftauchte. Wie ein Rugbyspieler schoss er plötzlich vor und holte Karamanc mit der Schulter von den Beinen. Der Wucht des Angriffs hatte der viel kleinere und leichtere Mann nichts entgegenzusetzen. Er wurde gegen die Hauswand geschleudert, prallte ab und ging zu Boden. Noch ehe er sichs versah, war Bernd Möller schon über ihm. Er stellte keine Fragen, drosch mit beiden Fäusten auf Karamanc ein, bis er selbst ins Straucheln geriet und auf den Hintern fiel. Lilly konnte erkennen, dass Bernd sich noch nie geprügelt hatte. Er war vollkommen außer Atem durch diese Attacke.

Sie fotografierte nicht, denn das, was hier passierte, durfte niemand sehen.

Seine Schläge, so unkontrolliert sie gewesen waren, zeigten Wirkung.

Karamanc blieb am Boden liegen, beide Arme zum Schutz über dem Kopf verschränkt.

Nachdem Bernd wieder zu Atem gekommen war, packte er Karamanc und drehte ihn auf den Rücken. Der junge Türke blutete aus einer Wunde über dem rechten Auge. Er riss die Arme hoch, um sich vor weiteren Schlägen zu schützen. Bernd griff nach seiner Hand und verdrehte sie. Der Schmerz ließ Karamanc aufheulen.

«Wo ist meine Tochter?», fuhr Bernd ihn an.

«Scheiße, hör auf, ich weiß es nicht.» Karamancs Stimme klang hoch und schrill.

Bernd brach ihm den kleinen Finger der linken Hand. Lilly konnte den Knochen brechen hören, und ein kalter Schauer lief ihr über den Körper.

«Bernd ... nicht!», rief sie.

Karamanc schrie und wollte sich befreien, doch der schwere Schornsteinfegermeister drückte ihm ein Knie in den Bauch.

«Ich schwöre, ich töte dich gleich hier, wenn du mir nicht sagst, wo meine Tochter ist.»

Bernd war außer sich. Speichel spritzte ins Gesicht des jungen Türken.

«Ich weiß es doch nicht», heulte der.

«Und warum hast du dann Lilly verprügelt?»

Bernd verlagerte sein Gewicht auf den Bauch des jungen Mannes. Der konnte plötzlich nicht mehr atmen und die Augen traten aus ihren Höhlen hervor. Mit der unverletzten Hand schlug er gegen Bernds Brustkorb, versuchte, ihn wegzudrücken, hatte aber keine Chance. Schließlich nahm Bernd selbst das Gewicht weg, verpasste Karamanc aber zugleich eine schallende Ohrfeige. Das Klatschen hallte zwischen den Hauswänden wider. Lilly sah sich um. Hatten die Schreie jemanden geweckt?

«Ich frage noch ein letztes Mal. Wo ist Felicitas?»

Drohend hob Bernd die Faust über Karamancs Kopf. Lilly befürchtete, dass der nächste Schlag tödlich sein konnte. Das durfte sie nicht zulassen.

Sie fiel dem Schornsteinfegermeister in den Arm.

«Bernd ... nicht. Tu das nicht.»

«Bitte, ich weiß es doch nicht», sagte zugleich Karamanc und heulte jetzt wirklich. Tränen liefen ihm übers Gesicht.

«An dem Tag hatte meine Mutter Geburtstag, wir haben gefeiert, das habe ich der Polizei schon gesagt ...»

Hinter einem der Fenster auf der gegenüberliegenden Straßenseite ging Licht an. Die Gardine wurde beiseitegeschoben, das Fenster geöffnet. Eine ältere Frau steckte ihren Kopf heraus.

«Ich habe die Polizei gerufen», rief sie.

«Bernd, komm, lass uns abhauen», sagte Lilly, hängte sich die Kamera um den Hals und zog an seinem Arm.

Bernd starrte den heulenden Karamanc an, der seine gesunde Hand schützend vors Gesicht hielt. Blut lief ihm durchs Auge und über die Wange. Bernds gewaltiger Brustkorb hob und senkte sich unter wütenden Atemzügen, aber Lilly konnte spüren, wie die Spannung in seinem Körper nachließ.

Schließlich ließ er den Arm sinken und drückte sich vom Boden hoch. Er taumelte. Lilly hielt ihn, spürte aber sofort, dass sie nichts würde tun können, sollte er zusammenbrechen. Der Mann war einfach zu schwer.

«Komm, lass uns fahren», sagte sie und führte ihn Richtung Auto.

Als sie dort ankamen, heulte in einiger Entfernung die Einsatzsirene eines Polizeifahrzeugs. Bernd musste sich am Wagen abstützen, um nicht umzufallen. Sein Atem ging stoßweise, sein Kopf war rot angelaufen.

«Fahr du», sagte er und gab Lilly den Schlüssel.

Sie half ihm beim Einsteigen, sprang danach selbst hinters Steuer, ließ in der Aufregung den Zündschlüssel fallen, startete beim zweiten Versuch den Wagen und fuhr los. Als sie aus der Einbahnstraße hinausfuhr, sah sie im Rückspiegel den Streifenwagen hineinfahren.

Bernd stöhnte auf und massierte sich die Brust.

«Alles okay?», fragte Lilly.

Er schüttelte den Kopf.

«Mein Herz ... ich weiß nicht ... vielleicht besser ins Krankenhaus ...»

Lilly gab Vollgas.

KAPITEL 4

1.

2 Tage später. Abend. 19:00 Uhr.

Die Spätschicht neigte sich ihrem Ende entgegen, und obwohl er sie von allen Schichten am liebsten mochte, freute er sich auf den Feierabend. Denn er hatte etwas vor. Etwas, von dem niemand wissen durfte.

Sieben Stunden Schicht, in denen keiner ihn Giftzwerg genannt hatte, die ohne Respektlosigkeiten vorübergegangen waren. In der letzten halben Stunde verspürte er deshalb sogar eine Art gelassene Heiterkeit. Das kam nicht so häufig vor.

Nachdem er die letzte Haltestelle angefahren hatte, steuerte er seinen Bus ins Depot, wo er über Nacht gereinigt und gewartet werden würde. Er schnappte sich seine Ledertasche, gab den Schlüssel ab und machte sich auf den Weg.

Die Stadt schlief noch nicht, war aber ruhiger geworden. In dieser vermeintlichen Ruhe fielen die wenigen lauten Elemente umso mehr auf. Nächtliche Randalierer, die herumbrüllten, gegen Mülltonnen traten, Flaschen zertrümmerten. Wenn er sie von Weitem sah, wechselte er die Straßenseite oder wich über Umwege aus. Er wusste, er war das geborene Opfer. Klein, schwach, linkisch. Und wenn man das wusste, wäre es dumm, sich nicht dementsprechend zu verhalten.

Also wich er aus. Sooft es nötig war.

Leider musste er durch die halbe Stadt. Seinen Wagen wollte er nicht nehmen, da der bei Mutter in der Einfahrt stand. Außerdem war es zu Fuß sicherer. Zum einen vermied er damit, dass sich jemand das Kennzeichen merkte, zum anderen würde er die letzten hundert Meter ohnehin zu Fuß gehen müssen, um ungesehen ans Ziel zu kommen. Keine Spuren zu hinterlassen, unsichtbar zu sein war immens wichtig. Deshalb mied er die großen Durchgangsstraßen, nutzte stattdessen die Nebenstraßen, Parks und kleinen Gassen.

Einen Bus der Nachtschicht zu nehmen kam nicht infrage, die Kollegen kannten ihn alle, auch die von der Straßenbahn. Ein Taxi war zu teuer, außerdem waren Taxifahrer neugierig.

Er ging nicht schnell und nicht langsam, sondern genau richtig. Puls und Atmung blieben normal, und er hatte Zeit genug, seine Umgebung im Auge zu behalten. Die allermeiste Zeit beschäftigte er sich gedanklich mit seinem Ziel. Was er dort zu sehen bekommen, wie er reagieren würde. Genau wusste er es nicht, und das machte ihm zu schaffen. Er wusste gern, was ihn erwartete. Überraschungen mochte er nicht. Das war schon immer so gewesen.

Im Lauf des langen Weges durch die dunkler werdende Stadt dachte er auch über seine Mutter nach. Sie ließ es sich zwar nicht anmerken, aber er spürte, dass es ihr mit jedem Tag ein wenig schlechter ging. Sie starb vor seinen Augen. Es war nur eine Frage der Zeit, bis er allein dastünde.

Dieser Gedanke machte ihm Angst.

Deshalb musste er sich ablenken.

Er erreichte das Haus am Stadtrand, eine gute Stunde

nachdem er seinen Bus im Depot abgestellt hatte. Dort verließ er die Straße und tauchte in ein kleines Waldstück ein. Selbst in der Dunkelheit waren die Wege darin gut zu erkennen. Die Städter gingen hier mit ihren Hunden spazieren, deshalb gab es eine Vielzahl von Pfaden und Wegen, und er wusste von vorherigen Besuchen, welche die richtigen waren.

Als er ankam, war er doch ein wenig verschwitzt. Auf den letzten paar Hundert Metern war ihm die Gelassenheit abhandengekommen, und er war schneller gegangen als notwendig.

Hinter den Fenstern brannte Licht.

Er näherte sich ihm wie ein Insekt der Straßenlaterne.

Drinnen sah er die Frauen.

2.

Abend. 20:00 Uhr.

«Kleine sizilianische Kampflesbe?», wiederholte Frauke, die das Oktober-Modell des Schornsteinfegerinnen-Jahreskalenders gewesen war. «Auf jeden Fall weiß er jetzt, dass er sich mit der Falschen angelegt hat.»

Sie waren alle zu Lilly ins Haus gekommen.

Acht Schornsteinfegerinnen. Acht Motive des Kalenders. Drei fehlten. Zwei waren schwanger und standen kurz vor der Geburt, die dritte war auf Hochzeitsreise im Ausland. Lilly hatte ihnen gerade von Ali Karamanc berichtet.

Nach dem Angriff auf ihn hatte Lilly Bernd Möller ins Krankenhaus gebracht, wo er mit Verdacht auf Herzinfarkt aufgenommen worden war. Leider hatte sich der Verdacht bestätigt. Zum Glück war es nur ein leichter Infarkt, aber zu arbeiten oder sich um die Suche nach seiner Tochter zu kümmern war Bernd nun fürs Erste nicht mehr möglich.

Am Krankenbett hatte Lilly eine Idee mit Bernd besprochen, in die er nach einigem Zureden eingewilligt hatte. Gleich darauf hatte Lilly sich ans Telefon geklemmt. Die Daten der Frauen hatte sie noch in ihrer Kundenkartei. Sie hatte ihnen die dramatische Situation geschildert und um Hilfe gebeten, aber nichts von dem eigentlichen Plan verraten, den sie entwickelt hatte, um Felicitas zu finden.

Nun saßen die acht Schornsteinfegerinnen in ihrem Wohnzimmer um den großen Tisch herum, den Felicitas in einem Secondhand-Möbelhaus gefunden hatte. Sie trugen Freizeitkleidung – Jeans, Shirts, Blusen, Pullover –, aber Lilly konnte sich bei jeder Einzelnen daran erinnern, wie sie in der schwarzen Schornsteinfegerkluft aussah. Der Auftrag, die Bilder für den Kalender zu machen, war einer ihrer ungewöhnlichsten und aufregendsten gewesen, und es hatte so sehr gepasst, dabei die Liebe ihres Lebens zu treffen.

Es war zwanzig Uhr vorbei, draußen legte sich langsam Dunkelheit über die Felder und Wiesen. Die Lampe mit den bunten Schirmen über dem Tisch schuf eine heimelige Atmosphäre, die Vorhänge vor der Terrassentür hatte Lilly zugezogen. Von den Feldern her konnte man sich dem Haus unbemerkt nähern. Was, wenn der Täter sie beobachtete? Wenn er gerade jetzt da draußen war, weil er sich längst an eine der Frauen gehängt hatte?

«Und wie geht es Felicitas' Vater jetzt?», fragte Frauke.

«Besser», antwortete Lilly. «Aber er muss noch im Krankenhaus bleiben ... keiner kann derzeit sagen, wie lange.»

«Das ist alles ein Albtraum.»

«Ich kann das gar nicht fassen», stieß Monat Juni aus, die Juliane hieß. «Ich meine ... einfach so, aus dem Wagen heraus, auf offener Straße? Wie im Film?»

Lilly nickte. «Ja, wie im Film, in einem Waldstück auf einer einsamen Landstraße. Das war kein Zufall. Der Täter hatte das geplant.»

«Und du hast echt währenddessen mit ihr telefoniert?», fragte Lea, die den Monat April geschmückt hatte.

Lilly schluckte den Kloß in ihrem Hals hinunter und nickte wieder. «Felicitas glaubte, den Mann zu kennen, der sie ausgebremst hatte, hat aber nicht gesagt, woher oder wie er heißt. Es ging dann alles sehr schnell.»

«Wenn es dieser Karamanc gewesen wäre, hätte sie das doch gesagt, oder?», meinte Lea.

«Wahrscheinlich schon. Vielleicht hätte er auch einen Kumpel vorgeschickt, keine Ahnung. Mittlerweile glaube ich aber, dass er nichts damit zu tun hat ... sonst hätte er es zugegeben, als Bernd Möller ihm den kleinen Finger brach.»

«Scheiße!», stieß Juliane aus. «Das tut schon weh, wenn ich nur daran denke.»

«Du hast am Telefon gesagt, es könnte etwas mit dem Kalender zu tun haben», sagte Frauke. «Was meinst du damit?»

Lilly wusste: Was sie der Runde vorschlagen wollte, war gefährlich, und in diesem Moment hatte sie Angst vor ihrer eigenen Courage. Sie nahm ihren ganzen Mut zusammen und begann.

«Habt ihr den Kalender eigentlich an Kunden verteilt?», fragte Lilly.

Alle bestätigten das. Klar, sie waren stolz darauf, und jede der Frauen hatte dreißig Freiexemplare bekommen, die verteilt werden wollten.

«So fängt man sich einen Stalker ein, oder?», kam Juliane von selbst auf den Gedanken, der auch Lilly gekommen war, als sie den Kalender im verwaisten Männerbüro der Polizei entdeckt hatte.

«Wir kennen das Gefühl doch alle, oder? Ich will nicht sagen, dass es tagtäglich passiert, aber doch immer wieder. Manche Männer starren uns an, während wir unseren Job machen, werden zudringlich, machen sexistische Sprüche. Und vielleicht hat Felicitas so einem den Kalender geschenkt. Der hängt dann in der Werkstatt, im Keller, im Heizungsraum oder sonst wo, er schaut jeden Tag drauf, und sein Wunsch, genau diese Frau haben zu wollen, wird größer und größer, bis er es nicht mehr aushält.»

«Hör auf, ich bekomme Angst», sagte Malin, die im Dezember dran gewesen war.

«Und zweimal im Jahr bist du bei dem im Haus», machte Juliane dennoch weiter. «Kehrst seinen Schornstein, misst die Heizungswerte, und er weicht dir keinen Schritt von der Seite, während du deine Arbeit machst. Labert dich voll, macht dir Komplimente, gafft dich an.»

«Fühlte Felicitas sich verfolgt?», fragte Frauke.

Lilly schüttelte den Kopf. «Darüber hätte sie gesprochen, deshalb kann ich das ausschließen. Aber wie ist es bei euch? Ist euch jemand aufgefallen, der sich nach dem Kalender anders verhalten hat, aufdringlich geworden ist, so wie Juliane es gerade beschrieben hat? Der Kalender liegt ja schon eine Weile zurück.»

«Ich habe zwei Kunden, da hängt der immer noch neben der Heizung», sagte Frauke. «Und jedes Mal höre ich mir an, wie toll ich auf dem Bild aussehe. Hätte ich das geahnt, ich hätte den Kalender nicht verteilt.»

Die anderen Mädchen hatten ähnliche Erfahrungen gemacht, und auch sie bestätigten, dass der Kalender hier und dort noch in Werkstätten, Keller- oder Lagerräumen hing, was sicher mit der persönlichen Beziehung zwischen den Kunden und ihren Schornsteinfegerinnen zu tun hatte. Aber sie hatten keine Erfahrung gemacht, die den üblichen Rahmen gesprengt hätte.

«Ermittelt die Polizei denn in diese Richtung?», fragte Malin.

«Ich denke nicht», sagte Lilly. «Die teilen meinen Verdacht nicht, dass Felicitas' Verschwinden etwas mit dem Kalender zu tun haben könnte. Oder habt ihr mittlerweile Anrufe von der Polizei bekommen?»

Die anderen schüttelten den Kopf. Damit hatte Lilly gerechnet, war aber dennoch enttäuscht. Kommissar Spöring hatte ihr versprochen, sich um das Thema zu kümmern, tat es aber nicht. Noch in dem leer stehenden Büro hatte er Zweifel geäußert, weil der Kalender ja von 2022 war.

«Das ist ein Grund, warum ich euch hergebeten habe. Ihr tut, was Felicitas tut, niemand kennt sich damit besser aus als ihr. Ich habe einen Plan. Ich weiß, ich darf nicht erwarten, dass ihr dabei mitmacht, vielleicht ist es auch gefährlich, aber ... na ja, es wäre eine Chance.»

«Raus damit», sagte Frauke.

«Wenn der Täter tatsächlich über den Kalender auf Felicitas aufmerksam geworden ist, muss er ja in ihrem Wirkungskreis zu finden sein. Was haltet ihr also davon: Jede von euch fährt für einen oder zwei Tage im Auftrag von Herrn Möller Kunden an, die auch Felicitas angefahren hat. Das lässt sich mit seinem Ausfall gut erklären. Vielleicht fällt euch jemand auf. Jemand, der sich gegenüber einer Frau anders verhält, als er es zum Beispiel bei Felicitas' Vater tun würde.»

«Was meinst du? Wie soll er sich denn verhalten?»

«Ich stelle mir vor, dass er nervös wird oder aufdringlich. Besonders wenn er Felicitas bei sich gefangen hält. Vielleicht lässt er euch auch nicht ins Haus, öffnet einfach nicht ... keine Ahnung, irgendein besonders auffälliges Verhalten.»

Stille.

Ein paar der Frauen blickten auf den Tisch, die anderen sahen Lilly an. Ihr Blick wanderte von einer zu anderen, und sie sah Angst in ihren Augen. Keine von ihnen traute sich zu sagen, dass es noch eine andere Möglichkeit gab, als dass Felicitas gefangen gehalten wurde.

Malin presste sich eine Hand vor den Mund und schüttelte den Kopf.

«Ich mag mir das gar nicht vorstellen», flüsterte sie gedämpft.

«Bitte», sagte Lilly. «Helft mir, Felicitas zu finden. Die Polizei ist zu langsam, die haben nicht genug Leute, wahrscheinlich halten sie diese Kalenderspur auch für Blödsinn. Wir müssen doch irgendwas tun!»

«Das klingt sehr, sehr gefährlich», gab Malin zu bedenken. «Was, wenn wir wirklich auf Felicitas' Entführer treffen?»

«In seinem eigenen Haus und wenn andere wissen, dass ihr beruflich dort seid, wird er euch nichts tun, das wäre viel zu auffällig.»

«Nein. Er wird uns irgendwo im Wald entführen.»

Lilly schüttelte den Kopf. «Felicitas muss er vorher beobachtet haben, das ist bei euch anders. Ihr seid für einen Tag vertretungsweise unterwegs und verschwindet dann wieder in eure eigenen Bezirke. Er kann gar nicht wissen, wer ihr seid und woher ihr kommt. Und wenn ihr etwas Auffälliges bemerkt, schicken wir die Polizei hin.

«Ich mach das», sagte Frauke. «Hab sowieso noch einige Überstunden, da kann ich locker zwei oder drei Tage freimachen.»

Es dauerte ein paar Minuten, dann stimmten auch die anderen zu. Sie waren nicht begeistert, hatten Angst, aber sie wussten, dass es eine realistische Chance gab, Felicitas zu retten.

«Und ich möchte euch noch um etwas anderes bitten», sagte Lilly.

«Auf meinem Facebook- und Instagram-Account habe ich Vermisstenanzeigen für Felicitas gepostet und das auf speziellen Vermisstenseiten bei Facebook wiederholt. Das machen viele andere Angehörige von Vermissten auch so. Bisher ist da nichts passiert, deswegen wäre es toll, wenn ihr die Seiten teilen und darauf hinweisen könntet. Je mehr Menschen Felicitas' Gesicht kennen und die Augen nach ihr offen halten, desto besser.»

Alle holten ihr Handy heraus und taten sofort, worum Lilly sie gebeten hatte. Danach redeten sie noch eine Stunde miteinander, bis auch die letzte Frage geklärt war. Schließlich löste die Runde sich auf. Einige hatten mehr als zwei Stunden Rückfahrt vor sich. Lilly begleitete sie hinaus. Auf der Straße parkten sechs Autos, es sah aus wie zu einem Geburtstag. Zwei Frauen fuhren bei anderen mit. Als alle weg waren, blieb Lilly allein zurück. Mit vor der Brust verschränkten Armen stand sie vor dem Haus und fragte sich, ob sie das Richtige tat.

Was, wenn einer etwas passierte?

Das würde sie sich niemals verzeihen.

Nicht alles für Felicitas getan zu haben aber auch nicht. Ihr blieb keine Wahl, sie musste es versuchen. Und so groß war die Gefahr auch nicht. Die Schornsteinfegerinnen würden unangekündigte Besuche für eine nicht geplante Feuerstättenschau machen. Wenn sie dabei auf den Entführer trafen, würde der sich bestimmt auffällig verhalten, aber keine der Frauen auf seinem eigenen Grundstück angreifen. Denn damit würde er sich verraten.

Nachdem die Autos außer Hörweite waren, wurde es still am Ende der Straße. Irgendwo in der Ferne bellte ein Hund, rief ein Käuzchen, hupte ein Auto. Über Lilly glitzerten Sterne an einem klaren Nachthimmel. Satelliten zogen vorbei. Lilly wünschte sich eine Sternschnuppe, ein Zeichen für Hoffnung, doch es gab keine.

Schließlich ging sie ins Haus zurück. Als sie die Tür schloss, hörte sie hinten im Wohnzimmer die Terrassentür zufallen.

Lilly erstarrte vor Schreck.

3.

Abend. 20:00 Uhr.

Grotheer war angespannt.

Und zwar bis in die Haarspitzen.

Er erwartete Besuch in seinem kleinen Häuschen, und Besuch hatte er schon lang nicht mehr gehabt. Die letzten anderthalb Stunden hatte er mit Aufräumen verbracht, und er war erstaunt gewesen, wo überall Dinge herumlagen, die dort nicht hingehörten. Viele davon vermisste er schon eine Weile. Das mit der vergammelten Banane hinter der Couch war ihm vor sich selbst peinlich gewesen, auch die schmutzigen Socken darunter.

Jetzt stand er im Wohnzimmer, drehte sich im Kreis und überprüfte ein letztes Mal, ob alles in Ordnung war. Die vier angebrochenen Whiskyflaschen hatte er im Küchenschrank versteckt. Er trank nur hin und wieder ein Glas, war also alles andere als ein Trinker, wollte aber jeden falschen Eindruck vermeiden.

Jemand lag in seinem Körbchen und schien sich zu fragen, was die Aufregung sollte. Nicht, dass er sich daran beteiligte, aber der Staubsauger, den er noch nicht so häufig gesehen hatte, hatte ihn doch in Schrecken versetzt.

Da die Luft nach der letzten Zigarette roch, riss Grotheer das Fenster auf und nutzte die Gelegenheit für einen Blick hinaus. Es ging auf zwanzig Uhr zu, die Straße war leer, rechts und links parkten dicht an dicht Fahrzeuge. Im Licht der Laternen kam jemand aus Richtung des Bahnhofs die Straße hinunter.

Michelle. Seine Tochter.

Die noch nie in seiner Wohnung gewesen war.

Es war kühl, sie trug einen knielangen Wollmantel und Stiefel und wirkte elegant darin.

Grotheer wollte vom Fenster zurücktreten, damit sie ihn nicht entdeckte, hielt aber inne, weil er noch jemanden sah. Gestalt und Bewegung ließen auf einen Mann schließen. Dunkle Kleidung, Hoodie über den gesenkten Kopf gezogen, die Hände in den Taschen, lief er dreißig Meter hinter Michelle. Er hielt ihre Geschwindigkeit und vermied es, in die Lichtinseln der Straßenlaternen zu treten.

Schwer zu sagen, ob das ein auffälliges Verhalten war. Die jungen Leute liefen heute alle so durch die Gegend.

Grotheer kniff die Augen zusammen und fixierte die Gestalt.

Er sorgte sich. Seitdem er die Links von Hannes Lamprecht geöffnet hatte, hatte sich sein Weltbild ein wenig verschoben. Er hatte in seinem ganzen Leben niemanden gekannt, der oder die plötzlich verschwunden war, auch keine Angehörigen von vermissten Personen, und bei seiner Arbeit bei der Bundestagspolizei hatte es nie einen Vermisstenfall gegeben. So war diese Thematik bisher an ihm vorbeigegangen, auch wenn er natürlich wusste, dass Menschen verschwanden und nicht wieder auftauchten. Manche freiwillig, andere nicht.

Das Internet bewies nicht nur, wie viele es waren, sondern legte Trauer, Entsetzen, Verzweiflung und Ohnmacht der Angehörigen offen. Denn sie waren es, die diese Seiten bei Facebook und auf anderen Kanälen betrieben. Sie waren es, die nach jedem Strohhalm griffen, um wenigstens irgendeine Antwort zu bekommen.

Familie Seeliger wartete auf Antworten, genau wie Hannes Lamprecht, auch wenn der vorgab, damit abgeschlossen zu haben. Dass dem nicht so war, bewiesen die leere Sanduhr auf seiner Fensterbank und die Art und Weise, wie er sie angefasst hatte. Ein Streicheln und Liebkosen war das gewesen, so als vermutete er den Geist seiner verlorenen Freundin in dem türkisfarbenen Glas.

Der Mann bog in dem Moment in eine Seitenstraße ab, als Michelle das Haus erreichte. Drei Atemzüge später ging die Klingel, und ihr Geräusch ließ Grotheers Herz davongaloppieren. Sofort vergaß er die Gestalt.

Er eilte zur Tür. Seine Handflächen waren verschwitzt,

und er wusste nicht, wohin mit seinen Händen, also steckte er sie in die Hosentaschen.

Heute trug Michelle kein Schwarz, und sie sah toll aus in der Jeans, den hohen Stiefeln und dem eng anliegenden Mantel. Ihr blondes Haar fiel ihr auf die Schultern. Grotheer spürte einen Anflug von Stolz, vermischt mit der Trauer darüber, dass er so viele Lebensabschnitte, wie zum Beispiel ihren ersten Freund, nicht miterlebt hatte.

Michelle lächelte unsicher.

«Hallo», sagte sie.

«Hallo. Ich freue mich sehr, dass du mich besuchst», sagte Grotheer steif.

«Ja, ich auch.»

«Bitte, komm herein. Ich muss dir Jemand vorstellen.»

Michelle zuckte zusammen.

«Du lebst nicht allein?»

«Das ist eine Männer-WG hier. Aber keine Angst, Jemand ist lammfromm und mag Gäste.»

Jemand hörte die fremde Stimme und kam an die Tür geeilt. Er wedelte mit dem Schwanz und machte ein hocherfreutes Gesicht.

«O nein, wie süß!», stieß Michelle aus, ging in die Hocke, kraulte Jemand hinter den Ohren und ließ sich von ihm das Gesicht abschlecken. «Wie heißt er?»

«Jemand.»

«Was?»

«Sein Name ist Jemand.»

Grotheer erklärte seiner Tochter, wie es zu diesem Namen gekommen war. Dann gingen sie in die Wohnung, er zeigte ihr die Räume und merkte dabei zum ersten Mal, wie lieblos er sich eingerichtet hatte. Alles war zweckmäßig, nichts wirklich schön oder auf Dauer ausgerichtet. Es gab keine Besonderheiten, die Rückschlüsse auf seinen Charakter zuließen, außer das mittlerweile gut bestückte Bücherregal. Und das Foto mit seinem Chef, dem Parlamentspräsidenten, das am Tag seines Dienstendes geschossen worden war. In den zwanzig Jahren vorher hatte keiner der Präsidenten des Hauses ihm die Hand geschüttelt. Dass es einer tat, als er für immer ging, war befremdlich.

Grotheer bot Getränke an. Michelle wünschte sich Tee, also brühte er zwei Tassen Earl Grey auf.

Sie ließen sich in der Couchecke nieder. Er im Sessel, sie auf dem Sofa. Jemand blieb ganz dicht bei ihr und genoss die anhaltenden Streicheleinheiten.

«Du siehst verändert aus», sagte Michelle.

«Besser oder schlechter?»

«Eindeutig besser.»

Grotheer hatte seinen Bart gestutzt und sich die Haare schneiden lassen. Das fiel in die gleiche Kategorie, wie das Haus aufzuräumen.

«Wie geht es dir?», fragte er.

Michelle nickte. «Es geht schon. Ich habe noch immer Trauerschübe. Jeden Tag. Aber ich lerne, damit umzugehen. Womit ich nicht umgehen kann, ist die Angst. Als ob die Welt plötzlich anders ist als vorher. Jeder Mann ist potenziell gefährlich, und das ist überhaupt kein schönes Gefühl. Ich trage jetzt Pfefferspray bei mir.»

«Schaden kann es nicht», sagte Grotheer. «Aber du solltest dich nicht zu sehr hineinsteigern. Ich glaube nicht, dass du in Gefahr bist.»

«Glaubt man das nicht immer, bis es dann zu spät ist? Und was ist mit Conny? Die wusste, sie ist in Gefahr, gebracht hat es ihr aber nichts. Wie soll man denn in dieser Welt leben, wenn man so vollkommen ungeschützt ist?»

Ihr letzter Satz traf Grotheer ins Herz. Er wusste, als Vater sollte er Schutz und Schirm sein für seine Tochter, sie sollte sich sicher fühlen, weil es ihn gab. Aber so war es nicht. Wie sollte es auch. Sie war ohne Vater aufgewachsen.

«Ich tue, was ich kann, um zu helfen», sagte er ein wenig kleinlaut.

«Danke», sagte Michelle. «Ich finde das toll von dir, und ich weiß, dass es bestimmt nicht einfach ist für dich.»

«Na ja ... die Umstände sind furchtbar, aber sie haben auch dazu geführt, dass du jetzt hier sitzt. Das ist ... wichtig für mich.»

«Warum haben wir es nie versucht?», fragte Michelle nach einer kurzen Pause.

Grotheer zuckte mit den Achseln. «Das habe ich mich oft gefragt, und ich könnte jetzt mangelnde Zeit vorschieben, aber das wäre gelogen. Die Wahrheit ist, ich war zu feige, den Kontakt zu suchen, weil ich mich geschämt habe. Ich habe mich geschämt, weil ich mich all die Jahre nicht gekümmert habe.»

Wenn Grotheer jemals gelernt hätte zu weinen, hätte er es jetzt getan. Es ging nicht, aber immerhin klang seine Stimme belegt.

«Sollen wir die Vergangenheit nicht einfach ruhen lassen?», schlug Michelle vor. «Keine Vorwürfe und so. Einfach irgendwie versuchen, etwas Neues aufzubauen?»

Grotheer nickte, und weil sie jetzt beide ergriffen waren, tranken sie von ihrem Tee.

«Hast du denn schon irgendwas herausgefunden?», fragte Michelle.

«Nicht viel. Die Umstände, unter denen die ehemalige Arbeitskollegin von Conny, Nadine Seeliger, verschwand, sind vollkommen anders. Sie fühlte sich nicht verfolgt oder so. Ihr Freund, mit dem sie damals zusammen war, gab mir den Tipp, mich im Internet umzuschauen. Da gibt es einige Seiten, die sich mit vermissten Personen beschäftigen. Ich war erstaunt, wie viele es sind. Manche verschwinden spurlos, so wie Nadine. Der Mord an deiner Freundin Conny und das Verschwinden von Nadine passen aber überhaupt nicht zusammen. Es gibt also auch für die Polizei keinen Grund, in diese Richtung zu ermitteln.»

«Also ist es Zufall?»

«Es sieht so aus, ja. Und dennoch kann ich es nicht glauben.»

«Warum nicht?»

«Na ja ... wie viele Menschen kennst du, die verschwunden sind?»

«Niemanden.»

«Ich bisher auch nicht. Jetzt passiert dieser grauenhafte Mord an deiner Freundin, ich stelle eine Handvoll Fragen, und schon lande ich bei einem vier Jahre alten Vermisstenfall im Umfeld deiner Freundin. Das macht mich schon irgendwie argwöhnisch. Conny hat nie über Nadine Seeliger gesprochen, oder?»

Michelle schüttelte den Kopf.

«Wahrscheinlich wusste sie nicht einmal davon», ergänzte Grotheer. «Nadine verschwand, nachdem Conny ans Krankenhaus gewechselt war. Ihre Eltern sagten, die beiden hatten über die Arbeit hinaus keine Beziehung. Nadine war wohl auch ein ganz anderer Mensch als Conny. Introvertiert, leise, häuslich.»

«Glaubst du, der Täter, der Nadine entführt hat, dachte, Conny könnte etwas über ihn wissen?»

«Möglich. Aber warum diese Tat ausgerechnet jetzt, vier Jahre später? Soweit ich weiß, gibt es keine neuen Ermittlungen zu Nadine. Die Eltern sagen, dass die Polizei sich nicht mehr kümmert. Wenn es einen Täter gibt, hätte er im Moment nichts zu befürchten.»

«Wenn es einen Täter gibt?», hakte Michelle nach.

«Ich meine bei Nadine. Immerhin könnte sie auch einfach fortgegangen sein.»

«Glaubst du das?»

«Da ich Nadine nicht kannte, spielt es keine Rolle, was ich glaube. Die Eltern sind davon überzeugt, dass Nadine nicht freiwillig verschwunden ist. Das allein zählt. Allerdings ... kennen Eltern ihre Kinder wirklich so gut?»

«Manchmal gar nicht», erwiderte Michelle.

Grotheer nickte und senkte den Blick.

«Und das bedaure ich.»

«Ich auch.»

Sie sahen sich an und waren beide zu einem kleinen Lächeln fähig. Weitere Worte fanden sie in diesem Moment keine, aber das war nicht wichtig. Sie tranken Tee miteinander. Und sie stritten nicht. Mehr konnte Grotheer nicht erwarten.

«Warum hast du mich angerufen?», fragte Grotheer. «Nur, damit ich Conny helfe?»

«Ich wusste ja, dass du Polizist warst, und als ich Conny sagte, dass ich dich um Hilfe bitten würde, kam das aus dem Bauch heraus. Ich wollte sie aufbauen, ihr Hoffnung geben. Aber dann saß ich mit dem Hörer in der Hand da und traute mich nicht. Ich kam mir blöd vor. Warum solltest du mir helfen, wo wir uns doch all die Jahre ignoriert haben? Ich wollte Conny schon sagen, dass ich dich nicht erreichen kann. Aber dann fragte ich mich, ob das Schicksal mir vielleicht etwas sagen will.»

«Das Schicksal», wiederholte Grotheer. «Schöne Vorstellung. Magst du mir etwas über Conny erzählen?»

Michelle stellte die Teetasse ab.

«Conny war toll. Voller Lebensenergie und so positiv. Nichts konnte ihr wirklich schlechte Laune machen. Ich meine, die Arbeit auf der Station ist oft schwierig und stressig, aber sie hat sich das nie anmerken lassen. Dabei war sie aber auch nicht die, die immer nur lacht. Sie hat auch geweint. Wenn wir Patienten verloren, konnte sie nicht immer die Distanz wahren, die eigentlich nötig ist, um diesen Job zu machen.»

«Wie lange kanntet ihr euch?»

«Nicht so lange. Sie war ja erst vor einem halben Jahr auf meine Station gekommen.»

«Was hat sie vorher gemacht?»

«Andere Fachbereiche. Zwischendurch hat sie Wachkomapatienten betreut.»

«Wie muss ich mir das vorstellen?»

«Sie hat es mir so erklärt: Menschen im Wachkoma haben einen Schlaf-wach-Rhythmus, man kann also sagen, dass sie durchaus wache Phasen haben. Aber sie reagieren nicht bewusst auf ihre Umwelt. Trotzdem können sie registrieren, wenn sie von Angehörigen oder Pflegepersonal besucht oder gestreichelt werden, und man kann auf gewisse Weise mit ihnen kommunizieren. Man muss die Signale erkennen und deuten können. Ein geöffneter Mund zum Beispiel oder Lippenbewegungen, Schmatzen und Kauen, können Anzeichen dafür sein, sich öffnen zu wollen, oder auf Schmerzen hinweisen. Darauf richtig zu reagieren soll diese Menschen stabilisieren, zur Rehabilitation beitragen, gezieltere Behandlung ermöglichen und so weiter. Grob gesagt hat Conny Zeit mit diesen Menschen verbracht, sie berührt, mit ihnen gesprochen, sie beobachtet – neben den allgemeinen Pflegetätigkeiten.»

«Kann man denn richtig aus einem Wachkoma erwachen?»

«Durchaus. Das passiert immer wieder. Diese Patienten erwachen aber nicht plötzlich, oft ist es ein langer Prozess.»

«Und wie entsteht ein Wachkoma?»

«Durch eine schwere Schädigung des Großhirns. Oft durch einen Unfall oder Ähnliches.»

«Ich verstehe. Conny ist aber nicht dabeigeblieben, oder?»

«Nein, ist sie nicht. Sie war ein sehr kommunikativer Mensch, und am Ende war es ihr dann doch zu wenig, zu einsam. Ich weiß noch, wie sie sagte ‹Ein bisschen mehr Action brauche ich dann doch›.»

Grotheer nickte, trank von seinem Tee und streichelte Jemand, der zu ihm gekommen war.

«Da fällt mir etwas ein», sagte Michelle und machte ein nachdenkliches Gesicht. «Mats Kaminski.»

«Wer ist Mats Kaminski?»

«Jemand, den sie von der Arbeit kannte. Ich weiß nicht, ob er Patient war oder Angehöriger, aber er war wohl in Conny verknallt und hat sie zu einem Date eingeladen und einen lockeren Spruch gemacht. Irgendwas wie, er würde sie vom Fleck weg heiraten. Conny hat das als Scherz abgetan und Nein gesagt.»

«Weiß die Polizei davon?»

«Keine Ahnung. Ich weiß aber, dass sie der Polizei von ein

paar Typen erzählt hat, die sie angebaggert haben oder Ähnliches.»

«Eine zurückgewiesene Liebe kann eine tiefe Kränkung sein. Menschen haben schon für weniger getötet», sagte Grotheer und notierte sich den Namen auf einem Notizblock. «Eine Anschrift hast du nicht zufällig?»

«Nein, und ich kenne den auch nicht. Meinst du, da ist etwas dran?»

Grotheer zuckte mit den Schultern. «Kann ja nicht schaden, mit dem Mann zu reden.»

4.

Abend. 22:30 Uhr.

Die Muskeln, die Atmung, das Hirn, alles setzte für einen Moment aus, und die Angst übernahm die Herrschaft. Dieser Moment dauerte zwei Sekunden. Lang genug, um ihn intensiv wahrzunehmen und sich über das Wesen der Zeit zu wundern. Manchmal tat sie, was sie wollte. Gab ihre Linearität auf, lief vor und zurück, bildete eine Schleife, die sich noch wiederholte, wenn der Moment längst vorbei war.

Lilly überlegte, ob jemand die Terrassentür geöffnet hatte.

Zwei der Mädels waren zum Rauchen im Garten gewesen, aber hatten sie die Tür offen gelassen? Der Durchzug hätte sie dann zuschlagen lassen, völlig harmlos und kein Grund zur Furcht.

Und dennoch.

In ihr wiederholte sich die Schleife der Angst, und Lilly

wäre am liebsten in ihr Auto gesprungen und weggefahren. Sie tat es nicht, weil es das Gegenteil von dem gewesen wäre, was sie tun musste: Felicitas finden.

Also betrat sie ihr Haus. Stille war zurückgekehrt, nachdem das Geplapper der Frauenrunde stundenlang die Räume gefüllt hatte. Dieses Geplapper war wohltuend gewesen, weil es trotz der Umstände Normalität vorgegaukelt hatte. Die Energie der acht Frauen, die ihr helfen wollten, Felicitas zu finden, war aber noch nicht abgeebbt. Lilly konnte sie fühlen. Das machte sie mutig.

Mit leisen Schritten ging sie in die Küche. Der Raum war quadratisch, praktisch, übersichtlich, niemand konnte sich dort verstecken. Auf der Arbeitsplatte versammelt stand eine Kohorte von Gläsern, aus denen sie getrunken hatten. Das Halogenlicht machte Finger- und Lippenabdrücke am Glas sichtbar. Lebenszeichen.

Lilly lauschte gegen das leise Summen des Kühlschranks an. Hier am Ende der Straße gab es nachts kaum Geräusche, es war ein stiller Ort auf dem Grat zwischen Natur und Stadt. Es gab hier keine Einbrüche, da man mit dem Wagen nicht ungesehen an- und abfahren konnte. Nur nach hinten raus in die Felder und Wiesen ging das, aber dann zu Fuß. Kein Einbrecher wollte sein Diebesgut wegtragen müssen.

Lillys Angst konzentrierte sich auf etwas anderes.

Was, wenn der Mann, der Felicitas entführt hatte, der vielleicht einen Groll gegen oder irgendeine kranke Leidenschaft für Schornsteinfegerinnen hegte, heimlich an ihrem Treffen teilgenommen hatte? Indem er sie von draußen beobachtet hatte? Sie waren zu neunt gewesen, da konnte er natürlich nicht zuschlagen. Aber jetzt war Lilly allein. Das perfekte Opfer.

Ihr Handy lag im Wohnzimmer auf dem Tisch. Das war ihr nächstes Ziel. Sie schlich den Flur entlang, blieb in der offenen Tür zum Wohnzimmer stehen und betrachtete den Raum. Die Vorhänge vor der Terrassentür waren zurückgezogen, das hatten die Frauen getan, als sie zum Rauchen draußen gewesen waren. Die beiden Stehlampen in den Ecken leuchteten, auch die Glaskugel auf der Anrichte und die Deckenlampe, und sie alle spiegelten sich im Glas der Tür und des Fensters. Was dahinterlag, blieb verborgen.

Die Terrassentür war nur angelehnt, nicht verriegelt, der Griff befand sich in der Mittelposition. Bewegte die Tür sich leicht, oder bildete Lilly sich das nur ein? Ihr Atem ging schneller. Sie bereitete sich vor, checkte die Lage, spurtete dann los, am Tisch vorbei zur Tür, warf sich dagegen und verriegelte sie mit einer hastigen Bewegung. Die Nase nur einen Zentimeter vom Glas entfernt, verharrte sie und starrte in die Dunkelheit hinaus.

Felicitas und sie hatten es immer geschätzt, dass ihr Grundstück nach hinten auf die Felder und den Wald hinausging. Diese Ruhe und Abgeschiedenheit waren ein Luxus, den es nicht mehr häufig gab. Jetzt aber empfand sie es vollkommen anders. Das Haus, ihr wunderschöner Rückzugsort, fühlte sich nicht länger sicher an, und in diesem Moment fragte sich Lilly, ob sie würden bleiben können. Ganz gleich, wie das alles ausging.

Ein Geräusch hinter ihr ließ sie aufschreien.

Sie fuhr herum.

Das war in der Ecke mit der Couch und dem Fernseher gewesen, wo auf dem Tisch die Sanduhr stand, die Felicitas bestellt hatte. Aber da war niemand, und Lilly sah nichts, was das Geräusch hätte verursacht haben können.

Sie fühlte sich gefangen, in die Ecke gedrängt, in der Falle, und sie bereute es, ihrem ersten Impuls nicht gefolgt zu sein: zu fliehen. Was nützte ihr Mut, wenn sie starb oder ebenfalls entführt wurde? Damit wäre Felicitas nicht geholfen.

Als sie ihren Blick auf den Tisch lenkte, dorthin, wo ihr Handy neben der Sanduhr lag, begann das Telefon plötzlich zu vibrieren, und das Display leuchtete auf.

Aus diesem Winkel konnte Lilly nicht sehen, wer anrief.

Sie riss den Vorhang vor die Terrassentür, ging die zwei Schritte zum Tisch und nahm das Handy auf.

Bernd Möller.

Lilly atmete ein paarmal tief ein und aus und nahm den Anruf entgegen.

«Wie geht es dir?», fragte sie.

«Die tun hier so, als würde ich bald sterben, aber ich fühle mich schon viel besser. Ich kann nicht länger hier herumliegen, während ...»

«Bitte, sei vernünftig», unterbrach Lilly ihn. «Du musst gesund sein, wenn Felicitas wieder bei uns ist.»

«Jaja, schon gut. Sind die Kolleginnen noch da?», fragte Bernd.

«Nein, sie sind gerade gegangen.»

«Und? Machen sie mit?»

«Ja, sie sind alle dabei. In den nächsten Tagen melden sie sich bei dir, um die Zeitslots abzusprechen. Kannst du das vom Krankenhaus aus erledigen?»

«Ich glaube nicht. Marianne schafft das aber auch nicht allein. Deswegen kann ich auch nicht hierbleiben.»

«Wir schaffen das», sagte Lilly mit Überzeugung in der Stimme. «Ich stimme mich mit deiner Frau ab, du wirst sehen, das klappt schon. Ruh du dich bitte erst mal aus.»

Bernd Möller seufzte ergeben.

«Es gibt noch einen Grund, warum ich anrufe», sagte er dann. «Ich wollte es dir schon an dem Abend sagen, habe es aber vergessen.»

«Und was?»

«Als ich mit Felicitas' Wagen unterwegs war, ist mir aufgefallen, dass der Terminblock fehlt. In jedem unserer Wagen liegen meist mehrere dieser vorgedruckten Terminblocks. Du weißt schon, wir tragen Termine ein und stecken sie in die Briefkästen der Kunden, damit die wissen, wann wir kommen, und dann zu Hause sein können.»

«Ja, ich kenne die. Aber ist das wichtig?»

«Na ja, ich weiß es nicht. Ich bin mir sicher, dass in Felicitas' Wagen mindestens ein Terminblock lag, wenn nicht sogar zwei, aber jetzt ist da keiner mehr.»

«Könnte Felicitas den in der Hosentasche gehabt haben, als sie ...»

Lilly ließ den Satz unbeendet. Bernd Möller verstand ihn auch so.

«Könnte sie, aber das wäre ungewöhnlich.»

«Du meinst also, der Mann, der sie entführt hat, hat ihn mitgenommen.»

«Das war mein Gedanke, ja. Meinst du, ich sollte das der Polizei melden?»

«Ja, unbedingt. Sie sagten ja, sie wollen alles wissen, jede Kleinigkeit.»

«Gut, dann mach ich das gleich morgen früh.»

«Aber warum sollte der Täter den Terminblock klauen? Was kann er damit schon anfangen?»

«Ich weiß es nicht.»

5.

Abend. 22:40 Uhr.

Dieses Mal hatte er Kim gehabt, eine Dreiundzwanzigjährige aus Kambodscha mit pechschwarzem Haar. Sie war dünn und zerbrechlich, genau, wie er es mochte, und sie hatte ihm die Zeit gelassen, die er brauchte. Alles hatte gestimmt: seine Laune, die Umgebung, die Frau, die Berührungen, aber es wollte und wollte einfach nicht klappen.

Sie hatte ihm gut zugeredet, ihn überall gestreichelt, nur nicht dort, wo er Mann sein sollte, aber nicht konnte. Wieder war er sich vorgekommen wie ein kleiner Junge, mit dem alle Mitleid hatten, über den aber zugleich alle lachten, sobald er nicht mehr im Raum war. Dieses Lachen schnitt in seine Seele, dennoch musste er es sich ansehen.

Und so ging er nicht sofort davon, nachdem er bezahlt und die Tür des Eros-Centers sich hinter ihm geschlossen hatte. Statt so schnell wie möglich vom Ort seiner Schmach zu flüchten, schlich er sich abermals an die Rückseite des Hauses und näherte sich dem Fenster, hinter dem der Begrüßungsraum lag. Dort stellten sich die Mädchen vor, aus denen er dann eine aussuchen durfte.

Kim war da. In ihrer roten Unterwäsche mit dem roten Negligé darüber. Die Stöckelschuhe hatte sie nicht wieder angezogen. Ein anderes Mädchen betrat den Raum. Dunkelhaarig. Ihren Namen hatte er sich nicht gemerkt. Sie war üppiger und daher für ihn nicht infrage gekommen. Die beiden sprachen miteinander, ihre Lippen bewegten sich, die Worte erreichten ihn jedoch nicht. Er wartete auf das Lachen, das ihm gelten würde, ihm, dem Giftzwerg, der keinen hochbekam.

Doch sie lachten nicht.

Ihre Gesichter blieben ernst.

Sie setzten sich zusammen auf die Couch, hielten sich bei den Händen, und er konnte sehen, wie Kim zu weinen begann.

Das schnürte ihm den Hals zu. Er bekam kaum Luft.

Warum weinte sie? Hatte das etwas mit ihm zu tun?

Dicke Tränen kullerten ihr über die Wangen. Das andere Mädchen nahm ein Papiertuch und tupfte sie ab. Schließlich umarmten sie sich, und das kräftige Mädchen strich Kim über den Rücken. Dabei fiel ihr Blick zum Fenster.

Schnell zog er sich zurück, verschwand im Wald und machte sich auf den Weg nach Hause. Diesmal ging er schnell und geriet bald ins Schwitzen. In seinem Kopf drehte sich alles nur um dieses letzte Bild, um die weinende Kim. Er wünschte sich, er hätte den Mut besessen, hineinzugehen und sie zu trösten, aber das würde er nie tun. Und so blieb die Frage unbeantwortet, ob es seine Schuld war. Ob sie traurig war darüber, dass sie ihm nicht hatte geben können, was er brauchte.

Als er die Straße erreichte, begann er zu rennen. Dabei schlug ihm seine braune Ledertasche gegen den Oberschenkel. Was auf dem Arbeitsweg ein beruhigender Takt gewesen war, war jetzt ein hektischer Rhythmus, der ihn zusätzlich verunsicherte. Er lief, bis es nicht mehr ging, bis seine Lunge brannte und seine Beine zitterten.

Weit war er nicht gekommen. Er befand sich noch immer in den Ausläufern der Stadt, die dem Gewerbe vorbehalten waren. Hier war alles hässlich: alte Gewerbegebäude, halb verfallenen Hallen, brachliegende Grundstücke. Auf den Höfen einiger dubioser Autohändler parkten gebrauchte Karossen dicht an dicht. Größtenteils war die Straßenbeleuchtung ausgefallen, und wurde sie mal repariert, sorgte jemand dafür, dass sie bald wieder ausfiel. Allzu viel Helligkeit war hier nicht erwünscht. Ihm war das nur recht.

Er begann zu weinen. Innerlich. Niemals liefen Tränen über seine Wangen. Niemand tröstete ihn, so wie das kräftige Mädchen Kim getröstet hatte, warum sich also die Blöße geben zu zeigen, wie traurig und einsam er sich fühlte.

Plötzlich dieses Gefühl.

Blicke in seinem Rücken.

Im Laufe seines Lebens hatte er feine Antennen dafür entwickelt, eine Art Schutzfunktion, auf die er sich verlassen konnte. Bleib nicht stehen, sagte er sich. Geh weiter und tu so, als hättest du nichts bemerkt. Denn wenn man sich umschaut, zieht man unweigerlich zusätzliches Interesse auf sich.

Irgendwann wurde das Gefühl aber zu stark, und er konnte nicht länger widerstehen. An einer Straßenecke blieb er stehen, tat so, als müsste er sich orientieren und drehte sich um. Hinter ihm war niemand. Gehweg und Straße waren verwaist.

Merkwürdig. Dabei war er sich so sicher gewesen.

Spielten seine überreizten Sinne ihm einen Streich?

Er dachte darüber nach, sich jetzt doch ein Taxi zu rufen. Aber erstens würde er hier keines bekommen, und zweitens konnte er es sich auch nicht leisten. Nein, er würde einfach noch ein bisschen vorsichtiger sein. Und tatsächlich legte sich das Gefühl bald, beobachtet und verfolgt zu werden.

Plötzlich sprang vor ihm eine Autotür zum Gehweg hin auf. Ein Fuß wurde auf den Bordstein gesetzt, dann noch einer. Langsam, fast schon lasziv stieg jemand aus. Die Person drehte ihm den Rücken zu und streckte sich, so als müsste sie die Müdigkeit aus den Knochen bekommen.

Er ging weiter, langsamer, angespannt bis in die Haarspitzen.

Als er die Gestalt fast erreicht hatte, drehte sie sich zu ihm um und steckte sich eine Zigarette zwischen die Lippen.

«Hast du Feuer?», fragte sie.

Er schüttelte den Kopf und wollte an ihr vorbeieilen.

Dann ging alles ganz schnell. Die Gestalt holte aus, er sah einen länglichen Gegenstand, duckte sich, bekam dennoch einen Schlag an den Kopf, der aber nicht frontal traf, sondern über seine Halbglatze rutschte.

Er wollte tun, was er in solchen Situationen immer tat: rennen, was das Zeug hielt. Doch ihm wurde ein Bein gestellt, und er schlug lang hin auf den Gehweg, schürfte sich dabei die Haut unter dem Kinn auf. Es blutete. Der Schlagstock traf ihn im Rücken, und er heulte auf wie ein getretener Hund.

Bevor ihn der nächste Schlag erwischte, drehte er sich auf den Rücken und hob die Arme vors Gesicht. Der Schlagstock traf die Handwurzel der rechten Hand. Der Schmerz war infernalisch und die Hand sofort betäubt.

Mit dieser furchtbaren hohen Stimme, die er selbst nicht leiden konnte, schrie er seinen Schmerz in die Nacht. Schrie, so laut er nur konnte, in der Hoffnung, andere auf sich aufmerksam zu machen. Er wusste, in dieser Gegend ignorierte man die Probleme der anderen, sah weg, rief nicht die Polizei, aber versuchen musste er es.

Der nächste Hieb traf ihn auf den Mund.

Die Lippen platzten auf, und die Schneidezähne brachen ab. Blut schoss ihm in den Mund, ein warmer metallischer

Geschmack bis tief in den Hals hinein. Noch ein Schlag, seitlich gegen die Schläfe. Er sah Sterne. Einen Hauch von der Bewusstlosigkeit entfernt, spürte er, wie ihn die Gestalt an den Füßen packte und über den Gehweg zog. Die Kofferraumklappe eines Autos wurde geöffnet und er mit den Füßen voran in den Laderaum geworfen. Er wog so wenig, der Angreifer hatte keine Probleme dabei.

Sein Kopf lag auf der Stoßstange, und die Gestalt kam ihm ganz nahe, flüsterte etwas in sein rechtes Ohr.

«Hast du Zeit?»

6.

Hinter der Zeit

Ich bin krank.
Das weiß ich aber nicht, weil es mir schlecht geht, ich Schmerzen habe oder leide. Ich weiß es, weil diese empathische, warme Stimme mir immer wieder sagt, dass alles gut werden wird, dass ich auf Gott vertrauen soll, dass ich mir die Zeit nehmen soll, die ich brauche, um wieder auf die Beine zu kommen.
Ich mag diese Frau, die da zu mir spricht, die ich aber nicht sehen kann. Ganz ehrlich, ich mag sie, aber das mit der Zeit hätte sie nicht sagen sollen. Damit hat sie sich verraten und bewiesen, dass sie zu

den anderen gehört. Weil ich sie aber mag und weil ich möchte, dass sie weiterhin die empfindliche Stelle zwischen Daumen und Zeigefinger streichelt, habe ich mich entschieden, mit ihr zu reden. Vielleicht kann ich sie von dem überzeugen, was ich längst weiß, sie aber offenbar nicht.
Aber wo fange ich an? Was ich zu sagen habe, ist nur schwer zu verstehen, es ist schockierend und angsteinflößend. Also kann ich nicht einfach mit der Tür ins Haus fallen, muss die Wahrheit so vorbereiten, dass sie nicht an einem Schutzschild aus Angst und Abscheu abprallt.
Schwierig.
Das ist, als würde man ein Buch schreiben. Der erste Satz muss sitzen. Muss die Leserinnen und Leser in die Geschichte hineinziehen, nicht abstoßen.
Vielleicht beginne ich mit der Berührung. Ja, das ist eine gute Idee. Denn diese Berührung verbindet mich schon jetzt auf eine besondere Weise mit dieser unbekannten Frau, und wenn sie versteht, warum das so ist, wird sie sicher auch verstehen, was es mit meiner Wand auf sich hat. Denn von meiner Wand will ich ihr auf jeden Fall erzählen. Es ist nämlich unfassbar schwer, stolz auf etwas zu sein, das man selbst erschaffen hat, wenn man niemandem davon erzählen darf.

Ich habe die Hannah auch immer so berührt. Habe den Bereich zwischen Daumen und Zeigefinger gestreichelt. Anfangs hat es mich Überwindung gekostet, aber als ich dann spürte, wie gut es der Hannah tat, wie sehr sie es genoss, tat ich es gern. Eine Weile jedenfalls, bis alles aus dem Ruder lief und die Dinge schlimm wurden.

Aber ich wollte ja vorn beginnen, alles erzählen und … Ist das eigentlich okay, wenn wir uns duzen? Ich meine, ich fühle mich dir so nahe, da kommt mir das nur richtig und gut vor. Nicht aufgesetzt oder so.

Alle nannten sie nur «die Hannah», so wie man «die Blumenvase» oder «die Sanduhr» sagt. Eben so, wie man über Dinge spricht. Niemand im Haus verwendete ihren Namen ohne Artikel. Ich auch nicht, denn es war völlig normal für mich, «die Hannah» zu sagen.

Zuerst war die Hannah verrückt.

Alle sagten immer, sie sei verrückt, man müsse sie einsperren, am besten solle sie sterben, wäre ja sowieso Zeitverschwendung, sich um sie zu kümmern. Niemand hat das je in meiner Gegenwart gesagt, Gott bewahre, aber ich war sehr gut darin, mich zu verstecken und die Gespräche der Erwachsenen zu belauschen.

Die Hannah schrie oft. Und das aus heiterem Himmel. Meistens vollkommen unverständliche Worte, die keinerlei Sinn ergaben. Anfangs

habe ich mich deshalb vor ihr gefürchtet.
Aber dann war es wie mit der Haut zwischen Daumen und Zeigefinger: Gewöhnung eliminiert Furcht.
Später war die Hannah nicht mehr nur verrückt, sondern auch krank. Ich weiß nicht, was das für eine Krankheit war, aber sie war schlimm genug, sie ans Bett zu fesseln. Da war ich fünf Jahre alt, die Hannah fünfzehn. Vorher, als sie nur verrückt war, fand ich sie meistens lustig, aber damit war bald Schluss. Nichts war mehr lustig, als sie das Zimmer nicht mehr verlassen konnte.
Von dem Zimmer muss ich auch erzählen. Damals war es mir nicht klar, aber heute weiß ich, dass meine Eltern die Hannah weggesperrt haben. In das hinterletzte Zimmer des großen Hauses. Wo niemand ihr Rufen hören konnte. Das Fenster ging zur Nordseite hinaus, niemals schien die Sonne rein, stets war der Raum dunkel und kühl. Und es roch streng darin. Nach Urin. Manchmal nach Blut.
Da lag sie unter dieser voluminösen Bettdecke. Vielleicht lag es an dem Daunenbett, vielleicht war sie aber auch wirklich bis auf die Knochen abgemagert, ich weiß es nicht mehr. In meiner Erinnerung ist sie wie ein Gespenst. Fast durchsichtig und in ein weißes Nachthemd gekleidet.

Niemand interessierte sich für sie. Der Arzt kam regelmäßig in immer größer werdenden Abständen, meine Eltern sporadisch, ich so oft ich konnte.
Und dann saß ich an ihrem Bett, streichelte ihre Hand, so wie du jetzt meine, und redete mit ihr. Oder sie mit mir. Es war nicht so, dass sie vollkommen weggetreten war, nein, das nicht. Sie hatte ihre wachen Phasen, und dann konnte sie sich normal mit mir unterhalten.
Sie sprach dann oft von ihrem Lieblingsort. Einem Haufen alter Pflastersteine hinten auf dem Grundstück. Dort war es schattig und feucht. In den Höhlen zwischen den Steinen konnte man Schnecken finden, und die Hannah konnte ihnen stundenlang zuschauen, wie sie gemächlich in die Sonne krochen, um sich aufzuwärmen. «Sie scheren sich nicht um die Zeit», sagte sie dann, «so als gäbe es die für sie gar nicht. Und so mache ich es hier in meinem Zimmer auch. Ich vergesse die Zeit, bis du mich wieder besuchst, und wenn du dann da bist, ist es, als würde die Sonne durchs Fenster hereinscheinen.»
Oft litt sie in ihren wachen Phasen aber Schmerzen. Dann jammerte sie. Oder schrie. Oft meinen Namen, und dann bin ich schnell zu ihr rein. Ich habe das gern gemacht. Aber dieses Gejammere … immer öfter, immer länger.

Irgendwann war es so, als würde sie zu jemandem sprechen, der nicht im Raum war. So wie ich jetzt zu dir. Ich meine, ich sehe dich ja nicht, spüre nur deine Berührung und höre deine Stimme. Herrje, mir fällt gerade auf, dass es genauso ist wie damals mit der Hannah - was hat das nur zu bedeuten?
Na ja, also, sie redete wirres Zeug, das mir zunehmend Angst machte. Ich konnte heraushören, dass ihr jemand mal sehr wehgetan hatte. Sie bat ihn, damit aufzuhören. Sagte immer wieder, sie wolle das nicht. Und dann verwünschte sie diese Person, die ihr wehgetan hatte.
«Der Teufel soll dich holen. In die Hölle wird er dich zerren. Die Klauen seiner gefallenen Engel werden dir die Haut vom Körper reißen, und dann wird dein Fleisch brennen und brennen und brennen. Für immer und alle Zeiten wird dein Fleisch brennen.»
Sie hat viel wirres Zeug geredet, die Hannah, aber diese Sätze habe ich mir gemerkt, weil sie sie häufig gesagt hat. Und weil sie mir Angst gemacht haben. Und weil ich dabei Bilder vor Augen hatte. Bilder eines Menschen ohne Haut, der im Feuer stand und verbrannte. Ich habe lange nicht mehr an diese Bilder gedacht, aber jetzt, da ich dir davon berichte, sehe ich sie wieder vor mir.

```
Das ist … ich …
Lass das. Lass bitte meine Hand los.
Ich will das jetzt nicht mehr.
LASS LOS!
```

7.

Nacht. 02:00 Uhr.

Seine Existenz bestand nun aus Schmerz.

Nur dieses eine Gefühl. Der allmächtige Regent, unanfechtbar, unbesiegbar. Mit Freude wühlte er sich durch seinen Körper, machte wieder und wieder und wieder auf die Stellen aufmerksam, die der Schlagstock bearbeitet hatte. Der Rücken, die Handwurzel, der Mund.

Im Gesicht war es am schlimmsten.

Anfangs, da war er unvorsichtig gewesen, hatte er mit der Zunge getastet und herausgefunden, dass von seinen Schneidezähnen nur noch abgebrochene Stumpen existierten. Sobald die Zunge die Stumpen berührte, hatte er mit dieser furchtbar hohen Stimme geschrien, die er schon als Kind gehabt hatte und die ihm jede Menge Häme und Prügel der Mitschüler eingebracht hatte.

Zwischendurch dachte er an seine Mutter.

Was tat sie jetzt? Sicher war sie verzweifelt und hatte längst die Polizei gerufen.

Sie war doch auf seine Hilfe angewiesen. Was sollte sie nur tun ohne ihn? Ein Sohn musste auf seine Mutter achtgeben, für sie sorgen, so wie sie es getan hatte, als er darauf angewiesen war. Stattdessen war er hier. Wo immer und was immer auch «hier» war.

Am wahrscheinlichsten?

Die Hölle.

Der Teufel hatte ihn um Feuer gebeten. Hier und jetzt musste er für seine Sünden zahlen. Nicht für die Besuche im Bordell, Hunderte in den letzten Jahren, aber für die vielen kleinen Gemeinheiten, die er in seinem Machtbereich als Busfahrer verübt hatte. Für die weinenden Kinder, die er abgewiesen hatte, für die Erwachsenen, die er hatte warten lassen, ganz einfach, weil er es konnte. Und weil sie es verdient hatten.

Ja, die Hölle.

Was sonst?

Um ihn herum absolute Finsternis. Und diese Finsternis stank nach Urin und Exkrementen. Er lag auf Metall. Kalt und hart und rostig. Der Rost roch wie Blut.

Noch über den Sorgen um seine Mutter, über den Schmerzen, stand das Gefühl, aus der Zeit gefallen zu sein. Sie existierte hier nicht, weil es nichts gab, das ihr Fortschreiten gemessen oder gezeigt hätte. Zeit hatte in seinem Leben immer eine entscheidende Rolle gespielt, war doch sein Arbeitstag in Minuten getaktet.

10:04 Opernplatz

10:12 Pestalozzischule

10:21 Bahnhof

So und ähnlich war es tagein, tagaus gegangen, und als hätte der Fahrplan nicht gereicht, hatte er auch noch den Rest seines Lebens getaktet.

06:15 Aufstehen

07:00 Frühstücken

07:25 Mutter küssen und das Haus verlassen

Wenn er all diese Zeiten einhielt, war er zufrieden, im Reinen mit sich. Wenn nicht, sah er nicht ein, warum es bei den anderen anders sein sollte. Also manipulierte er die Zeit der Menschen in dem Maße, das ihm möglich war.

Lass sie ein wenig draußen im Regen warten. Akzeptiere das Kleingeld nicht sofort. Schicke die Kinder wieder raus. Wenn jemand unfreundlich ist, lass ein paar Autos vor, dann kommst du zu spät am Bahnhof an, und jemand verpasst seinen Zug.

Jeder Mensch braucht seine kleinen Freuden. Dies waren seine gewesen. Hässlich und gemein. Und darum hatte der Teufel ihn um Feuer gebeten und in die Hölle gelockt.

Er würde hier sterben.

Das war Giftzwerg klar.

Am besten sofort, damit er diese entsetzlichen Schmerzen in seinem Mund nicht mehr aushalten musste.

Dämmern.

Erwachen.

Denken und Fühlen.

Und irgendwann tat sich doch etwas.

Ein metallenes Geräusch, sofort darauf Helligkeit. Gleißende Helligkeit, die in den Augen schmerzte. Er kniff die Lider zusammen, hielt die Hände zum Schutz davor, schrie auf vor Schreck und Angst. Jetzt kam er, der Teufel, jetzt holte er ihn.

Tatsächlich hörte er Schritte und spürte sie zugleich in dem metallenen Untergrund. Giftzwerg wurde gepackt, grob, rücksichtslos, gemein. Seine Hand, die stark angeschwollen und wohl gebrochen war, brannte wie Feuer. Wehren konnte er sich nicht, nur schreien, und solange sie in der metallenen Welt waren, hallten seine hohen Schreie endlos wider.

Dann änderte sich die Umgebung, und seine Schreie brachen ab. Es war heller, roch besser, fühlte sich freier an. Er wollte seine Augen öffnen, um zu sehen, ob dies wirklich die Hölle war, doch er war noch geblendet.

«Warum?», stammelte er und riskierte die Schmerzen in seinem Mund.

«Weißt du das denn nicht?», fragte eine Stimme in seiner Nähe. «Wenn du 1440 Euro hast, und jemand nimmt dir 1000 davon weg, was würdest du tun? Würdest du sie nicht zurückhaben wollen? Und dabei ist es nur Geld, unwichtiges Geld.»

Giftzwerg wurde abermals gepackt und auf eine hölzerne Plattform gewuchtet. Dann setzte sich diese Plattform in Bewegung. Er wurde geschoben, in einer Schubkarre oder etwas Ähnlichem. Räder rumpelten über harten Boden, die Stimme des Teufels war dennoch gut zu hören.

«Alles ist fremdes Eigentum, nur die Zeit ist unser. Dieses so flüchtige, so leicht verlierbare Gut ist der einzige Besitz, in den uns die Natur gesetzt hat, und doch verdrängt uns daraus, wer da will.»

Kaum waren die Worte ausgesprochen, stoppte die Karre, und Giftzwerg wurde abgekippt wie Schüttgut. Er schlug auf dem Boden auf, begrub die verletzte Hand unter sich und schrie wieder.

Kräftige Hände hoben ihn an, legten ihn auf dem Rücken ab, er wurde mit Gurten festgeschnallt, die sich tief in sein Fleisch gruben.

«Sorge dich nicht. Ich habe die Ewigkeit für dich vorbereitet.»

8.

2 Tage später. Morgen. 06:00 Uhr.

Grotheer musste persönlich dorthin, auch wenn es ihm zuwider war. Nachdem er aus dem Dienst ausgeschieden war, hatte er sich geschworen, niemals an den Ort zurückzukehren, an dem er seine Lebenszeit verschwendet hatte.

Aber wie hieß es so schön: Sag niemals nie.

Wenn er Michelle und sich selbst helfen wollte, wenn er diese unsägliche Sache, in die er hineingeraten war, lösen und damit loswerden wollte, musste er den Besuch im Bundestag auf sich nehmen.

Der alte Ford war getankt für die etwa dreistündige Fahrt. Für Jemand war das zu lang, zumal er auch noch einige Zeit im Wagen verbringen müsste, während Grotheer recherchierte. Deshalb hatte er Michelle gebeten, nach Jemand zu sehen und eine Runde mit ihm zu drehen. Die beiden verstanden sich gut, es würde keine Probleme geben, und da Michelle eine Freischicht hatte, passte es gut.

Um 6 Uhr früh nahm Grotheer den Kopf seines Hundes zwischen die Hände, streichelte die weichen Ohren, so wie er es am liebsten mochte, und schaute ihm dabei tief in die Augen.

«Und du passt gut auf meine Tochter auf, nicht wahr? Ich weiß, dass ich mich auf dich verlassen kann. Macht euch einen richtig schönen Tag, heute Abend bin ich zurück, dann gibt's eine Extrakaustange für dich. Michelle ist um 8 Uhr hier, bis dahin kannst du ja noch eine Runde dösen.»

Damit schien Jemand einverstanden zu sein. Er erhob sich gar nicht erst aus seinem Körbchen, kuschelte sich in die Decke und beobachtete sein Herrchen dabei, wie er das Haus verließ.

Grotheer warf die kleine Reisetasche auf den Beifahrersitz. Darin befanden sich Wasser, zwei Scheiben Brot mit Käse und zwei Schokoriegel. Wegzehrung. Grotheer hatte nicht vor, an einer Raststätte zu halten und überteuertes Zeug zu kaufen.

Bevor er in den Wagen stieg, ging er zum Briefkasten hinüber, der an der Schuppenwand befestigt war. Grotheer bekam nur selten Post, deshalb leerte er den Kasten nicht jeden Tag. Es lag nur ein kleiner quadratischer Zettel darin.

«Ach, Kacke», sagte Grotheer leise. «Ausgerechnet heute.»

Der Zettel stammte vom Schornsteinfeger. Darauf war ein Termin für heute eingetragen, um die Heizung zu überprüfen. Offenbar war der Zettel gestern eingeworfen worden. In dem Hinweisfeld stand handschriftlich, man möge folgende Handynummer anrufen, für den Fall, dass der Termin nicht passen sollte.

Grotheer zückte sein Handy und wollte die Nummer anrufen, als ihm einfiel, dass es dafür zu früh war. Dann kam ihm der Gedanke, dass Michelle den Schornsteinfeger ins Haus lassen könnte, und er beschloss, sie von unterwegs anzurufen und sie darum zu bitten.

Er steckte das Handy wieder ein, nahm den Zettel mit in den Wagen, startete den Motor und rollte rückwärts vom Hof, dann legte er den Vorwärtsgang ein und machte sich auf den Weg nach Berlin. Eine gute Stunde später klingelte sein Telefon, und er nahm den Anruf von Michelle über die Freisprechanlage entgegen.

«Ich bin jetzt schon da», rief sie. Im Hintergrund bellte Jemand aufgeregt.

«Na, da freut sich aber Jemand, dich zu sehen», sagte Grotheer.

«Und wie! Wir drehen auch gleich eine Runde zusammen. Kommst du gut durch?»

«Ja, alles bestens. Du, eine Sache noch: Der Schornsteinfeger hat sich für heute zwischen 10 und 16 Uhr angekündigt, und ich hab das erst gesehen, als ich losfahren wollte. Kannst du den reinlassen?»

«Klar, kein Problem.»

«Wenn es dir unangenehm ist, kann ich aber auch anrufen und den Termin verschieben.»

«Nein, warum denn, ich bin doch da. Und der weiß ja, wohin er muss und was zu tun ist, oder?»

«Jaja, der weiß Bescheid. Eigentlich wäre ich noch gar nicht wieder dran mit der Überprüfung, aber die ändern ja auch dauernd die Bestimmungen, da steigt man gar nicht mehr durch.»

«Mach dir darüber keinen Kopf, das läuft schon. Meinst du denn, das klappt in Berlin?»

«Ich denke schon. Ist ja nur ein kleiner Gefallen, um den ich bitte. Und zu meiner alten Chefin hatte ich immer ein gutes Verhältnis.»

«Ich drücke die Daumen. Jetzt muss ich aber los. Jemand ist ziemlich ungeduldig.»

«Viel Spaß euch beiden.»

Grotheer beendete das Gespräch. Er lächelte, und mit diesem Lächeln breitete sich ein warmes Gefühl aus in seinem Bauch. So ein normales, leichtes Gespräch mit seiner Tochter zu führen, ohne Vorwürfe, ohne schlechtes Gewissen, davon hatte er vor ein paar Wochen nicht einmal zu träumen gewagt. Gewiss, sie hatten eine Menge aufzuarbeiten, und

Grotheer nahm sich vor, sich davor nicht zu drücken, aber das würde später kommen, wenn diese Sache erledigt war und der Mörder von Constanze Goldmann hinter Schloss und Riegel saß.

Das Lächeln und das warme Gefühl hielten an, bis Grotheer den Stadtrand von Berlin erreichte und der Verkehr deutlich zunahm. Ab hier musste er sich konzentrieren, und als er zum ersten Mal seit drei Jahren die Kuppel des Reichstags sah, stieg die Anspannung in ihm sprunghaft an.

Er hätte gern kehrtgemacht.

Wäre gern davongelaufen, wie so oft in seinem Leben.

Aber diesmal würde er standhaft bleiben.

9.

Morgen. 09:20 Uhr.

Alles schien anders zu sein. Diese kompakte Dunkelheit war ihr fremd, außerdem war es merkwürdig still, so als wäre sie in Watte gehüllt.

Lilly Costanzo brauchte einen Moment, um sich zu erinnern, doch dann fiel es ihr ein. Gestern Abend hatte sie sich allein in ihrem Haus gefürchtet. Weil sie nicht gewusst hatte, wohin, war sie ins Fotostudio hinübergegangen. Dort gab es keine Fenster, nur diesen einen großen Raum, diese eine, bestens gesicherte Tür, die ihr teures Fotoequipment schützen sollte – und nun sie. Dort hatte sie sich auf der Couch für die Kunden in zwei Decken eingerollt und war sofort in einen tiefen, traumlosen Schlaf gefallen.

Jetzt lag sie minutenlang da, atmete flach und versuchte, in dieser von der Welt abgekapselten Atmosphäre zu sich selbst zu finden, bekam aber ihre Gedanken nicht unter Kontrolle. Wie ging es Felicitas? Lag sie auch gerade irgendwo in der Dunkelheit? Verängstigt, verletzt? Dachte sie an Lilly und fragte sich, warum ihr niemand half? Dieser Gedanke war unerträglich. Lilly griff in der Dunkelheit nach dem Handy auf dem Tisch vor ihr.

Es war bereits 9 Uhr vorbei. Sie hatte zehn Stunden geschlafen. Das war ungewöhnlich. Mehr als sechs waren es sonst nie.

Mit steifen Gliedern und schwerem Kopf kämpfte sich Lilly hoch, blieb noch einen Augenblick auf der Kante der Couch sitzen, um zu Sinnen zu kommen, leuchtete sich dann den Weg bis zum Lichtschalter und zuckte zusammen, als es plötzlich hell wurde.

Sie hatte in der Kleidung geschlafen, die sie gestern getragen hatte, und roch schlecht. Sie brauchte dringend eine Dusche und einen starken Kaffee. Draußen empfingen sie helles Sonnenlicht und der laute Gesang unzähliger Vögel, die sich in den Ästen der Bäume über den Frühling mit seinem frischen Grün freuten. Lilly hob ihr Gesicht ins Sonnenlicht und schoss mit den Augen ein Foto von diesem wunderschönen, friedlichen Stillleben.

Was sonst Glücksgefühle in ihr auslöste, blieb jetzt ohne Wirkung. Sie spürte keine Freude, fühlte sich matt und niedergeschlagen und wusste nicht, wie sie diesen Tag überstehen sollte.

Träge schlurfte sie ins Haus hinüber und dort direkt ins Bad. Die Heizung war nicht mehr die jüngste, es dauerte ein paar Minuten, bis warmes Wasser aus dem Duschkopf kam.

Lilly zog sich aus, warf die verschwitzte Kleidung in den Wäschekorb und stieg in die Dusche. Das warme Wasser tat gut, es spülte ein bisschen was von der Trägheit fort, und als sie es abstellte, konnte sie endlich einen klaren Gedanken fassen.

Heute würde sie sich zusammen mit Felicitas' Mutter um die Koordination der Kalendermädels kümmern. Jede der Frauen musste einen bestimmten Tag zugewiesen bekommen, um Felicitas' Kunden zu besuchen. Lilly war fest überzeugt, dass ihr Plan etwas bringen würde. Der Kalender hatte Felicitas und sie zusammengeführt, sie hätten sich sonst nie kennengelernt. Jetzt brachte ebendieser Kalender das Unglück in ihr Leben. Manchmal war das Schicksal wirklich fies.

Als Lilly nach dem Handtuch auf dem Wandheizkörper griff, hörte sie ein Geräusch.

Tropfnass verharrte sie. Spitzte die Ohren.

War das die Haustür gewesen?

Hatte sie sie abgeschlossen, als sie eben reingekommen war?

Lilly erinnerte sich an den Vorabend, als die Schornsteinfegerinnen hier gewesen und sie ebenfalls ein Geräusch in Angst und Schrecken versetzt hatte. Sie war nie ängstlich gewesen, und sie hasste es, sich so zu fühlen. Schutzlos, allein, schwach. Das durfte sie nicht zulassen. Wenn sie nicht stark blieb, würde sie Felicitas nicht helfen können.

Rasch trocknete sie sich ab und band sich das Handtuch um. Sie hatte keine frische Kleidung mit ins Bad genommen, und ihr Kleiderschrank stand oben im Schlafzimmer. Leise öffnete sie die Tür einen Spaltbreit und schaute auf den Flur hinaus, von dem im Untergeschoss alle Türen abgingen.

Die Haustür war nur angelehnt.

Scheiße.

Aber das musste nichts bedeuten. Vorhin war sie verschlafen und gedankenlos gewesen. Wahrscheinlich hatte sie die Tür nicht richtig zugezogen. Ihr Blick ging zur Treppe hinüber. Der Weg war frei. Sie könnte hinaufrennen, sich anziehen und dann weitersehen.

Lilly zurrte das Handtuch fester und ihren Mut zusammen, öffnete die Badezimmertür ganz, setzte einen nackten Fuß auf den Flur, machte sich bereit.

Und dann stand sie plötzlich da.

Vor der Haustür.

Eine große schwarze Gestalt im Gegenlicht.

Lilly schrie auf und lief los. Die Treppe hinauf. In der Hektik rutschte sie aus und schabte sich das rechte Schienbein an der Treppenstufe auf. Den fiesen Schmerz ignorierend, rannte sie weiter, erreichte den oberen Treppenabsatz, verlor dort das Handtuch, stürzte nackt ins Schlafzimmer und schlug die Tür hinter sich zu.

Sie wusste es schon, bevor sie hinschaute: Da war kein Schlüssel im Schloss. Bei keiner der Innentüren. Warum auch? In einem Film hätte sie jetzt den halbhohen Schrank vor die Tür geschoben, doch dafür fehlte ihr die Kraft. Außerdem war es ihr wichtiger, sich anzuziehen. Was auch immer gleich passierte, sie wollte dabei nicht nackt sein. Ohne Unterwäsche schlüpfte sie rasch in eine Jeans und zog sich einen Sweater über den Kopf. Dann eilte sie zum Fenster, öffnete es und schaute hinaus. Das tat sie morgens nach dem Aufstehen häufig, allerdings um die Aussicht auf den Garten und den Wald zu genießen und nicht, um abzuschätzen, ob sie einen Sprung riskieren konnte.

Drei bis vier Meter. Unten weicher Rasen.

Aber was, wenn sie sich den Knöchel brach? Dann war sie ein wehrloses Opfer.

«Lilly?»

Das kam vom Flur.

Eine männliche Stimme. Lilly glaubte, sie zu kennen, konnte sie aber nicht einordnen. Und hatte Felicitas nicht auch gesagt, sie glaube, den Mann zu kennen, bevor sie entführt worden war? War es doch jemand aus ihrem direkten Umfeld?

Lilly stieg auf die Fensterbank und ließ die Beine baumeln. Wenn sie sich langsam herunterließ und am Fensterrahmen festhielt, reduzierte sich die Sprunghöhe um einen Meter.

«Lilly? Ich bin's. Ali.»

Lilly verharrte.

«Können wir reden? Ich will dir helfen, Feli zu finden. Ich glaube, ich habe da was.»

Ali Karamanc? War das ein Trick? Das musste ein Trick sein. Er wollte sich für das rächen, was Bernd ihm in ihrem Beisein angetan hatte. Für jemanden wie Karamanc musste es eine furchtbare Demütigung gewesen sein, vor den Augen einer Frau verprügelt zu werden.

«Hau ab, ich habe die Polizei gerufen!»

«Komm schon, hör auf mit dem Quatsch. Ich will helfen, ehrlich. Tut mir leid, die Sache in der Garage, da war ich echt sauer, aber ... ehrlich, ich mache mir auch Sorgen um Feli. Vielleicht hat ja Carsten Lindt etwas damit zu tun. Lindt ... du weißt schon.»

Lilly klammerte sich an den Fensterrahmen, ihre Beine baumelten weiterhin draußen, den Kopf hielt sie Richtung Tür gedreht.

«Das hast du der Polizei ja schon gesagt.»

«Aber nicht alles, was ich weiß.»

Wenn Karamanc sie übertölpeln wollte, würde er es dann auf diese Art versuchen? Warum Lindt ins Spiel bringen, wie er es schon bei dem Kommissar versucht hatte? Warum durch die geschlossene Tür sprechen, wenn er doch längst hätte reinkommen können?

«Ich schwöre, ich will nur helfen, aber wenn du mir nicht traust, verstehe ich das natürlich. Dann hau ich jetzt besser ab, bevor die Bullen hier wirklich aufkreuzen.»

«Ich soll dir trauen! Das ist ja wohl ein Witz», rief Lilly.

«Ja, richtig, stimmt schon. Dann hau ich jetzt ab. Ich knöpf mir Lindt einfach mal vor, vielleicht mit ein paar Freunden, mal sehen, was er zu sagen hat und warum er gerade jetzt wieder in der Stadt auftaucht. Du weißt ja, wo ich zu finden bin ...»

Und dann hörte sie ihn die Treppe hinuntergehen.

Lilly blieb sitzen, wo sie war. Was hatte er gesagt? Carsten Lindt war in der Stadt? Das konnte nicht stimmen. Die Kommissarin hatte doch gesagt, er sei nicht auffindbar.

Lilly sah Karamanc aus dem Haus kommen und rief nach ihm. Über den Rasen kam er auf sie zu. Aus seiner drei Meter tieferen Position sah er mit zurückgelegtem Kopf zu ihr hinauf. Sein rechtes Auge war geschwollen und verfärbt, ebenso die Lippen. Der kleine Finger der linken Hand steckte in einer schwarzen Schiene, die am Handgelenk fixiert war.

«Was machst du da?»

«Na, was wohl? Ich wollte springen.»

«Doofe Idee.»

«*Vaffanculo!* Warum hast du der Polizei von Carsten Lindt erzählt?»

Ali Karamanc zuckte mit den Schultern. «Warum nicht?»

«Geht's auch ausführlicher? Woher weißt du überhaupt davon?»

«Meine Friseurin heißt Nadja Kuralenko.»

«Und? Muss ich das wissen?»

Lilly wusste das bereits, denn das war der Name über dem Eingang des Friseurgeschäfts, vor dem sie Karamanc fotografiert hatte.

«Ich denke, ja. Kuralenko ist ihr Mädchenname. Den hat sie nach ihrer Scheidung wieder angenommen. Hätte ich auch, wenn mein Ex wegen sexueller Nötigung verurteilt worden wäre.»

Lilly stockte der Atem.

«Vorher hieß sie Lindt. Nadja Lindt», sagte Karamanc.

«Scheiße», entfuhr es Lilly. Das hatte sie nicht gewusst. Damals hatte sie sich bewusst nicht mit der Familie von Lindt beschäftigt, da sie befürchtet hatte, ihr Gewissen damit zu belasten.

«Warte, es kommt noch besser. Nadja hat mir erzählt, dass ihr Ex bei ihr aufgetaucht ist, weil er seine Tochter sehen will.»

Lilly schwirrte der Kopf. Sie kam bei dieser Entwicklung nicht mit und wollte sich nach wie vor weigern, in Betracht zu ziehen, dass Carsten Lindt, ihr ehemaliger Chef, den sie ins Gefängnis geschickt hatte, etwas mit Felicitas' Verschwinden zu tun haben sollte. Das durfte einfach nicht sein. Sie hatte diese Geschichte doch längst hinter sich gelassen.

«Kommst du jetzt runter? Ich kriege sonst Nackenstarre.»

Lilly schwang die Beine ins Zimmer, schloss das Fenster und ging hinunter. Das alles hatte Karamanc sich nicht ausgedacht, dazu war er gar nicht in der Lage. Sie vertraute ihm zwar nicht, musste aber mit ihm reden. Und wenn er sie abermals verprügeln wollte, hätte er das längst tun können.

Draußen vor dem Haus blieb sie fünf Meter von ihm entfernt stehen, und er machte keine Anstalten, diesen Sicherheitsabstand zu verringern. Er steckte sogar die Hände in die Taschen seiner Jeans, ließ den gebrochenen und geschienten Finger aber draußen.

Er wirkte verändert auf Lilly. Nicht mehr so arrogant und überheblich. Die Verletzungen in seinem Gesicht weckten ihr Mitleid. Sich zu sagen, dass er es verdient hatte, minderte ihre Schuldgefühle kaum.

«Ich habe wirklich nichts zu tun mit Felis Verschwinden. Du musst mir das glauben», sagte er.

«Warum wolltest du unbedingt die Fotos von meiner Kamera löschen?», fragte sie und überraschte Karamanc damit.

«Na ja, weil ... eben deshalb», stammelte er.

«Ich habe fotografiert, wie du jemandem ein Foto gegeben hast. Was hat es damit auf sich?»

«Deswegen bin ich hier ... und kann damit nicht zur Polizei gehen.»

«Was soll das denn bedeuten?»

«Das war ein Foto von Carsten Lindt, habe ich kurz vorher von Nadja bekommen. Mein Kumpel sollte sich mal ein bisschen umhören, ob ihn jemand gesehen hat.»

Lilly nickte. Sie glaubte ihm. Was er sagte, klang plausibel, und wenn er dahintersteckte, wäre er nicht hier.

«Ich habe die Polizei gar nicht angerufen. Also setz dich in deinen Wagen, fahr hin und sag denen das.»

Karamanc zuckte mit den Schultern.

«Und dann? Glaubst du, Lindt sagt denen, wo er Feli versteckt hält? Oder was er mit ihr gemacht hat? Glaub ich nicht.»

«Und was willst du jetzt von mir?»

«Dir meine Hilfe anbieten.»

«Ich brauche deine Hilfe nicht.»

«Vielleicht doch. Lass uns zusammen zu Lindt gehen. Wenn ich ihn mir vorknöpfe, in deinem Beisein, redet er eher als vor der Polizei. Dabei tun wir Nadja noch einen Gefallen. Sie hat mich nämlich darum gebeten, Lindt zu erklären, dass er hier nicht erwünscht ist.»

«Wie bitte? Was soll das heißen?»

«Na, was schon. Ich soll dafür sorgen, dass ihm jemand die Fresse poliert. Ich kenne da ein paar Leute, die Freude an so etwas haben. Nadja weiß das. Ist halt eine Kleinstadt, da wissen die Leute fast schon zu viel über einen.»

«Und das findest du richtig?»

Ali grinste schief. «Das musst du gerade fragen.»

«Ich habe nicht angefangen mit der Gewalt.»

«Das kann man auch anders sehen. Schließlich bist du mir mit deinem Scheißfotoapparat auf die Pelle gerückt. Aber gut, vergessen wir das. Waffenstillstand, okay?»

«Okay.»

«Und was machen wir jetzt?», fragte Ali.

Lilly wusste, sie dürfte nicht einmal darüber nachdenken, ob sie auf Karamancs Vorschlag eingehen sollte. Lindt war schon damals unberechenbar gewesen, wer konnte schon sagen, wie sehr der Knast ihn noch zusätzlich verändert hatte. Felicitas war am helllichten Tag auf einer öffentlichen Straße entführt worden, wer so etwas tat, war zu allem fähig. Oder?

Ali Karamanc tat genervt, weil Lilly sichtlich zögerte.

«Danach können wir dann ja immer noch die Bullen rufen», sagte er. «Also, was ist jetzt, bist du dabei? Ich hab nämlich nicht den ganzen Tag Zeit.»

Lilly brauchte eine halbe Minute. Sie spürte, wie sich eine Angst in ihren Bauch fraß, die seit Jahren darauf wartete, zuschlagen zu können. Sie wusste, was es für sie bedeutete, wenn sie auf diesen Vorschlag einging. Ihre Vergangenheit würde sie einholen.

«Ich bin dabei», sagte sie. «Aber wir machen es, wie ich will.»

10.

Morgen. 09:30 Uhr.

An manchen Tagen waren die Schmerzen schon da, wenn sie die Augen öffnete. Die alte Frau richtete sich ein wenig im Bett auf und bedauerte es, gestern beim Zubettgehen den Außenrollladen heruntergelassen zu haben. Ein wenig Tageslicht, egal ob sonnig oder nicht, wäre jetzt nett gewesen. Die zwei Schritte vom Bett ans Fenster erschienen ihr aber gerade nicht machbar.

Sie rief nach ihrem Sohn.

Er schlief zwar oben, hörte sie aber immer. Manchmal erst nach dem zweiten oder dritten Rufen, aber spätestens dann konnte sie seine Schritte auf der Treppe hören und einen Moment später das zaghafte Klopfen an ihrer Tür.

Ihr Sohn rührte sich nicht. Also rief sie lauter. Gestern

hatte er Spätschicht gehabt, sie war schon zu Bett gegangen und eingeschlafen und konnte sich nicht erinnern, ihn gehört zu haben.

Sie rief ein viertes Mal, und als ihr Sohn sich auch daraufhin nicht rührte, wusste sie, dass etwas passiert sein musste.

Sie hatte immer damit gerechnet.

Manchmal verließ er spätabends das Haus, sie wusste dann nie, wohin er ging oder wann er zurückkam. Anfangs hatte sie ihn danach gefragt, und er hatte geantwortet, dass er oft nicht schlafen konnte und dann spazieren ging. Aber stimmte das? Was er nachts da draußen tat, blieb sein Geheimnis, und sie hatte immer schlimme Folgen befürchtet. Weil Geheimnisse vor der eigenen Mutter eben dazu führten.

Seit ihrem Schlaganfall war ihr rechtes Bein kaum noch zu gebrauchen, weh tat es ihr trotzdem. Sie musste dringend ihre Medikamente nehmen, die in der Schublade in der Küche lagen, sie konnte nicht länger im Bett liegen bleiben. Also schlug sie die Decke beiseite und stand auf. Neben dem Bett stand die Gehhilfe. Sie nahm sie in die rechte Hand, stemmte den Gummifuß gegen den Holzboden und sich selbst aus dem Bett. Es war anstrengend, dennoch schaffte sie es bis zur Tür. Sie rief abermals den Namen ihres Sohnes, aber er antwortete nicht.

An der Flurgarderobe fehlte seine Jacke.

Vielleicht sorgte sie sich zu Unrecht, und er hatte jemanden kennengelernt. Eine Frau. Darauf hoffte sie schon so lange. Immerhin war ihr Sohn vierzig Jahre alt, und er hatte nie eine Frau mit nach Hause gebracht. Das war doch nicht gesund!

Durch die Milchglasscheibe der Haustür sah sie, dass etwas davorlag. Ein Gegenstand. Wahrscheinlich ein Paket.

Sie öffnete die Tür. Milde Frühlingsluft schlug ihr entgegen. Autolärm. Stimmen von Menschen.

Auf dem obersten Absatz der Treppe, von der die Metallrampe hinunterführte, lag tatsächlich ein Paket. Das hatte gestern noch nicht dort gelegen, und heute war es viel zu früh, als dass die Post dagewesen sein könnte. Ein Lieferdienst kam nicht infrage, denn weder sie noch ihr Sohn bestellten im Internet.

Sie konnte sich nicht danach bücken und ohne Brille auch nicht erkennen, an wen es adressiert war. Sie lehnte sich an die Wand und schob es mit der Gehhilfe hin und her, bekam es aber nicht durch die Tür.

«Gertrud, guten Morgen. Brauchst du Hilfe?»

An der Pforte stand ihre Nachbarin Hilde. Hilde, die älter war als sie, aber jeden Tag allein die achthundert Meter zum Friedhof ging, wo ihr Mann beerdigt lag. Früher hatten sie sich hin und wieder auf einen Kaffee getroffen, aber nicht mehr seit dem Schlaganfall.

«Das Paket», sagte Gertrud verzweifelt und zeigte mit der Gehhilfe darauf.

«Warte, ich helfe dir.»

Hilde öffnete die Pforte und kam die Rampe herauf. Es war erstaunlich, wie behände sie sich bewegte. Flugs hob sie das schmale, längliche Paket vom Boden auf.

«Ich stell es dir in die Küche. Dein Junge ist wohl auf der Arbeit, oder?»

«Jaja, auf der Arbeit. Er hat ja immer so viel zu tun.»

Sie folgte Hilde in die Küche. Das Paket lag schon auf dem Tisch.

«Kann ich dir sonst noch irgendwie helfen?»

Hildes Blick schweifte neugierig durch die Küche. Wie gut, dass sie gestern alles aufgeräumt hatte.

«Nein, nein, alles in Ordnung. Vielen Dank.»

«Und dir geht es gut?»

«Aber sicher doch. Ich komme zurecht.»

«Das freut mich. Wenn irgendwas ist, du hast ja meine Nummer. Ruf an. Ich hab ja genug Zeit.»

«Das mach ich», sagte sie.

Hilde verabschiedete sich. Als die Haustür ins Schloss fiel, ließ sich Gertrud auf einen Stuhl sinken und widmete sich dem Paket. Auf dem Aufkleber stand ihr Sohn als Empfänger, aber kein Absender. Es dauerte eine Weile, bis sie das Paket geöffnet und den Inhalt herausgeholt hatte.

Dabei handelte es sich um eine circa dreißig Zentimeter hohe Sanduhr aus türkisfarbenem Glas. Sie hatte oben und unten einen Deckel aus Holz. Laut Beschreibung war sie handgemacht und konnte selbst befüllt werden.

11.

Vormittag. 10:15 Uhr.

Die Chefin der Bundestagspolizei, Regina Helmstedt, erwartete Grotheer am Personaleingang des Verwaltungsgebäudes. Es lag nur einen Steinwurf vom Reichstag entfernt. Darin war die Dienststelle der Bundestagspolizei mit ihrer Verwaltung, den Ruhe- und Umkleideräumen, den Bereitschaftsräumen und einigen Arrestzellen untergebracht. Am

Eingang des gesicherten Bereichs war Grotheer überprüft und sein Wagen auf Sprengstoff untersucht worden. Die übliche Prozedur für Besucher.

«Lars ... wie schön, dich zu sehen!», begrüßte Regina ihn. Ihre Freude war nicht gespielt. Sie hatten sich immer gemocht. Auf eine respektvolle, dienstliche Art und Weise, ohne dass es je zu privaten Kontakten gekommen wäre, aber eben das hatte Grotheer an seiner Chefin geschätzt.

Jetzt war er allerdings schon überrascht, als sie ihn umarmte. Ungelenk erwiderte er die Umarmung.

Sie schob ihn ein Stück von sich.

«Wahnsinn, wie die Zeit vergeht, nicht wahr! Gut siehst du aus. Ein bisschen wie der gereifte Liam Neeson.»

Grotheer runzelte die Stirn. «Ich fasse das mal als Kompliment auf. Wer ist das?»

«Ein Schauspieler. Keine Sorge, der sieht gut aus, selbst im fortgeschrittenen Alter.»

Sie lachten miteinander. Das tat gut. Grotheer fühlte sich sofort wohl, und diese Wirkung hatte seine Chefin immer auf ihn gehabt.

«Komm rein, lass uns einen Kaffee zusammen trinken, wir haben eine neue Maschine, du wirst staunen. Allzu viel Zeit habe ich nicht, in einer Stunde ist Besprechung bei der Bundestagspräsidentin, na ja, du kennst das ja. Irgendjemand braucht immer eine Besprechung.»

«Daran wird sich wohl nie etwas ändern.»

Grotheer folgte seiner alten Chefin durch die Gänge und begrüßte zwei ehemalige Kollegen, die ihnen entgegenkamen. Sie wechselten ein paar Worte miteinander, blieben aber oberflächlich, so wie Grotheer es schon zu Dienstzeiten stets gehandhabt hatte. Im Aufenthaltsraum zogen sie aus der neuen Maschine zwei Tassen Kaffee und landeten schließlich im Eckbüro der Helmstedt in der zweiten Etage. Die Außenwände bestanden aus Glas, der Blick ging auf die Kuppel des Reichstags, durch die wie meistens Besucher wandelten. Es herrschte Windstille, die Flaggen hingen träge an den Masten, eine dichte graue Wolkendecke ließ alle Farben verblassen.

Im Büro seiner Chefin sah es aus wie immer. Darüber freute er sich. Es war schön, wenn manches blieb, wie es war. Die Seele mochte Gewohnheiten. Nur die gerahmten Fotos der Bundestagspräsidentin und des Bundespräsidenten hatten gewechselt.

Sie setzten sich, und Grotheer ließ den üblichen Small Talk über sich ergehen. Darin war Regina Helmstedt gut, sie war auf angenehme Weise kommunikativ, etwas, das Grotheer immer abgegangen war. Allerdings hatte er es nie vermisst und sich auch keine Mühe gegeben, besser darin zu werden.

«Aber sag mal», wechselte die Helmstedt schließlich von sich aus das Thema. «Was ist das denn für eine Geschichte, die du mir am Telefon erzählt hast? Das klingt ja gar nicht gut.»

Grotheer hatte für die Terminabsprache nur die Kurzversion berichtet. Jetzt hielt er es für angemessen, die Sache mit all den Details auszuschmücken, die nach seiner Meinung notwendig waren, damit seine Chefin ihn tun ließ, was er tun wollte. Ob das klappen würde, war noch offen. Am Telefon hatte er nur ganz allgemein um Hilfe gebeten. Als er mit seiner Schilderung fertig war, nickte Regina Helmstedt verständnisvoll und legte die Fingerspitzen aneinander.

«Und du gibst dir die Schuld am Tod der jungen Frau, richtig?», sagte sie.

Ihre Frage überraschte Grotheer nicht. Regina Helmstedt war empathisch. Sie wusste, was in den Menschen vorging.

«Schon, ja. Ich weiß, das kann man auch anders sehen, aber ich denke, wenn ich mich geschickter angestellt hätte, könnte sie noch leben.»

«Ihr Stalker hätte irgendwann später zugeschlagen. Du hättest nicht jede Minute auf sie aufpassen können. Aber das muss ich dir nicht sagen, das weißt du selbst.»

Grotheer deutete ein Nicken an und trank von dem wirklich guten Kaffee, der nach frisch gemahlenen Bohnen schmeckte und roch.

«Und was kann ich konkret für dich tun?», fragte seine ehemalige Chefin. Grotheer wusste, dass sie es längst ahnte.

«Wegen dieser Verbindung zu der ehemaligen Arbeitskollegin, die unter mysteriösen Umständen verschwand, habe ich mich gefragt, ob es noch mehr solcher Fälle gibt, die eventuell irgendwie mit diesem in Verbindung stehen. Auf Nadine Seeliger bin ich mehr oder weniger zufällig gestoßen, und es steht auch nicht fest, dass das eine mit dem anderen zu tun hat, aber ich würde gern sichergehen.»

«Du willst die Datenbank der Polizei nutzen?»

Grotheer nickte. Er war dazu nicht berechtigt, und die Helmstedt verstieß gegen die Vorschriften, wenn sie es erlaubte. Andererseits konnte sie ihm vertrauen, das wusste sie.

«Was ist mit der regulären Dienststelle, die die Fälle bearbeitet?»

Grotheer zuckte mit den Schultern. «Bei der einen Dienststelle gelte ich als sonderbarer Spinner, mit der anderen habe ich nicht gesprochen. Ich weiß aber, dass die Ermittlungen im Fall von Nadine Seeliger zwar nicht eingestellt wurden, es arbeitet allerdings auch niemand aktiv daran. Deshalb will ich versuchen, eine Verbindung zu finden, und wenn es sie gibt, mache ich die zuständigen Behörden darauf aufmerksam.»

«Ich kann das nicht tun, weißt du, oder?»

«Weiß ich. Und das erwarte ich auch nicht.»

Sie warf einen Blick auf ihre Armbanduhr.

«Ich muss gleich los. Das Meeting dauert circa eine Stunde. Ich würde mich freuen, wenn wir danach gemeinsam essen gehen könnten. Warte doch einfach hier in meinem Büro auf mich.»

Während sie das sagte, schaltete sie den PC auf ihrem Schreibtisch ein und gab mehrere Passwörter ein, bis sie in der für Grotheer relevanten Datenbank war. Dann stand sie vom Schreibtischstuhl auf und lächelte Grotheer zu.

«Einverstanden?»

«Einverstanden», bestätigte er und lächelte zurück.

Dann war er plötzlich allein in dem Büro. Er war zuvor noch nie allein darin gewesen, auch während seiner Dienstzeit nicht. Es fühlte sich merkwürdig an, als er sich hinter den Schreibtisch setzte, den Stuhl heranzog und seine Finger auf die Tastatur legte. So, als würde er ein Verbrechen begehen. Das stimmte ja auch teilweise. Zumal er seine ehemalige Chefin belogen hatte. Über die Suche nach einer Verbindung zu anderen Fällen hinaus wollte er eine konkrete Personenanfrage stellen. Das hätte die Helmstedt ihm sicher nicht erlaubt.

Sein Blick ging zur Tür.

Also los.

Er hatte nur eine Stunde.

Zeit, die er gut nutzen musste.

12.

Vormittag. 10:20 Uhr.

Michelle hatte sich beeilt, um eine Weile nach dem Gassigehen in der Frühe noch eine zweite, größere Runde mit Jemand durch den Park drehen zu können. Sie genoss es sehr, mit dem Hund draußen unterwegs zu sein. Ab 10 Uhr musste sie aber im Haus ihres Vaters sein, weil der Schornsteinfeger sich angekündigt hatte.

Das war blöd, und es wäre wohl nicht zu viel verlangt, wenn der Schornsteinfeger das Zeitfenster auf zwei Stunden begrenzen würde. Michelle mochte es nicht, wenn andere so mit ihrer Zeit umgingen, in diesem Fall war es aber nicht zu ändern.

Sie wollte sich davon auch nicht den Tag verderben lassen. Seit Conny gestorben war, hatte sie sich nicht mehr so gut gefühlt, und das lag zum größten Teil an Jemand. Sie war schockverliebt in den Hund ihres Vaters – und er wohl auch in sie. Dauernd kam er zu ihr, leckte ihre Hand ab, und sie konnte sich täuschen, glaubte aber, dass er sogar lächelte.

Jetzt lag er erschöpft in seinem Körbchen und schlief. Hin und wieder öffnete er die Augen, um zu schauen, ob Michelle noch da war. Sie machte sich einen Kaffee, ging mit der Tasse in der Hand durch das kleine Häuschen ihres Vaters und schaute sich um.

Es stimmte schon, zum größten Teil war Jemand verantwortlich für ihre gute Stimmung, aber nicht nur. Dass ihr Vater sie gebeten hatte, auf den Hund aufzupassen, in seinem Haus, war ein Vertrauensbeweis, mit dem Michelle nicht gerechnet hatte. Dies waren seine vier Wände, sein Allerheiligstes, in dem er zudem allein lebte, und trotzdem hatte er nicht gezögert, sie hereinzulassen.

Ihr Vater gab sich merklich Mühe, an ihrer Beziehung zu arbeiten. Es hatte eine Zeit gegeben, in der er ihr vollkommen egal gewesen war. Wäre er damals gestorben, sie wäre nicht einmal zu seiner Beerdigung gegangen. Damals hatte ihre Mutter kaum ein gutes Haar an ihm gelassen, aber das lag zwanzig Jahre zurück. Es war Zeit, zu vergeben. Und ganz unschuldig war sie auch nicht. Schließlich hatte ihr niemand verboten, den Kontakt zu ihrem Vater zu suchen.

Mit der Kaffeetasse in der Hand blieb Michelle vor einem Regal im Wohnzimmer stehen. Es war ein günstiges Kieferregal, so wie alle Möbel und Einrichtungsgegenstände im Haus günstig und praktisch waren. Schöne oder gar teure Sachen gab es hier nicht. Michelle fragte sich zum ersten Mal, wie schwer es wohl für ihn gewesen war, den Unterhalt für sie und ihre Mutter zu bezahlen. Ihre Mutter war lange Zeit nicht arbeiten gegangen, und Michelle vermutete, da steckte ein bisschen Boshaftigkeit dahinter.

In dem Kieferregal standen hauptsächlich Bücher.

Ihr Vater schien viel zu lesen. Michelle entdeckte Biografien bekannter Menschen. Von Obama über Springsteen bis hin zu Mandela. Dessen Buch *Der lange Weg zur Freiheit* schien ihrem Vater etwas zu bedeuten, denn es stand nicht wie die anderen mit dem Rücken nach außen im Regal, sondern mit der Front. Und daneben ein gerahmtes Gedicht, von Hand geschrieben, vielleicht von ihrem Vater, sie wusste es nicht, da sie seine Handschrift nicht kannte. Das Gedicht war von William Ernest Henley.

Michelle nahm den Rahmen in die Hand und las.

Aus finstrer Nacht, die mich umragt,
durch Dunkelheit mein Geist ich quäl.
Ich dank, welch Gott es geben mag,
dass unbezwung'n ist meine Seel.

Trotz Pein, die mir das Leben war,
man sah kein Zucken, sah kein Toben.
Des Schicksals Schläg in großer Schar.
Mein Haupt voll Blut, doch stets erhob'n.

Jenseits dieses Orts voll Zorn und Tränen,
ragt auf der Alp der Schattenwelt.
Stets finden mich der Welt Hyänen.
Die Furcht an meinem Ich zerschellt.

Egal, wie schmal das Tor, wie groß,
wie viel Bestrafung ich auch zähl.
Ich bin der Meister meines Los'.
Ich bin der Käpt'n meiner Seel.

Plötzlich musste Michelle weinen, und eine Träne fiel auf das Glas. Sie kannte das Gedicht nicht, hatte aber das Gefühl, der ganze Schmerz und die ganze Traurigkeit ihres Vaters fänden sich in diesen Worten wieder.

Es klingelte an der Tür.

Jemand bellte.

Das musste der Schornsteinfeger sein.

Michelle wischte die Tränen von ihren Wangen und brachte Jemand hinaus in den kleinen Garten hinter dem Haus, damit es keinen Stress gab. Sie wusste ja nicht, wie er auf Fremde reagierte.

Vor der Tür stand ein Mann mit einem schwarzen Werkzeugkoffer in der Hand. Die übliche Kleidung eines Schornsteinfegers trug er nicht, aber vielleicht war das heutzutage auch gar nicht mehr üblich. Michelle wusste es nicht. Sie hatte ewig keinen Schornsteinfeger mehr gesehen.

Er lächelte freundlich und sagte, er komme, um die Heizung abzulesen.

Michelle ließ ihn herein.

Draußen bellte Jemand.

«Ist der Hund eingesperrt?», wollte der Schornsteinfeger wissen.

«Er ist im Garten. Kein Problem.»

«Das hoffe ich. Ich hasse Köter.»

Michelle entschied sich spontan, den Mann trotz seines freundlichen Lächelns nicht zu mögen.

«Mein Vater sagte, Sie wissen, wo Sie hinmüssen?»

Das Lächeln verschwand aus dem Gesicht des Schornsteinfegers. «Ist Ihr Vater denn nicht da?»

«Nein, er musste plötzlich dringend weg und hat mich gebeten, Sie hineinzulassen.»

«Das ist aber unglücklich.»

«Na ja, Sie können ja nicht erwarten, dass man sich spontan den ganzen Tag Zeit nimmt für Sie. Und es reicht ja auch, dass ich hier bin, oder?»

Draußen bellte Jemand und wollte sich gar nicht wieder beruhigen.

«Tut mir leid. Nein. Das reicht nicht.»

«Aha. Und was nun?»

«Nun müssen wir umdisponieren.»

«Sie wollen also nicht mehr an die Heizung?»

Der Mann stellte den schwarzen Werkzeugkoffer ab.

«Sie sind Michelle, nicht wahr? Die Freundin von Constanze. Sie haben mir diesen Ärger eingebrockt.»

«Ich … wie bitte?»

Michelle hatte die drei Worte kaum ausgesprochen, da war ihr schon klar, was hier gerade passierte. Dieser Mann war kein Schornsteinfeger.

Er stand in der Mitte des Raumes, blockierte somit sowohl den Weg zur Haustür als auch zur Terrassentür. Michelle saß in der Falle. Ihr blieb nur der Rückzug, aber hinter ihr lagen Schlafzimmer, Bad und Vorratsraum, indem sich die Heizung befand. Dort gab es keine Tür nach draußen, nur Fenster.

«Haben Sie auch nur die geringste Ahnung, wie viel Zeit mich das alles kostet?»

Der Mann kam auf sie zu. Seine kräftigen Hände öffneten und schlossen sich.

Michelle wich zurück. Fieberhaft dachte sie darüber nach, was sie tun könnte. Hätte sie Jemand bloß nicht in den Garten gesperrt. So wie er da draußen bellte, wäre er sicher auf den Mann losgegangen, um sie zu verteidigen. Aus den Augenwinkeln sah sie, wie er an der Terrassentür auf und ab sprang und am Glas kratzte. Sie musste irgendwie an dem Mann vorbei und zur Terrassentür.

«Insofern ist es gar nicht schlecht, dass du jetzt hier bist. Vielleicht trägst du sogar mehr Schuld als dein Vater.»

Auf dem Tisch stand ein Aschenbecher aus Granit. Michelle schnappte ihn sich. Er war schwer und fühlte sich gut an in der Hand.

«Lassen Sie mich in Ruhe, oder ich schwöre, ich schlage Ihnen den Schädel ein.»

Er lächelte.

Dann sprang er plötzlich vor.

Michelle holte aus, aber bevor sie mit dem Ascher zuschlagen konnte, prallte er gegen ihre Brust, und sie gingen gemeinsam zu Boden. Michelle war geistesgegenwärtig genug, den Ascher festzuhalten, auch wenn das bedeutete, hart mit dem Rücken auf den Boden zu prallen. Sie bekam keine Luft mehr, Tränen schossen ihr in die Augen, aber sie schaffte es, mit dem Ascher auf den Rücken des Mannes einzuschlagen. Er heulte auf, packte ihr Handgelenk und verdrehte es so schmerzhaft, dass sie den Ascher nun doch fallen lassen musste. Polternd fiel er zu Boden.

Michelle wand sich hin und her, zappelte mit Armen und Beinen, stieß ihr Becken nach oben und schaffte es, ihn wegzustoßen. Irgendwie schien sie ihn in dem Gerangel empfindlich getroffen zu haben, denn er schnappte nach Luft und wirkte kampfunfähig.

Michelle kroch auf allen vieren Richtung Terrassentür.

Noch immer sprang Jemand daran auf und ab. Das Glas war bereits zerkratzt und nass vom Speichel des Hundes. Er mochte alt sein, aber sein Gebiss war eindrucksvoll.

Ungehindert schaffte Michelle es bis an die Tür. Sie drückte sich hoch und packte den Griff.

Dann kam der Aschenbecher geflogen und traf sie am Hinterkopf.

13.

Abend. 17:45 Uhr.

Das Friseurgeschäft von Nadja Kuralenko schloss um 18 Uhr. Eine Viertelstunde vorher tauchten Lilly Costanzo und Ali Karamanc in Sichtweite des Ladens auf. Obwohl es noch hell war, brannte drinnen Licht. Durch die mit Werbung beklebten Schaufenster konnten sie nicht sehen, ob sich noch Kunden im Laden aufhielten.

«Alles klar?», fragte Ali.

Lilly nickte nur. Aber gar nichts war klar. Sie konnte nur mühsam den Drang niederkämpfen zu fliehen. Nach Hause zu laufen, sich einzuschließen, die Welt auszusperren, die sie vor Probleme stellte, die einfach zu groß waren.

«Ich kann auch allein reingehen und mit ihr reden», schlug Ali vor.

Lilly sah ihn an. Sie wurde nicht schlau aus dem Typen. Er hatte sie angegriffen, und sein prolliges, arrogantes Auftreten war abschreckend, aber dann haute er einen Satz wie diesen raus, der bewies, dass er empathisch sein konnte und verstand, was in diesem Moment in ihr vorging.

«Es geht schon. Ich muss das tun», sagte Lilly.

Und das stimmte. Es war ihre Idee gewesen, Nadja zu besuchen. Niemand wusste, wo Carsten Lindt war, die Polizei nicht und auch Ali nicht, der seine Kumpels gefragt hatte. Wenn sie ihn finden wollten, mussten sie mit Nadja reden. Vielleicht hatte die ja eine Idee.

«Mutig», sagte Ali. «Könnte ich nicht.»

Gegenüber kamen zwei junge Frauen aus dem Friseursalon.

«Das sind ihre Mitarbeiterinnen», sagte Ali.

Die Frauen gingen ein Stück zusammen, umarmten und verabschiedeten sich voneinander, dann trennten sich ihre Wege.

«Also los!», sagte Lilly, gab sich einen Ruck und überquerte als Erste die Straße. Als sie die Ladentür aufstieß, war sie froh darüber, Ali im Schlepptau zu haben. Eigenständigkeit war ihr immer wichtig gewesen, und sie hasste das Gefühl, sich durch einen Mann sicherer zu fühlen, aber so war es nun einmal.

Im Friseursalon duftete es nach Shampoo und Pflegeprodukten. Alles wirkte sauber und aufgeräumt. Hinter einem frei stehenden Tresen stand eine vielleicht vierzigjährige bildhübsche Frau. Sie wirkte konzentriert, schien die Kasse abzurechnen, blickte auf, wollte etwas sagen – und erstarrte.

Keine Frage: Sie wusste genau, wer Lilly war.

Lilly traute sich keinen Schritt weiter, daher schob Ali sich an ihr vorbei.

«Hey, Nadja», sagte er. «Sorry, dass wir jetzt noch stören, aber es ist wichtig. Wegen deinem Ex, du weißt schon.»

Langsam, fast in Zeitlupe, schob Nadja die Ladenkasse zu, während sie Lilly weiterhin anstarrte. Den ganzen Tag über hatte Lilly sich für dieses Aufeinandertreffen Worte zurechtgelegt, auf die sie jetzt keinen Zugriff mehr hatte. Sie hatte geglaubt, mit diesem Teil ihrer Vergangenheit abgeschlossen zu haben – aber das war ein Irrtum. Vielleicht ging es auch gar nicht. Jahrelang hatte sie unbehelligt von ihrer Vergangenheit gelebt, jetzt reichte ein Fingerschnippen, um alles wieder aufleben zu lassen.

«Ich bin Lilly Costanzo», sagte sie, um die Sprachlosigkeit zu durchbrechen.

Nadja nickte. «Ich weiß. Und ich hatte gehofft, dich niemals kennenzulernen.»

Okay, das war definitiv kein guter Einstieg.

«Können wir reden?», fragte Lilly. «Wenn du nicht magst, ist das auch in Ordnung, aber ich glaube, ich brauche deine Hilfe.»

Nadjas Blick wechselte zwischen Ali und Lilly hin und her.

«Was ist los?», fragte sie. «Es ist doch nicht das, was ich denke, oder? Sagt nicht, Carsten hat wieder versucht ...»

Sie beendete den Satz nicht.

«Du hast doch erzählt, er wäre hier gewesen, bei dir», übernahm Ali.

Nadja nickte vorsichtig.

«Kann sein, dass sich noch ein ganz anderes Problem ergeben hat mit ihm», fuhr er fort. «Deshalb müssen wir wissen, wo er ist.»

Endlich löste sich Nadja von der Kasse, an der sie sich bisher krampfhaft festgehalten hatte. Mit unsicheren Schritten ging sie auf Lilly zu. Nadja war der Typ Frau, den man auf den Laufstegen dieser Welt fand. Groß, schlank, langes dunkles Haar, aufregende Augen und Lippen, und Lilly fragte sich, was Carsten Lindt damals nur von ihr gewollt hatte. Gegen diese Frau wirkte sie wie ein Mauerblümchen.

«Kein Stress», sagte Ali, der wohl dachte, Nadja wolle auf Lilly losgehen.

Das tat sie aber nicht. Sie blieb eine Armlänge vor Lilly stehen.

«Es tut mir leid», sagte sie, und ihre Stimme zitterte. «Ich hätte das damals verhindern können, tat es aber nicht ... aus Angst. Ich wollte nicht alles verlieren, meine Familie nicht zerstören, aber ich wusste, wie er war ... ich hätte das stoppen müssen. Es tut mir von Herzen leid.»

Damit hatte Lilly nicht gerechnet, und sie war zu perplex, um sofort darauf reagieren zu können. Zudem spürte sie diese Enge im Hals, die Tränen ankündigte, und sie wollte nicht weinen. Nicht vor Ali, nicht vor dieser starken Frau.

«Ich habe mir damals vorgenommen, mich bei dir zu entschuldigen, aber ich habe mich nicht getraut. Glaub mir, ich wollte es, aber ... ich habe mich geschämt, zutiefst geschämt.»

Lilly berührte sie am Arm.

«Ist schon okay. Du musst dich nicht entschuldigen. Ich glaube, ich kann verstehen, wie hart das damals auch für dich gewesen sein muss. Ich habe das alles hinter mir gelassen, und deswegen bin ich heute auch nicht hier ...»

Lilly hörte, wie abgeklärt, fast schon mechanisch sie sprach, um zu verhindern, in Tränen auszubrechen. Sie lauerten auf ihren Einsatz, ein Wort zu viel, eine Berührung, und sie würde einfach drauflosheulen.

«Er hat ihre Freundin entführt», sagte Ali und zerstörte diesen besonderen Moment. Zugleich rettete er sie vor den Tränen.

«Was?» Nadja drehte sich zu ihm um.

«Das wissen wir noch gar nicht», sagte Lilly.

«Aber es könnte sein!», beharrte Ali.

«Was sagst du da? Ich verstehe gar nichts.»

«Deshalb sind wir hier», sagte Lilly. «Meine Lebensgefährtin ist verschwunden. Felicitas. Ich weiß nicht, ob Carsten Lindt etwas damit zu tun hat, aber ich ... ich muss einfach Sicherheit haben. Ich muss Felicitas finden.»

Jetzt war es Nadja, die Lilly am Arm berührte.

«Okay, ich schließe schnell ab, dann gehen wir nach hinten in den Pausenraum und reden.»

Sie setzten sich an einen runden weißen Tisch, und Lilly erzählte von Felicitas' Verschwinden.

«Zuerst dachte ich, Ali hat was damit zu tun. Ich bin ihm gefolgt, und er hat mich angegriffen ...»

«Wie bitte?» Nadja warf ihm einen vernichtenden Blick zu.

«Ja, schon gut, es tut mir ja leid, und ich habe mich entschuldigt.»

«Du schlägst eine Frau?»

«Es war mehr ein Gerangel um ihre Kamera. War trotzdem scheiße von mir, das weiß ich.»

«Ehrlich, ich schwöre dir, wenn du das nächste Mal hierherkommst, schneide ich dir beide Ohren ab.»

Das klang nicht wie ein Scherz, und Ali senkte den Blick auf die Tischplatte.

«Schon gut», sagte Lilly. «Wie man sehen kann, hat er seine Strafe schon bekommen. Und jetzt hilft er mir sogar. Ohne ihn wüsste ich nichts davon, dass Carsten Lindt wieder hier ist. Weißt du, wo er sich aufhält?»

Nadja schüttelte den Kopf.

«Nicht genau, aber ich habe eine Vermutung. Seine Mutter hatte doch damals dieses Ausflugscafé an der Talsperre, draußen vor der Stadt. Ich war ewig nicht mehr dort, und nachdem ihr Sohn verurteilt worden war, ging wohl niemand mehr dorthin. Sie musste schließen, keine Ahnung, was aus der Frau geworden ist. Das Gebäude steht seitdem leer, vielleicht gehört es Carsten noch.»

Lilly wurde schmerzhaft bewusst, welche Auswirkungen diese Sache damals gehabt hatte. Sie wusste, sie hatte richtig gehandelt, hätte gar nicht anders handeln können, und es war einzig und allein Carsten Lindts Schuld, dass so viele Menschen unglücklich geworden waren. Das machte es nicht weniger schlimm.

«Du meinst, er könnte sich dort verstecken?»

«Zumindest habe ich daran gedacht, nachdem er hier war.»

«Darf ich fragen, was er von dir wollte?»

«Seine Tochter sehen. Angeblich. Aber Lena lebt schon eine Weile nicht mehr bei mir, und sie will auch nichts mehr von ihrem Vater wissen. Ich würde ihm nie sagen, wo er sie finden kann. Das ist nicht mehr sein Leben, nicht mehr seine Familie, das alles hat er damals zerstört, als er dich ... als er ...» Nadja brach ab und schüttelte den Kopf. «Dieses Dreckschwein.»

Lilly legte ihre Hand auf Nadjas.

«Schon gut. Das ist Vergangenheit, lass nicht zu, dass er sich wieder in dein Leben drängt.»

«Und was, wenn er sich in deines drängt? Wenn er sich rächen will und deshalb deine Freundin entführt hat?»

«Glaubst du, er ist zu so etwas fähig?», fragte Lilly.

Die Frage konnte sie sich selbst beantworten. Lindt, der damals achtunddreißig gewesen war, hatte Sex mit seiner zwanzigjährigen Auszubildenden gewollt. Die dabei gewesen war, als er Aktfotos von Kundinnen gemacht hatte. Die er gefragt hatte, ob er solche Fotos nicht auch von ihr machen solle. Lilly hatte abgelehnt und er nicht lockergelassen, war handgreiflich geworden, hatte sie betatscht, mehrmals, obwohl sie deutlich Nein gesagt hatte. Nach seinem dritten Versuch, mehr von ihr zu bekommen, hatte sie an jenem Tag im Studio eine Kamera mitlaufen lassen, weil sie gewusst hatte, dass er es wieder versuchen würde. Er war in die Falle getappt, aber Lilly hatte dafür leiden müssen, denn er hatte sich geholt, was er haben wollte.

Nadja schüttelte den Kopf.

«Damals dachte ich, ich kenne den Mann in- und auswendig, und dann kommt diese Sache, und er verändert sich binnen kurzer Zeit komplett. Er hat mich sogar geschlagen, als ich ihn zur Rede stellte ... Ich kann mich an seinen Blick von damals erinnern, als das passierte. Er war immer ein friedlicher, ruhiger Mensch gewesen, aber ich weiß noch, dass ich in dem Moment dachte, er bringt mich um.»

14.

Abend. 19:18 Uhr.

Grotheer war angespannt.

So sehr, dass seine Nackenmuskulatur hart wie Beton war und seine Finger schmerzten, weil er sich ans Lenkrad klammerte.

Immer wieder ging sein Blick zur Uhr.

Die Zeit verging schneller, als er fahren konnte.

Zu dem gemeinsamen Essen mit Regina Helmstedt war es nicht mehr gekommen. Das Meeting mit der Parlamentspräsidentin hatte ein weiteres Meeting zur Folge gehabt mit irgendjemandem aus dem politischen Betrieb, der sich für allzu wichtig hielt. Diese Flitzpiepen hatte Grotheer nie leiden können. Traurig war er wegen des abgesagten Essens aber nicht gewesen. Zum einen war er dem Small Talk entgangen, der ihn zweifelsohne erwartet und viel zu viel Zeit und Kraft gekostet hätte. Und darüber hinaus hatte er eine zusätzliche halbe Stunde in der Datenbank der Polizei verbringen und die Adresse von Mats Kaminski herausfinden können.

So viele Vermisstenfälle, die nicht mehr aktiv bearbeitet wurden und die auf den ersten Blick nichts miteinander zu tun hatten. Jeder Fall schien für sich allein zu stehen. Und dennoch war Grotheer etwas aufgefallen. Er wusste noch nicht, was das zu bedeuten hatte, aber dass es sich dabei um einen Zufall handelte, glaubte er nicht.

Eine Frau war verschwunden. Im selben Jahr wie Nadine Seeliger. Am Tag ihres Verschwindens hatte sie per Handy eine Nachricht an ihre Mutter geschickt – verheiratet war die Frau nicht. In dieser Nachricht sagte sie, sie könne und wolle nicht mehr, man solle nicht nach ihr suchen, es sei zwecklos. Sie war wohl von finanziellen Sorgen geplagt. Allerdings sagten Menschen, die sie gekannt hatten, dass Maren Liefers niemals einfach so verschwinden oder sich etwas antun würde.

Für die Polizei war die Sache klar. Niemand ermittelte mehr in dem Fall.

Bei Nadine Seeliger war es ähnlich gewesen. Eine Nachricht vom Handy, unerwartet und unlogisch, eine Art Abschied.

Noch hatte Grotheer mit niemandem darüber gesprochen.

Er hatte seiner Tochter Michelle am Telefon davon berichten wollen, doch sie war nicht rangegangen, und das war der Grund, warum er so angespannt war. Viermal hatte er es nach seinem Aufbruch aus Berlin versucht, hatte Textnachrichten geschrieben, aber Michelle reagierte nicht. Grotheer konnte sich das nicht erklären. Selbst wenn sie den ganzen

Tag mit Jemand unterwegs war, vielleicht im Park oder im Wald, hätte sie doch ihr Handy eingesteckt. Leute in ihrem Alter gingen nirgendwo ohne Handy hin. Was hielt sie davon ab, ihn wenigstens kurz wissen zu lassen, ob es ihr und Jemand gut ging?

Deshalb war Grotheer schneller gefahren, als er es üblicherweise tat. Er war ein gemütlicher Fahrer, dem die 90 PS seines alten Fords vollkommen ausreichten, dem es auch nichts ausmachte, mal eine Weile hinter einem Lkw herzurollen, aber heute war das anders gewesen. Er hatte überholt, was das Zeug hielt, und alles aus dem trägen Motor herausgeholt. Als er in seine Straße einbog, musste er allerdings feststellen, dass er für den Rückweg genauso lang gebraucht hatte wie für den Hinweg, auf dem er langsamer gefahren war. Damit war seine These bestätigt, dass Raserei nichts brachte. Zumindest keinen Zeitvorteil.

Er setzte den Ford in die Einfahrt und betrachtete das kleine, unscheinbare Haus.

Es wirkte still und verlassen. Keine Bewegung hinter den Fenstern. Erst als Grotheer die Tür öffnete, hörte er das Gebell. Das war Jemand. Heiser, nicht besonders laut, aber irgendwie verzweifelt. Das kam von hinten aus dem Garten. Hatte Michelle ihn allein gelassen? War ihr etwas Wichtiges dazwischengekommen?

Grotheer stieg aus, wurde auf seinem Weg zur Haustür aber aufgehalten.

«Herr Grotheer», kam es von der Straße her.

Ein Nachbar von gegenüber kam auf ihn zu. Herr Sowieso. Grotheer hatte den Namen vergessen.

«So geht das aber nicht», legte der Mann mit dem Haarkranz und der randlosen Brille los. «Wenn Ihr Hund nicht allein sein kann, dann können Sie ihn auch nicht allein lassen. Der ganzen Nachbarschaft klingeln die Ohren von diesem Gekläffe. Seit Stunden geht das so. Das ist Ruhestörung.»

Herr Sowieso schob die Brille hoch, stemmte die Hände in die Hüften und starrte Grotheer herausfordernd an.

«Das Gekeife ihrer Frau auch», sagte Grotheer.

«Wie bitte?»

«Einen schönen Abend noch.»

Grotheer wandte sich ab, stieß den Schlüssel ins Schloss und die Tür auf. Hinter ihm schimpfte der Nachbar, doch das nahm Grotheer kaum noch wahr. Auf geradem Weg eilte er zur Terrassentür, an der Jemand auf und ab sprang. Schon bevor er sie öffnete, sah er die Kratzer am Glas, die vorher definitiv nicht dagewesen waren. Kaum hatte er die Tür geöffnet, schoss Jemand in die Wohnung, lief zur Haustür, die noch offen stand, und dort wieder hinaus. Grotheer hinterher. Der Haarkranznachbar echauffierte sich, weil Jemand jetzt ihn anbellte. Zum Glück hielt das geschlossene Gartentor ihn davon ab, auf den Nachbarn loszugehen. Grotheer packte seinen Hund am Halsband, redete beruhigend auf ihn ein und zog ihn zurück ins Haus. Jemand war zu erschöpft, um sich dagegen zu wehren.

Grotheer warf die Haustür zu.

«Was ist denn passiert! Und wo ist Michelle? Sie sollte doch auf dich aufpassen!»

Grotheer ging in die Knie und streichelte ihn am Hals. Jemand sah ihn aus traurigen, vielleicht sogar verzweifelten Augen an, so als bedauerte er es, ihm keine vernünftige Antwort auf seine Fragen geben zu können.

Ein Blick in seine Wohnung verriet Grotheer, dass hier so einiges nicht stimmte.

Ein Stuhl lag umgeworfen auf dem Boden. Der Aschenbecher aus Granit, den er vom Staatssekretär des Finanzministeriums geschenkt bekommen hatte, nachdem Grotheer dessen verloren gegangene Aktentasche auf dem Klo gefunden hatte, lag ebenfalls auf dem Boden.

Langsam und schwerfällig drückte Grotheer sich gegen ein Gewicht hoch, das sich binnen weniger Sekunden auf seine Schultern legte.

Er sah sich um. Entdeckte eine Jacke an der Garderobe, die Michelle gehören musste.

Grotheer verließ das Haus, schloss aber die Tür hinter sich, damit Jemand ihm nicht folgte. Er ging zu dem Haarkranznachbarn hinüber, der noch immer vor dem Haus stand und sich über die sauber gestutzte Hecke hinweg aufgeregt mit der Nachbarin unterhielt.

Grotheers Gang – die Schultern zurückgezogen, das Kinn vorgestreckt, die Hände zu Fäusten geballt – ließ den Nachbarn zurückweichen.

«Man wird doch wohl noch mal sagen dürfen ...», begann er, doch Grotheer schnitt ihm das Wort ab.

«Sie hatten doch den ganzen Tag nichts anderes zu tun, als mein Haus zu beobachten. Wer ist gekommen und gegangen?»

Freundlich klang Grotheer nicht, aber darauf konnte er jetzt keine Rücksicht nehmen.

«Was? Ich ... was erlauben Sie sich!»

Die Nachbarin, deutlich in ihren Siebzigern, krumm, übergewichtig, auf einen Gehstock gestützt, half ihm auf die Sprünge.

«Na, so ein junges Ding. Ich habe mich schon gefragt, ob Sie sich jetzt eine Putzfrau leisten können.»

«Das war meine Tochter. Wann ist sie wieder gegangen?»

«Also, ich habe auch noch andere Dinge zu tun, als ...»

«Wann ist sie wieder gegangen?», schrie Grotheer die alte Dame an, und als er sah, wie sie ängstlich zusammenzuckte, tat es ihm auch schon leid. Er hatte sich nicht unter Kontrolle. Das lag an den Gedanken, die wie Klingen in sein Fleisch schnitten.

«Da war noch jemand», sagte Haarkranz.

«Wer?»

«Weiß ich nicht, ich habe nur den Wagen gesehen.»

«Der Schornsteinfeger vielleicht? Der hatte sich angekündigt.»

«Nein, der sicher nicht. Dessen Wagen kenne ich, außerdem ist noch gar nicht die Zeit dafür, der kommt immer im Februar und im ...»

«Wann war das?»

«Um zwanzig nach zehn.»

«Und was für ein Wagen?»

«Was weiß denn ich. Ein Kombi halt. So wie Sie auch einen haben.»

«Und meine Tochter? Ist sie mitgefahren?»

Nachbarin und Nachbar starrten sich an und zuckten mit den Schultern.

«Ich habe Mittagessen gekocht», sagte die alte Frau.

«Und ich die schwergängige Schublade repariert, weil meine Frau ...»

«Sie haben also beide nicht gesehen, dass meine Tochter das Haus verlassen hat?»

Kopfschütteln.

Grotheer ließ sie stehen und eilte zurück ins Haus. Erst jetzt fiel ihm das kleine Paket auf, das neben der Haustür im

Blumenbeet lag. Es wirkte, als habe es zuvor auf der Trittstufe gestanden, sei dann aber hinuntergefallen.

Grotheer hatte nichts bestellt. Er bestellte nie Dinge im Internet, das bisschen, was er brauchte, gab es in den Geschäften in der Stadt. Er bückte sich, klaubte das Paket aus dem Blumenbeet und wischte ein wenig Erde von dem braunen Karton.

Kein Adressat, kein Absender.

Grotheer nahm das Paket mit hinein und warf die Tür hinter sich zu. Er musste sich erst um den Hund kümmern, bevor er das Paket öffnen konnte. Auf Knien hockend ließ er sich das Gesicht abschlecken und redete beruhigend auf ihn ein. Es dauerte ein paar Minuten, bis Jemand bereit war, sich in sein Körbchen zu legen.

Noch auf den Knien nahm Grotheer das Paket in die Hände. Klein, wie es war, wog es doch erstaunlich viel. Er riss die Klebestreifen ab, öffnete den Deckel und nahm einen Gegenstand heraus, der mehrfach in dickes, schützendes Papier eingepackt war.

Sein Herz setzte für mehrere Schläge aus, als er verstand, was er da in den Händen hielt.

Eine circa dreißig Zentimeter hohe Sanduhr aus türkisem Glas. Zwei Deckel aus Holz, einer ließ sich abnehmen.

Es lag eine Beschreibung dabei, aus der hervorging, dass es sich um ein Unikat handelte, das in Deutschland in Handarbeit hergestellt wurde. Man sollte die Sanduhr selbst befüllen. Mit einem Material eigener Wahl.

15.

Abend. 19:55 Uhr.

Der Lebensmitteldiscounter hatte montags bis samstags von 7 bis 20 Uhr geöffnet, man sollte meinen, das wäre genug Zeit für alle, ganz gleich, wo, wann und wie sie arbeiteten. Aber jeden Tag gab es einige, die den Markt fünf Minuten vor Ladenschluss betraten und dann auch noch dreist genug waren, sich ordentlich Zeit für ihren Einkauf zu nehmen.

Heute war es ein einzelner Mann.

Heike Haubrock kannte ihn. In den zehn Jahren, die sie hier schon an der Kasse saß, hatte sie ihn oft genug gesehen. Er kam immer spät, und immer kaufte er einen Arm voller Dinge, die nur für einen Singlehaushalt geeignet sein konnten, in dem nicht gekocht wurde. Fast Food. Fertignahrung. Energydrinks. Süßigkeiten und Kekse.

Um vier nach acht legte er seine Sachen aufs Band. Heikes Kasse war die letzte, die noch geöffnet hatte. Sie nahm den Stopper vor dem Infrarotauge weg, und das Laufband setzte sich in Bewegung. Der Mann sagte nie etwas, hielt den Blick stets gesenkt wie einer, der auf keinen Fall angesprochen werden wollte. Heike hielt gern einmal einen kleinen Schnack beim Abkassieren. Und warum auch nicht? So lernte man seine Kunden kennen, und diese triste Arbeit bekam ein bisschen Abwechslung. Jetzt hielt sie aber den Mund, obwohl ihr ein Kommentar auf den Lippen lag wie «Langer Tag gewesen?».

Das lag an ihrer schlechten Laune, für die der Mann nichts konnte, die hatte sich am Spätnachmittag eingestellt, kurz vor dem alltäglichen Feierabendansturm. In der Zeit von 16 bis 20 Uhr mussten alle vier Kassen besetzt sein, sonst war das nicht zu schaffen, und wenn sich erst einmal Schlangen gebildet hatten, wurden die Kunden maulig.

Heike wusste ja, dass sie in dieser Zeitspanne besser keine Gespräche führte, aber was konnte sie dafür, wenn die Kunden sie ansprachen. In dem Fall Karin, die sie vom Kirchenkreis kannte und mit der sie für den Geburtstag des Pastors etwas zu klären hatte. Wieder einmal wollte niemand freiwillig Geld für das Geschenk sammeln.

Höchstens drei Minuten hatte das Gespräch gedauert. Irgendein Kunde musste sich beschwert haben, jedenfalls hatte sie einen ordentlichen Anschiss vom Marktleiter bekommen, vor ihren Kolleginnen. Das saß tief.

Der späte Kunde verschwand kommentarlos mit seinem Arm voller Dinge – er benutzte nie eine Tüte oder einen Korb –, und Heike Haubrock machte sich lustlos an die Abrechnung. Um das Maß für diesen Tag voll zu machen, stimmte die Kasse nicht. Sie zählte doppelt, aber es blieb dabei, drei Euro fehlten. Um sich nicht langwierig mit dem Marktleiter auseinandersetzen zu müssen, nahm sie das Geld aus ihrer eigenen Börse und legte es in die Kasse.

Als sie wenig später ihre Kollegin Nicole im Gemeinschaftsraum traf, seufzte sie laut auf.

«Was ist los?», fragte Nicole.

«Ach, ich hab langsam keine Lust mehr. Ich fühle mich, als wäre ich der Fußabtreter für jeden. Es wird nur noch gemeckert, gefordert, Druck gemacht ...» Abermals seufzend ließ sie sich auf einen Stuhl fallen. «Ich glaube, ich wandere aus. Hatte ich sowieso schon immer vor.»

«Und wohin?»

«Keine Ahnung. Nach Spanien. Vielleicht arbeite ich in

einer Tierauffangstation. Das würde mir Spaß machen, und die Hunde sind wenigstens dankbar.»

«Ach komm, so schlimm ist es doch nicht. Ja klar, ich weiß, die Kunden sind manchmal echt nervig, aber du darfst das nicht so an dich heranlassen. Die meinen das nicht persönlich.»

«Ob persönlich oder nicht, es geht einfach zu weit. Weißt du, was gestern einer zu mir gesagt hat? Er hat gesagt, man müsse mich dafür bestrafen, dass ich ihm seine Zeit stehle. Dabei hatte ich das Licht an meiner Kasse längst ausgemacht, es war also klar, dass die Kasse schließt, und er hat sich trotzdem noch angestellt. Du weißt ja, wie das ist. Wenn du keinen Cut machst, kommst du nie in die Pause.»

«Ganz schön dreist.»

«Sag ich doch. Nur weil er zwei, vielleicht drei Minuten warten und sich dann an einer anderen Kasse anstellen musste. Ich verstehe die Menschen einfach nicht mehr. Alles muss sofort sein, am besten schon gestern, aber niemand will dafür bezahlen oder wenigstens einmal Danke sagen.»

Im Vorbeigehen strich Nicole ihr über den Rücken.

«Mach dir nichts draus. Ich wünsch dir trotzdem einen schönen Feierabend. Ich muss jetzt los, zu Hause wartet die Familie.»

Sie verließ den Gemeinschaftsraum, und Heike blieb allein zurück. Das kam noch erschwerend hinzu. Unter den Kolleginnen gab es kaum noch Zusammenhalt. Niemand hatte mehr Zeit für ein richtiges Gespräch, alle waren dauernd in Eile, irgendwas musste immer dringend erledigt werden. Deprimiert biss Heike in das Käsebrot, das sie in der Mittagspause nicht geschafft hatte, kaute lustlos darauf herum, zog schließlich den Kittel aus und ihre Jacke an und verließ das Geschäft durch den Personaleingang.

Es dämmerte. Zwischen den Bäumen und Büschen am Flussufer war es bereits dunkel. Heike hatte einen kurzen Fußmarsch von zehn Minuten bis nach Hause, da lohnte es sich nicht, das Auto zu benutzen. Zumal sie aufpassen musste. Mehr als einmal Tanken im Monat war nicht drin bei den Preisen. Lebensmittel, Energie, Miete, so viel Geld konnte sie in ihrem Beruf gar nicht verdienen, um einigermaßen über die Runden zu kommen. Einen Zweitjob wollte sie nicht annehmen, weil der ihre Lebenszeit komplett auffressen würde.

Mit gesenktem Kopf, in sich gekehrt, gefangen in der endlosen Wiederkehr des Anschisses, den sie bekommen hatte, machte sie sich auf den Weg. Es ging immer geradeaus den Uferweg entlang.

Für Privatgespräche bezahlen wir Sie nicht.

Das hatte der Marktleiter zu ihr gesagt. Eine Frechheit war das. Privatgespräche. Verstand er denn nicht, dass es dabei um Kundenbindung ging? Nee, wahrscheinlich nicht. Weil er von solchen Dingen überhaupt nichts verstand. Für den gab es nur Zahlen, Waren und Artikel, aber nichts Zwischenmenschliches.

«Haben Sie Zeit?»

Heike erschrak und machte ihren ersten Fehler. Sie blieb stehen und sah sich nach der Person um, die gesprochen hatte.

Da war niemand. Sie hatte sich das doch aber nicht eingebildet.

Heike drehte sich einmal im Kreis.

Rechts von ihr befand sich die dicht bewachsene Uferböschung, einen Meter tiefer der Fluss, auf der anderen Seite das Industriegebiet mit der Papierfabrik, aus deren Schornsteinen Qualm aufstieg.

Links die zwei Meter hohe Flutmauer aus grauem Beton. Darüber Wohnhäuser, die sie aus ihrer Perspektive aber nicht sehen konnte.

Plötzlich ein Rascheln im Gebüsch. Jemand bewegte sich darin und trat einen Moment später daraus hervor. Die Gestalt hielt eine Angel in der Hand. Im Schatten verschwamm sie mit der Umgebung.

Heike entspannte sich. In der Abenddämmerung gab es hier immer mal wieder Angler, kein Grund zur Panik.

«Ich könnte Ihre Hilfe brauchen», sagte die Frau.

Erst jetzt sah Heike, dass sie Gummistiefel und eine grüne Wathose trug, die übliche Kleidung für eine Anglerin also. Unter der schwarzen Wollmütze schaute halblanges blondes Haar hervor.

«Die Schnur hat sich verfangen, es wäre toll, wenn Sie für einen Moment die Angel halten könnten.»

«Sicher doch», sagte Heike Haubrock und ging auf die Frau zu, die noch immer im Schatten der Büsche stand.

Als sie ihr näher kam, glaubte Heike, sie zu kennen, konnte sie aber nicht einordnen. Sie hielt ihr die Angel hin, und als Heike zugreifen wollte, packte die Frau sie plötzlich am Handgelenk und riss sie zu sich heran. Heike war zu überrascht, um Gegenwehr zu leisten. Sie stolperte nach vorn und mit der Frau zusammen in die Büsche.

Platz war dort nicht, vielleicht ein halber Meter, bevor die Uferböschung steil zum Fluss hin abfiel. Heike hatte einiges an Gewicht zugelegt in den vergangenen Jahren, da war viel Frustessen dabei gewesen, und sie wog zwanzig Kilo mehr, als gut für sie war – und für die Anglerin, die sie zu sich herangerissen hatte.

Heike prallte gegen sie. Die Anglerin taumelte zurück, ließ aber ihren Arm nicht los, sodass sie zusammen die Uferböschung hinunterstürzten. Ein paar kleinere Büsche bremsten den Sturz, dennoch landete Heike mit den Beinen im Wasser. Die Anglerin ebenfalls. Dicht nebeneinander blieben sie liegen.

Heike schrie um Hilfe.

Oberhalb der Flutmauer standen Häuser, die Menschen waren zu Hause, die mussten sie doch hören. Heike verfügte über eine ordentliche, im Kirchenchor ausgebildete Stimme, sie konnte es notfalls mit den Männern im Fußballstadion aufnehmen, und jetzt schrie sie, so laut sie konnte.

Allerdings nur für einen Moment.

Dann war die Frau bei ihr und drückte ihr Gesicht unter Wasser und in den Uferschlamm.

Instinktiv packte Heike die Hand, die sie unter Wasser drückte, zog daran, und so, wie zuvor die Frau sie oben auf dem Weg aus dem Gleichgewicht gebracht hatte, schaffte sie es jetzt bei ihr. Der Druck auf ihren Kopf ließ plötzlich nach. Heike drückte sich hoch, spuckte Matsch und Wasser aus und krabbelte auf allen vieren ein Stück das Ufer hinauf. Schreien konnte sie nicht wieder, also nutzte sie all ihre Kräfte, um den Uferweg zu erreichen. Sie zog sich an den Ästen der Büsche empor, und als sie einen Moment verschnaufen musste, blickte sie zurück.

Die Anglerin stürzte auf sie zu.

Heike mobilisierte all ihr Kräfte und kämpfte sich weiter den Uferhang empor. Als sie schon glaubte, es zu schaffen, spürte sie eine Klammer an ihrem Fußgelenk. Mit einem heftigen Ruck wurde sie zurückgerissen. Ihr Schrei gellte durch die beginnende Nacht.

Oben auf dem Uferweg flammte eine Taschenlampe auf.

«Was ist los?», rief eine männliche Stimme, weit entfernt.

Die Anglerin warf sich auf Heike und hielt ihr Mund und Nase zu. Sie versuchte abermals, sich zu wehren, doch als sie keine Luft mehr bekam, ließ ihre Gegenwehr nach.

Am Ende eines furchtbaren Tages schloss Heike Haubrock mit ihrem Leben ab.

16.

Nacht. 22:11 Uhr.

Grotheer klingelte Sturm und bollerte gleichzeitig mit der freien Hand gegen die Tür. Es war 22 Uhr vorbei, doch selbst wenn es Mitternacht gewesen wäre, hätte er nicht anders gehandelt.

Eine knappe Stunde war er gefahren, nein, gerast, und jede einzelne Minute hatte sich ewig gedehnt. Er, der keine Eile kannte, hatte sich beeilt wie lange nicht mehr und dabei das Gefühl gehabt, die Zeit liefe ihm davon, so sehr er auch aufs Gaspedal trat.

Erst einmal tat sich im Haus nichts. Vielleicht war niemand da, die Möglichkeit bestand, doch Grotheer konnte und wollte nicht lockerlassen, klingelte und klopfte weiter, bis nach ein paar Minuten endlich das Licht im Hausflur anging.

Da der Laden für Sicherheitstechnik schon geschlossen

war, hatte Grotheer sich auf der Rückseite des Gebäudes den richtigen Eingang und die Klingel von Hannes Lamprecht gesucht.

Lamprecht war es auch, der jetzt in Jogginghose und schlabberigem Shirt an die Tür kam. Als er Grotheer durch das Fenster der Tür erkannte, schloss er auf.

«Was machen Sie denn hier?», fragte er erstaunt.

«Es tut mir leid, bitte entschuldigen Sie, aber es ist wichtig. Darf ich kurz hereinkommen?»

«Nein. Eigentlich nicht. Wir wollten gerade zu Bett gehen.»

Grotheer griff in den Karton, den er sich unter die linke Achsel geklemmt hatte, und zog die Sanduhr hervor.

«Die habe ich heute bekommen. Und meine Tochter ist verschwunden.»

«Was? Ich verstehe nicht ...»

«Sie haben mir die gleiche Sanduhr gezeigt, als ich bei Ihnen war. Ich muss alles darüber wissen. Das ist kein Zufall!»

Lamprecht war nicht dumm, vielleicht ein bisschen träge, weil er müde und gerade auf dem Weg ins Bett war, und so dauerte es einen Augenblick, bis er verstand, was Grotheer sagte.

«Um Gottes willen», entfuhr es ihm. «Kommen Sie rein.»

Zwei Minuten später standen sie zu dritt vor der Fensterbank. Lamprechts Freundin Franzi war dazugekommen. Sie war barfuß, das Haar verstrubbelt, und sie hatte sich rasch einen Morgenmantel übergeworfen.

Grotheer stellte seine Sanduhr neben die andere auf die Fensterbank.

Sie waren nahezu identisch. Größe, Farbe, Material.

«Was hat das zu bedeuten?», fragte Lamprecht.

«Das weiß ich nicht. Aber es ist wichtig. Ich muss wissen, unter welchen Umständen Sie an die Sanduhr gekommen sind.»

Lamprecht musste nicht lange nachdenken.

«Ich glaube, an dem Montag danach, als ich von meinem Seminar zurückkam, stand sie morgens vor der Ladentür. Ich weiß noch, dass ich dachte, irgendein Lieferdienst hat vergessen, sie tagsüber auszuliefern, und sie dann einfach dorthin gestellt. Sie wissen ja, wie die sind. In der ganzen Aufregung um Nadines Verschwinden habe ich das Paket erst mal gar nicht beachtet, ich bekomme für den Laden ja dauernd irgendwelches Zeugs. Wenn ich mich nicht irre, habe ich es erst am Mittwoch oder so geöffnet.»

«Gab es einen Absender? Oder einen Adressaten?»

Diesmal musste Lamprecht länger nachdenken.

«Tut mir leid, das weiß ich nicht mehr.»

«Denken Sie nach, es ist wichtig!»

Grotheer vergriff sich in seiner Stimmlage, er war vollkommen außer sich. Zudem überkam ihn das Gefühl, nicht mehr richtig atmen zu können.

«Mann, das ist mehr als vier Jahre her!», sagte Lamprecht.

Plötzlich fühlte Grotheer sich schlecht. Seine Beine begannen zu zittern, und vor seinen Augen zog Nebel auf. Er schwankte, drohte zu stürzen. Lamprecht hielt ihn.

«Kommen Sie, setzen Sie sich. Sie sind ja total blass.»

Von den beiden gestützt, landete er nach ein paar wackeligen Schritten auf der Couch.

«Ich hole Ihnen ein Glas Wasser», rief Franzi, verschwand in der Küche und kam mit einem gefüllten Glas zurück. Grotheer nahm es und trank gierig. Er hatte den ganzen Tag über nichts weiter als zwei Tassen Kaffee getrunken und seinen

Proviant gegessen. Etwas Süßes wäre ihm lieber gewesen, aber er mochte nicht danach fragen.

«Geht's wieder?», fragte Franzi. Ihre Hand lag auf seinem Rücken. «Sollen wir den Notarzt rufen?»

Grotheer schüttelte den Kopf. Es war ihm unangenehm, dass man sich um ihn kümmern musste.

«Es geht schon ... nur die Aufregung, und ich habe zu wenig gegessen und getrunken.»

Die beiden ließen ihn das Glas leer trinken, und Grotheer bemerkte, dass sie besorgte Blicke wechselten. Was mochten sie denken? Ein alter, verwirrter Mann auf ihrer Couch, der womöglich kurz davor stand, einen Herzinfarkt zu bekommen, sich aber weigerte, einen Arzt zu rufen.

«Meine Tochter ist verschwunden», sagte er, um von seinem kleinen Schwächeanfall abzulenken.

Und dann erklärte er den beiden, was passiert war. Ausführlich schilderte er seinen Tag, mehr für sich selbst als für Lamprecht und seine Freundin.

«Dann war das mit dem Schornsteinfegerzettel ein Fake?», fragte Franzi.

«Ja ... wahrscheinlich», sagte er. «Ich konnte das noch nicht überprüfen. Aber ich habe bei der Handynummer angerufen, die handschriftlich auf dem Zettel notiert war. Die Nummer ist nicht erreichbar.»

«Das sollte sie aber, wenn es wirklich der Schornsteinfeger war», sagte Franzi.

«Wissen Sie, was das bedeutet?», fragte Hannes Lamprecht.

Grotheer starrte ihn nur an. In seinem Schädel ging es immer noch drunter und drüber, es fiel ihm schwer, einen klaren Gedanken zu fassen.

«Sie sind spontan nach Berlin gefahren und haben es Ihrer Tochter überlassen, auf den vermeintlichen Schornsteinfeger zu warten. Wer auch immer das war, konnte gar nicht wissen, dass er nicht Sie, sondern Ihre Tochter antreffen würde.»

Grotheer wunderte sich über sich selbst, weil er nicht von allein darauf gekommen war. Na klar, der junge Mann hatte recht. Michelle war gar nicht das Ziel gewesen, sondern er. Also hatte der Täter ihn doch beobachtet, als er an jenem frühen Morgen Conny Goldmann verfolgt hatte. Und jetzt rächte er sich dafür, dass Grotheer sich eingemischt hatte.

«Sie müssen damit unbedingt zur Polizei», sagte Franzi.

Hannes Lamprecht schüttelte den Kopf.

«Als wenn die irgendwas tun könnten. Konnten sie schon für Nadine nicht und ...» Lamprecht hielt inne und dachte nach.

«Was ist?», fragte Franzi.

«Wissen Sie, was wir auf jeden Fall machen sollten, bevor Sie damit zur Polizei gehen?», sagte Lamprecht, stand auf und holte sein Handy von der Ladeschale auf dem Sideboard. «Wir machen ein Foto von dem Ding und stellen es bei Facebook ein.»

«Bei Facebook?», echote Grotheer.

«Ich hatte Ihnen doch geraten, sich die Vermisstenseiten dort anzuschauen, erinnern Sie sich?»

«Ja, und das habe ich auch getan.»

«Was, wenn wir nicht die Einzigen sind?», sagte Lamprecht. «Was, wenn der Täter noch weitere Menschen entführt hat und es zu seinem Vorgehen gehört, danach diese Sanduhr abzustellen? Sozusagen als sein Markenzeichen. Und vielleicht ging es den anderen Angehörigen wie mir. Sie glaubten an eine Bestellung oder maßen diesem Ding keinerlei Bedeutung zu.»

«Was sogar sehr wahrscheinlich ist», spann Grotheer den Gedanken weiter. «Wenn gerade ein Angehöriger verschwunden ist, hat man anderes im Kopf, als sich um so eine Sanduhr Gedanken zu machen.»

«Ganz genau», sagte Lamprecht. «Aber es besteht die realistische Chance, dass die Leute die Sanduhr noch haben. Warum auch nicht? Ich habe sie ja auch aus sentimentalen Gründen aufbewahrt.»

Grotheer warf Franzi einen Blick zu. Lamprecht hatte gesagt, sie wisse nicht, dass die Sanduhr sein Erinnerungsstück an Nadine war, und jetzt erfuhr sie es auf diese Art. Sie ließ sich aber nichts anmerken, war genauso aufgeregt wie Lamprecht und er.

«Wir gehen jetzt sofort alle Vermisstenseiten durch, die wir auf Facebook finden. Die privaten der Angehörigen, aber auch die offiziellen Seiten von Hilfsorganisationen. Das kann eine Weile dauern, aber ich denke, es macht Sinn. Wir posten ein Bild der Sanduhr und fragen, ob sich jemand im Zusammenhang mit dem Verschwinden der Person daran erinnern kann.»

«Das ist eine sehr gute Idee», sagte Grotheer. Selbst wäre er nicht darauf gekommen. Diese Onlinewelt war eben nicht seine Welt.

«Und wenn wir damit fertig sind, können Sie immer noch zur Polizei gehen.

17.

Hinter der Zeit

Noch immer weiß ich nicht, ob ich dir von meiner Wand erzählen darf. Versteh mich nicht falsch, ich möchte es, und ich bin auch so weit, dir zu vertrauen, aber ich weiß auch, dass ich dich von mir wegstoßen könnte. Dann bist du nicht mehr hier, kannst die empfindliche Stelle zwischen Daumen und Zeigefinger nicht mehr streicheln, dann bleibe ich allein in dieser hinterletzten Kammer zurück - so wie die Hannah.
Aber ich möchte so gern erzählen!
Weil meine Wand mir doch so viel bedeutet. Weil ich stolz bin darauf, sie aus eigenem Antrieb und eigener Kraft erschaffen zu haben. Es steckt eine ganze eigene Dimension in dieser Wand, die niemand außer mir erkennt, dabei wäre es für alle Menschen wichtig, sie zu verstehen. Wir leiden doch alle an demselben Problem, für das es scheinbar keine Lösung gibt. Du wärst die Erste, der ich davon erzähle, und das ist nicht banal. Das ist eminent.
Kann ich dir, obwohl ich dich nicht kenne und dich nicht sehe, obwohl ich nur deine Berührung spüre und deine Stimme höre, kann ich dir wirklich genug vertrauen, um diesen Schritt zu gehen?

Ich weiß es nicht.
Vielleicht berichte ich dir zunächst noch mehr von der Hannah. Die Hannah ist Auslöser und Grundstein der Wand, deshalb kann man die Wand nicht verstehen, wenn man die Hannah nicht kennt. Niemand kannte die Hannah so gut wie ich, dabei war ich doch derjenige aus der Familie, der die kürzeste Zeitspanne mit ihr verbrachte.
Unfassbar war die vollkommene Empathielosigkeit, mit der sie behandelt wurde. Sie war ein Ding. Sie war das Ding da hinten in der Kammer ohne Licht. Dieses Wegsperren bereitete mir Albträume. Deshalb schlich ich mich immer wieder zu ihr, anfangs gegen den Willen meiner Eltern, die aber schnell begriffen, dass mein Kümmern ihnen auch Hilfe und Erleichterung brachte. Ab dem Zeitpunkt durfte ich nicht nur zu der Hannah, irgendwann musste ich sogar. Es war ein schleichender Prozess, der dazu führte, dass aus Freiwilligkeit Verpflichtung wurde. Aber ich tat es gern. Ich hatte die Hannah lieb. Sie war besonders, und ich hatte das Gefühl, dass sie mich auf eine Art und Weise verstand wie sonst niemand in der Familie. Ich will aber nicht verschweigen, dass ich oft auch überfordert war. Du darfst nicht vergessen, ich war ein kleiner Junge. Als ich damit begann, mich um die Hannah zu kümmern, war ich noch keine sechs Jahre alt.

Am schlimmsten waren ihre Schreie.
Und die furchtbaren Sachen, die sie dann sagte, von Hölle und Feuer. In diesen Momenten hatte ich furchtbare Angst vor der Hannah. Das eine oder andere Mal bin ich geflüchtet. Raus aus der Kammer und dem Haus, hinein in die Wälder, in denen ich schon als Kind Ruhe und Frieden fand.
Was?
Was sagst du?
Warum ich nicht mit meinen Eltern darüber gesprochen habe?
Tja, was soll ich sagen. Meine Eltern waren eigentlich nie da. Das lag wohl an ihrer Firma, in der sie beide arbeiteten. Mein Vater in der Produktion, denn darin war er ein großer Meister, meine Mutter in der Buchhaltung, denn sie war der Zahlenmensch. Ich war ein Nachzügler, kam fünf Jahre nach meinem Bruder, war nicht gewollt, was ich einem heimlich belauschten Gespräch entnommen hatte. Darin warf mein Vater meiner Mutter vor, sie hätte ihm dieses furchtbare Balg erst untergejubelt, sei dann aber nicht in der Lage, sich auch darum zu kümmern.
Letzteres stimmte.
Meine Mutter war ein gefühlloser Mensch. Das war sicher nicht böse gemeint von ihr, sie konnte einfach nicht anders. Aus irgendeinem Grund hatte Gott oder das

Universum oder das Schicksal entschieden, sie mit rein pragmatischen Fähigkeiten auszustatten, aber nicht mit Liebe oder Zuneigung - oder eben Empathie. Es gab keine Umarmungen, keine Küsse, kein Herumalbern. Nichts dergleichen. Wenn sie einen guten Tag hatte, war Mama freundlich, und man konnte sich mit ihr unterhalten. Wenn nicht, war sie unzugänglich, in sich gekehrt und interessierte sich für niemanden. Stundenlang konnte sie dann über Zahlen hocken, ohne die Welt um sich herum wahrzunehmen.

Ich habe nie gesehen, dass Mama die Hand von der Hannah gehalten hat, ganz gleich, wie schlecht es ihr ging. Sie war auch nicht oft in der Kammer, und wenn, dann blieb sie im Türrahmen stehen und betrachtete das Ding im Bett mit einer Mischung aus Verwunderung und Abscheu.

Ich habe erst viel später erfahren, dass die Hannah ihr Kind aus erster Ehe war.

Je mehr Zeit ich bei Hannah verbrachte, umso weniger tat ich für die Schule, und das machte sich bald bei meinen Noten bemerkbar. Ab da wurde es schwierig für mich. Mama kontrollierte meine Hausaufgaben, erstellte sogar selbst welche, und wenn ich versagte, wurden es mehr und mehr und mehr. Außerdem übertrug man mir Aufgaben im Haushalt, die Mama nicht mehr schaffte, weil sie sich ja

um meine schulischen Leistungen kümmern musste.
Plötzlich hatte ich nicht mehr genug Zeit für Hannah.
Dauernd schaute ich auf die Uhr und sah, wie die Sekunden, Minuten und Stunden davoneilten, während ich über Mathe und Deutsch brütete und Hannah allein in der Kammer ohne Sonnenlicht lag und schrie.
Heute weiß ich, dass ich die Zeit damals als meinen größten Feind empfand.

18.

Nacht. 02:00 Uhr.

Jemand war noch immer verstört, als Grotheer nach Hause kam. Er selbst war es nicht minder.

Und so hockten die beiden Verstörten mitten in der Nacht auf dem Boden des Hauses und spendeten sich gegenseitig Trost. Trotz allem tat das gut. Es minderte nicht die Angst um Michelle, nicht die alles überwuchernde Verzweiflung, aber seine Nase in das weiche Hundefell zu stecken und sich der Liebe des Tieres gewiss zu sein, gewährte Grotheer für einen Moment dringend benötigten Frieden.

«Du kannst nichts dafür. Du hast alles richtig gemacht», flüsterte er dabei wiederholt. Ob das wirklich dem Hund galt oder ihm selbst? Er wusste es nicht.

Schließlich setzte er sich an den Küchentisch.

Wo die Sanduhr stand.

Wunderschön, in ihrer türkisen Farbe, strahlte sie doch etwas Böses aus, das schwer zu fassen war. Grotheer mochte sie nicht einmal mehr berühren. Sie war das Symbol für Michelles Verschwinden. Zudem führte diese Sanduhr drei Fälle zusammen, die auf den ersten Blick nichts miteinander zu tun hatten. Michelle, Conny Goldmann und Nadine Seeliger. Grotheer hatte keine Ahnung, wie alles zusammenhing.

Er war eben kein richtiger Polizist, nie gewesen, da konnte er noch so viele Visitenkarten mit sich herumschleppen. Dieses eine Mal in seinem Leben musste er aber einer sein. Diese eine Sache würde er zu Ende bringen, koste es, was es wolle.

Grotheer klappte seinen Laptop auf, schaltete ihn ein und ging online. Es gab etwas zu tun, auf das Hannes Lamprecht ihn aufmerksam gemacht hatte.

Bei Google gab er ein: leere Sanduhr.

Die Suchmaschine fand fast dreihunderttausend Treffer.

Grotheer schloss kurz die Augen. Er hatte mit deutlich weniger gerechnet. Es gab unzählige Anbieter leerer Sanduhren, es würde lange dauern, alle durchzuschauen.

«Leere türkisfarbene Sanduhr» ergab immer noch zehntausend Treffer. Grotheer machte sich daran, die ersten Websites der Anbieter zu überprüfen, stellte aber schnell fest, dass es ihn nicht weiterbrachte. Das exakt gleiche Modell fand er nicht, und niemand schrieb auf seiner Website, dass er ein Entführer und Mörder sei. Wer die Sanduhren herstellte oder vertrieb, würde sicher nicht diese Spur zu sich selbst legen. Aber wer auch immer dahintersteckte, musste die Sanduhren ja irgendwo herhaben. Grotheer hatte sich Hoffnung gemacht, über diesen Weg an einen Namen oder eine Adresse zu kommen.

Dafür würde er Stunden, wenn nicht Tage brauchen, und Grotheer ahnte, so viel Zeit hatte er nicht. Hatte Michelle nicht.

Er wechselte noch einmal ins Suchfeld, gab nur den Begriff Sanduhr ein und klickte auf den Wikipedia-Eintrag dazu.

Beim Durchlesen erfuhr er, dass die Sanduhr der Inbegriff für die Vergänglichkeit des menschlichen Lebens war und daran erinnern sollte, seine Zeit sinnvoll zu nutzen. Sie war ab dem 14. Jahrhundert aber tatsächlich auch als Zeitmesser eingesetzt worden, vor allem in der Seefahrt.

Grotheer betrachtete «seine» Sanduhr.

Was sollte sie ihm sagen?

Irgendeine Botschaft wollte der Täter damit übermitteln.

Nutze deine Zeit, denn du hast nicht mehr viel davon?

Sollte das bedeuten, er wäre das nächste Opfer? Möglicherweise. Aber das würde nicht zum Fall Nadine Seeliger passen, denn niemand sonst aus ihrem Umfeld war verschwunden. Auch Hannes Lamprecht nicht, der die Sanduhr bekommen hatte.

Halt, das stimmt nicht, ermahnte sich Grotheer.

Conny Goldmann war verschwunden. Also nicht wirklich, sie war getötet worden, aber vielleicht wäre es ja anders verlaufen, wenn Grotheer sich nicht eingemischt hätte.

Sein Herz klopfte stärker, weil er glaubte, auf der richtigen Spur zu sein. Vielleicht wäre es klüger, sich Gedanken um die Absichten und Botschaften des Täters zu machen, als die Websites der Anbieter zu durchforsten.

Zeit spielte also eine Rolle.

Lebenszeit.

Die seiner Opfer.

Warum?

Fand der Täter, dass sie sie nicht richtig nutzten?

Damit wäre er bei Grotheer an der richtigen Adresse. Er glaubte ja selbst, seine Zeit verschwendet zu haben. In seinem Leben war nichts so gelaufen, wie er es sich gewünscht oder vorgestellt hatte. Auch wenn er nicht sich selbst, sondern anderen dafür die Schuld gegeben hatte.

Grundsätzlich war sowieso der Schütze schuld an allem gewesen. Der Mann, der ihm die Kugel verpasst und damit seine Karriere beendet hatte.

Schon als kleiner Junge hatte er Polizist werden wollen, eine Uniform tragen, Gangster verfolgen und einbuchten. Später, nach dem Abi, war das Betrugs- oder Morddezernat sein Ziel gewesen, immerhin konnte er analytisch denken, in Mathematik war er in der Schule immer gut gewesen. Die Vorstellung, seinen Verstand gegen das Verbrechen einzusetzen, hatte ihm gefallen. In der Schule war er keiner von denen gewesen, die sich geprügelt hatten, dafür fehlten dem schlaksigen Lars Erik die körperlichen Voraussetzungen, aber sich geistig mit anderen zu messen und zu behaupten, das hatte er gekonnt und gemocht.

Tja, er hatte schnell und schmerzhaft lernen müssen, wie wenig der Verstand gegen eine Schusswaffe ausrichtete. Die Kugel hatte ihn im Rücken getroffen, am verheerendsten verletzt worden waren aber sein Kopf und seine Seele. Dort hatten sich die Angstzustände eingegraben, die er nie mehr richtig losgeworden war.

Jahrelang waren sein Denken und Handeln in diesen Mustern gefangen gewesen. Was auch immer schiefgelaufen war, nie traf ihn die Schuld, nie hatte er die Verantwortung übernommen. Immer war es ein Leichtes gewesen, andere Schuldige zu finden. Vorgesetzte. Kollegen. Seine Ex-Frau. Und ja, auch Michelle, seine eigene Tochter. Er hatte sich eingeredet, sie wolle nichts von ihm wissen, weil er ein Loser war.

Auf die Art konnte man es sich gemütlich einrichten in seinem Leben. Sich die eigene Schuld einzugestehen und sie dann auch zu ertragen war hingegen ein äußerst schwieriger Job.

Wenn es gut lief, hatte Grotheer noch fünfzehn gute Jahre. Vor wenigen Wochen war ihm das noch egal gewesen. Jetzt nicht mehr. Denn jetzt sah es so aus, als könnte er wieder ein Leben führen, das man auch so nennen durfte. Mit Kontakt zu einem Menschen, den er liebte. Und der ihn auch liebte.

Dazu musste er Michelle finden.

KAPITEL 5

1.

Hinter der Zeit

Ihre Zeit war abgelaufen.
Ein einziger, kurzer, beinahe schon lapidarer Satz, der alles erklären sollte und mich doch nur ratlos, verzweifelt und voller Fragen zurückließ. Ich weiß gar nicht, ob du das hören willst. Wie es mir damals damit ging, dass die Hannah plötzlich nicht mehr da war.
Mittlerweile habe ich das Gefühl, es interessiert dich gar nicht, was ich zu sagen habe. Ständig redest nur du, manchmal ohne Punkt und Komma, nirgendwo eine Lücke, in die ich einhaken könnte. Ich muss dir ehrlich sagen, dass ich eine andere Auffassung davon habe, wie ein Gespräch funktionieren sollte. Jeder muss ausreichend Zeit haben, seine Gedanken in Worte zu fassen.
Ausreichend Zeit.
Wer hat schon ausreichend Zeit?

Kennst du dieses Zitat aus den Briefen des Seneca?
Warte. Ich habe es gleich. Es fällt mir schwer, mich zu konzentrieren. Es ist da, ich kann die Worte sehen, aber im nächsten Moment sind sie von einem Schleier umgeben, den ich nicht durchdringen kann. Aber ich habe es gleich …
Und jetzt redest schon wieder du.
Was soll das?
Ich hatte dich doch gebeten, mir ein wenig Zeit zu geben, um mich konzentrieren zu können. Ist das denn zu viel verlangt? Weißt du, mittlerweile interessiert es mich gar nicht mehr, was du zu sagen hast. Ja, du hörst richtig, es ist mir egal. Ich bin es satt, von dir vollgetextet zu werden, und wenn du nicht damit aufhörst, wirst du mit den Konsequenzen leben müssen.
Und lass bitte meine Hand los.
Lass dieses Streicheln zwischen Daumen und Zeigefinger.
Ich kann das nicht länger ertragen.
Nein. Unter diesen Umständen fällt mir das Zitat von Seneca nicht ein, obwohl ich es doch für alle Zeiten abgespeichert hatte.
Dann berichte ich eben von der Hannah.
Dieses Kapitel muss ohnehin erzählt werden.
Schon viel zu lange habe ich nicht mehr darüber gesprochen. Dabei ist es das, was mich antreibt, mein inneres Kraftwerk.

Es war diese verdammte Klassenfahrt, weißt du. Ich wollte nicht mitfahren, weil ich dann eine Woche lang nicht zur Hannah hineinschauen konnte. Aber meine Eltern ließen sich auf keine Diskussion ein, meinten sogar, es wäre nicht gut für mich, ständig bei der Hannah am Bett zu sitzen. Ich müsse raus, unter Gleichaltrige, die mich auf andere Gedanken bringen.
So ein Schwachsinn.
Ich wusste, wenn ich erst fort wäre, würde sich niemand um die Hannah kümmern. Eine ganze Woche lang könnte sie in ihrer Kammer ohne Sonnenlicht vor sich hin schreien, ohne dass es jemanden interessieren würde.
Aber ich war acht und kam nicht gegen meine Eltern an und landete pünktlich am Montagmorgen in dem Bus, der uns ins Schullandheim brachte. Dort durften wir dann gemeinsam wandern, kochen, spielen, abends am Lagerfeuer den Gitarrenklängen unseres Lehrers zuhören. Es war schön, aber ich konnte es nicht genießen. Weil mich das Gefühl malträtierte, meine Zeit zu verschwenden. Ich zählte die Minuten, die Stunden, die Tage, aber je genauer ich zählte, desto langsamer verging die Zeit. Viel später begriff ich, dass Uhren einen Dreck wert waren. Ihr Gleichmut ist unerträglich und trägt der Wichtigkeit oder Unwichtigkeit der Zeit keine Rechnung. Die

Menschen, das verstand ich, hatten die Zeit nie richtig begriffen. Ein grundlegender Irrtum zwingt uns dazu, die Zeit als gleichförmige Konstante zu begreifen. Dabei spürte doch jeder, dass das nicht stimmt. Aber gut, ich schweife ab. Solcherlei Gedanken bringen uns nicht weiter. Ich bezweifle sogar, dass du mich verstehst. Du magst ja nett sein, lieb, fürsorglich, ansonsten ist dein Charakter aber wohl unbrauchbar.
Die Hannah.
Jede Nacht während dieser Klassenfahrt war ich in meinen Träumen bei ihr. Und jede Nacht endete der Traum gleich. Die Hannah verfolgte mich. Sie hatte Klauenhände und ein schrecklich verzerrtes Gesicht, und sie lief auf ihren dürren Beinen hinter mir her, schrie, ich solle brennen, meine Haut und mein Fleisch sollten mir von den Knochen brennen.
Hannah war zutiefst enttäuscht.
Von mir. Weil ich sie allein gelassen hatte. Die lähmende Traurigkeit dieser Vorstellung ließ mich in mein Kissen weinen, sobald ich aus diesen Albträumen schrak, aber ich weinte still, niemand bekam etwas mit, obwohl wir doch zu sechst in einem Zimmer schliefen.
Als ich am Freitag zurückkam, war die Hannah fort.

Das nördliche Zimmer, in das nie die Sonne schien, leer. Das Bett abgezogen, die Matratze fort, die Gardinen fort, alles war fort. Nur noch nackte Wände, aber selbst in denen steckte der Geruch von der Hannah.
Tot, sagten meine Mutter und mein Vater. Herzversagen. Man habe es ja immer gewusst. Nein, ich könne die Hannah nicht mehr sehen, da sie bereits eingeäschert sei.
Ein paar Tage später zeigte meine Mutter mir ein kleines Gefäß voller Asche. Das, so erklärte sie, seien die sterblichen Überreste der Hannah, und die würden wir gemeinsam auf dem Grundstück beerdigen. Das taten wir dann auch. Unser Grundstück war groß und grenzte an einen Wald, und ganz hinten, wo das Gras nie gemäht wurde, gab es eine Trauerweide. Dort begruben meine Mutter, mein Vater, mein Bruder und ich die Hannah.
Damit sollte dieses Kapitel unseres Lebens abgeschlossen sein, und es dauerte noch eine ganze Weile, bis ich begriff, wie dumm ich war, und dass meine eigenen Eltern mich auf das Gemeinste betrogen hatten. Sie hatten die kindliche Unwissenheit eines Achtjährigen ausgenutzt.
Nicht nur hatten sie mich um die wertvollste Woche meines Lebens gebracht, hatten mir Zeit gestohlen, die unersetzlich war, nein, sie …

Ach, jetzt fällt mir das Zitat von Seneca
wieder ein.
Ich wusste doch, dass ich es nicht vergessen
kann.
«Alles ist fremdes Eigentum, nur die Zeit
ist unser. Dieses so flüchtige, so leicht
verlierbare Gut ist der einzige Besitz, in
den uns die Natur gesetzt hat, und doch
verdrängt uns daraus, wer da will.»
Na, was sagst du dazu?
Begreifst du, was Seneca damit sagen will?

2.

Morgen. 07:00 Uhr.

Grotheer war verzweifelt.

Er wusste nicht, was er zuerst tun sollte, in seinem Kopf herrschte ein einziges Chaos, kein Gedanke wollte sich zu Ende denken lassen. Sein Körper war in Aufruhr, der Magen schmerzte, die alte Wunde im Rücken plötzlich auch wieder, obwohl er sie schon seit Jahren nicht mehr gespürt hatte. All das ausgelöst durch die Sorge um Michelle. Aber es kam noch etwas hinzu: der Besuch, den er abstatten musste.

Unausgeschlafen, ungeduscht und ohne Frühstück klingelte er um sieben Uhr an der Wohnungstür von Marktplatz 3 und machte sich auf das Schlimmste gefasst. Diesen Besuch hätte er gern vermieden, und dennoch musste er sein, und zwar bevor er der Polizei von Michelles Verschwinden und den sonderbaren Sanduhren berichtete.

Doris reagierte über die Gegensprechanlage auf sein Klingeln.

«Ja bitte?»

Ihre Stimme war wie ein Faustschlag in den Magen.

«Lars hier», sagte er. «Tut mir leid ... wir müssen dringend reden, es geht um Michelle.»

Stille. Und eine Zeitblase, in der alles Leben zu Eis erstarrte.

Eine Sekunde. Und noch eine. Und noch eine. Die zweite länger als die erste, die letzte länger als die zweite, die Naturgesetze außer Kraft. Einstein hätte seine Freude gehabt.

Dann endlich: «Ich komme.»

Grotheer zog sich von der Tür zurück. Er machte sich kleiner, zog den Kopf ein, ließ die Schultern fallen, steckte die Hände in die Taschen. Ein Mann voller Schuld, den sein schlechtes Gewissen zu Boden drückte, weil er sich immer geweigert hatte, seine Fehler aufzuarbeiten. Weil er einfach immer nur weitergemacht hatte. Etwas anderes konnte er nicht, hatte er nie gelernt.

Und das Leben verging schnell, wenn man einfach immer nur weitermachte.

Grotheer musste alle Kraft aufbringen, um nicht zu flüchten.

Dieses Mal nicht, sagte er sich. Diese eine Sache bringst du zu Ende, und wenn es dich dein Leben kostet. Es ist nämlich nichts wert, wenn du wieder wegläufst.

Schließlich öffnete die Frau, mit der er ein gemeinsames Kind hatte und mit der er fünf Jahre verheiratet gewesen war, die Tür. Natürlich erkannte er sie sofort wieder, obwohl sie sich verändert hatte. Ihr Haar war weiß geworden, und sie wirkte kleiner und runder. Die Lachfalten um die Augen und in den Mundwinkeln waren tiefer eingegraben. Sie trug eine blaue Stoffhose und eine weiße Bluse, hatte sich wohl gerade für die Arbeit angezogen.

«Es tut mir leid ...», begann Grotheer.

«Was ist mit Michelle?», unterbrach ihn Doris.

«Können wir ... können wir drinnen reden? Bitte.»

Wieder brauchte sie drei Sekunden für eine Antwort, dann nickte sie und ging voran. Er folgte ihr. Schwerfällig, so als träte er seinen letzten Gang zum Schafott an. In die Wohnung, in die Küche. Alles sauber und aufgeräumt und hübsch dekoriert. Kein Anzeichen eines Mannes. Warum nicht? Er wusste es nicht. Er wusste nichts mehr über sie.

«Ich habe nicht viel Zeit», sagte Doris. «Muss in einer halben Stunde auf der Arbeit sein. In der Bank.»

«Meld dich krank», sagte Grotheer.

Und dann erzählte er die Geschichte von Conny Goldmann und Nadine Seeliger und den Sanduhren aus türkisem Glas, die man selbst befüllen musste. Und dass Michelle seit gestern verschwunden und seither nicht mehr zu erreichen war, obwohl sie bei ihm eingehütet hatte.

«Vor drei Tagen hat sie mich angerufen und davon berichtet, dass ihr Kontakt habt, aber nichts von dem, was du gerade erzählst», sagte Doris, und es klang, als glaubte sie ihm nicht.

«Wahrscheinlich wollte sie dich nicht beunruhigen.»

«Und wenn sie einfach nur bei einem Freund ist? Sie hat doch bestimmt einen Freund, von dem ich nur nichts weiß. Ich weiß ja so wenig von ihr, seitdem sie nicht mehr hier bei mir wohnt.»

Er schüttelte den Kopf: «Es gibt Anzeichen eines Kampfes in meinem Haus.»

Ihre Augen wurden feucht. Ihre Unterlippe begann zu zittern.

«Aber ihr wird doch nichts zugestoßen sein!»

«Wenn ich mich beeile, dann finde ich sie, bevor ...»

«Wieso du? Das ist Sache der Polizei. Warst du noch nicht bei der Polizei?» Ihre Stimme wurde schneidend.

«Ich wollte zuerst dich informieren.»

«Fast fünfundzwanzig Jahre sind vergangen, und jetzt kommst du mit dieser Nachricht zu mir? Warum gehst du nicht zuerst zur Polizei!»

Grotheer spürte, dass sie abdrifteten, dass die alten Verletzungen wieder aufrissen. Nur noch ein paar Sätze, und Doris würde ihm vorwerfen, er habe sich von allen zurückgezogen, sei ein anderer Mensch geworden, unnahbar, unberechenbar, kalt. Er habe sein Eheversprechen gebrochen und sich beim allerersten größeren Problem von ihr abgewandt, statt es mit ihr zu teilen. Und sie hatte recht. Mit allem. Dagegen ließ sich nicht argumentieren.

«Bitte ... nicht jetzt», sagte Grotheer. «Ich muss mich darauf konzentrieren, Michelle zu finden.»

«Das kannst du nicht. Wir gehen jetzt zur Polizei. Beide. Sofort!»

Das tat weh. Sie traute es ihm nicht zu. Und warum auch? Schon damals hatte er den Kopf eingezogen und aus Angst einen ruhigeren Job bei der Bundestagspolizei angenommen. Er hatte sich eine Weile dem Alkohol hingegeben und seine Familie von sich gestoßen, hatte alles getan, um in seiner kleinen geschützten Blase leiden zu können. Warum sollte sie ihm jetzt vertrauen?

Trotzdem, es tat weh.

«Nein, ich gehe allein zur Polizei und weiß auch schon, zu wem. Der Beamte kennt einen Teil des Falles und wird anders handeln, als wenn wir auf irgendeine x-beliebige Dienststelle gehen.»

«Dann gehe ich selbst zur Polizei», beharrte Doris.

«Das kannst du natürlich tun, aber es wird nichts ändern, weil sich am Ende doch nur eine Dienststelle darum kümmern wird.»

«Das ist mir egal!» Plötzlich schrie Doris. «Ich will, dass meine Tochter in Sicherheit ist!»

In seinem früheren Leben hätte Grotheer sachlich darauf hingewiesen, dass Michelle *ihrer beider* Tochter sei und Schreien nichts bringe. In seinem neuen Leben aber versuchte er einen Schritt, den er damals nicht geschafft hatte, der aber der richtige gewesen wäre, um seine Ehe und Familie zu retten.

Ein einziger Schritt, und sein Leben wäre anders verlaufen. Wäre nicht verschwendet gewesen.

Er tat ihn jetzt. Ging auf Doris zu, und ehe sie zurückweichen konnte, nahm er sie in die Arme.

«Ich verspreche dir, ich bringe sie zurück.»

Er spürte Widerstand. Zuerst heftig, dann weniger, und schließlich schluchzte seine Ex-Frau in seinen Armen.

3.

Zeitlos

Michelle träumte von Jemand.

Er sprang an der Terrassentür auf und ab, wieder und wieder, seine Krallen schabten über das Glas, das Geräusch ging ihr durch Mark und Bein. Er bellte wie verrückt, hörte nicht auf, Hundespeichel benetzte die Scheibe. Die von seinen Krallen verursachten Rillen wurden tiefer und tiefer, irgendwann zerbarst die Scheibe mit einem lauten Knall. Splitter schossen in den Raum. Und mit ihnen Jemand, der sich sofort auf den falschen Schornsteinfeger stürzte. Der riss die Arme hoch, um sich zu schützen, doch gegen Jemand hatte er keine Chance. Der Hund verbiss sich in seine Kehle.

An dieser Stelle endete der Traum.

Langsam wurde Michelle klar, dass sie nicht mehr im Haus ihres Vaters war und Jemand sie nicht retten würde. Um sie herum herrschte vollkommene Dunkelheit, dazu eine furchtbare Stille. Einen Tag nach Connys Beerdigung war sie noch einmal in die Friedhofskapelle zurückgekehrt, weil sie das Gefühl gehabt hatte, dort allein Abschied nehmen zu müssen. Die Stille war erdrückend gewesen, nicht beruhigend oder friedlich. Genauso war es hier. Zudem roch es unangenehm. Eine scharf stinkende Mischung, die Michelle nicht sofort einordnen konnte. Roch es nach Öl? Oder waren das menschliche Exkremente? Oder beides?

Sosehr sie die Augen auch aufriss und sich anstrengte, sehen konnte sie absolut nichts. Also musste sie sich auf ihren

Tastsinn verlassen. Sie lag auf hartem Boden, ihre Fingerspitzen ertasteten raues Metall, dessen Oberfläche sich abreiben ließ. Vermutlich rostete es.

Michelle drückte sich hoch. Sofort schoss ihr ein scharfer Schmerz durch den Kopf. Vorsichtig betastete sie die Stelle an ihrem Hinterkopf und entdeckte dort eine enorme Schwellung. Der Schornsteinfeger, der keiner war, hatte mit dem Aschenbecher aus Granit nach ihr geworfen, daran konnte sie sich erinnern, aber an nichts mehr danach. Er musste sie mitgenommen und hier eingesperrt haben.

Hoffentlich hatte er Jemand nichts angetan!

Nach ein paar Minuten in sitzender Position fühlte sich ihr Kopf ein wenig besser an. Und als der Schmerz sie nicht mehr so sehr ausfüllte, wurde ihr klar, in welcher Lage sie war. Sie war entführt und gefangen, wahrscheinlich von dem Mann, der Conny getötet hatte. Der wohl auch dieses Mädchen entführt hatte. Nadine Seeliger, die nie wieder aufgetaucht war.

Blühte ihr das gleiche Schicksal?

Die Angst griff tief in ihren Bauch. Aber Michelle kam nicht dazu, panisch zu werden, denn plötzlich erklang ein metallisches Geräusch, groß und gewaltig und überlaut, und von irgendwoher schoss Licht in das Verlies. So viel Licht, dass sich Michelle geblendet abwenden musste.

So schnell, wie es gekommen war, erlosch das Licht wieder, die Finsternis kehrte zurück und mit ihr etwas anderes. Eine Präsenz. Michelle spürte ganz deutlich, dass sie nicht mehr allein war, und das machte ihr noch mehr Angst.

Sie verhielt sich mucksmäuschenstill, wagte nicht einmal zu atmen, so lange, bis sie zu ersticken drohte und schließlich doch Luft durch die Nase einsog.

Von irgendwoher kam ein kratzendes Geräusch und löste

sich langsam in seinem eigenen Echo auf. Dann ein Husten und Würgen, und plötzlich war klar, dass kein Monster sich zu ihr ins Verlies geschlichen hatte, sondern ein Mensch, dem es genauso erging wie ihr.

Michelle nahm ihren Mut zusammen.

«Hallo?», rief sie in der Finsternis, und das Wort hallte eine Weile lang wider.

Dann war es still, und sie stellte sich vor, wie die Person erstarrte und sich nicht mehr zu atmen traute, genau wie Michelle selbst eben noch.

«Ist da jemand?», schob sie hinterher.

Es dauerte ein paar Sekunden, bis ein klägliches «Ja» durch die Dunkelheit schwang.

Michelle konnte die Richtung bestimmen, aus der es gekommen war, aber nicht die Entfernung.

«Warten Sie, ich komme zu Ihnen.»

Auf allen vieren krabbelte sie in die Richtung, in der sie die Person vermutete, aber schon nach wenigen Sekunden glaubte Michelle, die Orientierung verloren zu haben.

«Sagen Sie etwas, damit ich Sie finden kann.»

«Ich ... ich ... Wo sind wir ... was soll das alles?»

Der Hall machte es nicht leichter, aber Michelle glaubte nun zu wissen, in welche Richtung sie krabbeln musste. Sie beeilte sich, ignorierte den Kopfschmerz und das Gefühl, sich übergeben zu müssen. Unvermittelt stieß sie mit der rechten Hand gegen einen Körper und schrie auf. Auch die andere Person schrie vor Schreck, und in der metallenen Hülle vereinigten sich ihre Ängste zu einem Crescendo.

«Wer bist du?», fragte die Person. Ihre Stimme klang weiblich.

«Michelle, ich bin Michelle. Und du?»

«Mein Name ist Heike Haubrock ... jemand ... hat mich entführt.»

«Mich auch. Ich weiß gar nicht, wie lange ich schon hier bin ... ich war wohl längere Zeit bewusstlos.»

«O mein Gott ... o mein Gott ... er wird uns töten ... er wird uns bestimmt töten.»

Die Frau geriet in Panik.

Michelle fand eine Hand, ergriff und drückte sie. Das tat gut, ihr mindestens genauso wie der Frau, auch wenn sich die Hand grob und rau anfühlte. Die Hand eines Menschen, der harte Arbeit gewohnt war.

«Jetzt sind wir zu zweit, und wenn wir zusammenhalten, kommen wir hier raus», sagte Michelle.

«Aber wie denn ... wie denn? Niemand weiß, wo ich bin. Ich war auf dem Nachhauseweg von der Arbeit. Ich weiß nicht mal, ob jemand nach mir sucht, ich bin doch allein ... o mein Gott ...»

Michelle drückte die Hand fester.

«Mein Vater sucht nach mir», sagte sie. «Er war mal Polizist, und ich bin mir sicher, dass er Himmel und Hölle in Bewegung setzt, um mich zu finden.»

«Dein Vater? Ein Polizist?»

Sie waren sich jetzt nahe, und dennoch gelang es Michelle nicht, auch nur einen Schemen zu erkennen. Diese vollkommene Dunkelheit war furchteinflößend.

«Ja, ich wurde aus seinem Haus entführt. Er wird uns helfen, ganz sicher. War es bei Ihnen auch ein Schornsteinfeger, der Sie entführt hat?»

«Was? Ein Schornsteinfeger? Ich verstehe nicht ... O Gott, ich bekomme keine Luft mehr, ich glaube, mein Herz macht schlapp ...»

Michelle hörte die Frau nach Luft ringen.

«Beruhigen Sie sich. Sie müssen sich beruhigen. Atmen Sie gleichmäßig und langsam, dann wird es schon wieder. Kommen Sie, wir atmen zusammen.»

«Ich kann nicht ... ich kann nicht ... ich will noch nicht sterben ... Bitte, bitte, helfen Sie mir ...»

«Ich bin bei Ihnen. Ganz ruhig, ich bin ja bei Ihnen. Hier, spüren Sie meinen Herzschlag?»

Michelle nahm die Hand der Frau und drückte sie auf ihren Brustkorb. «Das bin ich. Ich habe auch Angst, aber wir müssen versuchen, ruhig zu bleiben.»

Die Frau versuchte, ihre Hand wegzuziehen, doch Michelle hielt sie fest, streichelte ihren Handrücken. Sie tat das nicht uneigennützig, denn auch sie brauchte jemanden, an dem sie sich festhalten und beruhigen konnte. Die kurze Zeit allein in dieser vollkommenen Dunkelheit war schlimm gewesen, und Michelle war froh, nun diese unbekannte Frau bei sich zu haben.

«Erzählen Sie mir, wer Sie sind und woher Sie kommen?», bat Michelle.

Aus ihrem Beruf als Krankenschwester wusste sie, dass man Menschen am besten beruhigen und ablenken konnte, wenn man sie von sich selbst erzählen ließ. Darüber musste niemand nachdenken, es floss aus einem heraus, und wer redete, fürchtete sich nicht.

Also erfuhr Michelle, dass Heike Haubrock Kassiererin in einem Supermarkt war, obwohl sie Friseurin gelernt hatte. Sie hatte die Chemikalien nicht vertragen und sich umorientieren müssen. Ihren Ehemann Matthias hatte sie vor acht Jahren vor die Tür gesetzt, weil er mit fünfzig entschieden hatte, sein Leben auf der Couch mit Bier und Fernsehen langsam ausklingen zu lassen. Seitdem hatte sie keinen Partner mehr gehabt, aber auch nichts vermisst. Männer waren ihr zu anstrengend.

«Ich will nach Hause», sagte sie schließlich und brach abermals in Tränen aus.

«Wir schaffen das», versuchte Michelle, sie zu ermutigen, obwohl ihr selbst nach Heulen zumute war.

Heike schniefte. «Dein Vater ist wirklich Polizist und auf der Suche nach dir?», fragte sie.

Michelle brachte es nicht übers Herz, ihr zu sagen, dass ihr Vater ein ehemaliger Polizist war und sein aktives Berufsleben bei der Bundestagspolizei verbracht hatte, man ihn also nicht als klassischen Ermittler bezeichnen konnte. Stattdessen bestätigte sie, was Heike hören wollte.

«Und ich bin mir sicher, er wird uns finden», fügte sie an. Daran wollte Michelle selbst glauben, unbedingt. «Hast du eine Ahnung, warum du hier bist?»

«Nein. Ich habe niemandem etwas getan. Geld habe ich auch keines. Ich verstehe das nicht. Und du? Wieso wurdest du entführt?», fragte Heike. «Hat dein Vater etwas damit zu tun?»

«Ich glaube schon, aber er kann nichts dafür. Ich habe eine ... hatte eine gute Freundin, Conny. Wir haben zusammen gearbeitet. Sie fühlte sich seit Wochen verfolgt und beobachtet, wusste aber nicht, von wem. Die Polizei an ihrem Wohnort konnte ihr nicht helfen, sie war total verzweifelt, da bot ich ihr die Hilfe meines Vaters an. Aber an dem Tag, als mein Vater Conny beobachtete, um herauszufinden, was los ist, wurde sie vor ihrer Haustür getötet.»

Heike gab einen merkwürdigen Schreckenslaut von sich.

«Bisher weiß niemand, von wem. Mein Vater fühlt sich

deswegen schuldig und will den Täter finden. Er bat mich, bei ihm zu Hause auf seinen Hund aufzupassen, während er nach Berlin fuhr, um dort die Ermittlungen voranzutreiben, und dann kam dieser Schornsteinfeger, der sich kurz zuvor angekündigt hatte. Aber er war gar kein Schornsteinfeger ... es war der Mann, der Conny getötet hat. Er schlug mich bewusstlos ... und ich bin hier drin erwacht.»

«Warum hat er deine Freundin verfolgt und umgebracht?»

«Das weiß ich nicht. Conny konnte sich auch keinen Grund vorstellen, warum ihr jemand nachstellen sollte. Und warum jetzt ich? Oder du? Das macht doch alles keinen Sinn. Ich verstehe das nicht.»

«Hat dein Vater denn noch keinen Anhaltspunkt? Ich meine, er ist Ermittler, er muss doch etwas herausgefunden haben.»

Michelle schüttelte in der Dunkelheit den Kopf.

«Nein, bisher leider nicht. Und soweit ich weiß, die Polizei auch nicht.»

«Wieso die Polizei? Dein Vater ist doch die Polizei.»

Michelle verstand, dass sie sich verplappert hatte.

«Ja, schon, aber in dieser Sache darf er offiziell gar nicht ermitteln. Wegen der Zuständigkeiten und so.»

«Ich habe das Gefühl, dass du mich anschwindelst», sagte Heike Haubrock.

«Nein, tue ich nicht. Na ja, mein Vater ist schon pensioniert, aber er ist auf jeden Fall auf der Suche nach mir.»

«Weiß er denn, wo er suchen muss?»

Darauf sagte Michelle nichts, denn die Antwort wäre zu demotivierend gewesen. Ihr Vater wusste nichts, deshalb war er ja nach Berlin gefahren, um in der Datenbank der Polizei zu recherchieren, aber das würde sie Heike nicht erzählen.

Ihr Schweigen war beredt genug. Das spürte auch Heike, sie schwieg ebenfalls und zog ihre Hand zu sich heran.

«Weißt du, warum du wirklich hier bist?», fragte Heike, und ihre Stimme klang verändert. Härter und dunkler, so als ob sich etwas Männliches durchsetzen würde. Das musste an der Enttäuschung liegen.

«Nein», sagte Michelle.

«Wenn du 1440 Euro hast, und jemand nimmt dir 1000 Euro davon weg, was würdest du tun? Würdest du nicht versuchen, sie dir wiederzuholen?»

«Ich ... ich verstehe nicht.»

«Würdest du nicht versuchen, sie dir zurückzuholen?»

«Doch, ja. Natürlich.»

Die Frau kam ihr ganz nahe.

«Und nichts anderes tue ich. Und deshalb frage ich dich: Hast du Zeit?»

4.

Morgen. 09:00 Uhr.

Um neun Uhr erreichte Grotheer die Polizeidienststelle.

Während der Fahrt hatte er andauernd auf seine Armbanduhr geschaut und sich so gehetzt gefühlt wie noch nie zuvor in seinem Leben. Ihm war überaus bewusst, dass jede einzelne Sekunde zählte, wenn er Michelle lebend finden wollte, gleichzeitig hatte er nicht das Gefühl, genug dafür zu tun. Er hatte Doris informieren müssen, das war klar, zugleich war es aber Zeitverschwendung gewesen, weil sie nichts hatte beitragen können. Er glaubte auch nicht, dass die Polizei ihn weiterbringen würde, aber er hatte Doris versprochen, sofort dorthin zu fahren.

Er parkte seinen Wagen, nahm die Sanduhr und stieg aus. Im gleichen Augenblick fuhr ein Streifenwagen vor das Dienststellengebäude, und Holger Werth sprang heraus. Genau zu ihm wollte Grotheer. Auch wenn Werth ihn an jenem Tag, als Conny Goldmann gestorben war, im Verhör wie einen Verdächtigen behandelt hatte, war er Grotheer in guter Erinnerung geblieben. Der junge Mann war engagiert, zielstrebig und hatte einen ehrlichen Eindruck gemacht.

Grotheer rief nach ihm.

Werth, der bereits auf dem Weg ins Gebäude war, drehte sich zu ihm um und stutzte. «Was machen Sie denn hier?»

«Ich muss mit Ihnen reden, dringend. Wegen dieser Sache.»

«Welcher Sache?»

Holger Werth warf einen Blick auf die Sanduhr, die Grotheer in den Händen hielt.

«Meine Tochter ist verschwunden», stieß Grotheer aus. «Und wer auch immer sie hat, hat dieses Ding bei mir abgestellt.»

«Michelle Burghardt ist verschwunden? Die Freundin von Constanze Goldmann?»

«Nicht verschwunden, sondern entführt. Vor den Augen meines Hundes. Es gibt Kampfspuren in meiner Wohnung.»

Werth musste nicht lange überlegen. «Okay, kommen Sie mit.»

Sie betraten die Dienststelle. Werth führte Grotheer in einen leeren Besprechungsraum.

«Erzählen Sie», forderte er ihn im Stehen auf.

Also erzählte Grotheer zum zweiten Mal an diesem Morgen, was passiert war.

Werth hörte schweigend zu, bis Grotheer fertig war, dann deutete er auf die Sanduhr, die zwischen ihnen auf dem Tisch stand.

«Sie haben das Ding die ganze Zeit angefasst, nehme ich an», sagte er.

Erst als Grotheer nickte, wurde ihm klar, dass er damit Fingerabdrücke vernichtet hatte, die eventuell an dem Glas hafteten.

«Tut mir leid ...»

«Und wo ist die Sanduhr von Herrn Lamprecht?»

«Er hat sich geweigert, sie mir mitzugeben. Sie müssten schon selbst hinfahren. Ich kann Ihnen die Adresse nennen.»

«Darf ich?» Werth streckte die Hand aus, und Grotheer schob die Sanduhr zu ihm hinüber.

Holger Werth hob sie an und begutachtete sie.

«Nirgendwo ein Hinweis auf den Hersteller», sagte er. «Man sieht aber, dass es Handarbeit ist. Gute Qualität, schwer und wertig. Ist das Nussbaumholz?»

Werth nahm den Deckel ab, der zum Befüllen gedacht war.

«Keine Ahnung», sagte Grotheer.

«Haben Sie mal online geschaut, ob die Dinger irgendwo angeboten werden?»

Grotheer nickte. «Habe ich. Es gibt Hunderte Hersteller für Sanduhren. Aber der Hersteller steckt wohl nicht dahinter, das wäre ja ziemlich doof. Hören Sie, ich will nicht unhöflich werden, aber es geht um meine Tochter, wir müssen sofort etwas unternehmen.»

«Und was schlagen Sie vor?»

«Ich schlage vor, wir fahren jetzt sofort zum Haus von

Conny Goldmann und schauen nach, ob es dort auch eine solche Sanduhr gibt.»

«Aber nach dem, was Sie mir gerade erzählt haben, passt Frau Goldmann doch gar nicht in das Schema. Das andere Opfer …»

«Nadine Seeliger.»

«Nadine Seeliger, danke, wurde entführt. Ihre Tochter wurde entführt. Frau Goldmann wurde …»

«Ja, ja, ja, ich weiß», unterbrach Grotheer ihn. «Und dennoch glaube ich, sie passt auch ins Schema, ich weiß nur noch nicht, wie. Es ist doch wohl ganz klar, dass der Täter mich und Michelle beobachtet hat. Vielleicht ist er mir an jenem Tag von hier nach Hause gefolgt. Ganz bestimmt sogar, sonst wüsste er doch gar nicht, wo ich lebe.»

Werth nickte, drehte die Sanduhr in seinen Händen.

«Okay, fahren wir hin.»

Grotheer war überrascht. Er hatte mit mehr Widerstand gerechnet. Immerhin war er Zivilist, Werth musste ihn nicht einbeziehen.

Sie verließen die Dienststelle, stiegen in den Streifenwagen, fuhren los.

«Ein Freund von mir wurde auch angeschossen», sagte Holger Werth plötzlich.

«Sie haben also Ihre Hausaufgaben gemacht», erwiderte Grotheer.

«Klar, was blieb mir anderes übrig. War aber auch nicht schwer, hinter Ihre Geschichte zu kommen. Beamte plappern genauso gern wie alle anderen Leute.»

«Ich weiß.»

«Mein Freund sagt, er träumt häufig davon. Wie ist das bei Ihnen?»

«Ich musste nicht davon träumen. Ich habe jede Minute daran gedacht», antwortete Grotheer wahrheitsgemäß und wollte es dabei belassen. Er war nicht hier, um über seine Psyche zu reden.

Sie erreichten das Haus und stiegen aus. Holger Werth hatte den Schlüssel dabei und schloss die Wohnung von Constanze Goldmann auf.

Sie war noch komplett eingerichtet. Da es nur zwei Zimmer gab, dauerte es nicht lange, alles abzusuchen. Sie sahen in die Schränke, unter das Bett, ins Bad und in den kleinen Abstellraum. Eine Sanduhr fanden sie nicht.

«War einen Versuch wert», sagte Werth.

«Ja, und es ändert nichts daran, dass die Fälle zusammenhängen», entgegnete Grotheer. «Was werden Sie jetzt wegen meiner Tochter unternehmen?»

«Sie wissen, dass ich nicht zuständig bin. Ich werde sofort die Kollegen informieren und ins Bild setzen, aber dann bin ich raus. Ist weder mein Bezirk, wo Ihre Tochter verschwand, noch mein Aufgabengebiet.»

«Aber Sie können Druck machen.»

«Ich? Wie sollte ein normaler Polizeikommissar Druck auf die Mordkommission machen können?»

«Aber hier ist ein Serientäter am Werk. Das ist doch wohl ganz klar!» Grotheer regte sich auf, er spürte Puls und Blutdruck steigen.

«Nun mal langsam. Die Sache mit den Sanduhren kann auch Zufall sein. Wenn wir hier auch noch eine gefunden hätten, dann ... Aber so?»

«Zufall!» Grotheer machte einen Schritt auf den jungen Polizisten zu. «Wie kann das ein Zufall sein? Er hat sich meine Tochter geholt, weil wir ihm hier, bei Conny Goldmann, in die Quere gekommen sind. Haben Sie denn niemanden ermittelt, der für ihren Tod verantwortlich sein könnte?»

Werth schüttelte den Kopf.

«Herr Grotheer, beruhigen Sie sich bitte. Soweit ich weiß, hat die Mordkommission bisher niemanden festgenommen und verfolgt auch keinen dringend Tatverdächtigen. Es gibt keine Augenzeugen und auch keine verwertbaren Spuren. Ein Raubmord wird aber ausgeschlossen, da in der Wohnung nichts fehlt.»

Grotheers Hände ballten sich automatisch zu Fäusten. Er wusste nicht mehr, wohin mit seiner Verzweiflung, wollte irgendwas zerschlagen und hätte es vielleicht sogar getan, hätte Werth ihm nicht beruhigend eine Hand auf die Schulter gelegt.

«Aber ich spreche mit der Mordkommission über die neue Entwicklung. Ich bin sicher, die werden sich dafür interessieren und sofort die Suche nach Ihrer Tochter in Gang setzen.»

Das war alles, was Werth für ihn tun würde, das wusste Grotheer, also beließ er es dabei. Und als Werth sich wenig später vor der Polizeidienststelle von ihm verabschiedete und nicht einmal die Sanduhr als Beweismittel verlangte, wusste Grotheer, dass er hier seine Zeit verschwendete.

5.

Morgen. 09:38 Uhr.

Hier draußen war die Zeit nicht nur stehen geblieben, sie schien einen Schritt zurück getan zu haben.

Lilly konnte sich erinnern, dass das Ausflugslokal am

Stausee vor fünf oder sechs Jahren für immer die Türen geschlossen hatte, doch es wirkte, als wären seitdem nicht mehrere Jahre, sondern Jahrzehnte vergangen.

Mit ihrem ausgeprägten Sinn fürs Fotografische nahm sie jedes Detail wahr. Die ausgetretenen Sandsteinstufen, der verblichene Putz, das Moos auf den Dachschindeln, das hohe Unkraut in den Dachrinnen und den Rissen des geteerten Parkplatzes, die Berge von Laub überall: Die Natur hatte die kurze Zeit genutzt und sich das Areal zurückerobert.

Nichts Menschliches ist von Dauer, schoss es Lilly durch den Kopf. Warum also machen wir so ein Gewese um unsere Existenz, tun so, als wäre jeder Handgriff wichtig, jeder Social-Media-Post entscheidend? Wir sind vergänglich. Schneller und gründlicher, als uns lieb ist, verschwinden unsere Spuren, und nichts bleibt von unserer Wichtigkeit.

Vor dem alten Gebäude gab es einen Parkplatz, der durch einen Bauzaun abgesperrt war. Gelbe «Betreten verboten»-Schilder hingen daran. Jedoch war ein Zaunelement zur Seite geschoben, sodass man direkt vor den Eingang fahren konnte.

«Was für ein Horrorhaus», sagte Ali.

Sie waren zusammen in seinem Wagen hergefahren. Eine Fahrt von einer halben Stunde, in der er die meiste Zeit belangloses Zeug gequatscht und Lilly ihm kaum zugehört hatte. Sie fühlte sich müde und abgeschlagen, hatte schlecht geschlafen und wurde die Gedanken an Nadja nicht los. Obwohl Lilly wusste, dass es Quatsch war, hatte sie ein schlechtes Gewissen. Und das nach all den Jahren, die vergangen waren.

«Ich parke da drüben am Waldweg, da sieht uns keiner», sagte Ali und setzte rückwärts in einen schmalen Schotterweg, bis er mit dem Heck an einer Schranke stand. Die Äste der Fichten schabten über das Autodach.

«Und? Schauen wir uns um?»

Ali sah sie aus seinem lädierten Gesicht erwartungsvoll an. Er schien in Abenteuerlaune zu sein. Die Schmerzen, die er ohne Zweifel haben musste, schienen ihm nichts auszumachen.

«Deshalb sind wir hier», antwortete Lilly. «Aber sollten wir nicht erst einmal abwarten und herausfinden, ob er da ist?»

«Quatsch. Wenn er da ist und Stress macht, kriegt er auf die Fresse.»

Ali stieß die Wagentür auf und stieg aus.

Lilly brauchte noch einen Augenblick. Ali hatte recht: Vor ihr lag ein Horrorhaus, ein Lost Place, der sich hervorragend für Fotos eignete, wenn man auf so etwas stand. Und der sich ebenso eignete, entführte Menschen gefangen zu halten. Niemand würde hier draußen etwas davon bemerken, Autoverkehr gab es kaum noch, seitdem die neue Umgehungsstraße fertiggestellt war. Die neue Strecke führte direkt über die Staumauer, und dort gab es ein neues Lokal. Schick und modern, mit Panoramablick über den Stausee.

Würden sie Felicitas in diesem Horrorhaus finden?

Und war es nicht viel zu gefährlich, was sie vorhatten?

Egal, sie mussten es versuchen.

Lilly nahm ihre Kamera, stieg aus und folgte Ali, der ein paar Schritte auf der einsamen Landstraße vorangegangen war. In verblichener blauer Farbe stand über dem Hauseingang der Name. *Zum See.* Der Stausee lag einen halben Kilometer in westlicher Richtung, mehrere Wanderwege führten dorthin.

Ali ging zielstrebig auf das Gebäude zu. Es schien ihm egal zu sein, ob sie von da drinnen jemand beobachtete.

«Warte bitte», rief Lilly ihm zu. Er blieb stehen, stemmte die Fäuste in die Hüften und schüttelte den Kopf.

«Ohne Scheiß, in jedem Horrorfilm wäre das Opfer hier versteckt. Ist doch ideal.»

«Das ist aber kein Film, und wir sollten vorsichtig sein», sagte Lilly.

«Warum? Glaubst du, ich habe Angst vor diesem Wicht?»

«Schon mal darüber nachgedacht, dass er bewaffnet sein könnte?»

Mit einer geschickten Bewegung zauberte Ali ein Messer hervor. «Ich bin bewaffnet. Und ich kann damit umgehen.»

Er ließ das Messer wieder verschwinden. «Okay, gehen wir ums Haus und schauen durch die Fenster. Dann können wir immer noch einsteigen.»

Lilly war zwiegespalten. Einerseits gefiel es ihr nicht, mit welcher Selbstverständlichkeit Ali hier die Führung übernahm, andererseits bewunderte sie seinen Mut. Dabei war es eher Leichtsinn, eine Mischung aus Überheblichkeit und Machoverhalten. Er wollte sie beeindrucken, das war klar. Führte so ein Verhalten nicht zuverlässig immer wieder in die Katastrophe?

Diese Zweifel quälten Ali nicht. Beherzt schritt er voran, und sie folgte ihm. Durch die Lücke im Bauzaun betraten sie das Grundstück, hielten sich links und mussten einige Äste beiseitedrücken, um an die Längsseite des Gebäudes zu gelangen. Die lag im Schatten, es war kühl dort, und die Vegetation war dicht an die Hauswand herangerückt. Alle Fenster im Erdgeschoss waren mit Holzplatten vernagelt.

«Shit», stieß Ali aus. «Würde ich aber auch so machen, wenn ich etwas zu verheimlichen hätte.»

Spinnweben legten sich sanft über Lillys erhitztes Gesicht,

während sie sich durch das Dickicht weiter Richtung Rückseite des Gebäudes kämpften. Kaum hatte sie eine weggewischt, war schon die nächste da.

Hinten befand sich die ehemalige Küche, ein neuerer Trakt, der irgendwann an das alte Gebäude angebaut worden war. Die schmalen Fenster in zwei Meter Höhe waren nicht mit Holz gesichert. Warum auch? Sie waren zu hoch, um durchschauen, und zu schmal, um einbrechen zu können.

Ali versuchte es mit Springen, aber es gab nichts, woran er sich hätte festhalten und hochziehen können, schon gar nicht mit seinem verletzten Finger.

«Okay, Räuberleiter», sagte er. «Aber anders, weil mir ja jemand den kleinen Finger gebrochen hat.»

Er lehnte sich mit beiden Händen gegen die Wand und ging in die Knie.

«Los! Du musst dich auf meine Schultern stellen.»

Lilly hätte fast laut aufgelacht. Vor sich sah sie nicht mehr den gefährlichen Schläger, der in der Garage auf sie losgegangen war, sondern einen kleinen Jungen, der Spaß an Abenteuern hatte.

«Ich bin viel zu schwer für dich», sagte Lilly.

«Was wiegst du? Fünfzig Kilo? Ist doch wohl ein Witz. Na los, mach schon.»

Also setzte Lilly erst den rechten, dann den linken Fuß auf seine Schultern und lehnte sich gegen die Mauer. Ali drückte sich hoch. Für einen Moment fürchtete sie, nach hinten überzukippen, doch dann gelang es ihr, das Körpergewicht nach vorn zu verlagern. Nun war sie auf Fensterhöhe und konnte ins Gebäude hineinschauen.

Der große Raum war komplett leer, die gastronomischen Geräte längst entfernt. Lilly hatte Müll erwartet, Staub,

Spinnweben. Aber der Raum wirkte sauber, so als hätte kürzlich erst jemand feucht durchgewischt. An der Wand neben der Tür zur Gaststätte standen einige Kartons übereinander. Etwas Verdächtiges gab es nicht zu sehen.

«Okay, runter, hier ist nichts!», rief Lilly.

Ali ging in die Knie, und Lilly sprang von seinen Schultern. «Sieht aus, als wäre da gerade erst renoviert worden. Sauber und ordentlich», erklärte sie.

«Dann lass uns noch die andere Seite checken. Wenn die Fenster da auch vernagelt sind, steigen wir ein. Das Türschloss zu knacken sollte eigentlich kein Problem sein.»

«Aber das ist dann ein Einbruch», gab Lilly zu bedenken.

«Und? Ich habe kein Problem damit. Du etwa?»

Eigentlich hatte sie schon ein Problem damit, aber wenn sie sich an Recht und Ordnung hielten, würden sie Felicitas nicht retten können. Was, wenn sie wirklich in diesem gruseligen Gebäude war, vielleicht im Keller eingesperrt, geknebelt und gefesselt? Was, wenn Felicitas sie hörte und sich Hoffnung auf Rettung machte? Sie konnten jetzt nicht einfach aufhören und wegfahren, nur weil das Gesetz es ihnen nicht gestattete, in dieses leere Haus einzubrechen. Und hatte Carsten Lindt nicht selbst Schuld? Warum war er zurückgekehrt? Warum belästigte er seine Ex-Frau? Es war doch klar, dass er damit Interesse auf sich zog.

Ali ging voran, Lilly folgte ihm.

Sie waren noch nicht weit gekommen, als sie plötzlich ein Geräusch an der Vorderseite hörten.

6.

Vormittag. 10:07 Uhr.

«Eine zurückgewiesene Liebe kann eine tiefe Kränkung sein. Menschen haben schon für weniger getötet.»

Dieser Satz stammte von Grotheer selbst. Er hatte ihn zu Michelle gesagt an jenem Abend, als sie sich in seiner Wohnung nach so vielen Jahren endlich ein wenig nähergekommen waren.

Der Satz war ihm wieder eingefallen, als er von seiner Ex-Frau Doris weggefahren war. Warum er ihm nach diesem herzzerreißenden Besuch in den Kopf gekommen war, lag wohl auf der Hand. Doris hatte ihm sein Verhalten von damals noch immer nicht verziehen. Sie war gekränkt, und diese Kränkung wirkte nach. Jahrzehntelang.

Nach dem enttäuschenden Gespräch mit Holger Werth hatte Grotheer in das Navi seines Wagens die Adresse eingegeben, die er im Büro der Bundestagspolizei aus den Datenbeständen quasi gestohlen hatte.

Die Adresse von Mats Kaminski.

Jener Mann, der Conny Goldmann während ihrer Arbeit als Betreuerin von Wachkomapatienten einen Heiratsantrag gemacht hatte. Den sie zurückgewiesen hatte.

Grotheer war sich überhaupt nicht sicher, ob es Sinn hatte, mit dem Mann zu reden. Wie ernst konnte dieser Antrag damals gewesen sein? Wahrscheinlich war er während eines lockeren Gesprächs aus einer Laune heraus entstanden. Kinderkram unter Erwachsenen. Kam doch dauernd vor, so etwas.

Andererseits: Warum hatte Conny diesen Mats Kaminski

Michelle gegenüber überhaupt erwähnt? Doch sicher nur, weil sie die Sache ernst genommen und im Lichte der späteren Ereignisse, als sie sich verfolgt fühlte, für wichtig erachtet hatte. Vielleicht hatte Conny zu dem Zeitpunkt aber bereits jeden verdächtigt, verzweifelt, wie sie war.

Und verzweifelt war Grotheer jetzt auch.

Seine Michelle war verschwunden. Entführt. Von einem Täter, der so etwas schon häufiger getan hatte und der aus welchem Grund auch immer Sanduhren bei den Angehörigen hinterließ. So einer war gefährlich, das hatte er nicht zuletzt durch den Mord an Conny bewiesen. Michelle befand sich in der Gewalt eines eiskalten Mörders, der einer jungen Frau den Hals aufgeschnitten hatte, und Grotheer war nicht so naiv, sich einzureden, ihm bliebe noch ausreichend Zeit, sie zu finden.

Er hatte keine Zeit.

Keine Minute, keine Stunde, keinen Tag.

Wenn er das Versprechen an seine Ex-Frau einhalten wollte, musste er Michelle so schnell wie möglich finden. Und die Adresse von Mats Kaminski war im Moment sein einziger Anhaltspunkt.

Also musste er dorthin.

Zum Glück lebte der Mann nicht allzu weit entfernt. Die Fahrt dauerte anderthalb Stunden. Und schon wieder raste Grotheer. Im Heck des Wagens hechelte Jemand. Er war bisher zu kurz gekommen, hatte auf seinen üblichen Morgenspaziergang verzichten müssen.

«Willkommen im Club», sagte Grotheer mit bitterer Stimme und erntete ein leises Winseln von Jemand.

Kaminski lebte in einem kleinen Ort. Nicht mehr als zehntausend Einwohner, schätzte Grotheer. Die Straßen wanden sich zwischen zwei bewaldeten Hügeln auf und ab. In der Ortsmitte gab es das Restaurant «Zum grünen Jäger», wohl noch geöffnet, aber es hatte sicher bessere Tage gesehen. Der erste Eindruck war, dass das Leben hier stillstand, aber das stimmte natürlich nicht. Nirgendwo stand das Leben still. Veränderungen gab es überall. Auch hier. Man musste sich nur den gut gefüllten Friedhof anschauen, um das zu ahnen. Dieser Ort starb aus. Hier fand das Leben ein Ende. Und danach konnte etwas Neues beginnen.

Grotheer fragte sich, was Kaminski hier verloren hatte.

Hinter dem Friedhof bog er links ab.

Birkenstraße 11.

Eine Durchgangsstraße zwar, aber ruhig. Rechts und links Häuser aus den Siebzigerjahren, die alle gleich aussahen. Gepflegte Vorgärten, gestrichene Carports, geputzte Fensterscheiben.

Außer bei Nummer 11.

Grotheer stoppte den Wagen und betrachtete das Haus.

Es unterschied sich nicht großartig von den anderen, aber der Rasen war lange nicht gemäht worden, die Büsche nicht gestutzt, die Pflasterung in der Auffahrt nicht vom Unkraut befreit.

Vielleicht lag der Mann ja auch auf dem Friedhof.

Allzu alt konnte er allerdings nicht sein, wenn er der jungen Conny Goldmann vor etwas mehr als einem Jahr einen Heiratsantrag gemacht hatte. Andererseits: Seit wann machten alte Säcke jungen Frauen keine Heiratsanträge? Bei ihm war das nie so gewesen. Vielleicht war er ein asexueller Mensch. Großes Interesse oder Verlangen hatte er jedenfalls nie gehabt. Nach der Trennung von Doris war es ihm wichtiger gewesen, mit sich allein klarzukommen.

Jemand steckte seinen Kopf zwischen den Sitzen hervor und schleckte Grotheer übers Ohr. Das fühlte sich warm und beruhigend an, reichte aber nicht, um Grotheers aufgewühltes Inneres zu besänftigen. Er stieß die Tür auf. Stieg aus. Ließ den Hund raus und betrat die Hofeinfahrt. Das Garagentor war verschlossen. Ob ein Auto darin stand, konnte Grotheer nicht sehen. Eilig stieg er zwei Stufen zur Haustür hinauf. Über der Klingel stand auf einem Messingschild der Name Kaminski. Grotheer drückte den Klingelknopf. Drinnen ertönte ein melodisches Geräusch.

Jemand kam zu ihm, setzte sich aber brav vor die Stufen und schaute zu Grotheer hinauf. Er wirkte erleichtert.

Im Haus rührte sich nichts, also klingelte Grotheer noch einmal. Der ungepflegte Zustand des Gartens ließ ja vermuten, dass niemand zu Hause war, aber Grotheer wollte nicht einfach so aufgeben. Was sollte er denn tun, wenn auch dieser Ansatz im Nichts verlief? Wo nach Michelle suchen?

In seinem Inneren fraß sich Angst wie Krebs durch seine Eingeweide. Da konnte Jemand ihn noch so aufmunternd anschauen, es half nicht. Verzweiflung hatte längst das Regiment übernommen. Und sie wuchs weiter, weil Mats Kaminski nicht öffnete.

Grotheer stieg die beiden Stufen hinunter, ging die Hälfte der Strecke zu seinem Wagen zurück, drehte sich in der Auffahrt im Kreis und suchte nach etwas, das er hier nicht finden würde. Bekäme er doch Hilfe. Aus dem Universum, von Gott, vom Schicksal, wer oder was auch immer sich zuständig fühlte. Es konnte doch nicht sein, dass ihm seine Tochter schon wieder genommen wurde.

Dass er schon wieder versagte.

«Hey. Sie. Was haben Sie da zu suchen?»

Die männliche Stimme kam vom Grundstück gegenüber.

Dort stand sein Ebenbild. Zumindest sah es aus der Entfernung so aus.

Ein Mann im Rentenalter. Hoch aufgeschossen, dürr, scharfer Blick, volles Haar. Nur dass dessen Haar schlohweiß war, während bei Grotheer das letzte bisschen Farbe noch ums Überleben kämpfte.

Grotheer ging auf den Mann zu. Der kam vor bis an den perfekt gestrichenen Jägerzaun. In der rechten Hand hielt er eine Rosenschere.

«Guten Tag, mein Name ist Grotheer. Ich will zu Herrn Kaminski, aber er ist wohl nicht zu Hause?», begrüßte Grotheer ihn.

«Schreckenberg», stellte sich der Rentner vor, und seine Augen verengten sich zu Schlitzen. Clint-Eastwood-Augen, fand Grotheer.

«Nein, Kaminski ist nicht da.»

Schweigen. Fixieren.

Jemand wedelte mit der Rute. So schlimm konnte der Mann also nicht sein.

«Können Sie mir sagen, wann er zurückkommt?»

«Nein, kann ich nicht. Aber sicher nicht so bald.»

«Aha. Warum nicht so bald?»

«Weil er mit seinem Wohnmobil in Europa unterwegs ist.»

«Ist er denn schon lange fort?»

«Fast drei Monate. Schauen Sie sich den Rasen an. Niemand kümmert sich. Und die Unkrautsamen fliegen hier überall herum und verteilen sich. Ärgerlich, wirklich ärgerlich.»

Grotheer traute sich und zückte eine seiner Visitenkarten, die ihn als Polizisten ausgaben.

Die Clint-Eastwood-Augen weiteten sich.

«Polizei? Na, wundert mich nicht.»

«Warum wundert es Sie nicht?»

«Weil der Kaminski ein komischer Vogel ist. Hat zu niemandem Kontakt gesucht. Ein Einzelgänger. Nicht unfreundlich, aber unnahbar. Hat mich gewundert, dass einer in dem Alter keinen Job hat. Er ist ja erst Ende dreißig.»

«Er arbeitet nicht?»

«Jedenfalls fährt er nirgendwo hin zur Arbeit. Das hätte ich bemerkt. Kann natürlich sein, dass er so ein digitaler Nomade oder so ist, damit kenne ich mich nicht aus.»

«Dann hat er wohl keine Familie?»

«Hier jedenfalls nicht.»

Grotheer bedankte sich und wollte gehen.

«Wird gegen ihn ermittelt?», wollte Clint Eastwood wissen.

«Nein. Das ist eine Routinebefragung.»

«In welcher Angelegenheit?»

«In einer Privatangelegenheit.»

Damit wandte Grotheer sich ab, ließ Jemand in den Fond springen, stieg ein und fuhr unter den wachsamen Augen des Rentners ab. Frust und wachsende Verzweiflung im Gepäck.

Drei Stunden Fahrt für nichts. Natürlich konnte Kaminski hinter alldem stecken und die Fahrt durch Europa nur ein Vorwand sein, um ungestört seinen verbrecherischen Geschäften nachzugehen. Aber wie sollte Grotheer das beweisen? Wie herausfinden, wo Kaminski seine Opfer gefangen hielt?

Nach zehn Minuten Fahrt hielt Grotheer in einem Waldstück. Jemand brauchte Bewegung. Er selbst auch. Um nachdenken zu können. Bevor er ausstieg, nahm er sein Handy und ging online. Für Grotheer war die Welt im Netz noch immer nicht selbstverständlich, er musste sich an sie erinnern, sonst existierte sie nicht für ihn. Und gerade war ihm eingefallen, dass Hannes Lamprecht in seinem Beisein gestern Abend in zweistündiger Arbeit allen Seiten bei Facebook, bei denen es um vermisste Personen ging, ein Foto der Sanduhr mit der Bitte um Kontaktaufnahme geschickt hatte. Zugleich hatte er Grotheer einen Facebook-Account eingerichtet. Dort hieß er «Lars Erik Jemand».

Hoffentlich war dabei etwas herausgekommen.

Grotheer rief Facebook auf.

Und fiel aus allen Wolken.

7.

Vormittag. 10:10 Uhr.

«Das ist ein Auto!», zischte Ali. «Vorn, auf dem Parkplatz.»

Er schlich voran und spähte um die Hausecke.

Lilly hielt sich hinter ihm. Ihr Herz wummerte in ihrem Brustkorb wie ein Schiffsmotor.

«Da ist jemand mit so einem kleinen Transporter gekommen. Ich kann aber nur das Auto sehen, das steht zwischen Bauzaun und Eingang.»

«Vielleicht macht da einer Pause.»

«Ja, vielleicht, wir sollten uns das genauer anschauen. Komm mit, aber leise.»

Vaffanculo, dachte Lilly, tat aber, was er sagte. Es brachte nichts, jetzt eine Diskussion darüber anzufangen, wer hier das Sagen hatte. Allerdings übertrieb Ali es wirklich. Wie ein Trapper auf Spurensuche schlich er gebückt an der Hauswand entlang. Er schien in dieser Sache richtig aufzugehen.

Nach wenigen Metern deutete Ali auf einen Bereich links von sich. Dort fiel das Gelände steil ab, und ein intakter Maschendrahtzaun sicherte den Hang bis an die Wand des Gebäudes. Zu hoch, um darüber hinwegzusteigen.

Ali schlug sich durch die Büsche. Lilly folgte. Er war so aufmerksam, Äste zurückzuhalten, damit sie ihr nicht ins Gesicht schlugen. Lilly hatte nur eine Hand frei, da sie in der anderen ihre Kamera hielt.

Es ging steil abwärts. Sie mussten jeden noch so dünnen Baumstamm nutzen, um sich festzuhalten. Dort, wo der Maschendrahtzaun endete, kämpften Ali und Lilly sich den Hügel wieder hinauf und erreichten eine kleine Brücke, die über einen der Bäche führte, die den Stausee speisten. Von hier aus verlief ein zugewachsener Pfad zurück zum Haus. Dem folgten sie.

«Runter!», zischte Ali plötzlich. «Das ist er!»

Lilly ging in die Hocke und drängte sich an ihm vorbei, um besser sehen zu können.

Und tatsächlich. Da war er.

Carsten Lindt.

In der Stadt, unter normalen Bedingungen, hätte sie ihn nicht auf den ersten Blick wiedererkannt. Er hatte zugelegt, trug sein Haar jetzt kürzer, hatte oben sogar eine kahle Stelle. Damals, als das alles passiert war, war Lindt ein attraktiver Mann mit dichtem Haar gewesen, der oft einen dünnen Schal trug, weil er sich wie ein Künstler fühlte.

Es war ein merkwürdiges Gefühl, den Mann wiederzusehen, der sich an ihr vergangen hatte.

«Der hat meine Karre gesehen», flüsterte Ali.

Carsten Lindt kam von dem Waldweg zurück, in den Ali seinen Sportwagen gesetzt hatte. Während er auf das alte Café zuging, schaute er sich zu allen Seiten um. So benahm sich einer, der etwas zu verbergen hatte, fand Lilly.

«Wie gut, dass wir nicht deinen Wagen genommen haben», sagte Ali.

Das hatte er abgelehnt, weil auf beiden Seiten an den Türen der Werbeschriftzug *Zeitfang – Fotografie* aufgeklebt war. Dazu eine Webadresse und eine Telefonnummer. Wenn man einen Einbruch plante oder auch nur eine Beschattung, war das nicht die beste Wahl für ein Fortbewegungsmittel, meinte Ali.

«Komm mit, ich will sehen, was er da macht», flüsterte Lilly und kroch voran.

Sie musste auf allen vieren bleiben, damit Lindt sie in dem Dickicht nicht bemerkte.

Dicht neben seinem Wagen blieb Lindt stehen und sah sich abermals aufmerksam um. Lilly und Ali verharrten. Warteten ab. Lindt schien alle Zeit der Welt zu haben. Er stand nur da und ließ seinen Blick wandern. Schließlich schien er aber beruhigt zu sein, trat vor die Kofferraumklappe seines Wagens und öffnete sie.

Lilly und Ali streckten die Köpfe etwas höher, um besser sehen zu können. Lilly nahm den Objektivschutz von der Kamera und schaltete sie ein. Was auch immer Lindt tat, sie wollte Bilder davon.

Zunächst ging er zum Haus, holte einen Schlüsselbund hervor, schloss auf und verschwand darin.

«Was macht das Arschloch da?», fragte Ali.

«Keine Ahnung.»

Sie warteten ab. Nach zwei Minuten kam er wieder heraus und hatte so etwas wie einen Servierwagen dabei, auf dem eine Holzplatte montiert war. Diesen Wagen schob er zu seinem Transporter und stellte ihn daneben ab. Dann verschwand er mit dem Oberkörper im Laderaum, holte einen braunen Karton hervor, der nicht allzu groß, aber doch sichtlich schwer war, und stellte ihn auf der Plattform des Servierwagens ab. Diesen Vorgang wiederholte er, bis sechs Kartons darauf standen, dann schob er damit Richtung Gebäude.

Lilly schoss Fotos.

«Ich laufe rüber und schaue nach, was in den Kartons ist», sagte Ali.

«Spinnst du! Was, wenn er gleich wieder rauskommt! Das schaffst du nie.»

Und damit hatte sie recht. Es dauerte ungefähr so lange, wie er für das Beladen gebraucht hatte, bis er herauskam und den Rollwagen erneut zum Auto schob.

Nur hatte er jetzt vier andere Kartons dabei, die er einlud. Er schlug die Ladeklappe zu, rollte den Servierwagen erneut ins Haus, stellte ihn ab, kam zurück und sah sich um.

Er suchte die Umgebung ab.

Der hat etwas zu verbergen, dachte Lilly abermals.

Lindt stieg in seinen Wagen und startete den Motor.

«Scheiße, er fährt weg?», zischte Ali.

«Und jetzt?», fragte Lilly.

«Na, was wohl! Wir verfolgen ihn. Mal schauen, wohin er die Kartons bringt.»

8.

Vormittag. 10:30 Uhr.

«Nein, nein, nein, das ist eine Frau gewesen!»

Heike Haubrock blieb bei ihrer Aussage, ganz gleich, wie oft der Kommissar auch nachfragte.

«Wie gesagt, die Anwohner der Uferstraße sagen etwas anderes. Sie behaupten, da sei ein Mann aus dem Wasser gekommen.»

Der Kommissar saß Heike in ihrem Wohnzimmer gegenüber und knipste mit dem blauen Kugelschreiber herum, den er aus seiner Hemdtasche gezogen hatte. Er wartete darauf, seinem Notizblock eine neue Erkenntnis hinzuzufügen.

«Es war dunkel», sagte Heike. «Also fast dunkel, da unten zwischen den Büschen, und die Frau trug so Anglersachen und eine Mütze ... unter der Mütze war blondes Haar. Die Stimme, das Verhalten ... das war eine Frau. Sonst wäre ich doch viel vorsichtiger gewesen.»

Klar, Heike war in dem Moment vor Angst wie von Sinnen gewesen, erinnerte sich aber recht genau. Nachdem sie es geschafft hatte, die Anglerin loszuwerden, war sie die Uferböschung hinaufgekrochen und hätte es fast bis nach oben geschafft. Doch dann war die Frau plötzlich wieder über ihr gewesen, hatte sie fast erstickt mit ihren großen Händen, hätten die Anwohner des Uferwegs nicht Heikes Schreie gehört.

Mit Taschenlampen hatten sie im Dickicht der Uferböschung herumgeleuchtet. Das war der Anglerin dann wohl zu heikel geworden. Sie hatte von ihr abgelassen und war geflüchtet. Mit einem kleinen Boot mit Außenborder, wie die Anwohner beobachtet hatten. Mittlerweile wusste Heike von dem Kommissar, dass die Anglerin das Boot beim Fischereiverein gestohlen hatte.

«Blondes Haar», sagte der Kommissar. «Sie meinen, blondes Haar gesehen zu haben?»

«Unter der Mütze, ja», beharrte Heike Haubrock.

«Die Zeugen haben kein blondes Haar gesehen.»

«Trotzdem ...»

«Na gut, belassen wir es einstweilen dabei. Ich muss aber noch einmal auf die Frage zurückkommen, ob Sie Feinde haben. Menschen, die Ihnen Böses wollen.»

«Ach was. Unfug. Ich habe doch niemandem etwas getan.»

«Aber dieser Angriff war kein Zufall. Der Täter hat zuvor das Boot gestohlen, und er hat sich an einer Stelle auf die Lauer gelegt, von der er wusste, dass Sie dort entlangkommen würden.»

«Ich habe mir aber keine Feinde gemacht, so ein Mensch bin ich nicht ...»

Heike hielt kurz inne und dachte nach. Ihr war gerade etwas eingefallen.

«Ja?», sagte der Beamte. «Erzählen Sie alles, jede Kleinigkeit kann helfen.»

«Da war neulich so ein Kerl im Supermarkt ...»

«Dort, wo Sie arbeiten?»

«Ja. Dem ging es an der Kasse nicht schnell genug. Ich habe meine Kasse schließen müssen, als er endlich an der Reihe war, und da ist er ganz schön unflätig geworden.»

«Aha», machte der Kommissar und schien wenig interessiert.

«Ja! Und die Anglerin, wissen Sie, wie die mich angesprochen hat?»

«Wie?»

«Haben Sie Zeit? Genau das hat sie gefragt!»

«Sie widersprechen sich», begann der Kommissar und knipste weiter auf seinem Kugelschreiber herum. «Im Supermarkt war es ein Mann, am Ufer eine Frau. Ich denke nicht ...»

«Dann hat er sich verkleidet!», stieß Heike aus.

«Aha. Kennen Sie den Namen des Mannes?»

«Nein, das war nur irgendein Kunde, der mir vorher noch nie aufgefallen ist.»

«Also, ich weiß ja nicht ...»

«Aber ich!», beharrte Heike. «Nach diesem Mann müssen Sie suchen. Im Supermarkt gibt es Überwachungskameras. Vielleicht ist er da drauf.»

9.

Vormittag. 10:30 Uhr.

Ali Karamanc startete den Motor.

«Mal sehen, wohin der Wichser will.»

Er fuhr rückwärts aus dem Waldweg, wendete und gab Gas.

«Fahr nicht zu dicht auf, er kennt ja jetzt deinen Wagen», riet Lilly.

«Ich bin doch nicht blöd.»

Ali hatte Spaß an der Sache, das war eindeutig. Er wirkte wie ein Junge, der sich auf Weihnachten freute. Lilly sah das ein wenig anders. Sollte Carsten Lindt hinter alledem stecken, mussten sie damit rechnen, dass er unberechenbar reagierte. Jemand, der seinen Hass über Jahre hatte konservieren und pflegen können, war ganz sicher gefährlich.

Immerhin stellte Ali sich geschickt an. Auf dem Rückweg in die Stadt war Lindts Wagen nicht mehr als ein Punkt in weiter Entfernung, den sie aber nicht aus den Augen verloren. Schwieriger wurde es, als sie die Stadtgrenze erreichten und der Verkehr dichter wurde. Ein paarmal sah es so aus, als hätten sie Lindt verloren, doch Ali fand ihn jedes Mal wieder.

Lillys Handy brummte in ihrer Hosentasche. Sie holte es hervor.

«Das ist Felicitas' Mutter. Da muss ich rangehen.»

Sie stellte das Handy laut.

«Gibt es etwas Neues?», fragte Marianne Möller.

«Nein, leider nicht.» Lilly wollte ihr nicht erzählen, dass sie dem möglichen Entführer von Felicitas dicht auf den Fersen waren. Immerhin bestand die Möglichkeit, dass Lindt nichts damit zu tun hatte.

«Was sagt denn die Polizei?», fragte sie im Gegenzug.

«Sie sagen, sie verfolgen mehrere Spuren.»

Das Übliche, dachte Lilly. Wie soll ein solcher Satz Angehörigen Hoffnung und Mut machen?

«Ich habe hier noch zwölf Namen und Adressen von Felicitas' Kunden», fuhr Marianne Möller nach einer kurzen Pause fort. «Das sind dann aber auch die letzten. Kannst du die an die anderen Schornsteinfegerinnen weitergeben?»

«Ja, mach ich. Schick sie mir bitte rüber, dann leite ich sie gleich weiter.»

«Was läuft da?», fragte Ali, nachdem Lilly das Gespräch beendet hatte.

Sie klärte ihn darüber auf, dass Felicitas' Kolleginnen ihren Kundenkreis überprüften.

«Keine schlechte Idee», sagte Ali. «Aber unser Mann fährt da vorn.»

«Ja, wahrscheinlich, aber es kann auch nicht schaden, wenn ich die Daten weitergebe.»

«Mach, wie du denkst.»

Diese Freigabe hätte Lilly nicht gebraucht. Sie schickte die letzten zwölf Adressen und Namen je zur Hälfte an Frauke und Juliane weiter und bat sie, diese zu checken.

«Ich glaube, ich weiß, wohin der will», sagte Ali, als sie noch damit beschäftigt war.

«Ach ja?»

«Zur Post. Jede Wette.»

Und tatsächlich steuerte er die Hauptpostfiliale in der Stadtmitte an, parkte davor ein und verschwand mit zwei Paketen im Inneren.

Ali fand einen Parkplatz am Straßenrand, stellte den Motor aus und öffnete die Tür.

«Wohin willst du?», fragte Lilly.

«Bleib hier. Ich schau mir das mal an.»

«Nein, warte, das ist zu gefährlich.»

«Quatsch. Der kennt mich doch nicht. Falls er rauskommt, zieh den Kopf ein. Dich kennt er ganz sicher.»

Bevor sie weiter intervenieren konnte, stieg Ali aus, schlug die Tür zu, wartete eine Lücke im Verkehr ab, rannte dann über die Straße und betrat ebenfalls die Post.

Lilly blieb angespannt zurück. Plötzlich so allein zu sein war kein gutes Gefühl. Minutenlang behielt sie den Eingang zur Post im Blick. Menschen kamen und gingen. Lindt oder Ali tauchten nicht wieder auf.

Was machten die so lange da drinnen?

Weil sich nichts tat, aktivierte sie ihr Handy. In der Aufregung hatte sie vergessen, bei Facebook und Insta nachzuschauen, ob sich jemand auf die Vermisstenanzeigen gemeldet hatte.

«Ach du Scheiße!», stieß Lilly aus, als sie sah, was dort mittlerweile passiert war.

Wenn das kein Scherz war, änderte es alles.

Lilly betrachtete das Foto, vergrößerte es, ihr Herz begann wie verrückt zu schlagen. Plötzlich bekam sie keine Luft mehr und konnte nicht länger im Wagen sitzen bleiben. Sie stieß die Tür auf, stieg aus, lief auf dem Bürgersteig auf und ab, konnte nicht damit aufhören, das Foto zu betrachten und zu lesen, was derjenige, der es gepostet hatte, dazu schrieb.

Darüber vergaß sie Carsten Lindt und Ali Karamanc.

Und als sie das nächste Mal aufschaute, erstarrte sie auf der Stelle. Drüben, auf dem Parkplatz vor der Post, stand Carsten Lindt neben seinem Wagen und sah zu ihr herüber.

Keine Frage, er hatte sie erkannt.

Es war zu spät, irgendwohin zu verschwinden oder auch nur den Blick zu senken. Sekundenlang starrten sie einander über eine Entfernung von fünfzig Metern hinweg an, und Lilly lief es unter dem Blick des Mannes kalt den Rücken hinab.

Schließlich kam Ali aus dem Postamt. Er erfasste die Situation mit einem Blick und zog sich wieder in den Eingangsbereich zurück. Das war schlau. Lindt musste nicht wissen, dass Lilly und Ali zusammenarbeiteten.

Als sein Blick unerträglich wurde, bewegte Lindt sich plötzlich und stieg in seinen Wagen. Lilly befürchtete, er würde bei ihr Halt machen, doch er fuhr in die andere Richtung davon.

Ali kam angerannt. «Scheiße!», rief er schon von Weitem. «Warum hast du dich zu erkennen gegeben?»

Lilly war zu perplex, um ihm darauf eine Antwort geben zu können. Mit ihrem Telefon in der Hand stand sie da, unfähig, überhaupt einen klaren Gedanken zu fassen.

«Steig ein, wir müssen hinterher!»

Doch Lilly blieb stehen.

«Ich … ich muss nach Hause … die Sanduhr», stammelte sie und fragte sich, was wohl in den Paketen war, die Lindt gerade weggebracht hatte. Sanduhren?

«Was? Kommt doch gar nicht infrage. Ist doch wohl offensichtlich, dass Lindt was am Laufen hat. Oder willst du jetzt kneifen?»

«*Vaffanculo!* Ich kneife nicht, aber ich habe hier gerade eine Info bekommen, die wichtig ist. Da hat noch jemand eine Sanduhr bekommen.»

«Was für eine Sanduhr? Was soll das? Wir haben keine Zeit für so einen Scheiß.»

«Ich kann dir das auf die Schnelle nicht erklären, aber es ist wichtig, glaub mir. Wir müssen uns aufteilen. Häng du dich an Lindt, ich muss dieser Sache nachgehen.»

«Dann zisch ab», sagte Ali gereizt. «Ich bleib allein an Lindt dran.»

10.

Mittag. 11:40 Uhr.

Carsten Lindt fuhr nicht zurück zu dem alten Café am Stausee, und das war Ali Karamanc nur recht. Er hatte keine Lust, dem Mann weiter hinterherzufahren. Wenn es etwas zu finden gab, dann dort oben am See, wo Lindt sich offenbar ein Versteck eingerichtet hatte.

Aber erst als er absolut sicher war, dass Lindt in eine andere Richtung fuhr, drehte Ali ab und machte sich auf den Weg. Mit Lilly im Schlepptau wäre es schwierig geworden, in das alte Café einzubrechen. Die stellte sich bei so was komisch an, deshalb war es ganz gut, dass sie sich getrennt hatten.

Ali mochte Lilly nicht besonders, und das hatte seine Gründe. Sie war eine Kampflesbe, vorlaut, frech und respektlos, und die Sache mit Felicitas' Vater hatte er ihr noch nicht verziehen. Klar, es stand jetzt eins zu eins, aber gegen einen gebrochenen Finger war ein blaues Auge Kinderkram. Schlimmer wog noch, dass Feli ihm wegen der Costanzo den Laufpass gegeben hatte und lesbisch geworden war. Die Costanzo sah ja nicht mal gut aus, klein und dürr und die Haare so furchtbar kurz. Weder Lilly noch Feli hatten sich je gefragt, was das mit ihm gemacht hatte. Er hatte Feli geliebt, und zwar richtig, mit diesen ganzen Gefühlen, die er nicht verstand, die ihn verunsicherten und trotzdem schön waren. Er hatte geglaubt, sie wäre für ihn die Frau fürs Leben.

Tja, so konnte man sich täuschen.

Ali wusste, er würde Feli niemals zurückbekommen. Aber dass sie von diesem Mistkerl Lindt gefangen gehalten wurde und er weiß der Teufel was mit ihr anstellte, das konnte Ali nicht akzeptieren. Lesbisch hin oder her, Feli war eine tolle Frau, so etwas hatte sie nicht verdient.

Die Fahrt zurück zu dem alten Café dauerte eine halbe Stunde. Dort angekommen, versteckte er seinen Wagen erneut in dem Waldweg. Musste ja nicht jeder sehen, dass er sich hier herumtrieb.

Ali stieg aus und lauschte. Ein Motorengeräusch hörte man hier draußen schon von Weitem – jetzt war es still.

Er rammte die Hände in die Taschen, immer bedacht, den kleinen Finger draußen zu halten, pfiff vor sich hin und ging zu dem Gebäude hinüber, als müsste er sich die Füße vertreten von der langen Fahrerei. Apropos Füße. Die Füße des metallenen Bauzaunes bestanden aus Betonblöcken. Ali hob ein Segment des Zaunes heraus, was mit dem gebrochenen Finger nicht einfach war, aber es klappte. Er nahm den Betonblock mit, der um die zwanzig Kilo wog. Diesmal würde er nicht zimperlich sein. Er holte Schwung aus der Hüfte und warf den Block in der Nähe des Schlosses gegen die Holztür. Das Holz splitterte, aber die Tür hielt. Nach dem fünften Wurf sprang sie jedoch auf. Zum Glück, einen mehr hätte er kaum geschafft. Sein geschienter Finger tat saumäßig weh.

Aber nichts hielt Ali Karamanc auf, wenn er sich etwas vorgenommen hatte.

Bevor er das alte Gebäude betrat, lauschte er erneut.

War da nicht ein Motorengeräusch zu hören?

Ali verharrte einen Moment und dachte darüber nach, was zu tun war, wenn Lindt überraschend auftauchte. Das hier war ein glasklarer Einbruch. Lindt müsste nur die Polizei rufen, und Ali würde einfahren. Aber das würde der kleine Wicht nicht tun, da er selbst Dreck am Stecken hatte. Er könnte allerdings versuchen, Ali auszuschalten. Undenkbar war es nicht, auch wenn Ali es dem Mann nicht zutraute. Wer sich an Frauen vergriff, hatte für so etwas nicht den Mut. Und falls doch, hatte Ali sein Messer griffbereit. Er war schon mit anderen Typen fertiggeworden.

Das Motorengeräusch hatte er sich wohl nur eingebildet.

Also weiter. Hinein.

Der Eingangsbereich war halbrund angelegt, und von ihm gingen einige Türen ab, die alle offen standen. Auf dem gefliesten Boden waren die Reifenspuren des Wagens zu sehen, den Lindt benutzt hatte. Ali folgte ihnen bis zu der Treppe, die in den Keller hinabführte. Dort endeten sie. Von den Paketen war nichts zu sehen. Ali vermutete, dass Lindt sie die Stufen hinuntergetragen hatte.

Beim Anblick der Treppe, die ins Dunkel hinabführte, bekam Alis Mut einen Dämpfer. Er entschied sich, zunächst die Räume hier oben zu überprüfen. Der Gästesaal, groß und leer. Ebenso die Küche. Auch in den Toilettenräumen und einem kleineren Gästebereich war nichts zu finden. Es gab keine Lagerräume im Erdgeschoss, da es aber welche geben musste, befanden die sich sicher im Keller.

Ali kehrte zu der Treppe zurück.

Nach kurzer Suche fand er einen Lichtschalter, doch der funktionierte nicht. Wahrscheinlich war der Strom abgestellt. Aber wie kam Lindt hier ohne zurecht?

Da das Gebäude in einen Hang hineingebaut worden war, hatte der Keller auf der vom Hang abgewandten Seite normale Fenster, durch die ausreichend Licht hineinfiel. Es war dunkler als im Erdgeschoss, aber nicht stockdunkel.

Ali zog vorsichtshalber sein Messer.

«Feli?», rief er die Treppe hinunter.

Keine Antwort. Hatte er aber auch nicht erwartet.

Vorsichtig stieg Ali die steinernen Stufen hinab. Die Temperatur änderte sich, es wurde kühler, zudem roch es merkwürdig. Irgendwie abgestanden und schal. Die Treppe beschrieb einen Bogen und endete in einem Flur mit einem Fenster am Ende. Das Licht war diffus, aber ausreichend. Das Messer stichbereit in Brusthöhe, schlich Ali weiter. Von dem Flur gingen mehrere Türen ab, und wenn Ali sich nicht täuschte, lagen die Räume dahinter talwärts, müssten also Fenster haben. Würde Lindt Feli in einem Raum mit Fenster gefangen halten? Wohl kaum.

Ali suchte, bis er am Ende des Ganges eine Tür zur anderen Seite, der Bergseite fand.

Diese Tür war abgeschlossen.

Ali legte sein Ohr an das massive Holz.

Zuerst war da nur Stille, aber dann hörte Ali doch etwas. Schwer zu sagen, was. Es klang wie ein beständiges leises Flüstern.

Er pochte mit den Fingerknöcheln dagegen und rief Felis Namen.

Keine Reaktion.

Ali rannte die Treppe hinauf, um den Betonblock zu holen, mit dem er schon die Eingangstür aufgebrochen hatte. Er würde auch da unten seinen Zweck erfüllen.

Als er sich vor der Eingangstür bückte, um den schweren Block aufzuheben, spürte er jemanden hinter sich. Im gleichen Moment sprach die Person ihn an.

«Hast du Zeit?»

11.

Nachmittag. 13:43 Uhr.

Gegen zwei Uhr am Nachmittag erreichte Grotheer die Kleinstadt. Der Treffpunkt war ein Park in der Nähe des Schwimmbads, die Adresse hatte er in sein Navi eingegeben.

Grotheer war aufgeregt und angespannt, sein Puls viel zu hoch. Er konnte die Finger nicht still halten, hatte die Fahrt über auf dem Lenkrad herumgetrommelt. Wer wollte es ihm verdenken? Wenn das stimmte, was die junge Frau, die von Beruf Fotografin war, am Telefon erzählt hatte, war er der Auflösung des Falles und damit Michelles Rettung ganz nahe.

Grotheer sollte auf dem Parkplatz des Schwimmbads parken. Er hatte angeboten, zu ihr nach Hause zu kommen, doch die junge Frau namens Lilly Costanzo hatte das abgelehnt und um ein Treffen auf neutralem Boden gebeten. Grotheer suchte sich einen Platz, stieg aus und ließ Jemand aus dem Kofferraum. Der hatte es diesmal eilig, von seinem bequemen Reiselager aufzustehen. Kaum aus dem Wagen gesprungen, erleichterte er sich am nächsten erreichbaren Baum. Es dauerte eine gefühlte Ewigkeit, bis er fertig war, und Grotheer hatte ein schlechtes Gewissen, weil er dem Hund zwei Stunden Autofahrt ohne Pause zugemutet hatte. Aber wie hätte er pausieren können, bei dem, was ihn erwartete?

Grotheer schaute sich um, konnte aber keine junge Frau entdecken, die sich für ihn interessierte. Jemand kam zu ihm, er nahm ihn an die Leine, verriegelte den Wagen und ging zur Mitte des Parkplatzes vor, wo er von allen Seiten gesehen werden konnte. Vielleicht wurde er ja bereits beobachtet und begutachtet.

Rechts von ihm ging eine Autotür auf. Eine Frau Ende zwanzig, Anfang dreißig stieg aus. Sie hielt eine Fotokamera in der Hand und sah zu ihm herüber. Dünn, klein, kurzes schwarzes Haar. Sie trug Jeans, weiße Sportschuhe und eine hellblaue, kurze Jeansjacke über einem dunklen Shirt. Da sie bei ihrem Wagen stehen blieb, ging Grotheer zu ihr hinüber.

«Frau Costanzo?», fragte er und blieb in zwei Meter Entfernung stehen. Jemand beobachtete die Frau interessiert, war aber nicht aufgeregt oder angespannt.

«Ja.»

«Ich bin Lars Erik Grotheer ... und das ist Jemand.»

«Jemand?»

«Das ist sein Name. Vorher war er ein Niemand, und das gefiel ihm nicht besonders gut.»

Ein Hund, insbesondere einer mit guten Manieren und ungewöhnlichem Namen, wirkte wie ein Eisbrecher, das hatte Grotheer schon herausgefunden. Es funktionierte auch bei Lilly Costanzo. Sie ging in die Knie und streckte die Hand aus. Grotheer gab dem Hund ein wenig Leine, damit er zu ihr hinübergehen und sie beschnüffeln konnte.

Er schien zufrieden.

Sie stand auf und hielt nun Grotheer die Hand hin.

«Ich bin Lilly. Vielen Dank, dass Sie so schnell hergekommen sind.»

«Ich bin Lars, aber eigentlich nennen mich alle Grotheer.»

«Lars finde ich schöner.»

«Dann darfst du mich gern Lars nennen. Ist das Du okay?»

«Auf jeden Fall. Haben Sie ... sorry ... hast du sie dabei?»

Lilly tauchte in ihren Wagen ab, kam wieder hervor und hielt eine Sanduhr in den Händen.

«Das ist meine.»

Grotheer musste sie nicht anfassen, um zu sehen, dass sie mit seiner Sanduhr identisch war. Sie gingen zu Grotheers Wagen hinüber. Die Sanduhr lag in ein Badehandtuch gewickelt auf dem Beifahrersitz. Grotheer wickelte sie aus und reichte sie Lilly. Die zögerte erst, nahm sie dann aber doch entgegen.

«Unfassbar», sagte sie leise und verglich sie mit ihrer.

«Ich konnte es kaum glauben, als ich deine Nachricht bei Facebook gesehen habe», entgegnete Grotheer.

«Und es gibt noch mehr davon?», fragte Lilly, während sie mit der Hand über Grotheers Sanduhr fuhr, was ihm Unbehagen bereitete.

«Mindestens eine, von der ich weiß», antwortete er. «Die Frau verschwand vor vier Jahren, und die Sanduhr tauchte bei ihrem damaligen Freund auf. Stand einfach da, und er glaubte, sie sei geliefert worden.»

«Wie bei mir», sagte Lilly.

«Wollen wir ein Stück gehen? Der Hund braucht Bewegung, und wir haben eine Menge zu bereden.»

Grotheer legte die Sanduhr zurück, und sie machten sich auf den Weg durch den Park. Obwohl ein Schild auf Leinenzwang hinwies, ließ Grotheer den Hund laufen. Er hatte gerade keine Lust, sich Vorschriften machen zu lassen. Jemand auch nicht.

«Wie war das mit deiner Sanduhr?», begann Grotheer.

Lilly erzählte ihm, dass ihre Freundin Felicitas dauernd Dinge im Internet bestellte, und dass sie für jenen Tag eine Lieferung angekündigt hatte, kurz bevor sie entführt worden war. Deshalb hatte Lilly geglaubt, Felicitas habe die Sanduhr bestellt.

«Ich habe das Paket aber erst einen Tag später entdeckt.»

«War denn ein Absender drauf?»

Die junge Frau dachte einen Moment nach.

«Ehrlich gesagt weiß ich das nicht. Für mich war klar, dass Felicitas etwas bestellt hat, und ich habe den Karton einfach aufgerissen.»

«Wer könnte das Paket denn bei dir abgestellt haben?»

«Eigentlich jeder.»

«Gesehen hast du niemanden?»

«Nein. Ich war aber oft unterwegs.»

«Und die Nachbarn?»

«Möglich. Ich müsste fragen. Das Haus liegt am Ende einer Sackgasse, ein fremder Wagen wäre sicher aufgefallen. Allerdings kommt man vom Wald her ungesehen an unser Haus.»

«Hm», machte Grotheer. «Das bringt uns nicht wirklich weiter. Bei mir ist der Täter ja sogar mit dem Auto vorgefahren, aber meine neugierigen Nachbarn haben sich nicht einmal das Kennzeichen gemerkt.»

«Ich frage gleich morgen bei mir in der Straße herum. Vielleicht hat ja doch jemand etwas gesehen.»

Sie gingen einen Moment schweigend nebeneinander her.

«Und du hast mit ihr telefoniert, als sie entführt wurde?», fragte Grotheer.

«Ja, ihre letzten Worte waren, sie glaube, den Mann zu kennen, der sie mit dem Wagen geschnitten hatte. Deshalb bin ich auch drauf gekommen, dass sie ihm während ihrer Tätigkeit als Schornsteinfegerin begegnet sein könnte und ...»

«Moment», unterbrach Grotheer sie. «Was hast du gerade gesagt? Deine Freundin ist Schornsteinfegerin?»

«Ja, ist sie. So haben wir uns kennengelernt. Ich habe Fotos für den Jahreskalender der Schornsteinfegerinnung gemacht.»

«Das darf nicht wahr sein!»

«Was ist denn?»

Grotheer berichtete ihr, dass sich für den Tag, an dem Michelle verschwand, der Schornsteinfeger angekündigt hatte.

«Ich weiß es zwar nicht mit Sicherheit, aber ich glaube, das könnte ein Trick gewesen sein. Mir war bisher nur nicht klar, wie der Täter an einen solchen Terminzettel gekommen sein könnte.»

«Der Block mit den Terminzetteln ist aus Felicitas' Wagen verschwunden», sagte Lilly. «Ihr Vater, dem der Betrieb gehört, hat das bemerkt.»

«Dann haben wir einen weiteren Beweis, dass beide Entführungen von ein und derselben Person begangen wurden. Dieser Mann hat meine Tochter und deine Felicitas in seiner Gewalt.»

«Meinst du, sie leben noch?», fragte Lilly mit zitternder Stimme.

«Etwas anderes kann und will ich mir nicht vorstellen.»

«Ich auch nicht.»

«Dann lass uns daran glauben und alles dafür tun, die beiden zu finden.»

Jemand fing laut zu bellen an und zog Grotheers Aufmerksamkeit auf sich. Von vorn näherte sich ein Jogger in gemächlichem Tempo. Grotheer rief seinen Hund zu sich her, doch Jemand gehorchte nur zögerlich, drehte sich immer wieder um und bellte den Jogger an.

Grotheer nahm ihn an die Leine.

«Was soll das denn? Der tut uns doch nichts.»

In einem großen Bogen über die Wiese lief der Jogger an ihnen vorbei. Er trug ein Stirnband, eine Sonnenbrille und grellgelbe Laufschuhe.

«Leinenzwang», rief er ihnen zu und lief weiter.

Jemand bellte ihm aufgeregt hinterher.

«Das kenne ich nicht von ihm», sagte Grotheer. «Er war ja dabei, als Michelle aus meinem Haus entführt wurde. Gut möglich, dass er jetzt allen fremden Männern mit Argwohn begegnet.»

Grotheer behielt Jemand an der Leine, und sie gingen weiter.

Lilly berichtete von einem Mann, den sie zusammen mit einem Freund namens Ali beobachtet hatte, bis sie Grotheers Aufruf bei Facebook gelesen hatte. Sie erzählte von dem Missbrauch während ihrer Ausbildung zur Fotografin und dass der Täter von damals ausgerechnet jetzt wieder in der Stadt aufgetaucht war.

«Er hat Pakete ausgeladen und später welche zur Post gebracht?», hakte Grotheer nach.

«Ja. Warum?»

«Ich habe online zu diesen Sanduhren recherchiert, und es gibt tatsächlich Hunderte Quellen, bei denen man Sanduhren bestellen kann. Der Täter muss sie ja irgendwo herhaben. Was, wenn er gerade eine neue Lieferung von der Post geholt hat?»

«Daran habe ich auch schon gedacht. Was machen wir denn jetzt? Ich muss Ali anrufen. Der wollte Lindt allein weiter beschatten.»

«Warte noch einen Augenblick», sagte Grotheer nachdenklich. «Ich verstehe die Verbindung nicht. Gut möglich, dass dieser Carsten Lindt dich hasst und dass er deshalb deine Freundin entführt hat, aber dann ist das eine ganz persönliche Rachegeschichte, die nur dich betrifft. Was haben Conny Goldmann, Nadine Seeliger oder meine Tochter damit zu tun? Das passt nicht zusammen.»

«Aber etwas anderes passt gut zusammen», sagte Lilly. «Der Kommissar, der nach Felicitas sucht, hat mir gesagt, dass Carsten Lindt seit fünf Jahren auf freiem Fuß ist.»

«Und vor vier Jahren verschwand Nadine Seeliger», fügte Grotheer an. «Und ich habe einen ähnlichen Vermisstenfall recherchiert, der auch vier Jahre alt ist.»

«Ist da auch eine solche Sanduhr im Spiel?»

«Kann ich nicht sagen, ich bin noch nicht dazu gekommen, der Sache nachzugehen.»

Grotheer erklärte Lilly den Zusammenhang mit der merkwürdigen Abschiedsnachricht übers Handy.

«Aber bei Felicitas war es vollkommen anders», sagte Lilly darauf. «Sie wurde am helllichten Tag aus ihrem Auto entführt. Da gibt's keine Zweifel, es war ein Verbrechen.»

«Was, wenn der Täter langsam durchdreht? Wenn ihm alles egal ist? Der grausame Mord an Conny Goldmann würde dafür sprechen.»

Grotheer blieb stehen. Plötzlich fühlte er sich kraftlos. Das Adrenalin, das ihn nach dem Anruf von Lilly in Aufruhr versetzt hatte, war aufgebraucht. Übrig blieb das Gefühl, doch wieder nur in einer Sackgasse gelandet zu sein.

«Es passt so vieles nicht zusammen und dann wieder doch. Uns läuft die Zeit weg. Ich will irgendwas tun, irgendwo suchen, weiß aber, dass wir unsere Lieben nur finden, wenn wir verstehen, worum es hier geht. Aber wie? Ich weiß nicht, wie?»

Grotheer klang verzweifelt.

Lilly Costanzo legte ihm eine Hand auf den Oberarm.

«Wir schaffen das. Immerhin sind wir jetzt schon zu zweit. Vielleicht sollten wir erst einmal mit unseren Erkenntnissen und den Sanduhren zu dem Kommissar gehen, der nach Felicitas sucht. Was meinst du?»

Grotheer hatte keine Lust, die ganze Geschichte schon wieder der Polizei zu erklären, nickte aber.

«Aber erst mal rufe ich Ali an. Wundert mich ohnehin, dass er sich noch nicht gemeldet hat. Hoffentlich ist da nichts passiert. Ali ist ein ziemlicher Hitzkopf ...»

12.

Hinter der Zeit

Die Hannah war zwar nicht mehr da, aber ich konnte nicht aufhören, an sie zu denken. Bekam sie einfach nicht aus meinem Kopf. Immer noch spürte ich ihre Hand in meiner. Sie hatte es so sehr gemocht, wenn ich an ihrem Bett saß und ihre Hand hielt.

Übrigens finde ich es nett, dass du meine jetzt nicht mehr dauernd streichelst. Bei allem Respekt: Es ging mir doch so langsam auf die Nerven. Schließlich kennen wir uns eigentlich gar nicht.

Eines konnte ich für die Hannah allerdings nicht tun - jedenfalls dachte ich lange, dass ich es nicht könnte -, aber auch dafür fand ich eine Lösung.

Sosehr ihr meine Besuche auch halfen, gab es da einen Menschen, der für sie noch wichtiger gewesen wäre. Unsere Mutter. Die Hannah hat immer wieder nach ihrer Mama gefragt, und ein ums andere Mal musste ich sie vertrösten. Die Mama kommt sicher

morgen, du weißt doch, sie hat mit dem Betrieb immer so viel zu tun, und dann noch der Haushalt.
Ich nahm unsere Mutter in Schutz, obwohl ich doch wusste, dass sie trotz der vielen Arbeit viel häufiger nach der Hannah hätte schauen können. Obwohl, nein, das stimmt nicht. Nicht unsere Mutter nahm ich in Schutz, sondern die Hannah. Denn wie hätte sie sich gefühlt, wenn ich ihr die Wahrheit gesagt hätte? Die Wahrheit war, dass ihre Eltern sich in die Arbeit stürzten, um sich möglichst wenig mit der geistig und körperlich behinderten Tochter beschäftigen zu müssen. Das war die Wahrheit - und die wäre für die Hannah unerträglich gewesen.
Sag mal, hörst du mir eigentlich noch zu? Langweile ich dich schon?
Dann sag es. Ich kann auch schweigen.
Nicht? Na gut.
Als es schlimmer wurde mit der Hannah, passierte es immer häufiger, dass sie mich nicht erkannte. Ich weiß nicht, was sie sah, wenn sie die Augen so unnatürlich weit aufriss, aber sicher nicht mich. Da kam mir eine Idee, und ich besorgte mir eine blonde Perücke, das war nicht weiter schwierig, weil wir in der Schule für die Theater-AG einen großen Fundus an Verkleidungen hatten. Dazu zog ich eines von Mamas Kleidern an. Das Blaue mit den gelben Sonnenblumen. Weil

ich meinte, mich daran erinnern zu können, dass die Hannah dieses Kleid mochte.
So ging ich zu ihr. Verkleidet als unsere Mutter. Natürlich verstellte ich auch meine Stimme, sprach wie eine Frau, versuchte es zumindest. Bei den ersten beiden Malen klappte es nicht, da war die Hannah so verwirrt, dass sie nichts und niemanden wahrnahm. Sie war in ihrer eigenen Welt gefangen. Beim dritten Versuch aber, da gelang es. Ich weiß es noch wie heute. Sie strahlte mich an und sagte Mama zu mir. Es war anstrengend, die ganze Zeit die Stimme zu verstellen, aber für die Hannah tat ich es. Ehrlich gesagt machte es mir auch Spaß, jemand anderes zu sein. Ich versuchte, mich in die Mama hineinzuversetzen. Was sie fühlte, dachte, sagen würde. Und ich schminkte mich mit ihrer Schminke. Die Lippen rot, um die Augen herum blau oder schwarz oder grau. Da habe ich herumexperimentiert. Genau weiß ich es nicht mehr, aber ich war sicher zehn oder zwanzig Mal als Mama bei der Hannah, bis ich aufflog.
Es war nicht so, dass die Hannah mich durchschaute. Nein, als ich gerade einmal wieder verkleidet aus ihrem Zimmer kam, stand meine Mutter plötzlich vor mir. Ihren Gesichtsausdruck habe ich bis heute nicht vergessen, und das will schon etwas heißen,

immerhin bin ich jetzt ein erwachsener Mann von 32 Jahren.
Meine eigene Mutter schaute mich an, wie sie auch die Hannah anschaute: mit Abscheu. Sie hielt mich für einen Freak. Vor ihren Augen musste ich mich ausziehen und die Schminke abwaschen. Dann schickte sie mich ohne Abendbrot in mein Zimmer.
Ich hatte dir schon gesagt, wie gut ich darin war, die Erwachsenen zu belauschen, ohne dass sie es bemerkten, nicht wahr?
An dem Abend hielten meine Eltern Kriegsrat, und natürlich ging es um mich - und die Hannah. Sie waren sich einig, dass es so nicht weitergehen könne, wussten aber nicht, was sie tun sollten. Mein Vater schlug ein Internat für mich vor, doch das wollte meine Mutter nicht. Wegen der Kosten. Du erinnerst dich, sie war diejenige, die das Geld beisammenhielt.
Damals war mir das nicht bewusst, aber heute weiß ich, dass durch diese Sache Dinge ins Rollen kamen, die sich nicht mehr aufhalten ließen und die am Ende dazu führten, dass die Hannah verschwand.
Ja, du hast richtig gehört.
Sie verschwand.
Ich weiß schon, ich hatte dir erzählt, dass sie starb und wir eine Urne mit ihrer Asche darin beerdigten.
Aber das war gelogen.

Eine Inszenierung.
Meine eigenen Eltern hatten eine Lösung für das Problem gefunden. Nicht ich kam weg, sondern die Hannah, und zwar in ein Pflegeheim für Schwerstbehinderte.
Und weil sie so große Furcht davor hatten, dass ich durchdrehen würde oder dass ich einfach weitermachen und die Hannah ständig im Pflegeheim besuchen würde, führten sie diese grausame Inszenierung auf. Da war ich acht oder neun. Ich glaubte meinen Eltern, dass die Hannah verstorben war. Ich hinterfragte es auch nicht, denn es war ja logisch, immerhin war sie schwer krank gewesen. Ich weiß noch, wie ich meinen fünf Jahre älteren Bruder, den ich für den klügsten Menschen auf Erden hielt, fragte, ob er glaube, dass es der Hannah im Himmel besser gehe.
Matthias antwortete, dass er das glaube. Und dass es ihm zwar furchtbar leidtue, dass die Hannah gegangen sei, aber für sie selbst sei es wohl das Beste.
Ich war unfassbar traurig.
Ich hätte mehr Zeit für sie aufbringen müssen, aber man ließ mich nicht. Dauernd stahl man mir meine Zeit.
Und das Allerschlimmste war, ich war nicht da, als sie starb.
Ich meine, als sie dann wirklich starb.
Denn auch das erfuhr ich erst viel später.

13.

Nachmittag. 15:20 Uhr.

«Da! Das ist sein Auto», sagte Lilly.

Ali Karamancs auffälliger, tiefergelegter Wagen stand auf dem Waldweg, dort, wo er ihn schon geparkt hatte, als Lilly mit ihm gemeinsam beim alten Café gewesen war.

«Er ist also hier. O Gott, ich hoffe nur, er ist nicht vollkommen ausgerastet. Wenn die Pferde mit ihm durchgehen, ist Ali zu allem fähig.»

Grotheer lenkte seinen Kombi direkt vor das alte Café, das einst von Carsten Lindts Mutter betrieben worden war.

«Ich sehe aber keinen zweiten Wagen», sagte er.

Lilly dachte laut nach. «Also ist Lindt gar nicht zurückgekommen. Oder schon wieder weg? Aber warum geht Ali dann nicht an sein Handy? Ich versuche es gleich noch einmal.»

Lilly wählte und presste sich das Handy ans Ohr. Grotheer stellte den Motor ab, stieg aus und betrachtete das alte Gebäude. Lilly beobachtete den älteren, hoch aufgeschossenen Mann. Sie mochte ihn. Er war ruhig und überlegt, und die Zuneigung zu seinem Hund bewies ein gutes Herz. Er glaubte wohl nicht an diese Spur, aber Lilly war wegen Ali Karamanc so aufgeregt, dass sie einfach nachsehen musste.

Zudem hatte Grotheer keine bessere Idee. Er wusste nicht, wo er sonst nach seiner Tochter suchen sollte. Auch jetzt nicht, da die ganze Sache eine neue Dimension bekommen hatte.

Jetzt trat er ein paar Schritte näher an das Café heran.

Lilly ging zu ihm und schüttelte den Kopf. «Geht immer noch nicht ran.»

«Schau mal, die Tür», sagte Grotheer und deutete mit dem

Kinn hinüber. «Sieht ganz nach deinem impulsiven Freund aus.»

«Als Freund würde ich ihn nicht bezeichnen.»

Lilly ging auf die Eingangstür zu. Grotheer folgte ihr.

Es war eindeutig: Jemand hatte die Tür mit einem schweren Betonblock aufgebrochen, der vorher als Standfuß für ein Segment des Metallzauns gedient hatte.

«Ali», sagte Lilly. Sie stieg über den Betonblock hinweg und betrat das alte Gebäude.

«Ich weiß nicht, ob das so klug ist», sagte Grotheer.

«Wahrscheinlich nicht, aber wie sollen wir sonst vorwärtskommen?»

Lilly ging voran, und Grotheer folgte ihr.

«Ali?», rief sie laut in die Eingangshalle hinein.

Als Antwort erhielt sie ein Echo.

«Jemand ist nicht zufällig ein Fährtenhund?», fragte Lilly.

Grotheer schüttelte den Kopf. «Überhaupt nicht.»

Er hatte den Hund vorsichtshalber im Wagen gelassen.

«Schade. Aber wie wäre es damit?», sagte Lilly und wies auf die schmutzigen Reifenspuren, die bestimmt von dem umgebauten Servierwagen stammten, den Lindt vorhin benutzt hatte.

Sie führten bis an die Kellertreppe. Ohne Zögern wollte Lilly hinuntersteigen.

«Warte», sagte Grotheer. «Wir wissen doch gar nicht, was da unten ist.»

Sie stand eine Stufe tiefer und sah ihn an.

«Und wir finden es nicht heraus, wenn wir nicht nachschauen. Oder willst du auf die Polizei warten?»

Grotheer schüttelte den Kopf.

«Na dann», sagte Lilly und stieg hinunter.

Grotheer folgte ihr zögerlich.

«Ali?», rief Lilly erneut.

Im schmalen Kellergang war der Hall deutlicher, aber auch hier unten gab es keine andere Antwort.

«Dass er sich nicht meldet, kann nur zwei Gründe haben», sagte Grotheer leise. «Entweder ist er nicht hier, oder jemand sorgt dafür, dass er schweigt.»

«Ehrlich gesagt ist mir Ali gerade egal», entgegnete Lilly. «Ich will wissen, ob Felicitas hier ist. Bei dir ist es doch mit Michelle genauso, oder?»

«Ja, natürlich, aber ich habe das Gefühl, geradewegs in eine Falle zu tappen.»

Ungeachtet seines Einwands ging Lilly voran. Sie öffnete die erste Tür. Dahinter lag ein leerer Raum. Grotheer gab sich einen Ruck und probierte die nächste: wieder ein leerer Raum. So ging es weiter, und alle Türen ließen sich öffnen, nur die letzte nicht.

«Ich glaube, ich höre da was», sagte Lilly leise.

Zusammen lauschten sie.

«Klingt wie ein Flüstern», meinte Grotheer.

«Oder ein Surren», entgegnete Lilly. «Wenn Ali auch hier unten war, warum hat er diese Tür nicht aufgebrochen?»

«Vielleicht ist er nicht so weit gekommen?»

«Warum nicht?»

Grotheer sah sie nur an. Es brauchte keine Worte, um zu begreifen, dass irgendjemand ihn davon abgehalten haben musste.

«Lindt könnte ihn mit seinem Wagen weggebracht haben», flüsterte Lilly. «Aber wir müssen herausfinden, was da drinnen ist. Wie bekommen wir die auf? Kann ein ehemaliger Polizist wie du nicht Schlösser knacken?»

Grotheer schüttelte den Kopf. «Das gehörte bei der Bundestagspolizei nicht gerade zum Alltag.»

Er dachte kurz nach. «Lass uns die Ali-Methode anwenden.»

Grotheer stieg die Treppen hinauf.

Der Betonblock war höllisch schwer, sicher an die zwanzig Kilo. Er spürte ein Stechen im Rücken, schaffte es aber, ihn dicht an den Bauch gepresst zu tragen. Oben an der Treppe musste er einmal absetzen, und als er unten ankam, merkte er, dass sein Blutzucker schon wieder aus der Spur geriet.

Nicht jetzt, sagte er sich.

Vor der verschlossenen Tür ließ er den Betonblock fallen. Der Knall hallte durch den Gang. Grotheers Gesicht glühte vor Anstrengung.

«Komm, wir machen es zusammen», sagte Lilly.

Sie packten den Block und hämmerten ihn gegen die Tür, bis das Holz splitterte und sie aufbrach. Vier Versuche waren dafür nötig gewesen.

Der dunkle Kellerraum war von einem grünen Schimmer erfüllt, der aber nicht ausreichte, um etwas erkennen zu können. Lilly holte ihr Handy hervor und aktivierte die Taschenlampe. Grotheer, der von allein nicht darauf gekommen wäre, machte es ihr nach.

Auf einem langen, mit Holzböcken improvisierten Tisch standen zwei PC-Bildschirme dicht beieinander. Das grüne Licht stammte von deren Stand-by-Lämpchen sowie von den Lämpchen des auf dem Boden stehenden Rechners und eines professionell wirkenden Druckers, der die Größe einer Vitrine hatte.

An der Wand stapelten sich die Kartons, die Lindt aus dem Wagen ins Haus geschafft hatte.

Grotheer ging hinüber, öffnete einen und nahm einen Stapel bedruckten Papiers heraus.

Dabei handelte es sich um Flyer für eine Pizzeria.

In einem anderen Karton fand Lilly Flyer für eine Fahrschule.

«Der arbeitet hier», sagte Grotheer.

14.

Nachmittag. 17:00 Uhr.

«Geht's wieder?»

Zum zweiten Mal innerhalb kurzer Zeit fühlte Grotheer sich wie ein alter Mann. Wie jemand, der besser im Altenheim untergebracht wäre. Das lag aber vor allem an Lillys besorgtem Blick und der Art und Weise, wie sie ihn unterhakte, damit er nicht strauchelte.

«Jaja, alles in Ordnung. Ich habe nur zu wenig gegessen und getrunken.»

Auch das sagte Grotheer zum zweiten Mal innerhalb kurzer Zeit. Und es stimmte. Die Ereignisse überschlugen sich. Er kam gerade noch dazu, Jemand zu versorgen, sich selbst vergaß er dabei.

Grotheer schüttelte Lillys helfende Hand unwillig ab. Die zwei Stufen hinauf zu dem Bistro schaffte er ja wohl allein. Drinnen würde er sich stärken, um wieder fit zu werden.

«Kommt das häufiger vor?», fragte Lilly, die einen Schritt hinter ihm blieb. Sie hatte Jemand an der Leine, und sogar der schaute besorgt drein.

«Nein!», log Grotheer und war mutig genug, den Handlauf nicht anzufassen.

Vor diesem alten Café da oben am Stausee, als sie auf dem Weg zum Wagen waren, hatte er plötzlich Sterne gesehen. In seinem Körper hatte es zu kribbeln begonnen, überall gleichzeitig, in den Armen, den Beinen, den Händen und Füßen, und wäre Lilly nicht zur Stelle gewesen, er wäre umgekippt wie ein gefällter Baum. Nicht einmal das Auto hatte er noch fahren können. Das hatte Lilly übernommen. Er hatte ihr gesagt, dass er dringend etwas essen müsse, also waren sie geradewegs zu diesem Bistro in der Stadt gefahren.

Er schaffte es ohne ihre Hilfe hinauf, aber sie ließ es sich nicht nehmen, ihm die Tür aufzuhalten. Grotheer grummelte ein kaum zu verstehendes «Danke» in seinen Bart.

Drinnen war nicht viel los. Der Hund durfte mit rein. Sie suchten sich einen Tisch in der hintersten Ecke, wo sie sich in Ruhe würden unterhalten können. Die Bedienung war sofort zur Stelle.

«Zuerst eine Cola für den Herrn und für mich einen Kaffee», orderte Lilly, ohne Grotheer zu Wort kommen zu lassen. «Für das Essen brauchen wir noch einen Moment.»

«Cola ist gut bei so was», sagte Lilly, als die Bedienung verschwunden war. «Geht's denn wieder?»

«Herrgott, ja! Man wird doch mal unterzuckert sein dürfen. Nicht wahr, Jemand.»

Der Hund legte sich zu seinen Füßen und winselte besorgt.

«Jetzt fall du mir auch noch in den Rücken!»

Die Bedienung brachte die Getränke, und sie bestellten beide ein Thunfischbaguette. Grotheer trank die halbe Cola auf einen Zug. Das tat gut, fand er und rülpste leise.

«Was machen wir jetzt?», fragte Lilly.

Sie hatten noch nicht darüber gesprochen, was oben an dem alten Café passiert war. Im Grunde hatten sie ja nichts Schockierendes entdeckt, ein Schock war es dennoch gewesen. Weil es so banal war – und ihre Hoffnungen zerstört hatte.

Carsten Lindt war in seine alte Heimat zurückgekehrt, weil er hier noch Immobilienbesitz hatte. Und da er nicht von der Hand in den Mund leben konnte, musste er beschlossen haben, seine Talente zu nutzen. Als Fotograf würde er hier kein Bein mehr auf den Boden bekommen, so viel stand fest. Aber mit seiner Ausbildung und seinen Kenntnissen in der Bildbearbeitung konnte er in die Werbung gehen. Flyer gestalten. Poster, Plakate, Visitenkarten. So was halt.

«Wir stehen wieder am Anfang», sagte Grotheer. «Wo ist Michelle? Wo ist Felicitas? Wer steckt hinter alledem? Carsten Lindt scheidet ja nun aus.»

«Es muss jemand sein, den sowohl Michelle als auch Felicitas kennen. Irgendein Bindeglied muss es schließlich geben. Niemand entführt wahllos Menschen ...»

Grotheer nickte und schüttete den Rest Cola in sich hinein.

«... und ich habe irgendwie das Gefühl, dass die Sache mit den Flyern, die wir da oben gefunden haben, mir etwas sagen müsste», beendete Lilly ihren Satz.

Grotheer setzte die Flasche ab, sah sie an und unterdrückte den nächsten Rülpser.

«Was soll das heißen?»

Sie zuckte mit den Schultern. «Wenn ich das nur wüsste. Ist so ein Gefühl, so ein Kribbeln zwischen den Schulterblättern. Kann aber auch daran liegen, dass ich mich so sehr darauf versteift habe, dass Lindt hinter alledem steckt.»

«Hm», machte Grotheer. «Und jetzt ist noch jemand verschwunden. Ali Karamanc. Wie ist das zu erklären?»

Lilly hatte während der Fahrt zurück in die Stadt noch zweimal versucht, Ali zu erreichen, doch er ging nicht ans Telefon. Sie hatte eine Sprachnachricht hinterlassen und dringend um Rückruf gebeten.

«Höchste Zeit, die Polizei zu informieren, oder?», fragte Lilly.

«Warum? Damit sie nach diesem Ali sucht, wo sie doch schon nicht in der Lage ist, Michelle und Felicitas zu finden? Ich habe das mit der Polizei längst abgeschrieben …»

«Aber da wusstest du noch nichts von mir, von Felicitas und unserer Sanduhr», unterbrach Lilly ihn.

Grotheer nickte. «Stimmt. Ich sollte Holger Werth anrufen und ihn auf den neuesten Stand bringen.»

«Ja, solltest du.»

Die Baguettes kamen. Sie dufteten unfassbar gut, und Grotheer fing sofort an zu essen, obwohl sie noch zu heiß waren.

Kauend bemerkte er, dass Lilly ihr Baguette nur anstarrte.

«Keinen Hunger?»

«Hunger schon, aber keinen Appetit. Ich frage mich gerade, ob Felicitas genug zu essen bekommt. Ob sie überhaupt noch …»

Lilly schüttelte den Kopf und verbarg ihr Gesicht hinter den Händen. Grotheer hörte sie schluchzen. Sein Baguette blieb ihm im Hals stecken, und er hätte einen Schluck Cola gebraucht, um es hinunterzuspülen, doch die Flasche war leer. Er schluckte ein paarmal trocken, bevor er etwas sagen konnte.

«Du darfst nicht so denken. Wir finden sie. Beide. Deine

Felicitas und meine Michelle. Und sie werden unversehrt sein.»

Grotheer gestattete sich keinen Gedanken daran, wie unlogisch es war, was er sagte. Gut möglich, dass sie sie fanden, aber warum sollte der Täter …

Nein!

Keinen Gedanken in diese Richtung!

Lilly nickte, nahm die Hände herunter und griff dankbar nach der Serviette, die Grotheer ihr reichte. Sie wischte sich die feuchten Augen trocken.

«Es ist nur … so schwierig», sagte sie. «Das alles.»

Dann rammte sie ihr Messer ins Baguette und schnitt ein Stück davon ab, als wollte sie einen Baumstamm zersägen. Mit wütenden Bissen verschlang sie das große Stück.

«Es gibt da etwas wegen der Sanduhren, über das ich nachgedacht habe», sagte Grotheer. «Warum nutzt der Täter die Dinger überhaupt? Ich habe mich gefragt, was er uns damit sagen will. Dir, mir, Hannes Lamprecht und vielleicht noch vielen anderen Menschen, die eine bekommen haben.»

«Und was will er damit sagen?», fragte Lilly kauend.

«Sanduhren sind Zeitmesser. In diesen ist aber kein Sand. Sie messen die Zeit also nicht. Warum nicht? Weil es aus Sicht des Täters keinen Sinn macht? Weil die Zeit der Opfer abgelaufen ist? Keine Ahnung, aber ich denke, Zeit spielt eine große Rolle für ihn, und ich frage mich, wie es da hineinpasst, dass du dein Fotogeschäft *Zeitfang* nennst.»

Lilly hörte zu kauen auf und starrte Grotheer an.

«Zeit …», sagte sie mit vollem Mund. Dann schluckte sie erst einmal hinunter.

«Hast du Zeit?», schob sie hinterher.

«Bitte?»

«Als ich mit Felicitas telefoniert habe ... als sie entführt wurde ... da konnte ich hören, was ihr Entführer gesagt hat. Er sagte: ‹Hast du Zeit?›»

«Moment.» Grotheer hob die Hand, so als wollte er damit die Zeit anhalten, um besser nachdenken zu können. «Der Typ schneidet sie mit dem Auto, drängt sie also zur Vollbremsung, dann kommt er an ihre Seitenscheibe und fragt, ob sie Zeit hat?»

«Ja. Genau so war es.»

«Das ist alles andere als normal.»

«Und es passt in deine Theorie mit der Zeit.»

Grotheer zählte an seinen Fingern ab. «Nadine Seeliger, Conny Goldmann, Michelle, Felicitas, vielleicht Maren Liefers ... zwischen Nadine und Conny und Michelle gibt es eine Verbindung. Die Arbeit. Nadine war Arzthelferin. Conny zuletzt Krankenschwester, meine Michelle auch. Deine Felicitas passt nicht in dieses Bild, und es gibt auch keine Verbindung, bei dieser Maren Liefers wohl auch nicht ...»

«Aber es muss eine geben, auch wenn sie nicht im Gesundheitswesen zu suchen ist. Weißt du, was? Wir sollten unbedingt nachschauen, ob sich noch jemand wegen der Sanduhr gemeldet hat.»

Lilly schob ihr Baguette auf die Seite, nahm ihr Handy und ging online. «Wie ist dein Passwort bei Facebook?»

Grotheer nannte es, und sie loggte sich als Lars Erik Jemand ein.

«Ach du Scheiße!», rief Lilly laut aus. «Noch einer! Und der ist aktuell. Timo Krüger wird vermisst. Und zwar erst seit ein paar Tagen. Das ist doch nicht zu fassen! Seine Freundin Milena sucht ihn über die sozialen Netzwerke und ist auf deinen Aufruf aufmerksam geworden.»

«Was macht Timo Krüger beruflich?»

«Warte, ich wechsle auf die Suchseite ... Hier, da ist er ...»

Lilly zeigte ihm das Bild eines Mannes, der vor dem Kühlergrill eines Trucks posierte. Er hatte die Arme vor der Brust verschränkt und zeigte beeindruckende Oberarme. Sein Grinsen war selbstgefällig.

«Zuletzt hat er bei einem Paketlieferdienst gearbeitet», las Lilly vor.

«Paketlieferdienst», wiederholte Grotheer und schüttelte den Kopf. «Wie passt das jetzt wieder ins Bild? Frag sie, wie sie an die Sanduhr gekommen ist. Das ist wichtig!»

Lilly tippte mit flinken Fingern auf dem Bildschirm herum.

«Arzthelferin, Krankenschwestern, eine Schornsteinfegerin, Paketlieferdienst ...», dachte Grotheer laut nach.

«Sie ist online und liest!», rief Lilly aufgeregt. «Warte, sie schreibt ...»

Beide starrten wie gebannt das Handy an.

Schließlich fasste Lilly laut zusammen, was in der Antwort stand. «Sein Zustellfahrzeug wurde in einem Feldweg gefunden, von ihm keine Spur. Es gab keine Drohungen oder so. Die Sanduhr lag bei Milena vor der Haustür, sie wohnt mit Timo zusammen. Timo hätte so etwas nie bestellt, schreibt sie. Sie glaubte an einen Lieferfehler, aber weil kein Absender draufstand, konnte sie sie nicht zurückschicken.»

«Wo kommen die beiden her?», fragte Grotheer.

Lilly tippte.

Die Antwort kam schnell. «Nicht allzu weit von hier ... keine Stunde mit dem Auto.»

«Okay, sag ihr, wir kommen vorbei. Hallo, junge Dame, zahlen bitte!»

Lilly tippte.

Grotheer stand auf und nestelte das Geldbündel aus seiner Hosentasche. Plötzlich war er nervös wie lange nicht mehr. Das Geldbündel fiel ihm aus den Fingern und landete auf dem Tisch.

Lilly ließ das Handy sinken und starrte es an.

«Das Geldbündel», stieß sie heiser aus und wurde plötzlich leichenblass.

«Was? Ja, ich hasse Portemonnaies in der Hosentasche.»

«Jetzt weiß ich, wer die Sanduhr bei mir abgestellt haben könnte», sagte Lilly und sprang so heftig von ihrem Stuhl auf, dass Jemand sich erschrak.

«Deshalb haben mich auch die Flyer bei Lindt im Keller alarmiert. Dennis Diem!»

«Wer?»

«Dennis Diem. Der Unternehmer, der sich mit einer Zeitarbeitsfirma selbstständig gemacht hat.»

KAPITEL 6

1.

Nachmittag. 17:00 Uhr.

«Was ist denn das für eine Scheiße!»

Ali Karamanc presste sich beide Hände gegen den Schädel. Das Schleifen, Hämmern, Pochen und Dröhnen darin bekam er damit aber nicht in den Griff. Sogar seine Zähne taten weh. Das Zentrum des Schmerzes schien dicht unter der Schädeldecke am Hinterkopf zu liegen. Von dort kroch er die Wirbelsäule hinab bis ins Becken.

Ali verstand gar nichts.

Eben noch war er in dem alten Café am Stausee gewesen, um Carsten Lindt zu überführen, jetzt lag er im Dunkeln und hatte rasende Kopfschmerzen. Ali betastete vorsichtig die Stelle an seinem Hinterkopf. Die Schwellung war immens und empfindlich. Als er sich aufrichtete, kämpfte Ali gegen eine Welle der Übelkeit an. Magenflüssigkeit stieg in der Speiseröhre empor. Er würgte und schluckte sie herunter.

Was war passiert?

Um ihn herum herrschte absolute Dunkelheit. Außerdem nahm er einen ekelerregenden Geruch wahr, in dem wie bei einem teuren Parfum alle möglichen Ingredienzen steckten, in dem aber eine Komponente vorherrschte: Öl.

Es dauerte ein paar Minuten, bis Ali kapierte, dass er von Carsten Lindt überrascht und niedergeschlagen worden war. Anders war seine Situation ja nicht zu erklären. Da war dieser abgeschlossene Raum im Keller gewesen, hinter dessen Tür er ein Flüstern gehört hatte. Er war nach oben gegangen, um den Betonblock zu holen, und dann …

Hast du Zeit?

Jemand hatte ihn angesprochen, mit genau diesen Worten. Carsten Lindt? Gesehen hatte Ali niemanden, aber wer sonst sollte das gewesen sein? Lindt hatte den Spieß umgedreht und war ihm auf dem Weg zurück zum alten Café hinterhergefahren.

«Scheiße», sagte Ali laut, als er realisierte, wie dumm er gewesen war.

Und der Raum oder was immer das war, worin er gefangen gehalten wurde, schleuderte ihm das Wort ein ums andere Mal um die Ohren, bis der Hall endlich schwieg.

Aber nur für einen Moment.

«Hallo?»

Nein, das war kein Hall. Da rief jemand, und zwar eine Frau.

«Wer ist da?», kam es vorsichtig hinterher.

«Sag mir erst mal, wer du bist und was diese Scheiße hier soll.» Das laute Sprechen reizte Alis Kopfschmerz, aber das war ihm egal. «Ich zähle bis drei, und wenn ich dann nicht hier rauskomme, könnt ihr alle was erleben. Ich warne euch.»

Jetzt blieb es still.

Ali ärgerte sich, weil er sich von Lindt hatte übertölpeln lassen, und wenn er wütend war, fiel ihm das Denken schwer. Daher dauerte es ein paar Sekunden, bis er begriff, wer da zu ihm gesprochen hatte.

«Feli?», rief er in die Dunkelheit, und der Hall machte Felifelifeli daraus.

Keine Antwort.

«Bist du das, Felicitas? Ich bin's. Ali. Ich habe dich gesucht. Carsten Lindt, dieser Scheißkerl, hat mich überrascht und k. o. geschlagen. Wo sind wir hier? Geht es dir gut?»

Wieder keine Antwort.

«Ey, jetzt sag doch was!», rief Ali. «Oder denkst du etwa auch, ich habe etwas mit deiner Entführung zu tun?»

Nachdem er einen Moment gelauscht hatte, bekam Ali seine Antwort.

«Hier ist keine Felicitas ... mein Name ist Michelle.»

Ali wollte etwas sagen, brachte aber kein Wort heraus. Wie bei einem Fisch, der auf dem Trockenen lag, öffneten und schlossen sich seine Lippen.

«Wo bist du?», fragte die Frau, die sich Michelle nannte. «Sag etwas, damit ich dich finden kann.»

«Ich ... ich bin hier ... keine Ahnung, wo hier ist, irgendwo im Dunkeln eben. Wenn du nicht Feli bist, wo ist sie dann?»

«Nicht erschrecken, ich stehe jetzt neben dir.»

Ali erschrak aber doch, und das nicht zu knapp. Es fehlte nicht viel, und er hätte aufgeschrien wie ein ängstliches Kind.

«Wer ist Carsten Lindt?», fragte die Frauenstimme dicht bei ihm. «Und wer bist du?»

«Ich bin Ali, der Ex von Felicitas. Und Carsten Lindt hat sie entführt ... jedenfalls glauben wir das. Bist du auch von ihm entführt worden?»

«Entführt ja, aber ich weiß nicht, von wem. Er hat sich als Schornsteinfeger ausgegeben.»

«Was? Schornsteinfeger? Wieso Schornsteinfeger? Felicitas ist Schornsteinfegerin.»

Alis Schädelschmerzen verdoppelten sich.

«Kennst du meinen Vater?», wollte die Frau wissen. «Lars Erik Grotheer?»

«Nein, kenne ich nicht. Scheiße, was geht denn hier ab? Ich verstehe gar nichts mehr. Bist du sicher, dass Feli nicht hier ist? Und wo sind wir überhaupt? Ist das hier das alte Café oben am Stausee?»

«Mein Vater war Polizist. Er wird uns retten. Aber jemand war hier, bei mir, hat sich als Frau ausgegeben und mich ausgefragt. Ich war dumm, so dumm, habe ihm alles erzählt ... ich denke, er hat Conny getötet. Kanntest du Conny?»

«Jetzt hör doch mal auf mit diesen Namen, ich kenne die alle nicht und ...»

Ein lautes Geräusch unterbrach Ali. Jemand legte einen Riegel zurück, es quietschte metallen.

«Augen zu», warnte Michelle.

«Was?»

Zu spät. Licht flutete den dunklen Raum, und Ali sah genau hinein. Hinter seinen Augen verwandelte sich das Licht in Schmerz, und Ali glaubte, sein Kopf würde zerbersten. Er schlug sich die Hände vors Gesicht und wandte sich mit einem Schrei ab.

«Michelle ... komm zu mir», rief eine Stimme. Ali war nicht klar, ob sie männlich oder weiblich war.

Sofort begann Michelle zu weinen.

«Nein ... bitte nicht ...», flüsterte sie.

«Du musst keine Angst haben. Ich habe die Ewigkeit für dich vorbereitet.»

«Bist du das, Lindt?», rief Ali.

«Komm zu mir, Michelle.»

«Niemand kommt zu dir. Wenn du was von der Kleinen willst, musst du erst mal an mir vorbei.»

Alis Augen hatten sich an die Helligkeit gewöhnt, die gar nicht so gleißend war wie im ersten Moment empfunden. In dem hellen Viereck erkannte er eine menschliche Gestalt. Sie schien zu flirren und zu flimmern, wie eine Fata Morgana in der Wüste – oder wie er sich eine vorstellte.

«Komm schon her, wenn du was willst», setzte Ali nach.

Die Gestalt bewegte sich nicht, sprach nicht, schien darüber nachzudenken, was zu tun war. Eins stand fest: Wenn Lindt an das Mädchen wollte, würde er das nur über Alis Leiche schaffen.

«Nicht», sagte Michelle leise an seinem rechten Ohr. «Er wird uns sonst töten.»

Er spürte ihre Wärme, so verdammt nah war sie. Und jetzt endlich sah er sie auch. Eine junge Frau, das Gesicht verdreckt, die Augen rot geweint.

«Da bin ich aber dabei», sagte Ali im Brustton der Überzeugung. «Bleib hinter mir, dann passiert dir nichts.»

«Wenn Michelle nicht zu mir kommt, schließe ich diese Tür für immer. Dann könnt ihr zusammen hier drinnen verrotten. Komm sofort her! Ich habe keine Zeit zu verlieren.»

Alis Gedanken rasten. Er würde die Kleine auf keinen Fall opfern, aber die Alternative war nicht besonders rosig.

«Lass nur ... ich gehe schon», sagte Michelle. «Ich halt es hier ohnehin nicht mehr aus ...»

Sie wollte sich an ihm vorbeischieben, doch Ali packte ihr Handgelenk.

«Kommt nicht infrage», flüsterte er ihr zu. Und dann lauter Richtung Tür. «Michelle kommt auf keinen Fall. Entweder ich, oder du musst tun, was du nicht lassen kannst.»

Michelle sah ihn erschrocken an. In ihren Augen glomm Hoffnung, und es war diese Hoffnung, die Ali Mut verlieh. Er würde sie diesem Spinner nicht überlassen.

«Dann komm du», sagte der Mann, den er für Lindt hielt, schließlich. Der flirrende Umriss verschwand.

«Geh nicht», flehte Michelle. «Er wird dich töten.»

«Wird er nicht. Weil ich mit ihm fertigwerde. Verlass dich drauf. Und dann komme ich zurück und hole dich. Versprochen!»

Ali ging auf das helle Viereck zu.

Nach wenigen Schritten stand er vor einer dreißig Zentimeter hohen Kante, hob erst das rechte, dann das linke Bein darüber und trat hinaus.

2.

Nachmittag. 17:30 Uhr.

Grotheer steuerte das Auto, während Lilly berichtete.

«Dennis Diem war am Tag nach Felicitas' Entführung bei mir im Fotostudio. Er hatte sich online einen Termin gebucht. Es ging um Porträtfotos, er will sich als Unternehmensberater selbstständig machen, sagte er. Zeitarbeit, Personalmanagement, so was. Und er hat sich merkwürdig verhalten, als er die Bilder bezahlen wollte. Holte ein Geldbündel aus der Tasche, mit einer goldenen Klammer. Als ich ihm sagte, dass er die Bilder erst später bezahlen muss, wenn er sich die passenden ausgesucht hat, wollte er das nicht.»

Jemand schaute zwischen den beiden Sitzen durch und

hechelte – er war genauso aufgeregt wie Lilly und Grotheer. Grotheer klammerte sich ans Lenkrad und holte abermals alles aus seinem alten Wagen heraus. Dennoch hörte er aufmerksam zu.

«Als er gerade gehen wollte, kam der Kommissar vorgefahren, der wegen Felicitas' Entführung ermittelt. Ich hatte keine Zeit mehr, habe den Mann nicht mehr beachtet, aber er hätte das Paket mit der Sanduhr bei mir deponieren können.»

«Wann hat er den Termin gebucht?»

«Zwei Tage bevor Felicitas verschwand.»

«Und ist es bei dir üblich, dass die Kunden ihre Termine online vereinbaren?»

«Ja, durchaus. So läuft das heutzutage.»

«Hat er sich sonst noch irgendwie auffällig verhalten?»

«Ehrlich gesagt ... ich weiß es nicht. Ich fühlte mich traumatisiert an dem Morgen, war nicht wirklich bei der Sache. Ich hätte den Termin abgesagt, wenn ich das Geld nicht bräuchte.»

«Und genau das stört mich daran», sagte Grotheer und setzte den Blinker, um rechts abzubiegen. Es fiel ihm schwer, sich zugleich aufs Fahren, das Navi und den Fall zu konzentrieren. «Er konnte nicht davon ausgehen, dass du den Termin einhältst, nach dem, was passiert ist.»

«Er hätte trotzdem vorbeikommen und behaupten können, er habe die Mail mit der Absage nicht gelesen», sagte Lilly.

«Aber warum dieses Risiko eingehen? Wenn er doch wie bei den anderen auch die Sanduhr einfach heimlich hätte abstellen können?»

«Hat er sie bei dir heimlich abgestellt?», entgegnete Lilly.

«Nein ...», Grotheer schüttelte den Kopf und musste daran

denken, wie dreist der Täter bei ihm vorgegangen war. «Nein, hat er nicht. Da ist er voll ins Risiko gegangen. Die Nachbarn haben sogar seinen Wagen gesehen ... nur das Kennzeichen haben sie sich nicht gemerkt.»

«Vielleicht ist das der Kick, den er braucht. Die Angehörigen zu besuchen und ihnen eine Botschaft zu überbringen, die sie nicht verstehen können. Wenn man den vielen Filmen und Büchern über Psychopathen Glauben schenken darf, ticken die ja wohl alle so.»

«Möglich», sagte Grotheer nachdenklich. «Und dass er dir erzählt hat, er würde sich mit Zeitarbeit selbstständig machen ...», Grotheer schnalzte mit der Zunge. «Das ist schon perfide.»

«Wie gut, dass ich die Videokameras an der Garage installiert habe», sagte Lilly.

Sie hatte Grotheer berichtet, dass die Versicherung auf einer Videoüberwachungsanlage bestand, um das Fotoequipment in der umgebauten Garage zu versichern. Da ging es immerhin um vierzigtausend Euro.

Die Kameras wurden durch Bewegung aktiviert und speicherten die Aufnahmen direkt in der Cloud, bis Lilly sie aktiv löschte. Das hatte sie aber in den letzten Tagen nicht getan. Die Aufnahmen waren noch da.

Lilly hatte sie auf ihrem Handy abgerufen und Grotheer gezeigt. Der Mann, der darauf zu sehen war, kam Grotheer merkwürdig bekannt vor. Er konnte sich täuschen, aber war das nicht der Typ mit den polierten Schuhen und dem unmöglichen Benehmen in der Arztpraxis von Dr. Hilgermann? Der darauf hingewiesen hatte, wie teuer seine Zeit war?

Grotheers erster Impuls war es gewesen, in der Praxis anzurufen und nach dem Namen und der Adresse des Mannes zu fragen. Aber welche Arztpraxis gab diese Daten heraus? Schon gar nicht ihm, einem ehemaligen Polizisten der Bundestagspolizei.

Aber er musste nicht dort anrufen.

Auf den Bildern der Überwachungskameras war zwar nicht zu sehen, ob der Mann das Paket mit der Sanduhr bei Lilly abgelegt hatte, aber es gab eine Sequenz von zwanzig Sekunden, in denen nicht klar war, wo er sich aufhielt. Dafür war das Kennzeichen seines Wagens deutlich zu erkennen. Ein Anruf bei Regina Helmstedt in Berlin hatte gereicht, um die Adresse von Dennis Diem in Erfahrung zu bringen. Allerdings hatte die Helmstedt darauf hingewiesen, dass es der letzte Gefallen in dieser Sache war.

Diem lebte in Lillys Nachbarstadt. Knapp dreißig Minuten Autofahrt entfernt.

Sie waren sofort aufgebrochen.

Die Sache mit Carsten Lindt hatte sie schon genug Zeit gekostet. Lilly und er hatten sich dagegen entschieden, wegen Ali Karamanc die Polizei zu informieren, denn dann hätten sie zugeben müssen, bei Lindt eingebrochen zu sein. Auch wollte Grotheer noch damit warten, Holger Werth wegen der Sanduhr anzurufen, die bei Timo Krügers Freundin aufgetaucht war. Werth hatte ihn schon beim letzten Mal nicht ernst genommen. Lilly versuchte weiterhin, Ali zu erreichen, doch der meldete sich nicht. Das war beängstigend. Alis Auto parkte noch dort oben beim alten Café, und wenn Lindt zurückkehrte, den Einbruch bemerkte und den Wagen sah, würde er es wahrscheinlich übernehmen, die Polizei zu informieren.

«Hast du Angst?», fragte Grotheer.

«Vor Diem? Nein.»

«Nicht vor ihm. Vor dem, was wir dort vielleicht entdecken. Also ich habe Angst.»

Obwohl Grotheer sich immer wieder zusammenriss, um diesen Gedanken nicht zuzulassen, blitzte er allenthalben auf und stand dann da wie ein Grabstein, auf dem nur noch die Inschriften fehlten. Es war zu viel Zeit vergangen, um Felicitas oder Michelle noch lebend zu finden.

Lilly benötigte einen Moment, um antworten zu können.

«Ich will mir das nicht vorstellen», sagte sie mit heiserer Stimme. «Das darf einfach nicht sein.»

«Und trifft es die Menschen nicht deshalb immer so hart? Weil sie sich das Schlimmste nicht vorstellen wollen?»

Lilly schüttelte den Kopf. «Das nennt man Hoffnung, oder? Und wir beide wären nicht hier, wenn wir die schon aufgegeben hätten.»

Grotheer nickte.

«Michelle ... ich hatte sie gerade erst wiedergefunden», sagte er. Es erschien ihm plötzlich wichtig, Lilly davon zu erzählen. «Ich habe meine Familie verlassen, da war sie fünf, und wir hatten seitdem so gut wie keinen Kontakt. Als sie mich bat, nach ihrer Freundin Conny zu schauen, da kam etwas in Gang zwischen uns. Darauf hätten wir aufbauen können ...» Grotheer schluckte Tränen hinunter und biss sich auf die Unterlippe.

Lilly berührte ihn am Unterarm.

«Hoffnung, hörst du! Du darfst die Hoffnung nicht verlieren, Lars. Du und Michelle, ihr habt eine Zukunft.»

Sie blickte nach vorn auf die Straße und reckte trotzig das Kinn vor. «Genau wie Felicitas und ich.»

Dann schwiegen sie. Ein bedrückendes, unehrliches Schweigen war das, in dem unweigerlich der Gedanke mitschwang, dass diese Sache nicht für sie beide gut ausgehen konnte. Es war einfach nicht realistisch.

«Wir sind gleich da», sagte Grotheer bald, um das Schweigen zu unterbrechen.

«Wie sollen wir es machen?», fragte Lilly.

3.

Hinter der Zeit

Du müsstest sie sehen, meine Wand.
Wie wunderbar sie geworden ist.
Wer weiß, vielleicht werde ich sie dir eines Tages zeigen.
Ich bin mir nur nicht sicher, ob du sie verstehen würdest.
Damals, als die Hannah den Anfang gemacht hat, wusste ich selbst noch nicht, welche Ausmaße die Wand eines Tages annehmen würde.
Aber ich fürchte, ich greife voraus. Ich wollte dir doch erzählen, wie das war, als ich von Hannahs Tod erfuhr. Also von ihrem richtigen Tod, nicht von dem inszenierten.
Das war vor … hm … ich weiß es im Moment nicht. Es muss vor … ich war … ich glaube, ich war 25 oder so. Seit wann kann ich mich nicht mehr auf mein Gedächtnis verlassen?
Das ist neu. Warum ist das so? Meinst du, es liegt an dem Unfall und den Folgen?

Wie auch immer. Sagen wir, ich war 25 Jahre alt, als ich erfuhr, dass die Hannah verstorben war. In dem Pflegeheim, in dem sie zwölf Jahre verbracht hatte. Stell dir das einmal vor. Zwölf Jahre. So viel Zeit, die ich nicht bei ihr verbringen konnte. Und meine Eltern haben es geschehen lassen, haben mich nie eingeweiht.
Erfahren habe ich es durch den Tod unserer Eltern. Sie kamen beide bei einem Autounfall ums Leben. Man munkelte, mein Vater, der am Steuer saß, hätte den Baum absichtlich angesteuert. Wer weiß. Ich halte es für möglich. Die Firma lief nicht mehr. Die eigene Tochter ins Pflegeheim weggesperrt, die Söhne betrogen. Die Ehe am Ende. Sie stritten viel. Kann schon sein, dass man da die Notbremse zieht.
Da ließ es sich wegen der Erbschaftsangelegenheiten nicht mehr verheimlichen. Der Notar las vor, dass ich eine Angehörige hatte, die in einem Pflegeheim gelebt hatte und vor fünf Jahren verstorben war. In dem Testament meiner Eltern war noch der Passus verfügt, dass im Falle ihres Todes weiterhin für die Hannah der Eigenanteil der Pflegekosten getragen werden müsse. Der Notar fügte an, dass sich das ja erledigt habe.
Erledigt.
Ich habe ihn erledigt, das kann ich dir sagen.

Na ja, tut nichts zur Sache.
Jedenfalls habe ich mich danach auf Spurensuche begeben und zusammengetragen, was ich finden konnte. Das hat eine Weile gedauert. Mein Bruder behauptete, dass er, genau wie ich, von meinen Eltern betrogen worden war, was die Hannah betraf. Aber es gab andere, die das Spiel mitgespielt hatten. Der Bestatter zum Beispiel. Der war leider selbst längst tot. Aber er hatte eine Tochter, und von der wollte ich Informationen. Doch statt mir zu helfen, stahl sie mir meine Zeit.
Wie so viele andere.
Und als ich dann endlich die Urne mit Hannahs Asche hatte, die richtige Urne, nicht die Fälschung, die der Bestatter damals zur Verfügung gestellt hatte – übrigens ein alter Freund meines Vaters –, stellte ich sie bei mir zu Hause ins Regal. Glücklicherweise war sie nicht in der Erde, sondern in einem Kolumbarium bestattet gewesen, sodass ich sie stehlen konnte. Ich fand, das stand mir zu, nach dem, was mir alles gestohlen worden war.
Nächtelang saß ich da und starrte die Urne an. Hielt Zwiesprache mit der Hannah. Bat um Verzeihung. Und in mir wuchs eine Wut auf all diejenigen, die uns unsere gemeinsame Zeit gestohlen hatten.
«Alles ist fremdes Eigentum, nur die Zeit

ist unser. Dieses so flüchtige, so leicht verlierbare Gut ist der einzige Besitz, in den uns die Natur gesetzt hat, und doch verdrängt uns daraus, wer da will.»
Und als ich dort saß mit der Hannah, begriff ich in vollem Umfang, was uns angetan worden war und was mir weiterhin angetan wurde.
Jeden Tag verdrängt mich jemand aus meinem kostbarsten Besitz. Nicht nur mich, auch andere, und die anderen wiederum andere.
Das ist das Schlimmste, was wir Menschen uns gegenseitig antun können, und ich konnte das nicht länger ertragen.
Also beschloss ich, mir zurückzuholen, was mir gehört.
Ich begann, Zeit zu sammeln.
In meiner Wand.

4.

Nachmittag. 17:45 Uhr.

Es war hell draußen.

Vor Ali Karamanc lag eine alte Industrieanlage. Einstöckige graue Betongebäude voll kleiner Fenster mit Metallrahmen und Einfachverglasung, die allesamt blind waren. Auf den Dächern aus grauen Wellplatten hatten sich großflächig dicke Moosplacken ausgebreitet. Die Lichtluken in den Dächern waren von grünem Belag überzogen. An der

Ecke des Gebäudes, auf das Ali blickte, war das Fallrohr der Regenrinne herausgebrochen und stand in schrägem Winkel zur Hausecke. Das letzte Stück Regenrinne war unter dem Gewicht des darin wachsenden Unkrauts abgesackt. Wasser tropfte heraus. Besonders markant ragte ein vielleicht fünfzehn Meter hoher, schlanker, gemauerter Schornstein in den fahlen Himmel.

Auf der linken Seite gab es zwischen zwei Gebäuden einen freien Bereich, der durch einen hohen Maschendrahtzaun gesichert war. Im Hintergrund sah Ali Wald.

Über allem lag eine bedrückende Stille, unterbrochen nur von dem heiseren Krächzen einiger Krähen. Zwei hockten oben auf dem Schlot und nickten sich zu.

Ali befand sich in einer Art Innenhof, der an einen Gefängnishof erinnerte, in dem die Insassen ihre täglichen Spaziergänge absolvierten. Nach drei Seiten von Mauern umschlossen, auf der vierten Seite der Zaun.

Im gegenüberliegenden Gebäude stand eine Tür offen.

Das wirkte wie eine Einladung – oder eher wie eine Falle.

«Ohne mich, Blödmann», sagte Ali leise und ging zu dem Maschendrahtzaun hinüber. Wenn er eines konnte, dann klettern, und so ein blöder Zaun hielt ihn sicher nicht auf. Erst einmal auf der anderen Seite angekommen, würde er sofort die Polizei informieren und dafür sorgen, dass sie das Mädel da drinnen befreite.

Ali krallte seine Finger in die Maschen und sah sich um.

Warum kam Lindt nicht, um ihn davon abzuhalten?

Hatte er die Flucht ergriffen, weil er eingesehen hatte, dass er mit Ali nicht fertigwerden würde?

«Besser isses», sagte Ali, spannte seine Muskeln an und zog sich hoch.

Der Zaun war straff gespannt, gab kaum nach. Der dünne Draht schnitt ihm in die Finger. Er suchte Halt mit den Spitzen seiner Sneaker, doch die passten nicht in die Maschen. Immer wieder rutschte er ab. Bald konnte er die Schmerzen in den Fingern nicht länger aushalten.

Mit einem lauten «Scheiße!» ließ Ali sich in den Innenhof zurückfallen.

Er packte den Maschendrahtzaun erneut, rüttelte daran und schrie, so laut er konnte, um Hilfe. Doch seine Stimme verhallte ungehört in der Weite der Landschaft.

Ein Geräusch ließ ihn herumfahren.

Das Mädchen war in dem Viereck aufgetaucht, traute sich aber nicht herauszukommen. Erst jetzt, als er zurückblickte, bemerkte Ali, worin sie eingesperrt gewesen waren. Es handelte sich um einen riesigen rostigen Tank. Sicher drei bis vier Meter im Durchmesser und mindestens zehn Meter lang. Offenbar war er mal im Boden verbuddelt gewesen, denn an seiner verrosteten braunen Außenhaut klebte Erde. Zudem erkannte Ali Kratzspuren einer Baggerschaufel in dem dicken Metall.

Lindt hatte sie in einem alten Öltank gefangen gehalten.

«Ist er weg?», fragte Michelle, eine Hand vor die Augen gehoben, um sich gegen das Licht zu schützen.

Sie war total verdreckt. Das Gesicht mit Rost und Staub bedeckt, die Haare verklebt, unter den Augen verliefen Tränenspuren.

«Ich glaube schon», sagte Ali und sah sich erneut um. «Hab jedenfalls keine Ahnung, wo er abgeblieben sein könnte.»

«Vielleicht sollten wir besser zurück in ...»

«Auf gar keinen Fall!», unterbrach Ali sie. «Wir machen jetzt die Biege. Meinst du, du schaffst das?»

Michelle sah ihn aus großen Augen an und schüttelte den Kopf.

«O doch, du schaffst das. Ich helfe dir. Also los, komm schon.»

Er hielt ihr seine Hand hin, sie zögerte, ergriff sie aber doch.

Ali ging voran und zog sie mit sich. Sie stolperte, er hielt sie, machte ein bisschen langsamer, ließ ihre Hand aber nicht los. Vor lauter Angst, das ahnte er, würde sie freiwillig zurück in diesen stinkenden Tank flüchten.

Da es keinen anderen Weg gab, steuerte Ali auf die offen stehende Tür zu. Mochte ja sein, dass es sich um eine Falle handelte, aber welche Wahl hatten sie? Zugegeben, es machte ihm ein bisschen Angst, so ins offene Messer zu laufen, aber die zeigte er nicht und betrat, ohne zu zögern, mit Michelle an der Hand das Gebäude.

Darin roch es mineralisch, staubig und rußig.

Nur wenig Licht fiel durch die kleinen blinden Fenster, die, wie Ali jetzt erkannte, mit Kalkfarbe geweißt worden waren. Vom Dach her ergoss sich ein grüner Schimmer über all die Gerätschaften und Maschinen, die die Halle füllten. Zwischen ihnen lagen tiefe Schatten, in denen Lindt sich problemlos verstecken konnte.

Ali war gewarnt. Sein Kopf pochte noch immer schlimm.

Mit einem Finger an den Lippen bedeutete er Michelle, still zu sein. Er ließ sie los, damit er für den Fall eines Angriffs beide Hände frei hatte. Behutsam setzte er seine Füße auf und schlich langsam voran. Ali hatte keine Ahnung, in welche Richtung er sich bewegen sollte, also ließ er sich von den Möglichkeiten leiten. Ging dort entlang, wo es nicht zu düster war und nichts im Wege stand. Dicht hinter sich spürte er Michelle, ihr heißer Atem streifte immer wieder seinen Nacken.

Ali vermisste sein Messer. Lindt hatte es ihm nach dem Angriff im alten Café abgenommen.

Er dachte an Lilly Costanzo. Sie musste doch längst gecheckt haben, dass bei ihm etwas nicht stimmte. Vielleicht war sie noch einmal zum Café hochgefahren und hatte seinen Wagen dort stehen sehen. Sicher hatte sie versucht, ihn anzurufen. Aber würde sie die Polizei informieren? Immerhin waren die Spuren des Einbruchs mit dem Betonklotz eindeutig.

Oder hatte Lindt auch sie längst überwältigt?

Ali musste davon ausgehen, dass er auf sich allein gestellt war. Nichts Neues für ihn, er hatte sich seit jeher allein durchs Leben geschlagen.

Eine Maus huschte von links nach rechts über den Gang. Ali schrie auf. Er hasste diese Viecher. Er hasste alles, was so schnell über den Boden huschte.

«Alles gut, nur eine Maus», flüsterte er Michelle zu und ging weiter.

Das war peinlich, aber was sollte er machen. Diese Aversion hatte er schon, solange er denken konnte.

Abrupt blieb Ali stehen, und Michelle stieß gegen ihn. Erneut legte er seinen Finger an die Lippen und hielt ihn dann in die Höhe, um sie zum Lauschen zu animieren.

Da war ein Geräusch. Erst leise schwoll es immer mehr an, und Ali war schnell klar, da näherte sich ein Wagen.

«Los, zurück zum Zaun.»

Er drängte Michelle in die Richtung, aus der sie gekommen waren. Da er nicht wusste, wann und wie sie aus dieser unübersichtlichen Halle herausfinden würden, war der Zaun ihre beste Chance, um auf sich aufmerksam zu machen. Zwar hatte er dort keine Straße gesehen, aber was hieß das schon. Michelle lief auf die offene Tür zu, durch die Licht in die Halle fiel, Ali hinterher. Deshalb sah er nicht die Eisenstange, die von rechts in Knöchelhöhe in den Gang geschoben wurde.

Er stolperte und schlug lang hin.

Michelle blieb stehen, drehte sich zu ihm um.

«Lauf!», rief er ihr zu.

Dann bekam er zum zweiten Mal einen harten Schlag gegen den Schädel und verlor das Bewusstsein.

5.

Abend. 18:12 Uhr.

«Herrgott noch mal! Stehlen Sie mir nicht meine Zeit. Ich habe Sie dafür eingestellt, dass diese Dinge laufen, also kümmern Sie sich gefälligst darum.»

Der Mann legte auf und knallte sein Smartphone auf die Schreibtischplatte vor sich, aber seine letzten Sätze hatte Lilly Costanzo noch mitbekommen. Sie hatte soeben das Büro von *Diem Zeitarbeit* betreten.

«Ja bitte!», fuhr Diem sie an. Er stand mit hochrotem Kopf hinter dem Schreibtisch.

Seine Selbstständigkeit sah nicht besonders glamourös aus. Er hatte ein Büro im Erdgeschoss einer ehemaligen Feuerwache. Die drei Tore, hinter denen einmal Feuerwehrwagen geparkt hatten, standen offen, ein Fahrzeugaufbereiter hatte sich dort eingenistet. Diems Büro lag daneben, und die Geräusche einer Schleifmaschine drangen herüber. Das Gebäude lag mitten in der Stadt in Bahnhofsnähe. Auf dem Fensterglas des Büros prangte der Schriftzug *Diem – Zeitarbeit und Personalmanagement.*

Diem sah Lilly auffordernd an. Er schien sie nicht wiederzuerkennen.

«Ich bin's, Lilly Costanzo, *Zeitfang – Fotografie.* Sie erinnern sich.»

«Ach ja, richtig. Die Fotografin. Die Bilder habe ich noch gar nicht bekommen.»

«Deswegen bin ich heute hier. Ich wollte sie Ihnen persönlich vorbeibringen.»

«Wäre eine Mail nicht einfacher gewesen?»

«Schon, aber so können Sie sich die Fotos anschauen und sofort eine Auswahl treffen. Das spart Zeit.»

«Zeit fehlt mir gerade an allen Ecken und Enden. Aber kommen Sie ruhig rein, dann erledigen wir das gleich.»

Dennis Diem ging zu einer modernen Sitzgruppe hinüber, die nagelneu wirkte.

«Bitte, setzen Sie sich», bot er an.

«Wie läuft es denn mit der Selbstständigkeit?», fragte Lilly.

Diem machte eine wegwerfende Handbewegung.

«Ach, hören Sie mir auf. Wenn ich das geahnt hätte ... Man muss den Leuten wirklich alles dreimal sagen, und dann machen sie es trotzdem noch verkehrt.»

«Sind bestimmt nur ganz normale Anlaufschwierigkeiten. Das wird schon.»

«Ihr Wort in Gottes Ohr ... Wo haben Sie denn die Bilder?»

«Die können wir uns online ansehen. Vielleicht an Ihrem Rechner, da haben wir sie richtig schön groß.»

Diem warf einen Blick zu dem Bildschirm auf seinem Schreibtisch.

«Warum haben Sie sie dann nicht einfach geschickt?»

«Weil ich Sie etwas fragen wollte.»

«Aha. Und was?» Er klang jetzt argwöhnisch.

«Mich interessiert, wie Sie ausgerechnet auf mich als Fotografin gekommen sind. Ich meine ... hier in der Stadt gibt es auch ein Fotostudio. Das hätten Sie nehmen können, wäre näher dran gewesen.»

«Gibt es? Keine Ahnung, ich kenne die Stadt noch nicht so gut. Bin zugezogen. Ich mache alles online, also habe ich auch online nach einem Fotostudio in der Nähe geschaut. Und da ist mir der Name aufgefallen. *Zeitfang*. Das fand ich interessant, gerade weil ich mich mit Zeitarbeit beschäftige.»

«Sie scheinen ein Faible für das Thema Zeit zu haben», sagte Lilly.

«Das sollte jeder haben. Zeit ist eine Ressource, man kann sie zu Geld machen. Jeder Arbeitnehmer macht das. Er verkauft seine Zeit gegen Geld. Ein beschissener Tausch, wenn Sie mich fragen, aber es funktioniert, unsere gesamte Wirtschaft beruht darauf.»

«Warum finden Sie den Tausch beschissen?»

«Weil das Werteverhältnis nicht stimmt. Lebenszeit ist unendlich kostbar. Die Bezahlung in den allermeisten Jobs trägt dem keine Rechnung. Nur gut, dass die Menschen nicht groß über dieses Modell angepasster Sklavenarbeit nachdenken.»

«Angepasste Sklavenarbeit?»

«Je gebildeter eine Gesellschaft, umso ausgeklügelter muss das Unterdrückungssystem sein. Wenn die meisten sich ein Haus, ein Auto und einen Urlaub pro Jahr leisten können, empfindet das kaum jemand als Sklavenarbeit. Dabei ist es das. Wir sind Sklaven des Geldes geworden, und das ist gewollt.»

«Ich finde das sehr zynisch.»

«Kann schon sein. Ändert aber nichts an den Tatsachen.»

«Sie finden das System beschissen, beschäftigen aber selbst schlecht bezahlte Mitarbeiter in Zeitarbeit?»

Diem zuckte mit den Schultern. «Muss ich ein System mögen, um damit Geld zu verdienen?»

«Schon wieder zynisch.»

Er trat einen Schritt auf Lilly zu.

«Sind Sie nicht wegen der Bilder hier?», fragte er mit einer Stimme, die ins Falsett abrutschte.

Jetzt wurde es kritisch, und Lilly wusste nicht mehr weiter. War die Zeit nicht längst um? Wie lange konnten fünf Minuten dauern?

«Haben wir ein Problem?», fragte Diem.

Genau im richtigen Moment ging die Tür zum Büro auf.

Lars Erik Grotheer kam herein. Und das mit Schwung. Wie jemand, der unter Druck stand und in Eile war.

«Es passt gerade nicht, warten Sie bitte einen Moment draußen», fuhr Diem ihn an, ohne Lilly aus den Augen zu lassen.

«O doch, es passt gerade», sagte Grotheer. «Ich bin von der Polizei und will mit Dennis Diem sprechen.»

Jetzt drehte sich Diem von Lilly weg und zu Grotheer hin.

«Polizei? Wieso das denn?»

«Sie sind Dennis Diem?»

Grotheer trat vor den Mann hin und überragte ihn um Haupteslänge.

«Bin ich. Um was geht es denn?»

Grotheer fragte den Mann, wo er an dem Tag gewesen war,

als Michelle entführt worden war, erwähnte aber weder ihren Namen noch die Tatumstände. Er gab sich Mühe, fand Lilly, aber richtig überzeugend war er nicht. Er preschte zu schnell vor, und man spürte seine Angst und Sorge.

«Ich würde gern Ihren Ausweis sehen», sagte Diem. Er klang alles andere als eingeschüchtert. Es lief nicht so, wie Grotheer und Lilly es sich ausgemalt hatten.

Grotheer reichte dem Mann seine Visitenkarte.

Der zog die Augenbrauen zusammen.

«Ich habe schon mal einen Dienstausweis der Polizei gesehen», sagte er. «Das hier ist eine einfache Visitenkarte, wie sie sich jeder anfertigen lassen kann.»

Er reichte sie an Grotheer zurück.

«Wenn Sie sich nicht vernünftig ausweisen können, beantworte ich keine Fragen. Vielleicht sollte stattdessen ich die Polizei rufen.»

«Woher beziehen Sie die Sanduhren?», mischte sich Lilly ein. Das war nicht abgesprochen, aber sie hatte das Gefühl, Grotheer beispringen zu müssen.

«Hä?», machte Diem.

«Am Tag, als Sie bei mir waren, haben Sie ein Paket deponiert. Dafür gibt es einen Videobeweis. Mein Haus ist videoüberwacht.»

Sie nahmen Diem in die Zange. Dessen Blick wechselte von Lilly zu Grotheer und wieder zurück.

«Was ist denn hier los?», sagte er laut. «Bin ich von Verrückten umgeben?»

«Die Mordkommission ist auf dem Weg hierher», sagte Grotheer. «Die haben alles, was sie brauchen, um Sie vorläufig festzunehmen. Aber bevor das passiert, will ich von Ihnen wissen, wo Michelle und Felicitas sind.»

Für einen Moment verlor Diem die Fassung, und er wusste nicht, was er tun oder sagen sollte. Doch rasch fing er sich wieder.

«Raus hier!», sagte er laut und deutlich, aber ohne zu schreien. «Und zwar beide.»

Der Mann hatte sein Selbstbewusstsein binnen Sekunden wiedererlangt. Der kleine Moment jedoch, in dem er sich ertappt gefühlt hatte, hatte Lilly gereicht. Sie war sich sicher, dass sie den richtigen Mann hatten.

«Wo ist Felicitas? Wohin haben Sie sie gebracht?», fuhr sie ihn an.

Dann geschah etwas, womit sie nicht gerechnet hatte.

Grotheer ging auf Diem los. Ein einziger Schritt und er war nah genug heran, um ihn mit beiden Händen am Kragen seines Sakkos zu packen. Er drehte ihn seitwärts und drückte den Mann gegen die Wand.

«Du redest jetzt besser, sonst geht das hier ganz übel für dich aus.»

Lilly kannte Grotheer noch nicht lange genug, um zu wissen, ob er gewalttätig sein konnte, aber gerade jetzt nahm sie ihm seinen Auftritt ab. Vielleicht war er sonst nicht so, und die Verzweiflung und Angst um seine Tochter ließen ihn zu einem anderen Menschen werden.

«Lassen Sie mich los! Sie sind ja verrückt. Beide», rief Diem jetzt mit deutlich höherer Stimme. Keine Frage, er hatte Angst.

«Lass ihn den Satz sagen», forderte Lilly Grotheer auf.

Grotheer nickte.

«Du wiederholst jetzt, was ich sage. Und zwar wortwörtlich. Sag: Hast du Zeit.»

«Was?»

«Du sollst es wiederholen. Hast du Zeit.»

Grotheer drückte ihn fester gegen die Wand.

«Hast du Zeit», schoss es aus Diem hervor.

«Langsamer», sagte Lilly.

«Na los, noch mal, aber langsamer», befahl Grotheer.

«Hast du Zeit ... Was soll die Scheiße eigentlich?»

Vorhin, als sie im Wagen ihren Schlachtplan festgelegt hatten, hatte es vernünftig geklungen, Diem den Satz sagen zu lassen, den Lilly am Telefon mitbekommen hatte, als Felicitas entführt worden war.

Doch der Unterschied zwischen der dünnen Stimme am Telefon und der des verängstigten Diem war zu groß. Sie konnte nicht sagen, ob er es gewesen war.

Lilly schüttelte den Kopf. «Ich weiß es nicht», gab sie zu.

Grotheer ließ Diem aber nicht los. Er zog ihn ein Stück vor und drückte ihn erneut gegen die Wand.

«Ich hab dich nach einem Datum und einer Uhrzeit gefragt», fuhr er ihn an. «Wo warst du an dem Tag? Antworte!»

«Ich ... ich ... ich weiß es nicht. Ich müsste in den Kalender schauen.»

«Dann schau in deinen Scheißkalender, aber schnell.»

«Mein Handy ... es liegt auf dem Schreibtisch.»

Grotheer schubste den Mann zum Schreibtisch rüber.

«Los, mach schon.»

Hektisch öffnete Diem den Kalender in seinem Smartphone.

«Ja, genau!», rief er mit Erleichterung in der Stimme. «Hier ... hier steht es. Ich war wegen der Gewerbeanmeldung im Rathaus. Zimmer 17, Frau Gerdes. Sogar ihre Nummer steht hier. Sie können sie anrufen und fragen.»

«Wie lange hat das gedauert?», fragte Grotheer.

«Ungefähr eine Stunde.»

Grotheer dachte fieberhaft nach, das konnte Lilly sehen. Natürlich könnte Diem trotzdem bei Grotheer zu Hause gewesen sein und Michelle entführt haben, ganz genau wusste er die Uhrzeit ja nicht. Würde einer wie er direkt vom Amt zu einer Entführung fahren? Kam das hin?

Grotheer fragte ihn nach dem Nachmittag, an dem Felicitas verschwunden war. Auch dafür gab es einen Kalendereintrag.

«Ich habe Bewerber rekrutiert, hier im Büro», sagte Diem. «Leute, die ich an Firmen verleihe. Achtzehn Personen. Damit war ich den ganzen Nachmittag beschäftigt. Ich habe natürlich von allen die Daten und Telefonnummern. Das lässt sich alles überprüfen. Herrgott, lassen Sie mich endlich in Ruhe!»

Grotheer wurde immer unsicherer und wechselte Blicke mit Lilly.

«Okay, hol ihn rein», sagte Grotheer.

«Jemand?», fragte Lilly.

Grotheer nickte. «Er war dabei. Wenn er ihn wiedererkennt, dreht er bestimmt durch.»

Lilly ging hinaus. Bevor die Tür hinter ihr zufiel, hörte sie, wie Diem ängstlich fragte, wer dieser Jemand ist.

Der Hund wartete brav im Wagen und freute sich riesig, als Lilly ihn befreite. Sie legte ihm die Leine an und lief direkt wieder zum Büro hinüber. Grotheer stand immer noch drohend vor dem Schreibtisch, Diem dahinter.

«Mach ihn von der Leine los», sagte Grotheer. «Er wird ihm an die Kehle gehen, wenn er es war.»

«Nein! Nicht!», schrie Diem, riss die Arme hoch und torkelte in die Raumecke.

Lilly machte die Leine los. Der Hund lief sofort zu Grotheer, wedelte mit dem Schwanz und wollte gelobt und gestreichelt werden.

Für Dennis Diem interessierte er sich keinen Funken.

6.

Abend. 18:43 Uhr.

Michelle hörte Ali rufen.

«Lauf!»

Sie sah, wie hinter dem am Boden liegenden Ali jemand auftauchte und ihm mit einer Stange auf den Kopf schlug.

Ali sackte leblos zusammen.

Und Michelle lief.

Durch die Tür hinaus in den Innenhof, denn wohin sollte sie sonst?

Sie schaffte es bis an den Drahtzaun und krallte ihre Finger in die Metallmaschen. Das Motorengeräusch, es war noch da, schien immer näher zu kommen, aber Michelle konnte keinen Wagen sehen.

Laut schrie sie um Hilfe und rüttelte am Zaun. Der gab ein metallisches Klirren und Scheppern von sich und übertönte das Motorengeräusch.

Michelle wollte sich hochziehen, spürte aber sofort, dass nicht mehr genug Kraft in ihren Armen steckte.

«Du kannst mich nicht verlassen. Ich bekomme noch etwas von dir.»

Er war hinter ihr.

Zitternd und heulend drehte Michelle sich zu dem Mann um, der sie entführt, in den Tank gesteckt und sich in dem kurzen Gespräch als Heike Haubrock ausgegeben hatte.

Im Haus ihres Vaters, wo er als Schornsteinfeger aufgetaucht war, hatte sie ihn ja auch schon gesehen, aber hier wirkte er vollkommen anders auf sie.

Merkwürdig sah er aus. Für einen Mann hatte er auffällig breite Hüften und schmale Schultern. Seine Finger waren lang und dünn, die Gelenke jedoch dick, fast schon knotig. Das Merkwürdigste war aber sein Gesicht. Diese vollen Lippen, die großen braunen Augen, die geschwungenen Brauen darüber – war das wirklich ein Mann oder doch eine Frau? Er hatte keine Brüste, und seine Stimme klang männlich, aber als er sich in dem Tank als Heike Haubrock ausgegeben und Michelle ausgefragt hatte, hatte sie ihm die Frau ohne Weiteres abgenommen.

Er streckte die Hand aus. Mit der Handfläche nach oben, wie eine freundliche Einladung. Michelle ekelte sich vor seinen knotigen Fingern.

«Na, komm schon. Sonst muss ich dich holen, und dann tut es weh.»

Michelle schüttelte den Kopf und presste den Rücken gegen das Maschendrahtgewebe. Ihr Verstand spielte verrückt, sie konnte nicht mehr klar denken, wusste nicht, was sie tun sollte.

«Komm zu mir, Michelle. Bald wird es dir besser gehen, wirst schon sehen. Kein Schmerz und keine Angst hält ewig an, alles hat seine Zeit.»

Jetzt sprach er in leichtem Singsang und wieder mit seiner Frauenstimme. Und Michelle konnte nichts dagegen tun; die Stimme schlich sich in ihren Kopf.

«Ich habe die Ewigkeit für dich vorbereitet.»

Sie gab ihm ihre Hand. Was hätte sie sonst tun können, jetzt, da sie wieder allein und mit ihrer Kraft am Ende war. Ihr Überlebenswille brach ein, und sie fügte sich in ihr Schicksal.

Er griff zu, nicht zu fest, eher wie ein Freund, der sich über das Wiedersehen freute. Dann zog er sie sanft zu sich heran, und sein Daumen streichelte über die weiche Haut zwischen ihrem Daumen und Zeigefinger.

Er legte einen Arm um ihre Taille und führte sie zurück in das graue Gebäude mit den vielen Maschinen darin. Wie betäubt ließ Michelle es geschehen. Diesmal schloss er die Tür hinter sich und verriegelte sie.

Ali lag reglos am Boden.

Blut sickerte durch sein schwarzes Haar auf den staubigen Boden.

Michelle schlug sich eine Hand vor den Mund und begann, hemmungslos zu weinen.

«Nicht doch. Sorge dich nicht. Er ist nicht tot ... noch nicht. Aber nachdem er sich so heldenhaft für dich eingesetzt hat, sollten wir ihm den Vortritt überlassen. Meinst du nicht auch?»

Jetzt packte er Michelle fester und zerrte sie mit sich. Über Ali hinweg, tiefer in das Gebäude hinein, und Michelle spürte, wie es immer wärmer wurde. Schließlich erreichten sie einen Platz, der von einer Maschine eingenommen wurde, wie Michelle sie noch nie gesehen hatte. Fast wie der Öltank, in dem sie gefangen gehalten worden waren, war sie zylindrisch und lang, vielleicht zwei Meter, und sie ruhte auf metallenen Füßen. Vorn gab es eine Öffnung, die wie die Luke eines U-Bootes aussah. Vor dieser Öffnung, die jetzt geschlossen war, stand ein vier Meter langes Rollenlaufband, wie es in der Industrieproduktion eingesetzt wurde. Das alles wirkte provisorisch und selbst gebastelt.

Die Luke hatte ein winziges rundes Fenster.

Durch das Fenster schimmerte oranges Licht. Wie von einem Feuer.

In der Nähe stand ein Rollstuhl, der alt und gebraucht wirkte.

Der Mann drückte Michelle hinein, und ehe sie begriff, was geschah, begann er schon damit, ihr die Hände hinter dem Rücken zu fesseln. Danach fixierte er ihre Fußgelenke an den Trittplatten des Rollstuhls. Die ganze Zeit starrte Michelle dieses winzige runde Fenster an, hinter dem es loderte, und sie spürte die immense Wärme, die von der Konstruktion ausging, aber ihr Verstand wollte die Botschaft nicht aufnehmen, die dieses Ding ihr entgegenschrie.

«Warte einen Moment, ich bin gleich zurück», sagte der Mann, der ebenso eine Frau sein könnte, und ging fort.

Michelle sah ihn zwischen all den Schatten und Geräten verschwinden. Sie hörte Geräusche, und schließlich kam er mit einem eckigen Kasten aus Sperrholz zurück, der exakt so breit wie das Rollenlaufband und ungefähr zwei Meter lang war.

Er legte den Kasten, der nicht besonders schwer zu sein schien, auf das Band. Dann zerrte er einen blauen Müllsack herbei, hob ihn an und schüttete den Inhalt in den Holzkasten.

«Sägespäne», erklärte er dabei. «Die und der Holzkasten sind leider notwendig. Der menschliche Körper besteht zu über siebzig Prozent aus Wasser. Deshalb braucht es zusätzliches Brennmaterial.»

Nachdem er den Sack restlos ausgeschüttet hatte, verschwand er wieder und blieb diesmal länger fort. Sie hörte ihn ächzen und stöhnen, so als würde er schwere Arbeit erledigen.

Das rot glühende Auge glotzte Michelle an. Bohrte sich in ihren Schädel und fraß ihren Verstand. Ihr blieb nichts anderes übrig, als sich in eine winzig kleine Kammer zurückzuziehen, tief in ihren Kopf, wo es keine Aussicht gab und keine Geräusche hineindrangen. Dort hockte sie sich hin, winkelte die Beine an, legte die Arme um die Knie und schaukelte vor und zurück. Sie begann zu summen, ihr Lieblingslied aus ihrer Kindheit, ein Weihnachtslied zwar, aber was machte das schon.

Er kam zurück.

Vor sich einen Wagen mit vier Rädern, von denen eines jämmerlich quietschte. Auf diesem Wagen lag Ali, noch immer leblos. Sein Gesicht war in Michelles Richtung gedreht, seine Augen waren geschlossen. Er wirkte entspannt. Der rechte Arm hing herunter.

Der Entführer parkte den Wagen vor dem Rollenband. Der Wagen war um circa dreißig Zentimeter höher als der Holzkasten mit den Sägespänen.

«Früher war das hier eine Glasbläserei», sagte der Mann. «Sie gehörte meinen Eltern, und davor deren Eltern und so weiter. Generationen meiner Familie haben hier gearbeitet, aber das lohnt sich in dieser Größe schon lange nicht mehr. Meine Eltern waren die Letzten, die Firma ist mit ihnen verschwunden.»

Während er sprach, traf er einige Vorbereitungen.

Er hantierte mit verschiedenen Hebeln an der Maschine, und es klang so, als würde das Feuer in dem Zylinder weiter angefacht. Dann arretierte er den Holzkasten auf dem Laufband und trat neben den Wagen, auf dem Ali lag. Es kostete ihn wenig Mühe, den Körper vom Wagen in den Holzkasten zu rollen. Ein Arm schaute heraus; beinahe liebevoll legte er ihn in den Kasten.

«Diesen Ofen habe ich aus den alten Glasbrennöfen selbst gebaut. War gar nicht so schwer, und ich erreiche damit die gleiche Temperatur, die in Krematorien genutzt wird. Circa eintausend Grad. Die mineralisierten Knochen zermahle ich anschließend in der Presse, mit der hier früher die Gussformen aus Stahl gepresst wurden. Alles, was ich brauche, ist vor Ort.»

Der Entführer ging zu dem Ofen-Ding, zog sich dicke, schwere Handschuhe an und öffnete die Luke mit dem Bullaugenfenster darin.

Sofort wurde die immense Hitze spürbar.

Das Feuer lechzte nach dem zusätzlichen Sauerstoff. Flammen schlugen aus der Luke. Instinktiv drehte Michelle den Kopf zur Seite. Es half nicht, die Hitze erreichte sie dennoch.

Der Entführer trat ans Ende der Rollbahn und gab dem Holzkasten mit Ali darin einen Stoß, sodass er gänzlich in den Ofen rollte. Er drückte die schwere Eisentür zu und verschloss sie mit vier Hebeln. Dann öffnete er ein Ventil, und hinter dem Bullaugenfenster loderten die Flammen höher.

Vielleicht bildete Michelle es sich nur ein, aber sie glaubte, Ali schreien zu hören.

Der Mann legte die Handschuhe ab und kam auf sie zu. Sein Gesicht war gerötet, vielleicht von der Hitze, vielleicht von der Aufregung, jedenfalls strahlte er übers ganze Gesicht und entblößte dabei zwei Reihen großer weißer Zähne.

«Und als Nächstes hole ich mir von dir zurück, was du mir gestohlen hast!», sagte er.

7.

Abend. 18:47 Uhr.

Fluchtartig verließen Grotheer und Lilly Diems Büro, liefen zum Wagen hinüber, verfrachteten Jemand in den Kofferraum und fuhren los.

Aber nicht weit.

Grotheer hielt zwischen anderen Fahrzeugen auf dem Parkplatz eines Supermarkts. Von dort aus hatten sie das Büro und Diems angeberischen Wagen, der davor parkte, im Blick.

Diem hatte tatsächlich die Polizei angerufen, nachdem ihm klar geworden war, dass Jemand kein Killerhund war. Grotheer und Lilly war nichts anderes übrig geblieben, als den Rückzug anzutreten.

Sie schwiegen. Wussten nicht, was sie sagen sollten.

Grotheer schämte sich für seinen Auftritt, aber das war nicht der einzige Grund. Diem war *die* heiße Spur, sie hatten alle Hoffnung darauf gesetzt, Michelle und Felicitas bei ihm zu finden. Und jetzt sah es danach aus, als hätte er mit der Sache nichts zu tun. Aufgeben wollte Grotheer ihn aber noch nicht.

«Wenn er wegfährt, folgen wir ihm», sagte er, als das Schweigen unerträglich wurde. Er hatte das Gefühl, an seinen Worten zu ersticken.

Lilly nickte.

Grotheer sah zu ihr hinüber. Ihre Augen waren tränenfeucht. Sie riss sich zusammen, um nicht loszuheulen, ballte die kleinen Hände zu Fäusten. Jemand steckte seine Schnauze zwischen den Sitzen durch und leckte ihre linke Hand. Sie streichelte ihn.

«Wie sicher ist das mit Jemand?», fragte sie.

Grotheer zuckte mit den Schultern. «Ich weiß nicht ... Ich denke aber schon, er hätte anders reagiert, wenn Diem in meinem Haus gewesen wäre.»

«Also ist er nicht der Täter?»

Grotheer wusste nicht, was er sagen sollte. Diem war auch nicht der Mann aus der Arztpraxis. Aber sich jetzt einen weiteren Misserfolg einzugestehen bedeutete, dass die Zeit für seine Tochter und für Lillys Partnerin abgelaufen war.

«Ich war mir sicher», sagte Lilly. «Ich bin Fotografin ... ich kann Emotionen in den Gesichtern von Menschen lesen und deuten, und ich war mir sicher, dass er es ist.»

«Wir warten», sagte Grotheer trotzig. «Vielleicht fährt er gleich los und führt uns zu seinem Versteck. Hier kann er sie ja nicht gefangen halten. Noch geben wir nicht auf. Jemand kann sich täuschen, oder er hat es vergessen, er ist ja nicht mehr der Jüngste ... was weiß denn ich.»

«Haben wir noch eine Chance?», fragte Lilly.

«Hey, hast du mir nicht vor Kurzem erst gepredigt, ich darf die Hoffnung nicht verlieren? Na klar haben wir noch eine Chance, wir geben nicht auf. Jetzt und hier ist Diem unsere beste Spur, und auch wenn Jemand nicht so reagiert hat, wie wir dachten, bleiben wir an ihm dran.»

«Aber was, wenn wir komplett falsch liegen? Dann vergeuden wir hier wertvolle Zeit ... Zeit, die Felicitas und Michelle nicht haben. Ist es nicht besser, doch die Polizei darüber zu informieren, was wir haben?»

«Was wir haben, würde die Polizei auch nur zu Diem führen.»

«Ja, aber die könnten ihn festnehmen. Dann kann er niemandem mehr etwas antun.»

Grotheer schüttelte den Kopf.

«Ich weiß, ich war kein richtiger Polizist, aber selbst mir ist klar, dass sie Diem nicht festnehmen würden. Weil die Beweise nicht reichen. Weil wir nichts weiter haben als Vermutungen. Aber ich gebe zu, dass die Polizei ihn besser beschatten könnte als wir. Die Frage ist nur, ob wir jemanden überzeugen können, das zu ...»

Lillys Handy klingelte. Sie nestelte es aus ihrer Hosentasche.

«Das ist Frauke, eine der Schornsteinfegerinnen, die nach Felicitas suchen. Da muss ich rangehen.»

Sie stellte das Handy laut, damit Grotheer mithören konnte.

«Wie sieht's aus?», fragte Frauke nach kurzer Begrüßung.

«Nicht so gut ...», antwortete Lilly mit belegter Stimme. «Wir dachten, wir hätten eine Spur, aber jetzt stehen wir wieder mit nichts da. Und bei dir?»

«Ich habe mittlerweile die letzten zwölf Kunden allein überprüft, weil Juliane leider krank geworden ist. Acht waren höflich und zuvorkommend, drei entpuppten sich als Arschlöcher, allerdings harmlose Arschlöcher. Aber ich habe hier eine Adresse, an der ich nicht weiterkomme. Bin jetzt dreimal dort gewesen, treffe aber niemanden an. Ist doch auch irgendwie verdächtig, oder?»

«Ich weiß nicht», sagte Lilly. Grotheer konnte hören, wie wenig Hoffnung sie nur noch hatte. «Wie heißt denn der Kunde?»

«Kaminski. Arndt Kaminski.»

«Okay. Versuch es bitte noch einmal, vielleicht ...»

«Nein!», schoss es aus Grotheer heraus. Und zwar so laut, dass sogar Jemand hinten auf der Ladefläche erschrak. «Sie darf auf keinen Fall noch einmal dorthin!»

8.

Hinter der Zeit

Was willst denn du hier?
Wer hat dich hier reingelassen?
Conny? Welche Conny? Ich kenne keine Conny.
Wie lange haben wir uns nicht gesehen? Na los, sag schon. Zehn Jahre. Zwanzig Jahre? Jedenfalls lange genug, dass wir es beide nicht mehr wissen und wir uns mittlerweile egal geworden sind. Zwei Brüder, vom selben Blut, aber wir könnten uns nicht fremder sein. Dabei habe ich früher zu dir aufgeschaut. Früher, jetzt nicht mehr.
Also, was willst du hier? Stiehl mir nicht meine Zeit.
Was sagst du? Nein, ich will nicht hören, was du mir zu sagen hast. Es ist mir egal. Ja, für dich mag es wichtig sein, aber für mich ist es das sicher nicht. Ich habe …
Was sagst du da?
Es geht um die Hannah?
Was weißt du denn von der Hannah?
Nicht einen Tag hast du dich um sie gekümmert. Du weißt doch überhaupt nichts von unserer Schwester.
Lass meine Hand los!
Lass verdammt noch mal meine Hand los.
Nein. Ich will das nicht hören.
Wie bitte?

Du hast davon gewusst? Du hast gewusst, dass die Hannah damals gar nicht gestorben ist, sondern in ein Pflegeheim kam? Unsere Eltern haben dich also eingeweiht? Dich, den großen, vernünftigen, fünf Jahre älteren Bruder. Und es hat dir nichts ausgemacht, dich an diesem perfiden Komplott zu beteiligen. Ja, kann schon sein, dass auch du damals noch ein Kind warst, aber was hat dich davon abgehalten, mir die Wahrheit zu erzählen? Was? Jetzt kommst du, jetzt, da es mir nicht gut geht und zu befürchten steht, dass ich sterbe. Jetzt kommst du hierher und willst Absolution von mir. Willst dein Gewissen erleichtern.
Weißt du, was: Vergiss es.
Das werde ich dir niemals vergeben.
Wie konntest du nur?
Du und unsere Eltern, die zum Glück schon tot sind.
Ich wünschte, du wärst auch tot. Hörst du! Du sollst sterben. Nicht ich, sondern du, du, du …

Zwei Tage später

Ich bin froh, dass du wieder da bist, meine Hand hältst und diese empfindliche Stelle zwischen Daumen und Zeigefinger streichelst. Ich weiß, ich wollte das nicht mehr, aber gerade jetzt brauche ich es mehr denn je.

Weißt du, was passiert ist?
Mein Bruder Matthias war hier. Ja, genau hier, saß dort, wo du immer sitzt. Er hat meine Hand gestreichelt, und ich habe mich vor dieser Berührung geekelt. Du glaubst nicht, was er mir gestanden hat. Die Sache mit Hannah, ihr vorgespielter Tod, er wusste davon. Unsere Eltern haben ihn eingeweiht. Der Einzige, der nichts wusste, war ich. Dieses ganze Schauspiel haben sie nur für mich aufgezogen. Mein Bruder und ich, wir hatten nie ein besonders inniges Verhältnis, aber das hätte ich ihm nicht zugetraut. Nein, das nicht.
Ich kann dir gar nicht sagen, wie ich mich gefühlt habe, als er plötzlich dort saß. Dieses Gesicht zu sehen, nach all den Jahren, und dann erzählt er mir so etwas. Warum hat er es nicht für sich behalten, all die Jahre davor konnte er das doch auch?
Wenn ich nur darüber nachdenke, bin ich schon wieder außer mir. Diese Wut über all die verlorene Zeit … ich denke, ich werde Matthias töten. Ja, ich werde ihn töten und in meine Wand einfügen. Den Platz darin hat er zwar nicht verdient, aber auf diese Art kann ich mir zurückholen, was er mir gestohlen hat.
Entschuldige bitte.
Ich hätte das nicht sagen sollen.

```
Meine Familienangelegenheiten gehen dich
ja gar nichts an. Vergiss das einfach. Und
nimm es bitte nicht ernst. Ich meine das
natürlich nicht so, die Wut in mir ist
schuld, nur die Wut.
Sag mal, was habe ich dir eigentlich über
die Wand erzählt?
Über meine Wand?
Habe ich dir etwa zu viel erzählt?
```

9.

Abend. 19:20 Uhr.

Ernst Schreckenberg war ein altmodischer Mann, dementsprechend war seine Festnetznummer im Telefonbuch zu finden.

Grotheer rief an.

Frau Schreckenberg nahm ab, und Grotheer bat darum, ihren Mann sprechen zu dürfen. Nach einer endlosen Minute Wartezeit war der Rentner mit den Clint-Eastwood-Augen am Apparat.

Grotheer fragte, ob er sich an ihr Gespräch erinnern könne.

«Natürlich. Ich mag alt sein, aber sicher nicht senil.»

«Ich habe noch eine Frage. Sie sagten, ihr Nachbar Kaminski sei ein Einzelgänger, der zu niemandem Kontakt hat. Da frage ich mich, woher sie von seiner Tour durch Europa wissen?»

«Ganz einfach. Als er herzog, haben wir Handynummern ausgetauscht. Für den Fall der Fälle. Er hat mir eine SMS geschickt und darum gebeten, ein Auge auf das Haus zu haben.»

«Aha. Er hat es Ihnen also nicht persönlich gesagt? Er fuhr weg und schickte dann erst eine SMS?»

«Wie gesagt: ein komischer Kauz. Aber ruhig und friedlich. Deshalb finde ich ihn als Nachbarn auch sehr angenehm. Was ist denn nun mit Kaminski? Da stimmt doch irgendwas nicht.»

«Ich kann Ihnen nur sagen, dass er vermisst wird. Sagen Sie, Familie haben Sie nicht bei ihm gesehen?»

«Nein, habe ich nicht. Einmal, kurz bevor er wegfuhr, war ein Mann da. Ziemlich lang. Vielleicht ein Freund. Wer weiß, ich habe nicht gefragt. Geht mich ja auch nichts an.»

«Wie alt schätzen Sie Herrn Kaminski?»

«Anfang vierzig.»

Grotheer bedankte sich und beendete das Gespräch.

Lilly sah ihn fragend an.

«Das passt», sagte Grotheer. «Der Kaminski, der Conny Goldmann einen Heiratsantrag gemacht hat, ist auf Europareise gefahren, ohne sich zu verabschieden, hat seinem Nachbarn aber eine SMS geschickt, mit der er seine Abwesenheit erklärte.»

«Also so wie bei Nadine Seeliger und der anderen Frau ... wie hieß sie noch?»

«Maren Liefers, die Bestatterin. Von den Telefonen der beiden wurde nach ihrem Verschwinden eine Nachricht mit einer ähnlichen Erklärung verschickt.»

«Aber Felicitas wurde mehr als offensichtlich entführt ... und deine Michelle auch», sagte Lilly.

«Vielleicht eskaliert er. Oder hält sich für unangreifbar. Glaubt, ihm käme sowieso niemand auf die Schliche.» Grotheer atmete tief durch. «Matthias Kaminski. Mats. Ich habe seine Adresse über die Polizeidatenbank recherchiert. Es gibt natürlich viele Menschen mit diesem Namen. Ich habe den genommen, der am dichtesten an dem Krankenhaus lebt, in dem Conny Goldmann gearbeitet hat. Wie gesagt, er hat Conny Goldmann eine Art Heiratsantrag gemacht. Im Krankenhaus, während der Arbeit. Leider weiß ich nicht, ob er als Patient dort war oder jemanden besucht hat.»

«Dann muss dieser Arndt Kaminski, den Frauke nicht antrifft, ein Angehöriger sein», sagte Lilly. «Damit hätten wir die Verbindung zwischen ihm und Felicitas, Conny und Michelle.»

«Aber wir wissen nicht, wer von beiden verantwortlich ist. Arndt oder Matthias. Oder vielleicht sogar beide.»

«Und auch nicht, warum», sagte Lilly.

«Das werden wir ihn fragen.»

Grotheer sah Lilly an. «Fahren wir hin oder überlassen wir es der Polizei?»

Lilly schüttelte den Kopf. «Dann ist es zu spät. Wir müssen jetzt dorthin. Sofort. Nicht in zwei oder drei Stunden.»

Das sah Grotheer genauso.

«Dann los. Aber fahr du. Ich muss noch ein paar Telefonate führen.»

Sie wechselten die Plätze, und Lilly fuhr.

Grotheer rief in der Praxis von Dr. Hilgermann an und landete am Empfang. Um es so kurz wie möglich zu machen, gab er sich als Kriminalkommissar aus und verlangte, Dr. Hilgermann zu sprechen. Sie wisse schon, um was es gehe. Er musste ein paar Minuten warten, aber dann war die Ärztin am Telefon.

Die komplette Sachlage zu erklären hätte zu lang gedauert, deshalb bekam sie von Grotheer nur die Kurzform zu hören. Er erklärte, dass es möglicherweise eine Verbindung zwischen dem Verschwinden von Nadine Seeliger und dem Mord an Conny Goldmann gab und fragte, ob es in der Praxis einen Patienten namens Arndt Kaminski gebe.

Dr. Hilgermann bohrte nicht nach, wies nicht auf ihre Schweigepflicht hin. Nein, sie bat ihn, kurz zu warten, und war nach drei endlosen Minuten wieder am Telefon.

«Ja, ich hatte einen Patienten namens Arndt Kaminski», bestätigte sie.

«Sie hatten? Also ist er nicht mehr Patient bei Ihnen?»

Grotheer hoffte, dass er nicht verstorben war.

«Nein, schon länger nicht mehr. Ich habe gerade mit meinem Team gesprochen, und die Mädchen haben meine Erinnerung bestätigt. Wir wissen davon, weil die Kollegen die Krankenakte angefordert haben. Kaminski hatte einen Autounfall. Er überlebte und lag im Wachkoma. Den Gerüchten nach ist er absichtlich mit hohem Tempo gegen einen Baum gefahren.»

«Wann war das?», fragte Grotheer.

«Ende 2020.»

«Also nachdem Nadine Seeliger verschwand?»

«Ja, das kommt hin.»

«Und wissen Sie, ob er sich noch im Wachkoma befindet?»

«Nein, das weiß ich nicht. Als Patient ist er seitdem nicht mehr hier gewesen. Aber ich könnte die Kollegen im Krankenhaus fragen.»

«Bitte, tun Sie das. Das würde mir sehr helfen.»

Grotheer wollte sich schon verabschieden, als ihm eine weitere Frage einfiel.

«Ist eventuell ein Matthias Kaminski auch Patient bei Ihnen?»

«Nein, wir haben nur diesen einen Kaminski.»

«Können Sie mir sagen, wie alt Arndt Kaminski ist?»

«1990 geboren, also 34 Jahre alt.»

«Okay, vielen Dank. Sie haben mir sehr geholfen.»

Grotheer beendete das Gespräch und musste erst einmal tief durchatmen.

«Arndt Kaminski hatte einen schweren Autounfall und lag im Wachkoma. Damit ist wohl klar, dass Conny Goldmann ihn betreut hat. Demzufolge muss Matthias Kaminski ein Angehöriger sein. Wenn Schreckenberg richtigliegt, der ältere Bruder. Den Unfall hatte Arndt, nachdem Nadine Seeliger verschwand. Er kannte sie aus der Praxis, mit der ich telefoniert habe. War dort Patient.»

Grotheer musste an die Szene denken, die er in der Praxis von Dr. Hilgermann miterlebt hatte. Dieser Mann mit den polierten Schuhen und dem arroganten Auftreten, der darauf hingewiesen hatte, wie teuer seine Zeit war. Vierhundert Euro pro Stunde, wenn Grotheer sich richtig erinnerte. Und Dr. Hilgermann hatte später gesagt, dass solche Vorfälle nicht ungewöhnlich waren, weil Patienten nun mal warten mussten. Mitunter sehr lange.

Da war es wieder, das Thema Zeit.

«Dieser Zettel vom Schornsteinfeger», dachte Grotheer laut nach. «Den ich im Briefkasten hatte. Ich kenne das von früher. Üblicherweise steht darauf, dass der Schornsteinfeger zwischen acht und zwölf oder zwischen zwölf und sechzehn Uhr kommt. Ganz egal, jedenfalls muss man sich über einen längeren Zeitraum zur Verfügung halten, richtig?»

Lilly nickte.

«Felicitas hat oft erzählt, dass die Kunden sich darüber beschweren, gerade wenn sie erst kurz vor Ablauf der angegebenen Zeitspanne kam – oder sogar danach.»

«Also haben wir auch da das Thema Zeit. Genau wie bei Nadine in der Arztpraxis. Es passt alles zusammen. Einer der beiden Kaminskis ist der Täter. Arndt oder Matthias. Oder beide. Ich tippe auf Arndt, weil er Kunde von Felicitas ist, und weil Matthias mit dieser fadenscheinigen Begründung verschwunden ist.»

«Aber warum der Mord an Conny Goldmann? Wenn sie diesen Arndt Kaminski doch betreut hat. Ist man da nicht eher dankbar?»

«Wir werden ihn fragen. Einen Anruf muss ich aber noch erledigen, bevor wir dort sind.»

Grotheer wählte die Nummer.

Es nahm niemand ab. Er versuchte es wieder und wieder, und erst als sie kurz vor dem Ziel waren, hatte er endlich Glück.

10.

Abend. 21:03 Uhr.

Michelle war, an den Rollstuhl gefesselt, vor Erschöpfung eingeschlafen, wie lange, wusste sie nicht. Der Entführer hatte sich nicht die Mühe gemacht, sie zurück in den Tank zu bringen.

Irgendwann erwachte sie, und für einen kostbaren kurzen Augenblick schwebte sie zwischen hier und dort und war sich sicher, alles nur geträumt zu haben. Es gab diesen Mann nicht, der auch eine Frau sein könnte, es gab diesen Ofen nicht, in den er Ali geschoben hatte – und es gab Alis Schreie nicht. Sie würde jetzt aufstehen, duschen, sich die Haare machen, einen Kaffee trinken und danach zur Arbeit aufbrechen. Heute hatte sie Schicht mit Conny, darauf freute sie sich immer besonders.

Doch dann spürte sie die Fesseln an ihren Hand- und Fußgelenken, und der Moment war vorbei. Das Grauen sofort zur Stelle. Es krallte sich in ihren Bauch, ihre Seele, ihren Verstand.

Michelle kämpfte gegen die Fesseln. Der Rollstuhl wackelte, mehr erreichte sie jedoch nicht. Erschöpft gab sie schon nach wenigen Versuchen auf. In ihrem Körper war keine Kraft mehr. Es lag lange zurück, dass sie gegessen und getrunken hatte.

Erst als sie still dasaß, bemerkte sie, dass es hinter dem Bullauge des Verbrennungsofens dunkel war. Das Feuer war erloschen. Auch in der alten Maschinenhalle der Glasbläserei war es dunkel geworden. Durch die Luken im Dach fiel nur ein milchig-bleicher Schimmer.

Es war still. So still wie im Tank. Die Maschinen hockten da wie die alten Kämpfer einer zerschlagenen Armee. An ihrer harten Oberfläche prallte das bisschen Licht ab. Sie waren schwärzer als die Nacht.

Das Bullauge fesselte Michelles Blick.

Ali war da drinnen. Oder das, was von ihm übrig geblieben

war. Und wenn sie den Mann richtig verstanden hatte, blühte ihr das gleiche Schicksal. Er wollte sich von ihr zurückholen, was sie ihm gestohlen hatte. Michelles geschwächter Verstand begriff nicht, was das sein sollte. Aber er begriff, dass sie hier sterben würde. In ihrem Zustand hatte sie keine Chance, sich gegen den Mann zu wehren.

Sie war ein hilfloses Opfer.

Michelle dachte an ihren Vater.

Würde er sie retten? Sicher tat er alles dafür, aber wie sollte er sie hier finden? In den kurzen Gesprächen, die sie in der letzten Zeit miteinander geführt hatten, hatte sie einen Mann kennengelernt, der in der Vergangenheit lebte und wieder und wieder die Fehler durchkaute, die ihn zu dem gemacht hatten, der er heute war. Und dann war eine Veränderung in ihm vorgegangen. Er war bereit gewesen, aus diesem Mahlstrom der Gedanken auszubrechen.

Er war knapp über sechzig. Sie hätten noch genug Zeit gehabt, nachzuholen, was sie verpasst hatten.

Doch jetzt nicht mehr.

Jetzt würde sie noch vor ihm sterben.

Ein Geräusch riss Michelle aus ihren Gedanken.

Irgendwo ging eine Tür. Sie quietschte in den Angeln. Danach hörte Michelle eine Weile nichts mehr, bis sie plötzlich spürte, dass sie nicht mehr allein war. Wie eine tastende Hand kroch die Angst ihre Wirbelsäule empor.

Er war hinter ihr, in der Dunkelheit, beobachtete sie, genoss seine Macht.

«Ich weiß, dass Sie da sind», sagte Michelle, weil sie diese Situation nicht länger ertrug.

Schuhsohlen schabten über Beton, und er tauchte rechts von ihr auf.

«Hast du ein wenig schlafen und dich erholen können?», fragte er. «Ich habe hervorragend geschlafen. Wie ein kleines Kind.»

Er entzündete ein Streichholz und hielt es an den Docht einer Kerze. Bald flackerte warmes Licht und erhellte notdürftig den Bereich vor dem Rollstuhl.

Er wandte sich dem Ofen zu.

«Der Brennvorgang dauert wenig mehr als eine Stunde. Mittlerweile ist die Asche erkaltet», sagte er.

Das Rollenlaufband war mit einem Scharnier am Ofen befestigt. Er entriegelte es und schob das Band nach links weg. Dann bückte er sich vor der Tür, die wie das Schott eines U-Bootes aussah, öffnete die Verschlüsse und zog eine metallene Schublade von der Größe einer Auflaufform heraus. Sie hakte, er musste rütteln und kräftig ziehen, um sie herauszubekommen.

Schließlich knallte die Lade auf den Boden, und das laute Geräusch eilte durch die Reihe der alten Schattenkrieger. Michelle sah, dass in der Lade Asche war. Aber auch größere Stücke von Knochen, außerdem Zähne.

Sie brauchte keine Erklärung: Das waren die Überreste von Ali.

«Drei, höchstens vier Kilo bleiben übrig, je nach Körpergröße und Knochenbau. Normalerweise würde ich jetzt noch die Knochen und Zähne zermahlen, aber aus Zeitgründen verzichte ich zunächst darauf und mache das später in einem Arbeitsgang mit deinen Knochen.»

Michelles Magen verkrampfte sich bei diesen Worten.

«Denn ich möchte dir etwas zeigen. Bevor du den Weg deines Freundes gehst, sollst du begreifen, welches Werk ich hier vollbringe. Ich werde dir meine Wand zeigen, und ja, du kannst dich ruhig geehrt fühlen, denn bisher hat sie niemand außer mir gesehen. Nein, das stimmt nicht ganz, mein Bruder Matthias hat sie auch gesehen, bevor ich ihn in die Wand eingegliedert habe, aber irgendwie zählt er nicht, finde ich. Weil er zur Familie gehört. Möchtest du meine Wand sehen?»

Er hockte am Boden, ließ Alis Asche durch seine Finger rinnen und schaute sie aus großen Augen an. Darin lag kindliche Freude, so wie man sie bei kleinen Jungen und Mädchen sehen konnte, die am Heiligabend endlich in die Stube mit dem geschmückten Baum durften, unter dem die Geschenke lagen.

Michelle schüttelte den Kopf.

«Nein, will ich nicht.»

Sie zerstörte seine Freude, aber das war ihr egal. Denn was sie auch tat und sagte, sie würde sowieso sterben. Warum ihm vorher noch einen Gefallen tun?

«Aber du wirst. Ob du willst oder nicht.»

Er stand auf und holte einen Gegenstand. Als er damit wieder vor der Ascheschublade in die Hocke ging, erkannte Michelle, dass es sich um eine circa dreißig Zentimeter hohe Sanduhr handelte. Das Licht der Kerze ließ das Glas türkis schimmern.

Auf beiden Seiten war die Öffnung mit runden Holzplatten abgedeckt. Eine dieser Platten nahm er ab und stellte die Sanduhr auf dem staubigen Betonboden ab. Dann begann er mit bloßen Händen, Alis Asche in die Sanduhr einzufüllen. Dabei ließ er die Knochenstücke und Zähne liegen.

«Diese speziellen Sanduhren fertige ich selbst», erklärte er dabei. «Hier, in der alten Fabrik meiner Eltern. Das ist echte Handwerkskunst, so etwas findest du heute kaum noch.

Ich habe den Beruf des Glasbläsers hier gelernt, war von Kindesbeinen an im Betrieb. Niemand ist darin besser als ich.»

Michelle schwieg gegen das Würgen an.

Er hob die Sanduhr gegen das Licht der Kerze.

«Nicht die übliche Menge, aber ich werde sie später auffüllen. Kann sein, dass dann ein bisschen was von dir mit deinem Freund vermischt wird, aber das ist okay, oder? Immerhin hat er sich für dich geopfert.»

Der Mann kam auf Michelle zu und legte ihr die Sanduhr, die jetzt als Urne diente, in den Schoß.

«Halt das bitte mal für mich.»

Dann löste er die Bremsen des Rollstuhls und schob ihn an. Die Kerze ließ er stehen, und so ging es in fast vollkommener Dunkelheit durch die Halle voller Geräte und Maschinen, ohne dass der Rollstuhl auch nur einmal irgendwo anstieß.

«Ich habe dir noch gar nicht erzählt, wer früher in diesem Rollstuhl saß. Der war für die Hannah. Die Hannah war meine Schwester. Eigentlich Halbschwester. Sie war leider von Geburt an schwer krank, aber ich habe sie geliebt. Habe mich um sie gekümmert ... Türkis war ihre Lieblingsfarbe.»

Sie erreichten eine Tür. Er ließ den Rollstuhl kurz stehen, öffnete sie und schob Michelle hindurch. Es folgte ein langer Gang, dann ging es hinaus in die Nacht. Die kühle Luft legte sich wohltuend auf Michelles erhitztes Gesicht. Sie sah zum Nachthimmel hinauf. Der war klar, die Sichel des Mondes zeichnete sich scharf ab, Sterne glitzerten.

Nie zuvor hatte sie den Nachthimmel derart intensiv wahrgenommen. Sie spürte, wie der Anblick sie beruhigte und ihr die Kraft verlieh, einen Versuch zu wagen, den Mann in ein Gespräch zu verwickeln. Vielleicht konnte sie ihn überzeugen, sie am Leben zu lassen.

«Warum ich?», fragte sie. «Ich kenne Sie überhaupt nicht und habe Ihnen nie etwas gestohlen.»

Er schob sie unbeirrt weiter.

«Weißt du, genau da liegt das Problem. Ihr merkt es nicht einmal. Du hast dich eingemischt, hast deinen Vater dazugeholt. Dadurch habt ihr mir Zeit gestohlen, und das darf nicht ungestraft bleiben.»

Die Antwort bewies Michelle, dass der Mann verrückt sein musste. Wie sollte sie mit einem Verrückten reden? Sie wusste es nicht, also stellte sie die nächstliegende Frage.

«Und Conny? Warum Conny?»

«Conny», wiederholte er den Namen.

Sie kamen vor einem Wohnhaus an und blieben stehen.

«Für Conny tut es mir wirklich leid. Von Herzen leid, denn sie hat sich so gut um mich gekümmert, als ich hinter der Zeit war. Ich werde ihr nie vergessen, wie sie mich mit dieser ganz bestimmten Berührung nach und nach zurückgeholt hat. Aber sie hatte auch diese Art, die dazu führte, dass ich alles erzählte. Viel zu viel. Ich hätte nicht weiter an meiner Wand arbeiten können, wenn sie am Leben geblieben wäre ... sie kannte all meine Geheimnisse. Ich musste meinem Bruder ziemlich zusetzen, bis er mir erzählte, wer sie ist und wo ich sie finde. Ich glaube, er war ein bisschen in sie verliebt.»

Er trat vor den Rollstuhl und öffnete eine Tür des Wohnhauses.

«Um Conny ist es wirklich schade», sagte er dabei. «Vor allem, weil ich sie nicht in meiner Wand haben kann.»

Er drehte sich zu Michelle um und zeigte mit dem Finger

auf sie. «Und daran bist auch du schuld. Und dein Vater. Durch euch hatte ich keine Zeit mehr für ... für ... Ich hätte einfach mehr Zeit gebraucht.»

Er packte die Griffe des Rollstuhls und schob Michelle rabiat über die Türschwelle ins Haus. Sie verdrehte den Hals, um bis zur letzten Sekunde den Nachthimmel sehen zu können, und als er von der Zimmerdecke abgelöst wurde, tröstete sie sich damit, dass er sie ja wieder zurück zum Ofen schieben musste.

Warum überhaupt dieser Aufwand, sie hierherzubringen? Was gab es so Wichtiges, das er ihr zeigen musste? Was meinte er mit «meine Wand», in der er Conny nicht haben konnte?

Michelle verstand sein wirres Gerede nicht und wusste nicht, was sie ihn noch fragen sollte, um ihn davon abzubringen, sie in den Ofen zu schieben.

Er schob sie durch einen Flur und mehrere Zimmer, die alle leer waren. Keine Möbel, nur Gardinen vor den Fenstern. Die alten Dielenbretter der Fußböden knarzten unter ihrem Gewicht. Auch hier benötigte er kein Licht, um sich zurechtzufinden.

Schließlich gelangten sie an eine Zimmertür.

Er trat vor, klaubte einen Schlüssel aus der Hosentasche, schloss auf, legte eine Hand auf die Klinke und sah sie an.

«Hier hat die Hannah gelebt», sagte er und stieß die Tür auf.

Michelle konnte nicht glauben, was sie dahinter sah.

11.

Abend. 22:00 Uhr.

Der Mann war erzürnt.

Wütend stieß er den Rollstuhl vor sich her, eckte hier und da an, sodass Michelle durchgeschüttelt wurde.

Wie ein kleines Kind, das gelobt werden wollte, hatte er ihr seine Wand gezeigt – und die war an Grausamkeit nicht zu überbieten.

Michelle hatte ihm auf den Kopf zugesagt, dass er ein krankes Schwein sei, nichts weiter als ein widerwärtiger Mörder, den man ebenso verbrennen müsste, wie er es mit seinen Opfern tat.

«Aber erkennst du denn nicht, was ich tue?», hatte er sie angeschrien. «Siehst du nicht, dass ich in der Lage bin, die Zeit zu konservieren? All die Zeit, die man mir gestohlen hat, habe ich mir zurückgeholt.»

Michelle wollte nichts davon hören. Sie hatte die Augen geschlossen, den Kopf geschüttelt und sich geweigert, nur eine Sekunde länger hinzuschauen.

«Ich wünsche dir, dass du in der Hölle schmorst», hatte sie gesagt.

Nachdem sie das aus ihrer Angst und Wut heraus gesagt hatte, war er regelrecht ausgeflippt. Er hatte ihr die Sanduhr mit Alis Überresten aus dem Schoß gerissen, sie weggestellt und ihr mit der Faust ins Gesicht geschlagen. Das hatte wehgetan, aber Michelle hatte den Schlag eingesteckt und ihre Verwünschung wiederholt – mit Blut im Mund. Da hatte er den Rollstuhl gepackt und sie hinausgeschoben.

Mittlerweile waren sie wieder in der alten Maschinenhalle

angekommen. Er schob sie bis vor den selbst gebauten Ofen. Dort ließ er sie stehen und drehte an einigen Rädchen und Absperrhähnen herum.

«Das Aufheizen dauert nur noch eine Viertelstunde. Weil ich letztes Jahr in eine moderne Gasanlage investiert habe. Deshalb konnte ich auch den alten Öltank einer neuen Bestimmung zuführen. Nur in der Erde durfte er nicht bleiben. Vorschriften, überall Vorschriften. Du glaubst nicht, wie lange ich mich mit dieser verdammten Schornsteinfegerin herumschlagen musste, bis ich alles genehmigt bekommen hatte. Die hatte sich ihren Platz auf meiner Liste wirklich verdient. Genau wie der Busfahrer, der mich monatelang zur Therapie gefahren hat ... all diese Menschen, die mir meine Zeit gestohlen haben.»

Er lief davon, und Michelle hörte ihn rumoren.

Zurück kam er mit einem Holzkasten, wie er ihn auch für Ali verwendet hatte. Er legte ihn auf das Rollband vor dem Ofen und zog einen weiteren Müllsack mit Sägespänen heran. Sein Gesicht war verzerrt vor Wut, als er die Späne in den Kasten kippte.

Hinter dem Bullauge begann es rot zu glühen.

Michelle wollte nicht hinsehen, tat es aber doch. Sie war wie gebannt.

«Und jetzt du!», schrie der Mann sie an.

Er löste zuerst die Fußfesseln, dann die Handfesseln.

Darauf hatte Michelle gewartet.

Mit einem lauten Schrei stürzte sie sich auf den Mann.

12.

Abend. 22:22 Uhr.

Grotheer und Lilly erreichten die Adresse, die sie von Frauke bekommen hatten. Es war bereits dunkel. Ein schmaler Sichelmond stand am Abendhimmel. Frauke hatte angeboten, dort auf sie zu warten, doch Grotheer hatte darauf bestanden, dass die junge Frau den Ort so schnell wie möglich verließ.

Es hatte schon genug Opfer gegeben.

«Das ist eine halbe Stunde Fahrtzeit von der Stelle entfernt, an der Felicitas entführt wurde», sagte Lilly, als sie den Wagen stoppte. «Maximal fünfundvierzig Minuten.»

Im Fond fiepte Jemand aufgeregt.

Arndt Kaminski lebte in einer außerhalb liegenden Gewerbeanlage, die augenscheinlich nicht mehr in Betrieb war. Da es keine Schilder oder Beschriftungen gab, war nicht ersichtlich, um was für einen Betrieb es sich einmal gehandelt hatte. Auf dem großen Grundstück erhoben sich die Schatten mehrerer eingeschossiger Gebäude, eines davon mehr als zwanzig Meter lang, die anderen kürzer, sowie ein Wohnhaus, das an eine Villa aus den Zwanzigerjahren erinnerte. In der Mitte der Anlage ragte ein vielleicht fünfzehn Meter hoher Schornstein wie ein Mahnmal in den Himmel.

Wohnhaus und Gebäude waren heruntergekommen. Die Zeit nagte an ihnen, das konnte man sogar in der Dunkelheit erkennen. Der Beton einer Freifläche hatte Risse, überall wuchs Unkraut, an manchen Stellen kleine Birken oder Kiefern, die den Beton weiter aufsprengten. Die Fassade der Villa war verwittert, die Farbe abgeplatzt.

Lilly parkte den Wagen auf der anderen Straßenseite in der Bushaltestelle. Sie wollten gerade aussteigen, als Grotheers Handy klingelte.

«Das ist Dr. Hilgermann», sagte er, nahm ab und stellte auf Lautsprecher.

«Vielen Dank, dass Sie jetzt noch zurückrufen», begrüßte er sie.

«Sie müssen sich nicht bedanken, mir liegt die Sache auch am Herzen. Also, ich habe in dem Krankenhaus angerufen, in dem Arndt Kaminski behandelt wurde. Man hat mir gesagt, dass der Autounfall wohl absichtlich herbeigeführt worden ist. Kaminski lag daraufhin von Dezember 2020 bis November 2022 im Wachkoma.»

«Zwei Jahre», sagte Grotheer nachdenklich. «Wie lange dauert es, bis man danach wieder fit ist?»

«Das ist unterschiedlich und hängt vom Grad der Verletzungen ab. Einige Monate, vielleicht ein Jahr.»

Grotheer bedankte sich noch einmal und versprach der Ärztin, sie auf dem Laufenden zu halten, dann beendete er das Gespräch.

«2020 verschwanden Maren Liefers und auch Nadine Seeliger», dachte Grotheer laut nach. «Conny Goldmann wurde Ende März 2024 getötet, danach verschwand Felicitas, dann Michelle und dieser Timo Krüger. Wer weiß, wer sonst noch. Und in der Zeit zwischen Ende 2020 und Anfang 2024 lag Kaminski im Koma und war auf Reha.»

Lilly und er sahen sich an.

«Kein Zweifel. Wir sind hier richtig», sagte Grotheer.

Sie stiegen aus, und Grotheer ließ Jemand aus dem Kofferraum. Der erleichterte sich erst einmal an der Waschbetonwand des Wartehäuschens, in dem wohl schon ewig niemand mehr gewartet hatte. Hohes Unkraut wuchs darin.

Grotheer bemerkte einen riesigen Öltank auf dem Gelände. Er wirkte fehl am Platz, weil er eindeutig mal in der Erde verbuddelt gewesen war.

«Das ist unheimlich», sagte Lilly leise.

«Und der perfekte Ort, um ungestört zu sein», fügte Grotheer an. Er war sich sicher: Hier würden sie Michelle und Felicitas finden, vielleicht auch Ali Karamanc – die Frage war nur, ob sie noch lebten.

«Gehen wir einfach rein?», fragte Lilly. «Ehrlich gesagt habe ich Angst.»

«Ich auch», gab Grotheer zu. Konnten sie es allein mit einem Menschen wie Arndt Kaminski aufnehmen? War die Gefahr nicht zu groß, selbst zu Opfern zu werden? Sie zögerten, waren unschlüssig.

Bis sie den Schrei hörten.

Leise und gedämpft, eindeutig hinter den Mauern der Gebäude ausgestoßen – und das in Todesangst.

«Michelle», sagte Grotheer.

«Felicitas», sagte Lilly.

Ohne weiter über die Gefahren nachzudenken, liefen sie auf das Gebäudeensemble zu. Jemand folgte ihnen dichtauf.

Die Villa stand vorn an der Straße. Ein zehn Meter langer gepflasterter Weg führte auf die Eingangstür zu. Rechts und links fassten ehemals weiß getünchte Mauern den Zugang ein, der durch ein zwei Meter hohes, schmiedeeisernes Tor versperrt war. Die Mauern waren noch mal ein Stück höher und verliefen jeweils bis zu den Gewerbegebäuden, sodass es nirgends einen Zutritt gab.

Grotheer rüttelte an dem Tor. Es war verschlossen.

Drüberzuklettern kam nicht infrage, da die Enden der Stangen mit rostigen Spitzen versehen waren.

«Da lang!», rief Lilly und zeigte nach links.

Sie hatte eine Lücke in der Bebauung entdeckt. Ein vier Meter breiter Durchlass zwischen zwei Gebäuden, wahrscheinlich die ehemalige Zufahrt für Mitarbeiter und Lieferanten. Als sie dort ankamen, erkannten sie, dass ein Maschendrahtzaun den Durchlass versperrte. In der Dunkelheit war das von Weitem nicht zu sehen gewesen.

«Scheiße. Was jetzt?»

«Ich hol den Wagen», sagte Grotheer und lief zurück.

In aller Eile startete er den Motor und setzte den Wagen rückwärts vor den Maschendrahtzaun. Im Kofferraum lag ein Abschleppseil. Das holte er hervor, band es um die Anhängerkupplung und das andere Ende in den Maschendrahtzaun. Dann setzte er sich hinters Steuer und gab Gas.

Der Zaun spannte sich bis zum Äußersten, bevor er aus der Aufhängung riss und auf die Straße fiel.

Grotheer ließ den Wagen stehen, wo er war. Zusammen mit Lilly und Jemand betrat er das Grundstück. Sie hatten keine Ahnung, wohin als Nächstes. Aus welchem Gebäude war der Schrei gekommen? Sie wussten es nicht, und jetzt war alles still.

«Sollen wir getrennt suchen?», fragte Lilly.

«Auf gar keinen Fall. Wir bleiben zusammen. Da entlang!»

Sie liefen zum nächstgelegenen Gebäude hinüber. Es war nicht groß, aber drei Meter hoch und hatte nach vorn ein Tor mit zwei Flügeln. Lilly war zuerst dort, packte den Griff und zog daran.

Das Tor ließ sich öffnen.

Lilly holte ihr Handy hervor und schaltete die Taschenlampe ein.

Vor ihnen stand ein älteres Wohnmobil mit Alkoven. Im Inneren brannte ein schwaches Licht.

«Vorsichtig!», warnte Grotheer.

Kaminski hatte sie sicher längst bemerkt. Entweder war er bereits geflohen, oder er bereitete einen Hinterhalt vor.

Sie schlichen zur Seitentür des Wohnmobils. Grotheer war klar, dass es sich dabei um das Fahrzeug von Matthias Kaminski handeln musste, dem Bruder, der angeblich damit zu einer längeren Europareise aufgebrochen war.

Auch diese Tür ließ sich öffnen. Lilly war schneller als er und betrat das Wohnmobil zuerst. Sie ließ sich nicht zurückhalten.

«Felicitas?», rief sie.

Doch im Inneren war niemand. Das Licht stammte von der Kontrollleuchte des Kühlschranks, und es reichte aus, um zu erkennen, dass Kaminski in diesem Wohnmobil lebte. Geschirr stand in der Spüle, Kleidung lag herum, Bücher, ein Handy, ein Laptop.

Es wäre sicher spannend, in die elektronischen Geräte hineinzuschauen, doch dafür hatten sie jetzt keine Zeit. Das würden später die Ermittlungsbehörden tun.

«Hier sind sie nicht», sagte Lilly und drängte Grotheer aus dem Wohnmobil und hinaus aus der Halle.

Auf ihren Augen lag ein fiebriger Glanz.

«Wir haben sie doch schreien gehört! Wo sind sie? Wo sind sie?»

«Versuchen wir es dort!», sagte Grotheer und zeigte auf eine lang gestreckte Halle, das größte Gebäude der Anlage.

Es riegelte das Grundstück nach Westen hin ab und war dem Wohnmobil am nächsten.

Sie liefen auf eine feuerfeste Metalltür zu.

Lilly war wieder schneller. Die Tür ließ sich öffnen.

Kaum hatten sie die dunkle Halle betreten, erklang ein weiterer Schrei.

Hier waren sie richtig.

Grotheer hätte sich lieber bedeckt gehalten, um Kaminski doch noch zu überraschen, aber das ließ Lilly nicht zu.

«Felicitas!», rief sie in die Halle hinein.

Sie hörten Geräusche. Vielleicht von einem Kampf. Eine Antwort bekamen sie nicht.

Lilly stürmte erneut drauflos.

«Lilly, nicht, warte!», rief Grotheer ihr nach, doch sie hörte nicht auf ihn.

Es war dunkel, überall standen Gegenstände, Geräte und Maschinen herum, deshalb kamen sie nur langsam voran. Nach zehn Metern sahen sie eine Lichtquelle: ein mattes, oranges Licht, unruhig, mal heller, mal dunkler.

Es zog sie an wie eine Straßenlaterne Insekten.

Dort angekommen, bot sich ihnen ein groteskes Bild.

Da stand ein Mann, über seine Schulter geworfen eine Frau, schlank und zierlich. Unsanft ließ er den Körper der offenbar bewusstlosen Frau in eine Holzkiste fallen, die auf einem Förderband mit Laufrollen stand.

Der Körper schlug darin auf, und Sägespäne wurden in die Luft gewirbelt. Angestrahlt von dem orangen Licht, das aus einem Bullauge kam, sah es für einen Moment aus wie ein Funkenregen.

Die Wärme, das orange Licht, die Holzkiste: Grotheer verstand, was hier geschah.

«Aufhören! Sofort!», schrie er.

Der Mann, der sie trotz Lillys Schrei und dem Lärm an dem Maschendrahtzaun nicht bemerkt hatte, fuhr herum. Er war schätzungsweise Mitte dreißig. Das musste Arndt Kaminski sein. Angestrahlt von dem Licht erkannte Grotheer ihn sofort, obwohl er die Person unter vollkommen anderen Umständen schon einmal gesehen hatte.

Als Gärtnerin mit einer Schubkarre, am Tag von Conny Goldmanns Beerdigung. Vor dem Friedhof hatte er ein paar Worte mit ihr gewechselt. Grotheer erinnerte sich, dass er gedacht hatte, sie könne ihn mühelos in die Schubkarre stopfen und irgendwo entsorgen. Sie hatte einen kräftigen Eindruck auf ihn gemacht, aber er hatte sie dennoch für eine Frau gehalten.

Als Arndt Kaminski sie entdeckte, riss er mit einer einzigen schnellen Bewegung die Luke mit dem Bullaugenfenster auf. Höllische Hitze und grelles Licht drangen heraus.

«Haut ab!», schrie er. «Oder ich schiebe sie ins Feuer.»

Er legte beide Hände ans Ende der Holzkiste, und Grotheer erkannte, dass ein einziger Stoß die Kiste in den Ofen befördern würde. Er wusste nicht, wer darin lag, ob es Michelle oder Felicitas oder sonst wer war.

«Tun Sie das nicht», sagte er in dem ruhigsten Tonfall, zu dem er unter diesen Bedingungen fähig war. «Sie hat Ihnen nichts getan.»

«Nichts getan?», echote Arndt Kaminski. «Nichts getan? Sie hat meine Zeit gestohlen, so wie du auch. Und da jede Sekunde kostbar ist, ist die Strafe dafür gerechtfertigt.»

Die Frage, was er sagen sollte, um Kaminski davon abzuhalten, den Kasten ins Feuer zu stoßen, und die Antwort darauf schossen Grotheer gleichzeitig ein. Er musste nicht danach suchen, hatte er sich doch sein halbes Leben mit der Verschwendung seiner Zeit beschäftigt.

Er wusste, wer wirklich verantwortlich war.

«Um Zeit zu stehlen, braucht es einen Komplizen», sagte er.

Kaminski starrte ihn an. Das männliche Gesicht mit den weiblichen Zügen war zu einer Grimasse aus Wut und Verzweiflung verformt, und es war offensichtlich, wie dieser Satz in ihm arbeitete.

Dann sagte er etwas, das er offenbar auswendig gelernt hatte: «Alles ist fremdes Eigentum, nur die Zeit ist unser. Dieses so flüchtige, so leicht verlierbare Gut ist der einzige Besitz, in den uns die Natur gesetzt hat, und doch verdrängt uns daraus, wer da will.»

«Bullshit», sagte Grotheer. «Ich habe mir meine Zeit nur allzu gern stehlen lassen, weil ich so die Schuld bei anderen suchen konnte für alles, was ich nicht getan, gesagt, gefühlt habe. Ich habe mir meine Zeit nur allzu gern stehlen lassen, um die Verantwortung für mein Leben auf andere abzuwälzen. Und genau das tust du auch. Du bist der beste Komplize, den du dir wünschen kannst, wenn du deine Zeit stehlen willst.»

Widerwillig schüttelte Kaminski den Kopf. Flammen züngelten aus der Luke. Das Ende der Holzkiste begann zu qualmen.

Plötzlich eine Bewegung hinter Kaminski. Etwas tauchte aus dem Schatten auf, schnell, geschmeidig, entschlossen. Eine Eisenstange drosch auf Kaminskis Arme ein, die an der Holzkiste lagen.

Erst jetzt bemerkte Grotheer, dass Lilly nicht mehr hinter ihm war. In der Dunkelheit musste sie sich an den Maschinen vorbeigeschlichen haben. Sie hatte den kurzen Wortwechsel und Kaminskis Unkonzentriertheit genutzt. Der Schlag war heftig, und Kaminskis Arme wurden von der Kiste weg nach unten geschleudert. Doch die Wucht des Schlages war so groß, dass er nach vorn gerissen wurde – gegen die Holzkiste.

Sie bekam einen Stoß und rollte in den Ofen.

Grotheer ließ Jemand los, sprang vor und packte die Kiste. Im gleichen Moment ging Jemand knurrend auf Kaminski los, doch dafür hatte Grotheer keine Augen.

Mit einer Kraft, die eigentlich nicht in ihm steckte, riss er die Holzkiste seitlich von dem Rolllaufband. Das Ende war bereits in Brand geraten. Sie eckte an der Tür des Ofens an und kippte in seine Richtung. Grotheer hatte keine Zeit mehr, sich in Sicherheit zu bringen. Die schwere Kiste begrub ihn unter sich, und die Ecke brach ihm eine oder mehrere Rippen.

Dann kullerte der Körper aus der Kiste. Plötzlich war sie leicht genug, um sie von sich zu stoßen. Funken stoben in die Halle, brennende Späne flogen in alle Richtungen davon.

Unter Schmerzen rollte Grotheer sich herum.

Er musste wissen, um wen es sich bei der bewusstlosen Frau handelte, doch sie lag mit dem Gesicht von ihm abgewandt.

Lilly war zuerst bei ihr.

«Nein!», schrie sie auf und stieß danach einen unmenschlichen Ton aus, der sogar Jemand verängstigt winseln ließ.

«Nein, nein, nein!»

13.

Nacht. 23:11 Uhr.

Vor Schmerzen konnte er seine Arme kaum heben.

Sein rechtes Bein tat ebenfalls weh, da hatte ihn der Hund erwischt.

Dennoch ließ er seine Gegner hinter sich und schleppte sich aus der Halle. Das gelang ihm nur, weil er hier jeden Zentimeter, jeden Winkel, jeden Vorsprung und Schleichweg kannte.

Dass er heute nicht gewinnen würde, war ihm bewusst. Verletzt, wie er war, konnte er es selbst mit diesem Rentner und der Fotografin nicht aufnehmen. Ihm blieb nur die Flucht. Er würde sich verstecken, seine Wunden pflegen. Das kostete Zeit. Und wieder stahlen sie ihm seine Zeit. Doch er würde sich rächen. Würde seine Liste weiter abarbeiten.

Er lief nicht auf geradem Weg zu seinem Wagen, sondern zuerst in Hannahs Zimmer.

Ohne sie wollte er nicht gehen.

Mit beiden Händen nahm er sie aus der Wand, biss dabei die Zähne zusammen und ignorierte den Schmerz in den Unterarmen. Die Fotografin hatte ihn schlimm mit der Eisenstange erwischt. Wenn er Glück hatte, war nichts gebrochen, aber die Prellungen würden ihn wochenlang beschäftigen.

Er klemmte sich die Hannah unter die Achsel, holte den Autoschlüssel aus Matthias' Wohnmobil, überlegte einen Moment, ob er sein Handy mitnehmen sollte, entschied sich aber dagegen. Über das Handy würde man ihn finden.

Der Wagen parkte in der Garage neben der Villa. Mit der

Fernbedienung öffnete er das Tor, stellte die Hannah auf dem Beifahrersitz ab und schnallte sie fest.

Dann stieg er ein und fuhr aus der Garage hinaus auf den Hof. Dort öffnete er mit einer anderen Taste auf der Fernbedienung das schmiedeeiserne Tor. Die Mechanik war verrostet, sie bewegte sich nur widerwillig und quietschte dabei, aber sie funktionierte.

Er rollte ein Stück die Straße entlang, blieb stehen und sah hinüber. Zu der ehemaligen Glasbläserei, seinem Zuhause, in dem er aufgewachsen war. Hier hatte er sich zu dem entwickelt, der er heute war. Ein Mensch mit Einsichten, die die meisten niemals erlangen würden. Und das hatte er einzig und allein der Hannah zu verdanken.

Plötzlich sah er durch die kleinen Fenster der Produktionshalle Feuer.

So hell, dass es nicht das Feuer in seinem selbst gebauten Brennofen sein konnte. Es war ausgebrochen. Die Halle stand in Flammen. Es würde schnell gehen, denn darin lagerten einige Betriebsstoffe wie Benzin, Öl und Gasflaschen.

Damit stand fest, dass er diesen Ort niemals wiedersehen würde. Tränen füllten seine Augen und rollten ihm über die Wangen. Er hatte sich hier immer wohlgefühlt und nie daran gedacht, woanders zu leben. Die Traurigkeit überfiel ihn mit Vehemenz, und sie drang tief in seinen Bauch. Trauriger war er nur bei Hannahs Tod gewesen. Beim ersten und beim zweiten.

Das Feuer war schlimm. Viel entsetzlicher aber die Vorstellung, seine Wand zu verlieren.

Er versuchte, sich mit dem Gedanken zu trösten, dass er irgendwo eine neue Wand aufbauen könnte, doch es klappte nicht. Die Zeit, die er sich mit der Wand zurückgeholt hatte, war unwiderruflich verloren. Zwei Jahre hatte er nach dem Unfall im Koma gelegen. Er hatte sterben wollen, so wie seine Eltern. Hatte versucht, allem Zeitlichen zu entrinnen, doch es hatte nicht geklappt. Stattdessen war ihm durch den Unfall noch mehr Zeit verloren gegangen. Zu den zwei Jahren hatte sich ein Jahr der Rekonvaleszenz gesellt. In dieser Zeit hatte er zwar mit der Wand weitermachen können, aber nicht so fokussiert, wie es nötig gewesen wäre, um den Verlust auszugleichen. Und so war das Gefühl, keine Zeit zu haben, ihr ständig hinterherzujagen, zu einem bedrohlichen Monolithen herangewachsen. Er hatte keine Ruhe mehr gefunden, kaum noch geschlafen, nur gearbeitet, um dieses Gefühl loszuwerden.

Und nun war alles verloren.

So wie damals, als er es seinen Eltern hatte gleichtun wollen, wuchs in ihm wieder die Furcht, es mit der Zeit nicht aufnehmen zu können. Was er auch tat, sie rann ihm durch die Finger wie Sand.

Er gab Gas.

Wollte weg von hier, um den Untergang seines Zuhauses nicht anschauen zu müssen.

Irgendwohin, wo ihm die Zeit nichts anhaben konnte. Wo er allein sein würde mit der Hannah, für immer und ewig, jede Minute, jede Sekunde. Wo niemand ihnen ihre gemeinsame Zeit stehlen konnte.

Er trat das Gaspedal durch, fuhr schnell, raste durch die Dunkelheit, hinein in das kleine Waldstück, das den Gewerbebetrieb seiner Eltern vom nächsten Ort trennte.

Er sah Lichter.

Viele Lichter.

Scheinwerfer, die ihm entgegenkamen, mindestens drei Fahrzeuge, dazu blaues Einsatzlicht. War das die Polizei? Kamen sie wegen ihm? Oder war es bereits die Feuerwehr? Die konnte doch unmöglich schon von dem Brand erfahren haben.

Sein Fuß drückte das Gaspedal des altersschwachen Wagens gegen das Bodenblech.

Rasend schnell kamen die Lichter näher.

Das Blaulicht zuckte stroboskopisch tief in den Wald hinein.

Er nahm die rechte Hand vom Lenkrad und legte sie auf die Sanduhr mit Hannahs Asche darin.

Das war ein schönes Gefühl. Es vertrieb die Furcht und gestattete ihm ein Lächeln.

Alles würde gut werden, dort, wo Zeit keine Rolle mehr spielte.

Eine kleine Bewegung am Lenkrad, eine winzige Korrektur des Kurses, und sein Wagen schoss auf die entgegenkommenden Lichter zu.

Der Tacho zeigte einhundertvierzig an.

Im letzten Moment nahm er den Blick von den Lichtern und sah zu der Hannah hinüber.

14.

Nacht. 23:15 Uhr.

Es war Michelle, die aus dem provisorischen Sarg gefallen war. Seine Michelle, bis auf ein paar kleinere Blessuren offenbar unverletzt. Durch den Sturz war sie aufgewacht, und jetzt hielt Grotheer sie in den Armen, versuchte, sie zu trösten, während Lilly auf dem Boden hockte und hemmungslos weinte.

Das Feuer breitete sich rasend schnell aus. Es gab eine erste kleinere Explosion in der Nähe, die sie alle zusammenfahren ließ. Grotheer schien als Einzigem klar zu sein, dass sie nicht eine Sekunde länger hierbleiben durften.

«Komm, steh auf, wir müssen weg», flüsterte er seiner Michelle zu und versuchte, sie vom Boden aufzuheben. Sein Brustkorb tat höllisch weh, doch das musste er jetzt ignorieren. Michelle half ihm, und gemeinsam schafften sie es, doch Lilly blieb am Boden hocken. Sie schien die Gefahr nicht zu begreifen.

«Lilly, komm, wir müssen weg!», schrie er sie an.

Sie hob den Kopf. Ihr Gesicht war nass geweint, der Blick gebrochen.

«Wo ist Felicitas?», fragte sie.

«Das weiß ich nicht, aber wir müssen hier weg. Sofort!»

Jemand kam herbeigelaufen. Erst zu Grotheer und Michelle, dann zu Lilly. Er leckte ihr die Tränen vom Gesicht.

«Ich ... ich weiß, wo sie ist», sagte Michelle mit schwacher Stimme. «Ich zeige es dir.»

Das und Jemands Fürsorge halfen Lilly auf die Beine.

Sie riss sich zusammen und half Grotheer dabei, die vollkommen kraftlose Michelle zu stützen. Zu zweit bugsierten sie sie von dem Feuer weg durch die vollgestellte Halle auf die Tür zu, durch die sie hineingekommen waren. Hinter ihnen knisterte und knallte es. Die Hitze wurde binnen kurzer Zeit unerträglich. Der Qualm ebenso.

Hustend wankten sie ins Freie.

«Felicitas ... wo ist sie?», wollte Lilly wissen.

«Da vorn, im Haus, ich zeig es dir.»

Grotheer wäre lieber vom Grundstück geflüchtet und nicht in das Haus gegangen, doch wie konnte er Lilly das abschlagen?

Also betraten sie die Villa.

Michelle dirigierte sie durch einige leere und staubige Räume, die schon lange nicht mehr bewohnt waren. Das bleiche Mondlicht fiel durch die Fenster und Gardinen auf alten, staubigen Dielenboden.

Bis in den hinterletzten Raum führte Michelle sie.

Die Tür stand offen. Sie schoben sich seitlich hinein, weil sie zu dritt nebeneinander nicht durch den Türrahmen passten, Michelle aber nicht loslassen wollten.

«Da», sagte Michelle. «In seiner Wand ... da sind all seine Opfer.»

Die Stirnseite des Raumes war mit einem Regal aus dunklem Holz verkleidet. Die Fächer waren klein, es gab viele von ihnen, aber nicht alle waren gefüllt. In denen, die gefüllt waren, standen Sanduhren von der gleichen Art, wie Lilly und Grotheer und Lamprecht sie bekommen hatten.

Grotheer schätzte sie auf ein Dutzend, wenn nicht mehr. Und sie waren augenscheinlich mit Asche gefüllt.

Als sie näher herantraten, erkannten sie, dass vor jeder einzelnen Sanduhr eine ovale Plakette aus Messing angebracht war. Darin waren Namen eingraviert.

Felicitas. Ali. Maren. Matthias. Nadine. Timo. Sabrina. Helena. Paul. Und einige mehr. Zu jedem Namen war eine Zahl eingraviert. 415. 122. 85. 160. 312. Und so weiter. Grotheer verstand nicht, was diese Zahlen bedeuten sollten.

In der Mitte des Regals befand sich ein großes Fach mit

dem Namen *Hannah* auf der Plakette. Nur der Name, keine Zahl. Und die dazugehörige Sanduhr fehlte.

Lilly ließ Michelle los und trat dicht an die Wand heran. Sie streckte die Arme aus und nahm die Sanduhr behutsam heraus, in der sich die Asche der Schornsteinfegerin Felicitas Möller befand.

Eine heftige Explosion erschütterte die Halle.

In der Villa klirrten die Scheiben, der Fußboden vibrierte.

«Lilly, wir müssen weg», mahnte Grotheer.

Sie kam zu ihnen und half, Michelle zu stützen, aber die Sanduhr ließ sie nicht los.

Gemeinsam retteten sie sich auf die Straße, wo im gleichen Moment zwei Polizeifahrzeuge mit Blaulicht eintrafen.

15.

Nacht. 01:53 Uhr.

Grotheers letzter Anruf, bevor sie die alte Glasbläserei der Kaminskis erreicht hatten, war an den Polizisten Holger Werth gegangen. Grotheer hatte eingesehen, dass es unvernünftig war, ohne die Polizei vorzugehen.

Und diesmal hatte Werth nicht in Zweifel gezogen, was Grotheer ihm in kurzen Worten berichtete. Er hatte sofort mit seinen Vorgesetzten gesprochen, eine Einsatztruppe mit sechs Beamten zusammengestellt und war losgefahren.

Die Polizisten hatten den weiteren Weg, sie kamen um einiges später an als Grotheer und Lilly. Aber sie kamen gerade rechtzeitig, als Arndt Kaminski flüchten wollte.

«Er hielt genau auf meinen Wagen zu», berichtete Holger Werth und drehte dabei den Pappbecher mit Automatenkaffee in seiner Hand. «Ich hatte nicht wirklich Zeit zu reagieren, bin einfach instinktiv ausgewichen.» Er zuckte mit den Schultern. «Hätte auch schiefgehen können. Oder den hinter mir fahrenden Wagen treffen.»

«Hat es zum Glück nicht», sagte Grotheer, der ebenfalls einen Kaffeebecher in den Händen hielt. Er hätte gern eine geraucht, aber das ging hier nicht. «Es hat den Richtigen auf die richtige Art getroffen.»

Arndt Kaminski war mit hoher Geschwindigkeit frontal gegen einen Baum gefahren. Sein Wagen war in Brand geraten. Die Polizisten hatten schnell reagiert und ihn mit ihren Bordfeuerlöschern gelöscht, aber da waren Kaminskis Verletzungen schon verheerend. Als die Feuerwehr ihn aus dem Wrack herausgeschnitten hatte, lebte er noch und war in dieses Krankenhaus gebracht worden, in dem Grotheer und Werth nun warteten.

Werth auf Kaminski, Grotheer auf seine Tochter Michelle. Und auch auf Lilly Costanzo, die zur Beobachtung in einem Einzelzimmer lag. Werth war erst vor einer Viertelstunde eingetroffen, während Grotheer schon länger im Aufenthaltsbereich saß. Sitzend ließen sich die Schmerzen im Brustkorb aushalten. Liegen hingegen kam nicht infrage. Man hatte ihn geröntgt, einen Rippenbruch festgestellt, ihm Schmerzmittel verabreicht und geraten, keinen Sport zu treiben und nicht auf der linken Seite zu schlafen, wo die Rippe gebrochen war. Sechs bis acht Wochen, so die Aussage der Ärztin, dann würde alles wieder tipptopp sein.

Draußen brach der Morgen an.

Ein weiterer Morgen für Grotheer und Michelle und Lilly,

aber nicht für Felicitas und Ali und einige andere, die Arndt Kaminski zum Opfer gefallen waren.

«Vierzehn», sagte Holger Werth. «In diesem Regal standen vierzehn Sanduhren mit Asche darin. Haben Sie die Zahlen auf den Plaketten bemerkt?»

Grotheer nickte.

«Ich würde den Mistkerl gern fragen, was die zu bedeuten haben.»

«Minuten», sagte Grotheer.

«Was?»

«Ich nehme an, es ist die Zeit, um die er sich beraubt fühlte und die er sich zurückgeholt hat.»

«Wie kommen Sie darauf?»

«Ich habe mit meiner Tochter gesprochen. Sie erzählte, Kaminski habe ihr vorgeworfen, ihm von 1440 Euro 1000 gestohlen zu haben. Und dann sagte er, er würde sie sich zurückholen.»

«Ich verstehe nicht ...»

«Ich zuerst auch nicht. Aber 1440 Minuten sind ein Tag.»

Holger Werth starrte Grotheer an, und sein Gesicht veränderte sich, als er verstand.

«Was für ein kranker Mistkerl», stieß er aus.

Grotheer nickte. «In seiner Welt hat es sicher Sinn gemacht.»

Sie schwiegen einen Augenblick, bevor Grotheer fragte: «Und das Feuer?»

«Ist gelöscht. Die Fabrikhalle ist hinüber, alle anderen Gebäude stehen noch. Auch die Villa mit diesem Regal voller ...»

«Seine Wand», unterbrach Grotheer.

«Was?»

«Kaminski hat sie so genannt. *Meine Wand.* Michelle sagt, er strahlte vor Stolz, als er sie ihr zeigte.»

Werth schüttelte den Kopf und trank den letzten Schluck Kaffee.

Ein Arzt kam den Gang hinunter. Groß, dünn, wenig Haar, müdes Gesicht. Er blieb vor ihnen stehen. Holger Werth und Grotheer erhoben sich von den Stühlen.

«Der Mann aus dem verunfallten Wagen ist verstorben», erklärte der Arzt. «Wir konnten nichts mehr für ihn tun.»

Gerechtigkeit, dachte Grotheer. Das ist Gerechtigkeit. Auch wenn er für seine Taten nicht mehr angeklagt und verurteilt werden konnte.

«Übrigens existiert bereits eine Patientenakte für ihn in diesem Krankenhaus», führte der Arzt weiter aus. «Vor etwas mehr als drei Jahren ist er schon einmal gegen einen Baum gefahren und mit schweren Verletzungen hier eingeliefert worden. Damals überlebte er, fiel aber ins Wachkoma. Merkwürdiger Zufall.»

Weder Grotheer noch Holger Werth verspürten Lust, den Arzt darüber aufzuklären, dass es kein Zufall war. Sie ließen ihn ziehen, er hatte jetzt Feierabend.

Dann standen die beiden Männer schweigend da und sahen einander an. Einvernehmlichkeit brauchte meist keine Worte.

«Ich fahre dann auch mal nach Hause», sagte Werth. «Kann ich Sie mitnehmen?»

Grotheer schüttelte den Kopf.

«Ich bleibe noch.»

Sie reichten sich die Hand.

«An Ihnen ist ein guter Ermittler verloren gegangen», sagte Holger Werth.

Dann verschwand er.

Für einen Moment stand Grotheer einfach nur da.

Er war körperlich und geistig vollkommen ausgebrannt und sehnte sich nach ein paar Stunden Schlaf. Aber noch gab es etwas zu tun. Grotheer wusste nicht, wie er Lilly begegnen sollte, hatte sogar Angst davor. Aber er würde nicht weglaufen. Nie wieder. Wenn er eines verstanden hatte, dann, dass einem die Probleme und Fehler hinterherliefen. Sie waren vielleicht nicht schneller, hatten aber den längeren Atem.

Er fragte eine Schwester nach der Zimmernummer, klopfte, wartete auf ein «Ja?» und trat ein.

Lilly Costanzo lag im Bett.

Neben ihr auf dem Wagen stand die Sanduhr.

Ihr hübsches Gesicht war ausdruckslos, so als wären sämtliche Emotionen abgestorben.

«Darf ich?», fragte Grotheer und zeigte auf einen Stuhl.

Lilly nickte.

Er zog den Stuhl neben das Bett.

«Wie geht es Michelle?», fragte Lilly.

«Besser. Die Ärzte sagen, alles kommt wieder in Ordnung.»

«Felicitas hatte nie eine Chance, oder?», sagte sie.

«Nein, wahrscheinlich nicht. Und es tut mir unendlich leid, dass das passiert ist.»

Lilly presste die Lippen zusammen, nickte und kämpfte mit den Tränen.

«Ich verstehe es nicht», sagte sie. «Warum das passiert ist. Ich verstehe es einfach nicht.»

Grotheer ließ einen Moment verstreichen. Ihm, der lebenslang ein großer Schweiger gewesen war, fiel es nicht leicht, die richtigen Worte zu finden. Diesmal wollte er sie aber unbedingt finden.

«Als junger Polizist bin ich angeschossen worden», begann er. «Von hinten, in den Rücken, während einer Demonstration. Einfach so, nur weil ich ein Polizist war und zur falschen Zeit am falschen Ort. Ich wäre fast gestorben.»

Lilly sah ihn erschrocken an, sagte aber nichts, so als spürte sie, dass es besser war, ihn jetzt nicht zu unterbrechen.

«Aber ich habe überlebt. Später habe ich mich immer gefragt, warum eigentlich. Denn ich habe nichts gemacht aus diesem Geschenk. Ich war traumatisiert, verängstigt, habe mich von allen zurückgezogen und mich in mein Schneckenhaus verkrochen. Ich habe das Leben an mir vorbeiziehen lassen, weil es mir sicherer erschien, es von außen zu betrachten, als es wirklich zu leben. Ja, man kann sagen, ich habe meine Lebenszeit verschwendet.

Heute weiß ich, dass nichts von dem, was den Fluss des Lebens herunter auf uns zukommt, eine Bedeutung oder einen Grund hat. Die Frage nach dem Warum ist vollkommen sinnlos. Wir geben den Ereignissen erst eine Bedeutung, indem wir darauf reagieren. Und wie wir darauf reagieren. Ich wünschte, ich hätte das früher verstanden. Aber es ist nie zu spät, verstehst du. Auch für dich nicht.

Jeder von uns hat die Wahl, wie er auf die Strömungen im Fluss des Lebens reagieren will. Sich mitreißen lassen, treiben lassen, darin untergehen oder mit kräftigen Zügen hindurchschwimmen.

Ich habe damals die falsche Wahl getroffen.

Aber das ist egal.

Weil ich jetzt schwimme.

Und ich weiß ... auch wenn du es jetzt noch nicht glauben kannst ... auch du wirst wieder schwimmen können.

Alles, was es braucht, ist ein wenig Zeit.
Nimm sie dir.»

Ende

NACHWORT

«Sorry, ich habe keine Zeit.»

Hat nicht jeder von uns diese Antwort schon gehört – oder selbst gegeben?

Sie ist ja auch richtig. Wir haben keine Zeit. Das unregelmäßige Verb «haben» steht für etwas besitzen, sein Eigentum nennen.

Aber niemand besitzt Zeit. Deshalb können wir auch niemandem Zeit schenken. Was wir aber können, ist, Zeit verbringen. Mit einem geliebten Menschen – oder mit einem spannenden Buch. Wenn Du nicht zu den Menschen gehörst, die ein Buch von hinten beginnen, dann hast Du mit meinem neuen Thriller einige Zeit verbracht. Und mir damit das größte Geschenk gemacht, das ich als Schriftsteller mir wünschen kann.

Danke dafür!

Vielleicht haben wir beide großes Glück, und es gab in diesen Stunden des Lesens Augenblicke, in denen Du innegehalten hast. Zum Nachdenken, zum Ausfantasieren, zum Verinnerlichen. Falls das geschehen sein sollte, haben Du und ich ein wunderbares Tauschgeschäft gemacht.

Denn ein Augenblick der Erinnerung bewahrt die Vergangenheit. Bewahrt die Zeit.

Aber nicht als Haben, sondern als Sein.

Und dann ist es mir eine Ehre, Teil Deiner Zeit zu sein.

Hochachtungsvoll
Andreas Winkelmann

Weitere Titel

Barrieren

Das Letzte, was du hörst

Deathbook

Der Gesang des Blutes

Der Zwilling

Die Zucht

Housesitter

Killgame

Nicht ein Wort zu viel

Wassermanns Zorn

Wilder wird's nicht

Kerner und Oswald

Das Haus der Mädchen

Die Lieferung

Der Fahrer

Die Karte

Andreas Winkelmann
Nicht ein Wort zu viel

400 Seiten

«Erzähl mir eine spannende Geschichte. Sie darf fünf Wörter haben. Sonst muss dein Freund sterben.»
Was wie ein schlechter Scherz klingt, wird grausame Wirklichkeit. Buchbloggerin Faja traut ihren Augen nicht, als sie ihren Kollegen Claas vor sich auf dem Bildschirm sieht: geknebelt, gefesselt, in Todesangst. Die Botschaft ist an sie persönlich gerichtet. Faja hat keine Ahnung, warum. Oder wer dieses perfide Spiel mit ihr treibt. Doch Claas und sie bleiben nicht die einzigen Opfer … Steckt ein ausgeklügelter Plan hinter der «Challenge» oder purer Wahnsinn?
Wenn jedes Wort über Leben und Tod entscheiden kann – ein Thriller von Nr.-1-Bestsellerautor Andreas Winkelmann.

Weitere Informationen finden Sie unter **rowohlt.de**